Fried. Wilhelm Schuster

Siebenbürgisch-sächsische Volkslieder

SALZWASSER
VERLAG

Fried. Wilhelm Schuster

Siebenbürgisch-sächsische Volkslieder

Unveränderter Nachdruck der Originalausgabe von 1865.

1. Auflage 2022 | ISBN: 978-3-37501-159-8

Verlag: Salzwasser Verlag GmbH, Zeilweg 44, 60439 Frankfurt, Deutschland
Vertretungsberechtigt: E. Roepke, Zeilweg 44, 60439 Frankfurt, Deutschland
Druck: Books on Demand GmbH, In de Tarpen 42, 22848 Norderstedt, Deutschland

Siebenbürgischsächsische

Volksdichtungen.

Siebenbürgisch-sächsische
Volkslieder,
Sprichwörter, Räthsel, Zauberformeln,
und
Kinder-Dichtungen.

Mit

Anmerkungen und Abhandlungen

herausgegeben von

Fried. Wilhelm Schuster.

Hermannstadt.

1865.

Vorrede.

Nur wenig Worte sind es, die mir in dieser Vorrede zu sagen übrig bleiben, nachdem, was zur Beleuchtung und Erläuterung des Textes und zur Erkenntniss der Tendenz meiner Arbeit dienen soll, seinen Platz in den Anmerkungen und in den Abhandlungen gefunden hat. Dasz diese auch lesen wird, wer sich berufen fühlt, ein Urtheil über das Buch abzugeben, darf ich billig erwarten.

Seit mehr als sechszehn Jahren sammle ich an dem, was nun hier doch nur in bescheidener Ausdehnung vorliegt. Wäre ich allseitiger unterstützt worden, die Sammlung könnte zwar stärker sein, aber, so wie ich nun das Terrain kenne, kaum um ein Bedeutendes; nur die Gattungen der Segen- und Zauberformeln und etwa der Räthsel dürften vielleicht reichere Vermehrungen von der Zukunft erwarten; neue Gattungen werden kaum mehr auftauchen. Als ich den Plan zu der Sammlung zuerst faszte, hoffte ich nur auf noch geringeren Fund; Sagen, Märchen und Volkslieder glaubte ich im Raume Eines Bandes umfassen zu können. Bald ward ich gewahr, dasz noch nicht so Vieles verloren sei, als ich gewähnt hatte, und dasz gesondert werden müsse. Gleichstrebende Freunde nahmen mir einen Theil der Arbeit ab, zum groszen Vortheil der Sache, der ich in solchem Umfange nicht einmal völlig gewachsen sein konnte. Wir theilten uns in die Aufgabe in der Weise, wie es die Vorrede zu Haltrich's Märchen bekennt. Jeder der Freunde hat seitdem der übernommenen Pflicht genügt; Müller's Sagen und Haltrich's Märchen sind seit Jahren in den Händen des Publikums; mich drückte das Bewusztsein, noch in der Schuld zu sein, und fing bereits an mir die Arbeit zu verleiden. Indessen hat ihr die lange Zögerung schwerlich geschadet: ich bin kühler, meine Pläne sind enger geworden, und Manches ist dadurch besonders von den Abhandlungen weggeblieben, was ohnehin nicht strenge hingehörte, und zu anderer Zeit an einem andern Orte mit mehr Berechtigung und in gröszerer Breite ausgeführt werden mag.

Auch so werden diese Abhandlungen noch manchen Widerspruch finden, und namentlich dürfte die zweite angefochten werden. Für wen es keine geschichtliche Erkenntnisz gibt, als die aus Urkunden und speciell schriftlichen geschöpft wird, der wird von vornherein läugnen, dasz sich irgendwie historische Betrachtungen über die in meiner Sammlung enthaltenen sächsischen Volksdichtungen anstellen lassen; er wird nicht mehr zugeben, als dasz etwa jene Zauberformeln und Segen, die Teutsch*) aus Kirchenvisitationen entnommen, jedenfalls vor 1650, Nro. 181 desselben vierten Buchs vor 1749, das Zaidner Lied von Rakozi vor 1747 und der Bienensegen im vierten Buch wohl nicht nach dem 16. Jahrhundert entstanden sein müsse, oder dasz Türken und Tartaren nicht vor der groszen Türkennoth in unsere Kinderlieder gekommen, das Sprichwort „wat frôcht der wûlf nô de statuten“ nicht vor Abfassung der Statuten erfunden sein könne u. s. w. Ich

*) Durch ein Versehen ist Teutsch Seite 409, da wo von den unterstüzzenden Freunden gesprochen wird, nicht genannt worden; und doch hat er allein, wie an andern Stellen erwähnt ist, den einen Theil des vierten Buchs möglich gemacht.

darf indessen versichern, dasz die Ansichten, welche jene Abhandlung enthält, nicht willkührliche Phantasien, noch vorgefaszte Meinungen und über Nacht gekommene Gedanken sind, vielmehr in langjähriger Beschäftigung mit Volksdichtungen durch vielfaches Vergleichen und Erwägen sich allmählich gebildet haben, und in nicht wenig Stücken im Widerspruch stehen mit früher gehegtem, liebgewordenem Wahne. Manche meiner Behauptungen ist so wenig blosze Wahrscheinlichkeit, dasz sie sich bei einer bis in's Kleinste gehenden Behandlung auch dem Unkundigsten anschaulich genug beweisen liesze. Wahre Kenner — davon bin ich überzeugt — werden in den meisten Stücken mit mir übereinstimmen. Die werden, auch ohne dasz ich's hervorhebe, sehen, worauf es ankommt, und Hauptsachen von Nebendingen zu unterscheiden wissen. Ich kann mich z. B. über das Alter einzelner Stücke (das doch grösztentheils nur in Form der Hypothese angeführt ist) geirrt, es überschätzt oder unterschätzt haben; dadurch wird mein Raisonnement im Groszen nicht umgestoszen.

Ob der Aufnahme so manches Bruchstücks und mancher oft nur scheinbaren Unbedeutendheit in die Sammlung werde ich wohl eher Dank als Tadel verdient haben; wir sind nicht so reich an Ganzem um Bruchstücke verschmähen zu dürfen, die überdies oft gerade die schönsten und altehrwürdigsten Perlen enthielten. Vieles ist übrigens nur da, um ein möglichst vollständiges Bild unserer Volksdichtung zu liefern, die nun bis auf die *dramatischen und mimischen Spiele, Tänze und Mummereien*, welche eine eigene Bearbeitung erfordern, in den Händen des Publicums ist. Das Bedeutungslose konnte ich, wo es auch nur zur Erläuterung des Bedeutendern diente, nicht liegen lassen. Auszerdem sind nur solche Bruchstücke aufgenommen, die werth schienen zu weiterer Nachforschung anzureizen. Was noch sonst zu ihrer Aufnahme bestimmte, ist in den Anmerkungen und Abhandlungen angedeutet.

Mit der Anordnung des Ganzen wird man, hoffe ich, zufrieden sein. Sie ist durchsichtig genug und geeignet sich selbst zu erklären.

Dasz ich es verschmäht habe, Worterklärungen in die Anmerkungen aufzunehmen, wie es Joh. Karl Schuller bei seinen Ausgaben zu thun liebt, werden Manche vielleicht bedauern. Aber das endliche Erscheinen eines siebenb. sächs. Idiotikons wird ja immer sicherer und in dessen Spalten gehören Worterklärungen. Ueber meine Lautzeichen im sächsischen Text ist das Nothwendigste in der ersten Abhandlung gesagt, weitere Erläuterungen sind überflüszig. Fachmänner und wissenschaftlich Gebildete unter meinen Lesern werden die Grundsätze, nach welchen ich vorgehe, bald und leicht erfassen, und über die Bedeutung der von mir gebrauchten Zeichen kaum im Zweifel bleiben; die Andern gehören wohl meistens zu meinen Stammgenossen, und diese werden ihr Idiom auch in meiner Orthographie nicht verkennen.

Dasz ich es übrigens selbst mitstrebenden Genossen und Freunden nicht in Allem recht gemacht haben werde, kann ich wohl voraussehen; hätte ich doch auch in ihren Arbeiten hie und da Etwas anders gewünscht. Da weisz ich nun keinen andern Rath, als abzuwarten, bis entweder ich ihrer oder sie meiner Meinung geworden. Es liegt mir wie ihnen zu viel an der Wahrheit, als dasz wir nicht überzeugenden Gründen gegenüber uns freudig von einem gehegten Wahne lossagen sollten. Manches möchte ich selbst schon jetzt ändern, namentlich in den Abhandlungen klarer und breiter ausführen, dasz fast alle Gattungen unserer Volksdichtung als solche bis in die Karolingerzeit und oft noch viel weiter zurückreichen. Vielleicht kann ich mich einmal an anderm Orte mit ganzem Behagen in diesem Stoff auslegen.

Noch bedarf das reiche Druckfehlerverzeichnisz einer

Entschuldigung. Mein oder des Verlegers Sündenregister darin zu sehen, wäre unbillig. Die Ursachen waren fast unabwendbar und lagen in den leidigen Verhältnissen; in der 200 Meilen weiten Entfernung zwischen dem Druckort und mir, der ich nur die letzte Correctur besorgen konnte, in der Unbekanntschaft der Setzer mit dem siebenb. sächs. Dialect. Das liesz sich nicht ändern. Die Wahl des Druckortes war einmal vollzogen, und bot neben manchen von dem Verleger nicht vorausgesehenen Schwierigkeiten auch unläugbare Vortheile, die Unkunde der Setzer war nicht wegzuzaubern, und eine mehrmalige Correctur verbot die Rücksicht auf die groszen Postauslagen und die Besorgnisz vor allzulanger Verschleppung der Druckvollendung, die ohnehin lange genug auf sich hat warten lassen.

Ich schliesze den Geleitsbrief meines Buches, indem ich ihm den besten Empfang namentlich bei meinen Volksgenossen aller Stände wünsche — ich darf dies mit gutem Gewissen, da, was es enthält, nur zum geringsten Theil mein Werk ist. Auch dieser geringe Theil ist ja nur Beiwerk; alles Uebrige hab' ich vom Volke genommen, und gebe es reinlich gesäubert und geordnet dem Volke wieder zurück.

Mühlbach, im December 1864.

Der Verfasser.

Inhalt.

B

Nro.	Ueberschriften	Seite

Anmerkungen.

Abhandlungen.

Erstes Buch.

Erste Abtheilung.

Vöglein.

1.

A.

(Mühlbach.)

1. Et sâs e klî wält fijeltchen
aw ėnem grâne nâsztchen;
et sång de gânz wäinjternôcht,
de stäm då moszt em kläinjen.

2. Säinj tâ mer mî, säinj tâ mer mî,
tâ klėnet, wäldet fijeltchen!
ėch wäl der schreiwen af deinje' flijel
mät gielem gûld uch grâner sėkt.

3. Hâlt tâ dė gûlt, hâlt tâ dėinj sekt!
ėch wäl dir nėmi säinjen,
ėch bän e klî wält fijeltchen,
unt nėmeszt kâ mich zwäinjen.

4. Gånk tâ eruow äm dėfen duof.
der rėif wirt dėj uch dräken.
„Dräkt mėch der reif, der rėiw äsz kâlt,
frå San wirt mėj erkwäken.“

[4. Säinj tâ eruow äm dėfen duof,
der rėif wirt dėj uch dräken.
„Dräkt mėch der rėif, der reiw äsz kâlt,
frå Sane wirt mėch drėjen.“

5. Håszt tâ meʳt gesòt fir em jôr fir zwie'n —
dâ had ėch nôch mėinj îren,
awer nana, awer nana
hun ich se ferlîren.]

B.

(Weiszkirch bei Bistritz.)

1. Et saz e kli wält fėjeltchi
aw ėnem graene zwaich.
„O sang, o sang, walt fėjeltchi
wuor lautet dir dai stäm?

2. Mir wä'n dir dai walt fėdercher
mat ruidem gûld änbä'n.
flaich iber'n wâlt, kom widerem bâlt!
wat brangst tau mir geschrib'n?

Schwalbe.

2.

(Mühlbach.)

1. Wun ij ewêch, wun ij ewêch,
loszen ich schėiren uch käszté fôl;
won ich kun, won ich wėder kun,
äs alesz wėder lêr.

3.

1. Et flug e schweltken iwer't dâch,
et fluch die gânze' låwen dâch.

2. Et fluch die gânze, låwen dûch,
bäsz dad et die giwel nèmi sâch.

3. Èch mé's ewêj, èch mèsz derfun
wisz Got wunî ich wèder kun.

4. Wun ale bîm wèder bläder hun,
än't fråjôr wärden ich wèder kun.

5. Wun ale blô blome wèder blån,
dernô wärden ich wèder mèinj hîmet sån.

6. Wun de flèiszich geboure frå afstôn,
unt frå af't fielt mät de pläje gôn;

7. Wun de knêcht um sangtich gôn af den dânz,
uch de hîsch mêde' mät dem krânz.

8. Ir mêden, ir mêde mät gielem hôr
bewôrd ij ir îre bäs iwert jôr!

Guckuck.

4.

(Mühlbach.)

1. Et sås e kukuk af em zong,
et kâm e rên unt mâcht e nasz.

2. Na sprît hie sich de flijel ousz,
unt fluch dem gûldschmid än det housz,

3 Unt fluch dier schènster af det fènster;
na sâch då schènst zem fènster erousz.

4. „Bäszt ta dier janger î gesäl,
dier mèch fillècht fersäke wäl?

5. Tâ huoszt fersakt mät muncher mêt,
te huoszt gedriwen det geśpêt.

6. Wå tâ ed alsi huoszt gedriwen,
esi bäszt te na wéder gebliwen."

Nachtigal.

5.

A.

(Mühlbach.)

1. Ze Krînen, ze Krîne fir em borjerdîr,
dô śtând en hîsch grån läinjt derfîr.

2. Se wôr îwe brîd uġ angde schmuol;
„Duor afen, duor afe frå nôċhteguol!"

3. Säinj, fijeltche klîn, wå tâ esi schîn
af't jôr sâlt tâ méinj îjë sén!" . .

4. „Wå sûl éch na déinj îjä séinj?
éch bän e klî wält fijeléinj.

5. Eeh schäke méinj fâdre se fläjen derfun
se fläjen dier schénster af det fénster:

6. Ai schénst, ai schénst! wat sâl éch dir sôn?
wat dir e mân e räter empîr.

7. Hie békt dir jô dier gâder dâch,
tâ sîlt dich schäken zer somerzékt.

8. Ai dâ der somer erbå kâm
se sâċh då schénst, dat némeszt kâm;

9. Ai af dem frithof śtît e bûm
duor em de knêcht uknäpe sûl'.

B.

(Dortsmundart aus der Umgegend von Hermannstadt.)

Ze Krûnen ze Krûne für em borjerdür,
dô ṡtianjd inj schîn grâin lainjt derfür,
sâ wôr uiwe brîd uġ ainjde schmôl
draf sâs înj schîn nôchtegôl.

„Wält tiâ mir nėd e frâche seinj?
„Wô sâl ėch dir e frâche seinj?
ėch bän inj schîn fijelėinj."

Sai fluċh der schėnster af det fėnster:
„Giâden dâċh, giâden dâċh tiâ shîn jangfer!
wat dir dė gelaifster entboden hôt:
hie hôt dir entboden en giâden dâċh,
hie wîl än de wainjter kun,
en wîl dich hun (andre Relation hat: nun."]

Der somer fergėng, der wainjter kûm,
der gelaėfst dî wûl nor nėmi kun:
„Gung ewêch, gung ewêch tiâ wėiszer schnî!
mėinj duoċh bedrėcht mich nicher mî,
mėinj duoċh hôt mėch nor ėner bedriuġen
uėh dî hôt sij ed än hâlz geliuġen.

C.

(Petersdorf bei Mühlbach.)

1. Ze Kruinen, ze Kruine fiėr em borjerduir
dô ṡtând en hîsch lainjt derfuir;
dô sâszen drâ nôċhteguolen derfuir.

2. Dai îrscht dai ṡprång, dai ânder sång
dai drat dai schlaċh en ziter gor fëinj:

3. „Di'er fainjer, dier domen, dier ielebuijen
huot mėch mėinj duoċh nor ėner bedruijen,

4. Huot mėch mėinj duoċh nor ėner bedruijen
uċh dî huot sej ed än hâlz geluijen
(wai dier î lichter î schatertzegun)

D.

(Mühlbach.)

1. Ze Krînen, ze Krîne fîr em borjerdîr
. . . .

2. Dô sâs ich fil môl af em štîntchen,
und erwârt mer mė lėfken.

3. Der somer fergėng, der wäinjter kâm,
nor der gelåft wûl nėmi kun:

4. „Gång ewêch, gång ewêch, tâ wĕiszer schnî!
mėnij duoċh bedrėcht mėch nicher mî;

5. Mėinj duoċh huot mėch nor ėner bedrîjen;
dier huot sich de štrånk un hålz gelijen.“

E.

(Georgsdorf.)

1. Ze Krûnen, ze Krûne fûr em borjerdúr,
dô štainjd en grâin lainjt derfûr.

2. Ůwen ouszgešprėid uģ angde schmėul,
dô houszt dai frâ dâi nôċhtegėul.

3. Sai plakt dai fäderu, unt fluċh derfun,
unt fluċh der schėnster af det fėnster:

4. „Dier fäinjer, dier domen, dier ielebûjen,
et huot mich mėinj duċh nor ėner bedrûjen.

F.

(Kaisd.)

1. Ze Krînen, ze Krîne fuir der borjern ärem diur,
diu štîd en gråszgrân laint derfiur,

2. Ai iûwen äsz så brîd, ai ain äsz så schmôl,
draf såint sėch frâ nôċhtegôl.

3. „Frâ nôċhtegôl, wärlt fijelain!
wâ sâl eċh dai gelâftche sain?“

4. E'ch gėng aw en hie bärch (ṡtôn)
ėch sâċh grâszgrâne klî afgôn:

5. „Gung âf, gung âf grâszgrâner klî!
bedrėcht mėch niche räter mî;

6. Et hôt mėch nôċh nor ėner bedriugen
oċh dîe hôd ed ä sâine hâlz geliugen.“

Bäumchen.

6.

A.

(Mühlbach.)

1. Et ṡtând e bîmtchen äm dėfen duof,
et hėngen dier rîder âpeltcher drun.

2. Et kâm e wäinjtchen unt wêt se uof
äm defen duot

3. Et kâm e mêtchen unt klouft se af
än e schnîweisz daċh;

4. Unt draċh se hîmen ädlerweisz
unt schlusz se än mät allem fleisz.

5. Et nâm dien hėschten unt schnid en än zwie
unt gâf sėiujem härzgelâften en dil.

6. E kärche ṡpräzt em für det dîr,
dô wosz gor bâld e bimtchen derfir.

B.

(Agnethlen.)

---

1. Dertuiwen, dertuiwen ä génem dôl
dô ŝtând î boimtche ruit âpel gor fôl.

2. Et kûm e wänd, unt wêt se uoi
unt wêt se än en defen doil.

3. Et kûm e schnîweisz mêdelén
unt kläüft se än e schnétzeldac̆h fén.

4. Unt dêt se än en nâ ladegefoc̆h,
bäsz dat det gôr erammer wôr.

5. Dâ det güor erammer wôr
zerschnit se en âpel af drôi dûl.

6. . . . .
Det bêszt gâf se ärem léfken derfun.

[7. Än dém âpel wôr en kär —
de knêcht hun uc̆h de mêjd gor gärn.

8. Än dém âpel wôr en kîrsch —
de mejd sén uc̆h gor hîsch gebirscht.

9. Än dém âpel dô wôr en prom
de knêcht sén hiş unt dénich nét from.

10. Em bât de mejden an e fâderä bât
de knêchten an en dornenhâk.

11. Em bât de mejden alle gor hui
de knêcht réden aw er geräinjelder flui.]

Rosenbrechen.

7.

A.

(Mühlbach.)

1. Ôwend äs et worden
hîme sèle mer gôn
grân nåsztcher brêchen
de döre losze åtôn

2. Brêche mer då déren
fïr de grånen uof,
se äs et nôch gefälijer,
se äs et em jède gerêcht.

B.

(Bistritz.)

1. Obend wäl et wieren
hémen sin mer gô,
raif rûsen bräichen,
grainen loszen åtô. —

2. Et kâm e mêtchi obends,
et brâch se uof;
[et åtâlt se dem Hanzi af den hat,
dåt åtânt im wåndergât.]

C.

(Lasslen.)

1. Ôwend äs et wården,
hîme séle mer gôn,
de rèif nêsztle brêchen
fuer de grånen ôf,

2. Brêche mer de raiwen
fuer de grânen ôf
[âf dad în înich Fréinztchen
fun donnen erôwer feârt.

3. Wî feârd et, wî feârd et?
Honnes hész dier kniecht,
Got dunk et séne sännen!
et wôr sèinj uċh wol wiert.]

D.

(Minarken.)

1. Eubend äs et weur'n
hème si'n mer geu,
raif ruisen brâich'n,
de graine losz'n ŝteu.

2. Braich'n mer de grainė
for dier dir hin uof —
[et kâm e ėinzich Rîszken
fun dâñen hier gefaurt.

3. Åċh här, âċh här, wier holt et?
der Andrisch wôr e knėicht —
Saiden, saiden haub'n,
gêil saiden schnâr —
mer kän et Got bezaign
än wänter si'n mer't änlaidn.]

[3. Åċh här, âċh här wier holt et?
der Andrisch wôr e knêicht —
weur et im gefällich
geschâċh et im gerêicht.

4. Schwarz iwer de gâsz,
mėinj härz nėt ferlosz!
for îren hausz ŝtând e ŝtängel däl —
o wî! wor ŝtît der säszter Mari är kräl!]

E.

(Georgsdorf.)

1. Ôwend äs et worden,
   hèime sèle mer gôn,
   grain nèsztle brêchen,
   dère' losze' štên.

2. Brêche mer de grainjen,
   dai raiwen fälen uie. —
   [Et wôr en înich Träinjo,
   fun dañe gèng ed uie.

3. Wî sûl ed uch fâren?
   dier èi Hènzo, dier oi kniechtchen
   . . . .
   . . . .

---

4. E kîft em uǵ en kîrsen,
   un orme wôr et wèisz,
   doroinjder gèng et schôkle'
   wai e gäldä rèisz.

5. unt kîft em uǵ en månkel
   a štal des kröuse rôk;
   doroinjder gèng et döunzen
   wai en somerdôk.]

Kleiderfreude.

8.

(Weingarten.)

---

1. Em kûft mer uǵ en månkel
zâ er morjegôf;
drangder gèng èch schôkelen,
drangder gèng èch schôkelen
wå en gäldän dôk. ./.

2. Em kûft mer uǵ en kîrșen
zâ em îrepréisz:
drangder gèng èch schôkelen,
drangder gèng èch schôkelen
wå e gäldä réisz. ./.

Blumenhaus.

9.

(Bootsch.)

1. Ich geu an mènes fueters guerten
niderlôn ont schliûfe' —
ja! ja; niderlôn ont schliûfe;
ich drême mer a drêmeléinj,
at schnuat üwer mèch,
ja! ja! et schnuat iwer mèch.

2. Et blâten ôk drâ ruiseléinj
daä hangen üwer mech,
ja! ja! dâe hangen üwer mèch,
Deu num ich dâe drâe ruiseleinj
unt bûnt mer ène krûnz,
ja! ja! unt bûnt mer ène krûnz.

3. Unt dau der krûnz na firtich wôr
deu wôr der reum schu aus,
ja! ja! dô wôr der reum schu aus;
Aich wolt uĉh gärn hëme gaun,
aich hat kêi êjen hausz,
ja! ja! aich hat kêi êjen hausz.

4. A héiszke' wäl ich mer bâ
ausz pitersilenk,
ja! ja! ausz pitersilenk;
mät wot sol ij et dieken?
mät wéisze' litenk,
ja! ja! mät wéisze litenk.

5. Mät wot sol ij et wéisz mûke?
mät wéiszem, wéiszem krait
ja! ja! mät wéiszem, wéiszem krait,
unt deniu drän wunne
mir zwie gang lait,
ja! ja! mir zwie gang lait.

Gärtnerin.

10.

(Saxonisirendes Hochdeutsch.)

---

1. Wo solt du denn gehen
herzeliebe mein?
In den gurten, in den gurten
herzelieber mein.

2. Was solt tu da machen
herzeliebe mein?
Sträuszker binden, sträuszker binden
herzelieber mein!

3. Wem solt tu sie geben
herzeliebe mein?
Meinem schutzken, meinem schutzken
herzelieber mein!

4. Wer ist deñ dein schutzken,
herzeliebe mein?
O! du selber, o! du selber
herzelieber mein!

[4. Wie ist deñ der name
herzeliebe mein?
N. N. Hoñes, N. N. Hoñes,
herzelieber mein!]

11.

(Mühlbach.)

Et gèng e mêtchen, e mêtchen
zâ enem kâle' bräntchen
mät sèinjem wasserkäntchen.
„Wat sâlt tâ hâ Katrèinjtchen?
Ech sâl mer wasser schâpen,
ä mèinje' guorte schlâpen,
de rîseštêk begèszen,
dat sâ mir wuosze mèszen.

„Ech wäl dir wasser schâpen
uǵ än de guorte schlâpen;
wält tâ mer nèd e lèfke sèn?
e lèfken, e schazken,
unt gäf mer uǵ e mazken.“

E lèfken, e schazken
dât wäl èch dir nèt sèn;
mè schaz dier lâd äm guorten,
e lât bâ die rosèinjtchen;
„Gâden dâch Katrèinjtchen!'
dèm wäl èch schîn e mazke gien,
wun hie mich wird än arme' nien.

Liebesweg.

12.

(Georgsdorf.)

Häinjder äusem gourten
wôr e štîgeltchen;
ich wîs uch wî et néder trut:
en Honzo trud et néder,
e Maio mâcht et wéder.

Bestellung.

13.

(Georgsdorf.)

[1. Schazke bäszt te zornich,
cha zornij üwer méch?
et liewen nôch drâ äundern,
wat schieren ich mij äm déch?]

2. Kam enzôwend än âsz häusz
ich kun af de gas eräus,
se fäinjst tau méinjes fuoters häusz.

3. „Wâ sâl ich zâ dem dûr änen? —"
Kam nor äm det dûr geschwäinjt!
se dinkt mé fuoter, et wêr der wäinjt.

4. „Wâ sâl ich bâ dem hangt ferbâi?"
Schnégd em nor e wénich brût,
se wit hie schwéje' wâ der dût.

5. „Wâ sâl ich zâ der dir änen?"
Kam nor un de dir en kraz!
se dinkt mé fuoter et wêr de kaz.

6. „Wâ kun ich af de bånk bâ déch?"
Dâ nor en härzešprång!
se bäszt te bâ mer af der bånk.

14.

(Mühlbach.)

1. Înijet schazken
   gäf mer uġ e mazken!
   mė mân äsz nėt derhîm. ·/.

2. Kam un âsz dirchen!
   ėch gien der uġ e birchen —
   mė mân äsz nėt derhîm. ·/.

3. Kam un âsz bräutchen!
   duor kid uġ âsz fräinjtchen, —
   mė mân äsz nėt derhîm. ·/.

[3. Kam un âsz bräutchen!
   duor kid uġ âs Träinjtchen:
   mė mân äsz nėt derhîm.]

4. Kam än âse guorten!
   dô wäl ėj af dîch wuorden,
   mė mân äsz nėt derhîm. ·/.

[5. Kam mät dem käntchen',
   ėch wuorde mät dem fäinjtchen,
   mė mân äsz nėt derhîm. ·/.]

Der Freier.

15.

(Mühlbach.)

„Ṡpän, mêtche, ṡpän!"
Der frâer kid erän,
et schmèiszt de rôken un de wânt,
et nit de frâer un der hânt.
[Hîe bräinjd äm blomen,
hie bräinjd äm en krânz,
hie nid et um armen,
unt gîd af den dânz.]

Drei Mädchen.

16.

(Schäszburg.)

Et gèngen drâ mêtcher aw ènen dânz,
då în, då håd en pärläne krânz,
de pärle' lichten uewen erausz,
de ânder, då håd en rîseṡtrausz,
de rîsen, då gâwen en geâde' geråĉh;
de drät, då hât nor e rîn wèisz dåĉh;
det dåĉh wôr waisz, det dåĉh wôr rîn,
de ôrem wîsz wôr de hèscht än der gemîn.

Schätzchen.

17.

(Schäszburg.)

1. An eâsem gôrte blåd en hiesch rîsz —
mè schåzken äs en ôrem wîsz.

2. Än eâsem gôrte blåd rosmarin —
mèinj înich schåzke' nèt gånk båhin!

3. Än eâsem gôrte' blât majerâm —
meinj ienich schåzke nét wärt mer greâm!

4. Än eâsem gôrte' blât pisemkreokt —
teâ îenijet schåzke bâlt wirst te méinj breokt.

Liebesqualen.

18.

(Marpod.)

1. Ich hat méinj härzgelâftchen
än âcht duogen nét gesân;
ich sâg et gêsztre morjen
än der kirch gor frâ.

2. Ich tûrft et nét gesprêchen:
„Härzgelaift ich bän uch hâ!"
det härz wûl mer zebrêchen
dad ich nét plädern tûrft.

[2. Ěch koinjd och nét gesprêchen:
„Härzg'låw! éch bän uch hâ."
éch duocht méinj härz sîl brêchen,
wél ich nét glèch kanjt sprêchen:
„Härzg'låw! éch bän uch hâ."[

Ungewissheit.

19.

(Halvelagen.)

1. Alerloâ bleâmeléinj
fuir e wiejes (?) ruit!
ai! éch wîsz nét, lieft mö löfken,
åwer äs et duit.

2. Alerloâ bleâmeléinj
fuir e wiejes blô!
ai! éch wîsz nét, lieft mö löfken
hâ åwer diô.

3. Alerloâ bleâmeléinj
fuir e wiejes wêisz!
ai! éch wéil méinj îenich löfken
måze mät fléisz.

Sehnsucht.

20.

(Halvelajen.)

1. Wol fläje', wol fläjen de wûlken!
Wôr séld ir fläjen hin, hin, hin?
Kên Drâs iwer de mauren
for éner Schän ir dür, dür, dür.

2. De Schän då sûl zer kirch gôen,
det Honeszke' kanjt nét nô, nô gôen;
det harz wûl ém zebrêchen,
dat hî nét mäd er kånjt śprêchen.

Die Liebe.

21.

(Marpod.)

1. Näszt av ierde
kân hèscher sén
âlz wun zwê härzen
mäd enûnder schärzen,
und än enûnder ferlâift sén.

2. Hîszgleanjich kiûlen
se jeu nét hîsz,
åwer de lâif
åwer de lâif
fun dier uémeszt e śtarwenswiurt wîsz.

3. Ir schwuarz ûijeléinj
sét mér gor fëinj;
éch wäl éch lâewen,
unt nå bedrâewen
wêrt er nor méinj, oćh wêrt er nor méinj!

22.

(Bolkatsch.)

1. Sô mer härzke'
sô mer schmärzke,
wat hun éch ferschûlt,
dad éch esi fil mosz légden
fil mosz légden
mät gedûlt.

2. Riéchte lâf huot fil ze schafen,
riechte lâf huot fil ze dân,
riecht lâf, dai kû nét schlôfen ·/.
riecht lâf, dâi kû nét rân. —

3. Rosmarin mät nâjelblomen
ŝtâćh ich äm af séinjen hot —
. . . .

Tagelied.

23.

(Marpod.)

Sie.

1. Tâ ŝtîszt aw unt gîszt derfun
wonî wirŝt tâ weder kun?

2. tâ ferlészt méch, zéchst fu mir,
alle méinj fruit schäken éch mät dir.

3. Kîr äm, kîr äm, schwuarz fijeléinj,
wiesch mer uof de trêne' méinj!

4. Tâ gîszt ewêch, tâ zèchst derfun,
wunî werŝt tâ wèder kun?

Er.

5. Zâ nicher ândrer wäl èch giûn,
nor dèch ä mèinjem härzen driûn.

Sie.

6. Ferfleaćht suol sèn de sûel dèinj
won tâ fergäszt de lâef mèinj!

Er.

7. Ferfleaćh mèch nèt tâ geanget bleât!
ich wäl dir bleùwen trui aćh geât.

8. Ferfleaćh mèch nèd', èch zân derfun,
wier wîsz wunî ich wèder kun;

9. Ėch zân ewêch, èch zân derfun,
mèinj treorich härz mèsz mät mer kun.

Sie.

10. Wun alc ruawe' wèisz fâdern driûn
daun wirŝt tâ wèder niu Zuide kun.

Er.

11. Det Zuidner rêch wirt ruisen driûn
bäs ich wèder nô Zuide kan.

Scheiden und Meiden.

24.

(Umgegend von Hermannstadt.)

1. Wor fil sė mer madenûnder gegângen,
aćh! înîget harzke mèinj!
en sėn es uǵ am den hâlz gehangen —
geschîde mos et sèinj
aćh înijet harzke mèinj!

2. Wor fil sė mer madenûnder geliejen,
aċh! înijet harzke mėinj!
än trâ uċh îrewiejen —
geschîde mos et sėinj
aċh înijet harzke mėinj!

3. Wor fil sė mer mad enûnder gesêszen,
aċh! înijet harzke mėinj!
gor munch ėne schlôf hu mer uċh fergêszen —
geschîde mos et sėinj
aċh înijet harzke mėinj!

4. Wat giszt tâ mer na für mėinjen dainst alîn,
aċh! înijet harzke mėinj?
De milleśtîn ześtûszä klîn —
geschîde mos et sėinj
aċh înijet harzke mėinj!

[5 Unt lief na wûl fergnächt,
aċh! înijet harzke mėinj!
mî barbes wâ geschächt —
geschîde mos et sėinj
aċh înijet harzke mėinj!

25.

A.

(Georgsdorf.)

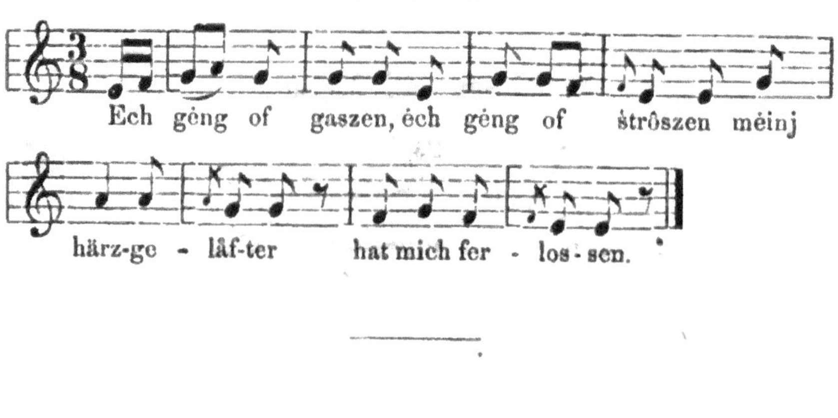

(Die Melodie der ersten Strophe gilt auch für die zweite, die der dritten für alle übrigen.)

1. Ėch gôn af gaszen, ėch gôn af štrôszen,
menj härzgelaifter huot mich ferloszen.

2. Wun hie mich sâğ af gasze gôn
štiangt e unt sâčh mer fräinjtlich nô.

3. Wô sâl ij e sake, wô sâl ij e fainjden?
angder de böümen, angder de wainjden?

[3. Wô sâl ij e sake, wô sâl ij e fainjden
angderm rûde rôk, anjderm wäînjmereštôk?]

4. Wô äsz e mät säinjem gielkröusen hôr?
Mer haden es laif siwe jôr.

5. Mer wöulen esz nien, de frainjt wöulen nėt,
mer wöulen esz schėiden, und kainjden nėt.

6. Ačh schėiden, ačh schėiden! wî huot dėj erduočht,
dât tâ mėinj härz än tröuren huoszt bruočht?

7. Ai tröuren! ai tröuren! wuni niszt tau en oinjt?
wun âsz birebûm rût rûse broinjt.

8. Ai rûse rût! ai löljė blô!
ėch had en härzgelaifte' — nor Got wėisz wô!

9. Ai lölje blô! ai rûse rût!
éch had en härzgelaiften, dier äsz na dût.

B.

(Minarken.)

1. Ich geh auf gassen, ich ŝteh auf ŝtrassen
der schönste hat seine geliebte verlassen.

2. Det brau mêitchi huot gêil krausz heur,
mer had'n åns gelaift e gånz jeur.

3. Mer wo'n åns nêi, åns fränt wo'n nät
mer wo'n åns schéiden, mer kon'n oćh nät.

4. Åćh schéiden! åch schéiden, wier huet daich erdueċht;
dat dau mir méinj jang lêib'n än trauer huest bruoċht?

5. Åćh trauren! åćh trauren! wonî niszt tau en and?
wän dier biernbûm ruit ruisen brangt.

6. Af diem Nîsner turn ås en schålmâi —
af diem duidesbegrêfnesz låid alle mai trâi.

C.

(Nieder Eidisch.)

. . . .
Dai lés éch mer wôszen det giel hôr,
mir ho'n es oćh giern zwê gônzer jôr,

Mir wol'n es oćh nien, de frainjt lâiszen esz nét,
mir wol'n es oćh sché'n, mir konten ed oćh nét.

Oćh schén! oćh schén! wier huet dij erduoċht?
oćh lîd! oćh lîd! wier huot dej än åsz härz gebruoċht?

De ruise ruit, de faule' blô —
éch had en härzlaift — nor Got wîsz wô.

26.

(Mühlbach.)

1. Ir härren, ir härre, mät krousem hôr!
mer haden eš lâf siwe jôr.

2. Ach schîden! ach schîde' nit nichen äinjt —
bäsz dat der birebûm rîse bräinjt.

3. Ai rîsen! ai rîsen! dier bräinjt hie nėt,
hie bräinjt dier wėiszer blome gor fil.

4. Dier weiszer blomen hu mer genach,
dier janger gesälen hû mer gebrach.

[5. Ir gesälle' kud, ir fräsch gesälen!
unt pläkt die frîliche mêden de špälen!

6. Wô er nėt wält krėcht angder den hiert!
se sėgd er dier kramer späle nėt wiert.

27.

(Mühlbach.)

1. Af dem Kakelrêch
dânzen dâ schnėgderknêcht
äm dât hîder
wėktchen eräm:
Wor schėinjt der môn!
wor lichten de štärn!
bâ mėinjem härzgelâfte'
bän ich gor gärn.

2. Ai iwer e waszer!
ai iwer en sî!
ai! schîde' fun härzen
ai dât dît wî!
ach schîden! ach schîden!
wier huot dėj erdôcht,
dat tâ mer mė liewen
än trouren huoszt brôcht?

3. Aċh trouren! aċh trouren!
woni niszt tâ en äinjt?
ai! wun âsz birebûm
rît rîse bräinjt.
Ai rîszker bräinjt jô
dier birebûm nėt,
hie bräinjt jo dier wėiszer
blome gor fil.

4. Dier wėiszer blomen,
dier wėiszer blå,
dier ṡtô gor fil
un de wiejen hå.
Dier wėiszer blomen
hu mer genaċh,
dier janger gesälen
hu mer gebraċh.

28.

(Mühlbach.)

---

1. Ich gôn af de bräk
unt ku nėmi zeräk,
ėch gôn af de ṡtîn
unt kun nėmi hîm.
Wunî wärden ich wėder kun?
Wun de schwarz ruowe' wėisz fädern hun.

29.

(Schonen.)

1. Ėch soul emôl ŭiwer gėn gåsz gôn,
se sâġ ich mėinj lėfke' bâ'm ândre štiôn.

2. Så riete, wat se wûlen, dât gefâl mer nėt,
ich dêt en schîne grosz, så dânktc mer nėt,
se wise mer en apel unt gâwe mer en nėt.

3. Gedink doċh, schaz, dėinjer fâltscher trâ,
gedink åwer dad et dich nėt gerâ!

4. Et wirt dich gerân, et wirt der wärde lît;
hėkt bän ich hå, more bän ich dît.

5. Ai håszt te gewûld, esi wêršt tâ mėinj
ėsi wėr dėinj motter mėinj schwijer mėsze sėinj.

6. Te huoszt nėt gewûlt, na mės et sėinj,
dad înich härzlåfker geschîde sėinj.

7. Ai, schîde fun der låw, ai dât dît wî;
em fäinjt nichen grėszere jômer mî.

8. Ai schîden, ai schîde, wuni niszt ta en ainjt?
Ai wun dier birebûm rîse brainjt.

30.

A.

(Marpod.)

1. Schîden, ai schîde, wî hôt dij erduoċht,
dat tâ mėinj härz än trouer gebrôċht?
ėch giôn derfun, ėch ziân derfun,
nor Got wîs, ôw ich wėder kun.

2. Ich suazt mėinjem fôter en rûis af den däsch:
„Mėinj hårzer fôter, blėift gesangd uċh fräsch!
ich giôn derfun, ich ziân derfun,
nor Got wîsz ôw ich wėder kun.

3. Ich sazt méinjer moter en rûis än ieren;
„Ir gûldich méinj moter, wâ lang wid et wieren?
ich giôn derfun, ich ziân derfun,
nor Got wîsz, ôw ich wéder kun.

4. Ich suazt méinjer säszter en rûis af de wuant:
„Tâ lôef méinj säszter, gäf tâ mer de huant!
ich giôn derfun, ich zeân derfun,
nor Got wîs, ôw ich wéder kun.

5. Schîden, oċh schîden, wonî niszt tâ en öinjt?
won uâsz birebûm wéisz rûise bröinjt.
Rûise bröinjt hî némermî,
schîden dît dem härze' wî.

B.

(Girtlen.)

[1. Aċh schîden! aċh schîde! wier hôt déj erdôċht,
dat tâ méinj härz än trâuren huaszt brôċht?
aċh trouren! aċh troure wonî niszt tâ en oinjt?
won âserî birebûm riûse broinjt.
aċh riûse broinjt hie némermî,
hie broinjt nor blömtcher waisz wâ schnî.]

---

2. Ech sazt méinjem fôeter zwô riûsen af den däsch:
Ir harzer méinjer fôeter, hâlt ir èch nor fräsch!
èch sâl ewêj unt mèsz derfun,
nor Got wit wäsze, won ich wéder kun.

3. Ėch sazt méinjer moter zwô riûsen än ieren:
„Ir hârz méinj moter, wî sâl ich nâ kieren?
èch sâl ewêj, èch mèsz derfun,
nor Got wit wäsze', won ich wéder kun.

4. Tâ hârzer méinjer brâder, wol lichten déinj schéiwen!
wal gäre wîl èch nôċh bâ dir bléiwen!
èch sâl ewêj, èch mesz derfun,
nor Got wit wäsze', won ich wéder kun.

5. Tâ hârz mēinj säszter, wol wais äsz dėinj wount?
   gäf tâ mėr nâ zem lêztemôl dėinj hount!
   ėch sâl ewêj, ėch mėsz derfun,
   nor Got wit wäsze' won ich wėder kun.

[6. Dô ėch na kun af't hiû birkerêch,
   wôr al mė triûszt uċh moud ewêch:
   ėch sâl ewêj, ėch mėsz derfun,
   nor Got wit wäsze, won ich wėder kun.

7. Dô ich na kûm bâ de ŝtader ŝtrėch:
   „Iř härz mėinj moter, gedinkt oǵ u mėch?
   ėch sâl ewêj, ėch mėsz derfun,
   nor Got wit wäsze' won ich wėder kun.

8. Gedinkt u mėch, wâ ėj un ėch,
   esi wid ėch Got gien det hėmelrėch!
   det hėmelrėch, dâ wiert ŝtât,
   wô al mėinj trâuren äs ouszgeklôt.]

C.

(Mühlbach.)

1. Ich sazt drâ rîsen, drâ rîsen
   mėinjer frâ moter angder de wânt:

2. Frâ moter, giet mer na de hânt:
   aċh hârz frâ moter, na kun ich nėt bâlt.

3. Ich mės ewêj, ich mėsz derfun
   mėinj frâ moter wäl mich nėmi hun.

4. Ich mės ewêj, ich mėsz derfun,
   wîsz Got, wunî ich wėder kun.

5. Wun de schwarz ruowe wėisz fâdern hun,
   dernô wärden ėch wėder kun.

6. Wohėnen ich gôn uċh ŝtäl ŝtôn,
   dô lâszen ich munch în wîsenzôr.

Heimath und Fremde.

31.

A.

(Schässburg.)

1. Èch sazt drâ rîsen un der moter är woânt:
„dâ hårz mèinj moter lång teâ mer dèinj hoânt!“

2. Dâ ich kâm fuer der frèmden är dir,
se sôde se: „teâ gehîrst nèt mir.“

3. Dâ ich kâm fuer der frèmden är faüer,
se sôde se: „det hûlz äsz daüer.“

4. Dâ èch kâm fuer der frèmden ären däsch,
se âsze se dier grâner fäsch.

5. Ech bât se äm' e kräsztche brît,
se sôde se: „et dît der nèt nît.“

6. Ech drêt mij äm, unt blif åtäl åtôn,
unt lèsz gor munch ènen hîszen zôr.

[7. Aċh trauern! aċh trauern wuni niszt tâ en aujt?
wun âsz birebîmtche' rîszker branjt.

8. Rîszker branjt âsz birebîmtche nèt,
et branjt dier waiszer blome' gor fil.

9. Aċh schîden! aċh schîden! wî hôt dij erdôċht,
dî âsz låft än trauern hôt brôċht.]

B.

(Mühlbach.)

1. Èch gèng, èch gèng bå des frèmde sèinj dir,
se sôt dier frèmd, ich wêr ze fil.
Ich drêt mij äm, unt sâċh zeräk:
„O ir låt fräinjt, kud uċh mät!“

2. Ėch gėng, ėch gėng bå des frėmde sėinjen hiert,
se sôt dier frėmd, ich wêr nėt wiert,
Ich drêt mij äm, unt sâċh zeräk:
„O ir låf fräinjt, kud uċh mät!“

3. Ėch gėng, ėch gėng bå des frėmde sėinjen däsch,
se rakt dier frėmt det brît fum däsch.
Ich drêt mij äm unt sâċh zeräk:
„O ir låf fräinjt kud uċh mät!“

4. Ech gėng, ėch gėng bė mėinjer moter ären däsch,
se sôt mėinj moter: „kam hier und äsz!“
Ich drêt mij äm unt sâċh zeräk:
„O ir låf fräinjt, kud uċh mät!“

C.

(Georgsdorf.)

[1. Ėch sazt zwô rûsen än de moterbunk:
„ir hârz mėinj moter, ich sôn ich dunk!
ich zân ewêj ich zân derfun,
wî wîsz wuni ich wėder kun.“

2. Ėch sazt zwô rûsen än de fôterbunk:
„ir hârzer, mėinjer fôter, ich sôn ich dunk!
wun de schwarz ruowe' wėisz fädern drôn,
nor däun war'n ich wėder kun.]

3. Däun ich gėng für des frömde säinj dir,
gor bääält ŝtusz hie de rijel derfür.
Ėch drêt mij am, en blif ŝtal ŝtôn,
en lėsz gor munch öin wöîsenzôr.

4. Däun ich köûm für des frömde säinjen ieren,
gor bäult sôt hie, ėch kanjt nėt kieren.
Ėch drêt mij am, en blif ŝtal ŝtôn,
er lėsz gor munch öin wöîsenzôr.

5. Däun ich köûm für des frömde säinjen hiert,
se sôt dėer frömd, ėch wêr näszt wiert.
Ech drêt mij am, en blif ŝtal ŝtôn,
en lėsz gor munch öin wöîsenzôr.

6. Däun ich käûm für des frömde säinjen däsch,
gor bäult sôt hie, ich wêr e licht fäsch.
Éch drêt mij äm en blif štal štôn,
en lèsz gor munch öin wöîsenzôr.

D.

(Girtlen.)

1. Wun ich no ku bå der frömden ären däsch,
wol bâlt wid em šprêchen: štäund af, nèmi äsz!"

2. Wun ich na ku bå der frömden ären hiert,
wol bâlt wid em šprêchen: „uch dât bäszt te nèt wiert."

3. Des frömde sèinj mêd, äs uch gor grôf,
wô sâl ich blèiwen än dèsem hôf?

32.

(Agnethlen.)

---

1. Wol goit der wänt, wol štèift der schnî!
dât doit den oirme woise wî.

2. Wol goit der wänt, wol schôkelt der ruir,
wol kun de oirem woisen erfuir!

3. Wol goit der wänt, wol schôkeln de öichen.
wol fil wären esz de frömde ŝtröichen!

4. Wol goit der wänt, wol schôkeln de bâćhen,
wol fil wären esz de frömde flaćhen

5. Wol goit der wänt, wol schôkeln de wêden,
wor fil hun de oirem woisen ze lêden!

6. Wol goit der wänt, wol schôkeln de birken,
wor fil wären esz de frömde ŝtirzen!

[7. Wol goit der wänt, wol schêpeln de garwen,
wor fil wären esz de frömden erbarmen!]

8. Wol goit der wänt, wol schôkeln de hoijen,
wor fil wären esz de frömde ploijen!

33.

(Schäszburg.)

Dâ ich rôz ućh brîd âsz,
unt mêinjer moter af'em schîsz sâsz,
deâ wôr et geât fuer mêch,
deâ wôr et geât.

Waisen.

34.

(Schäszburg.)

Mêinj schäjeltcher sên zeräszen,
mêinj hêmtchen äsz zerschläszen,
mêinj hôr ferknudert gôr,
mêinj ûǵe wî fun der zôr.

Flėch hieschet fijeltche flėch
än't gäldän hėmelréch,
bräinj mėinjer (hārzer) moter en geâden dâċh,
en sô mer dernô, wat mâċht se nôċh?

35.

(Schäszburg.)

Husch! husch! ed äsz mer kâlt,
nėinj jôr bän ij âlt,
mė geât fôter äs än der wärlt dertausz;
mėinj bîsz moter pîzt mich nor äinjden ausz;
se wäl jang uċh hiesch sėn,
en schlészt mėj än de kâszten än.

36.

(Schäszburg.)

Hieschet mêtche bän ich,
wiesche, bake kân ich,
fliderfronsen drôn ich,
af der gåsz gôn ich,
wier mich sėkt, e wîl mich
åwer nichen daüwel nit mich,
dän en (ôrem) wîszke bän ich.

Einstige Liebe und Wahl.

37.

A.

(Marpod.)

Dâ ij e klinzich måtche wâr,
ṡpild ich mät de gangen,
dâ ij e kizke gröszer wâr,
kûme sâ geṡprangen,

wå ich géng zem åbendriecht
ṡpild ich mät dem héschte kniecht.

B.

(Mühlbach.)

Dâ ij e klinzich mêtche wôr
ṡpild ich mät de gangen,
dâ ij e kizke grėszer wôr,
kâme se geṡprangen,
dâ ich schîn zem fräinjdere wôr
kâmen uċh lasztich purschen duor;
ich nâm mer dénij en âlden;
de hôr wôren em grô,
det mél wôr em blô,
de ûge féngen em un ze ränen.
Wier der déiwel wid em se gewänen? —
Wuort! wuort! de zėkt wirt kun,
te wirṡt mich nėmermî bekun.

C.

(Halvelajen.)

Diå ėj e klinzich mêtche wôr,
géng ij än de blâmen,
diå ėj e kizke grėszer wôr,
se låfte mėch de gangen,
schliecht unt riecht
låfte mėch då fräinjder kniecht.

38.

(Mühlbach.)

Dîrṡt had ij en âlde mân,
dô had ich dier gâder dâch;
nana hun ij en jange genîn,
dô hun ich dier filer kläpelschlåch.

39.

Hâd ich gewaszt wâ't fräinjdern äs.
se bliw ich méinjem fuoter af em hiert,
en hât mer nichen mân genîn;
der bieszt mân äsz néd en haszpel wiert,
der déiwel fâr se hîm!

T o d.

40.

(Nieder Eidisch.)

1. Wâe kâum dier duit? — hie brâčh méch nider,
hie zebrâčh mir alle méne glider;
wâe kâum dier duit ont haûf méch of?
. . . .

2. Sai draug'n méch aus aus fuoters haus;
wuor ferschuorn sai méch? — an de kail iert;
do lauĉh der laif schnêwéis ont giel —
. . . .

Wän dai klôken îren schaul ferluoren,
esu fergôsz éch mén fraut mäd allem flaisz.

Ir ingeltcher bräingt hier den wäinj for méinj dür!
sché'n wal éj ausz der wält,
fäuren wal éch zau den froien.

Liebchens Grab.

41.

A.

(Agnethlen.)

1. Ich schmîsz zwô ädel ruisen
zem huie fênster hinöusz,
ich hat mêinj härzgeläfterchen trôfen,
dad et jô štärwe moszt.

2. Wôr sâl em et nâ begrôwen?
Ä sêinjes gruiszfôter sê grâf.
Wat sâl af sêinjem grâf wôszen?
Wol däszteln uêh ruisekrokt.

3. Wat štîd ze sêinje lâwen hîwden?
Dô štîd en gäldä schräft.
Wat štît dorä geschriwen?
„De gröszt trâ äm höusz.“

4. Wat śtît ze sėinje lâwe sėkten?
Dô śtôn zwê bîmtcher zôrt,
dâd în, dât drît de maschket,
dâd ânder de nåjeltscher.

5. Wat śtît za sėinje lâwe fôszen?
Dô śpraiņjd e bräntche kâl;
dât dîlt sij än zwê flêszker,
då dréiwen zwê millerât.

6. Dâd în, dât mêlt de maschket,
dâd ânder de nåjeltscher,
då maschket dôcht sich sėszer,
de nåjeltscher nôch fil gâts.

B.

(Mühlbach.)

---

1. Ich wurf zwö ädel rîsen
fun em hîe fėnster eruof,
en hat mė léfken trôfen,
dad et śtärwe moszt.

2. Wuor sâl em sė gråf mâchen?
Ä sėinjes fuoters bûmguorten.
Wat śtît za sėinje låwe sėkten?
Dô śtôn zwîn bîm alîn.

3. Wat åtît za séinje låwen hîwden?
Dô åtîd en gäldä schräft.
Wat åtîd än dier geschriwen?
de înich trâ äm housz.

4. Wat åtît za séinje låwe fêszen?
Dô äs e bräntche kål,
dât bräntche åpräzt zwê flêszker,
då dréiwen e millerât.

5. Dâd în, dât mielt de maschket,
dâd ânder de nåjeltcher.
Det maschket hält sich bieszer
[Det maschket mâl sich bieszer]
de nåjeltcher sén uċh gât.

[6. De san schéingt gedrangen,
mäd ärem klôre schéing,
se schéingt de léfker zesummen,
då fär fun enânder sén.]

Hüth dich!

42.

(Mühlbach.)

1. Håt icht, håt icht ûgen,
sonst wird em ich berûċhen!
et äsz nét gât wun em ales sékt.
wad af der lichter wält geschékt.

2. Håt icht, håt icht îren!
em mész néd alles hîren;
em hîrt gor fil af déser wält,
wat fromen îre nét gefält.

3. Håt icht, håt icht zangen,
sonst nid em ich gefangen!
em riet sich înder nôċh ze dît,
als em sich fält ze dît.

Zweite Abtheilung.

Verwaiste Kinder.

43.

A.

(Mühlbach.)

Et wôr emôl e mêtchen,
et sâs äm lèchendirchen,
unt schrî sij än det schîrzken.
Mẹtche woräm schrâszt tâ?
„Âm mèinj gûldich moter,
dâ mich hîsch gewieschen huot
unt mich hîsch gekämt huot,
wâ en rîs äm guorten,
dâ des morjeszt afblât,
unt des ôwest zâblât.

B.

(Mühlbach.)

Et sâs e mêtchen
äm gassendirchen,
hat drâ gäldä bircher.
Mêtche, woräm schrâszt te?
„Âm mèinj gûldich moter,
dâ mich hîsch gewieschen
uch mich hîsch gekämt huot,
wâ en blom äm guorten,
des morjest gît se af,
des ôwest gît se zâ.“

„unt sâl mich dât nèt krinken
wun ich dru gedinken,
unt sâl mich dât nèt schmärzen
ä mèinjem jangen härzen?“

C.

(Mühlbach.)

Èt sâs e mêtchen
äm gassefènster,
et nêt mät schwarz uċh gieler sèkt.
Ta hårzet mêtche' woräm schrâszt tä?
„Aċh äm mèinj gûldich moter
då mij alle morjen
esi hîsch gewieschen,
esi hîsch gekämt hnot,
unt mich hîsch geklît hnot,
wå en rîs äm guorten,
då des morjest afgît
unt des ôweszt zâgît.

„Wêr èj e klî wält fijeltchen,
esi kli wå mė fäinjerchen,
se flij èch ze mèinjen (hårze) fuoter
unt klôpt em undet fènster:
„Kuk! fuoter, lieft er nôċh,
än irem âlde lupeslôċh?
[„Cha, mė käinjd! ich liewe nôċh
ä mèinjem âlde lupeslôċh.]

D.

(Schäszburg.)

1. Et sâs e mêtche fuer em gâssendirchen,
en hât zwê gäldä bircher;
et fluszen em de bäter zêren,
dad ed en stîn moszt râren.

2. „Teâ înijet mêtche worăm schrâszt te?“
„Âm mėinj gûldich moter.
dâ mij esi hîsch hôt gekämd uc̓h gewieschen
wâ en ries äm gôrten.

3. Säch! se wakt mij âle mârjen,
wâkt mij âf zem bieden:
nôm esz Härgod än dėinj sorgen,
los esz rėdlich liewen!

4. Sâc̓h mig u mäd ären ûg̓en
wâ zwîn härzich ŝtärn,
nâm mich zârtlich än är ârmen
hat mich jô gor gärn.

5. Åc̓h neâ hôt se mėsze ŝtärwen.
äs äm hėmel schîn,
zug̓ ewêc̓h fun dėser ierden
lėsz mich hâ elîn.

[6. Wâ sûl mėch dât nėt krinken
wun ich dru gedinken?
wâ sûl mėch dât nėt schmärzen
ä mėinjem jângen härzen?]

[7. Kuk fuoter! lieft er nôc̓h
än irem âlde lupeslôc̓h?
„Cha mė käinjd! ich liewe nôc̓h
ä mėinjem âlde lupeslôc̓h.]

44.

(Schäszburg.)

1. Wat mâc̓hst ta ôrmet mêtchen! hôrsêlij alîn?
„Na ich wärme mer jô mėinj erfruorän zîn.“

2. Brât niche' wôrem faûer aw irem hiert?
„Se ŝtėsze mich jô auszen, ich wêr sėinj nėt wiert.“

3. Teâ létjst, wâ ich sâ, grânen heanger uch nît?
se sô mer îszt dė schwêr härzelît!“

4. „Wâ se nôch lieft, dâ bekâm ich wîch brît,
neâ schlêft mėinj hârz moter, en lât âtîndît.“

Der erschlagene Vater.

45.

(Mühlbach.)

1. Klô, Tarkô, klô!
dė (lėiwich) fuoter äsz geâtorwen;
de kläpel hun en erschlôn,
de klôke' sėlen e klón.

2. Unt wier sâl méch bewînen?
de fijel af de bîmen,
Unt wier sâl méch bedouren?
de fijel af de mouren.

Das hungernde Kind.

46.

(Mühlbach.)

1. „Moter! gäf mer brît!
moter gäf mer brît!“
„Wuort nor, wuort, mėinj hârzet käinjt,
bäsz det lânt geakerd äsz.

2. Dâ det lânt geakert wôr,
kâm det mêtche wėder duor,
„Moter gäf mer brît!“
„Wuort nor, wuort mėinj hârzet käinjt,
bäsz de frucht gesêd äsz!“

3. Dân de frncht gesêt wôr,
kâm det mêtche wėder duor:
„Moter, gäf mer brît!“

„Wuort nor, wuort mėinj hårzet käinjt,
bäsz de frucht geschniden äsz!“

4. Dân de frucht geschnide wôr,
kâm det mêtche wėder duor!
„Moter, gäf mer brît!“
„Wuort nor, wuort mėinj hårzet käinjt,
bäsz de frucht gedrieschen äsz!“

5. Dâ de frucht gedriesche wôr,
kâm det mêtche wėder duor:
„Moter, gäf mer brît!“
„Wuort nor, wuort mėinj hårzet käinjt,
bäsz de frucht gemuolen äsz.“

6. Dân de frucht gemuole' wôr,
kâm det mêtche wėder duor:
„Moter, gäf mer brît!“
„Wuort nor, wuort mėinj hårzet käinjt
bäsz der dîch geknieden äsz!“

7. Dân der dîch gekniede' wôr,
kâm det mêtche wėder duor!
„Moter gäf mer brît!“
„Wuort na, wuort, mėinj hårzet käinjt,
bäsz nor uch gebaken äsz!“

8. Moter gäf mer brît!
moter gäf mer brît!
Dâ gebake wôr det brît,
lâch det uorem mêtchen dît.

Rosenlager.

47.

A.

(Marpod.)

1. Ät woul e måtche frå afstôn
unt woal gor frå nô riûse gön.

2. Dô begênden zwîn gange wäis ugedôn
dier îrscht, dî håsz et štäl štiön.

3. Der zwêt begrêif et un der heûnt,
hie lîet et, dô at riûse fânt.

4. Hie liet ät ainjder'n lainjt feršprêît,
dô wôr e båt mät riûsen iweršprît.

5. Se leôgen dô de geûnz leunk nuocht,
nèd èint huod un de morje geduocht.

6. „Ai håw ich de schläszel, dî den dâg afschlészt,
éch wèil e wierfen, dô det mier um dèfste' flészt!“

B.

(Halwelajen.)

1. Et sûl e mètche gor frâi åfštôn,
wol frâi sûl ät niò ruisė giôn.

2. Wat fând ät zwäschen de wieje štôn?
Zwîn pursche, zwîn pursche gor hiesch ugedôn.

3. Dien ėnen hėsz et štål štiôn,
dien ånjdern hės et fuir sich giôn.

4. „Wat hîszt tâ mėch hå štal štiôn?
ėch hun der mėinj duoch niche lîd's gediôn.“

C.

(Minarken.)

1 Et sol e maitchi guer frai åfsteu
guer frâi sol et neu wasser geu,
et sâch zwi knueben um wieje steu,
guer wėisz woren sai wol ugedeu.

2. Dier êi, dier seud, et séil štäl štéu,
dier ânder, dier seud, et séil for sich geu,
dier êi begräf et u der hânt,
ânt lêt et bäs än't ruisenlânt.

3. Deu sei nau kâmen bai en kâile' brån,
den wôr e waichken åfgebåut
mät ėnem schîne dâikeldâuĉh;
se luoĉhten sich nider allebêit
ånt schlaif'n bäs u den hällen dâĉh.

[4. Steh auf! steh auf! es ist schon Zeit,
die Vöglein singen auf grüner haid;
sie singen sich um, sie singen sich sehr,
von meinem herzliebchen scheid ich nimmmerehr.]

Auf dem Friedhofe.

48.

A.

(Mühlbach.)

1. Frå moter! frå moter! wuor hud ert' geschakt
det härzgelåft méinj?
„Ech hun et geschakt änt bakhousz,
dâ sâl ät dân dât brîd erousz.“

2. Frå moter! frå moter! wuor hud er't geschakt,
det härzegelåft méinj?
„Ech hun et geschakt än det schinkhousz,
dâ sâl ät schinken die wéinj erousz.“

3. Frå moter! frå moter! wuor hud er't (nôĉh) geschakt
det härzgelåft méinj?
„Ech hun et geschakt än de rîseguorten,
dô sâl ät brêchen dâ rîsen eruof.“

4. Frå moter! frå moter wuor hud er't geschakt
det härzgelåft méinj?
„Ech hun et geschakt af de frithôf,
dô sâl ät schlôfen die lånke schlôf.“

B.

(Marpod.)

1. E jang här séinjen ämschwånk nâm,
bäsz dat e zâ ärer frâ moter kâm.
‚Frâ moter låf, frâ motter mèînj!
wô äsz, wô äsz de zôrt riusz mèinj?‘
„Ich schakt se än det bakeszhöusz,
se sîl dô dân det brîd eröusz.“
Dô sakt hie så unt fânt så nèt,
dô wort séinj härz guor štark bedråft.

2. E jang här wéder den ämschwånk nâm,
bäsz dat e zâ ärer frâ moter kâm.
‚Frâ moter låf, frâ moter mèinj?
wô äsz, wô äsz de zôrt riusz mèinj!
„Éch schakt se än det källerhöusz,
så sîl dô gien de wèinj eröusz.“
Dô sakt hie så, unt fânt se nèt.
dô wort séinj härz guor štark bedråft.

3. E jang här wéder den ämschwånk nâm,
bäsz dat e zâ ärer frâ moter kâm.
‚Frå moter, låf frå moter mèinj!
wô äsz, wô äsz de zôrt riusz mèinj?‘
„Ich schakt se af de frithôf,
se sîl dô dân den däke schlôf.“
Dô lèsz hie klôken uch bange schlôn,
unt lèsz så hîsch zer ierden drôn.

C.

(Aus Frommans „deutschen Mundarten.“)

1. (Hégd e gôr, un dèsem dâch,
dô ij ä mèinjesz fôatersz gûarte lâch,
lîszt sij e nâsztehe' fun ènem bûm,
dât mir mèinj härzgelåftche nûm.)

---

2. E jang här den amschwung nûm,
bäsz dat hie bå de frâ moter kûm;
„Frâ moter geláft, frâ moter mèinj!
wuor hu se gedôn det härzgelåft mèinj?“

3. ‚Frå moter gelåft, frå moter mèinj!
wuor hu se gedôn det härzgelåft mèinj!‘
„Ech hun et gedôn än't bakeshèusz,
wô ät sål dân de sèmel erèusz…“

4. ‚Frå moter gelåft, frå moter mèinj,
wuor hu se gedôn det härzgelåft mèinj?‘
„Ech hun et gedôn än't lètehefhèusz,
wô ät sâl gien de wèinj erèusz.“

5. ‚Frå moter gelåft, frå moter mèinj,
wuor hu se gedôn det härzgolåft mèinj?‘
„Ech hun et gedôn än't lèchenhèusz,
(wô ät sâl stèchen den dîde kèrper erèusz.)

[6. Dô fèngen de klôke' fun sich sälweszt un ze gôn
ät kangt se nemeszt stal mâche stôn,
så gènge gûnzer dâg uch nuocht,
äm wort se låf nèmi gebruocht.

7. Ät waszt uch nèmeszt, wat dô geschâch,
dô gèng mè jang här un dèsem dâch,
unt nûm en hâchen ze bîder heûnt,
grâf, bäsz hie de geûnz ierd ömweûnt.

8. Bäsz dat hie kûm af e sègdän deach,
bäsz dad en zôr de eûnder schleach,
bäs dat hie kûm aw en gehobelden dil —
„ai înijet härz, ai wêr ich bå dir!“]

D.

(Minarken.)

[1. Et gèngen zweu, zweu spilgesalene
dâi gèngen åf ene grâine aue,
dai so'n deu spiln guor wåndergaut.

2. Se wasztn åber nät, wåt der schinste geschâch,
dåt sai sich irèn riechten uerm zerbrâch.

3. Ich gèng än mainesz fuetersz guorten,
ich sel den ruiden apel erwuort'n.

4 Den schelt sij e nâszt fu ânserem bôm,
dier mir mė jång lêb'n nâm.]

5. Åch mätter, gelaifste mâter main!
wuer hud ir geschäkt de härzlaiwe mein?

6. ‚Ich hun se geschäkt än't keuches hinein,
dät sai diem hiern dât ȧsz'n säl hol'n.‘

7. Åch mätter, gelaifste mâter mein!
wuer hud ir geschäkt de härzlaiwe main?

8. ‚Ich hun se geschäkt än käler hinain,
dåt sai diem hier'n dien wai säl hol'n.‘

* * *

9. Åch sån, gelaifster sånne main!
haid äsz schu der drät däch,
dåt dai härzlaiwe äm gräwe lâit.

10. Hêi nâm de hau än sai rêichte hânt,
ånt grauf, bäsz hêi sai härzlâiwe fänt. —

11. Den hêi nau kâm åf luidlain bluisz,
dåt im de zâir fu'n wången fluisz

12. Deu hêi nau kâm åf dåt schî said'n dauch,
dåt im en zâir de ânder schlauch.

13. Deu hêi nau kâm åf de gälden räng,
dät hêi sai dauch fu'n zâiren bräng.

14. Ruid ånt blêu hun aich mich gedreu,
än det kluiszter wäl ich geu;

15 Schwarzsaid'n wäl ich mich uklâid'n,
zau ėnem trauern wol ûberêid'n.

(16. Ach trauern, ach trauern, wan wirst ein end haben?
wenn alle berge sich zusammen werden schlagen

17. Die berge schlagen sich zusammen nicht,
mein trauern hat ein ende nicht.)

Bruchstücke.

49.

(Mühlbach.)

mînst tâ wå ej et mînen?
dâ ėch dėch hîrt wînen —

* * *

ėch fėng et mir, unt gâw et dir,
nana wå lînzt tâ mir?

* * *

wu sich bärj uc̓h bâc̓h dräken,
unt de bläder zesumme schlôn,
unt de dîde schlôfe gôn,
drô kam zâ mir, drô lînen ėch dir.

* * *

Böse Schwieger.

50.

(Petersdorf — Mühlbacher Mundart.)

Moter besorcht mer nor mėinj frå!
ėch sâl rîsen nėinj jôr uc̓h drâ dâch.

„Låsz nor, låsz, me låwer san!
ėch besorjen der se schîn.“

Moter! ėch biden ich nôġ emôl,
wun ich kun, dat se mer nöszt klôt.

„Låsz nor, ėch fersorje se gât;
se wirt niche wuorem brîd ieszen,
uc̓h niche kâlt wasser dräinjken,
uc̓h nichen san wirt så ferbrån.“

Dâ na der san ewêch rîszt,
ståc̓h så sėinj frå än de käler,
unt gâw er zwîn nâ dilen zem båt,
unt gâw är nichen ânder båt,
unt gåw är näszt zem kotschen.

Na lôcht sich de frå aw ènen zôp,
mät gènem dåkt se sich zâ. —

Unt dâ der san na hîme kâm,
unt frôcht nô sèinjer janger frå:
„Dèinj frå, då äsz bå ären äldern.“

Et sôd: „èch bä schîn dô gewieszt,
då hu se langhär nèt gesån.“

„Se wäl èch dir de wôrhît sôn —
dèinj jang frå äsz gestorwen.“

‚Alsi äs et diem alsi,
esi zîcht mer nor är gråf,
dad ich mer mèinj härz låzen.‘

„Gor lang zègd äsz fergangen,
dåt gråf dâd äsz fersanken.“

‚Se zîcht mer dènich nor de štäl‘,
dad ich mir mèinj härz kålen.‘

„Gor lang zègd äsz fergangen,
ich hun de štäl fergieszen.“

Na hèsch hie är de kälerschläszel.
Så sôd: „èch hun nôch käinjt gehuot,
då hun de schläszel ferlîren.“

‚Alsi äs et diem alsi,
se wäl èch mir de schluoszer bräinjen,
dat hie mir det schluos afmâcht.‘

Na kit hie mät dem schluoszer,
unt mâcht die käler af,
unt sèkt se dô lân,
mäd ènem zôp angden,
mäd ènem zâgekotscht.

E kâm zâ sèinjer moter;
esi sâl em schnirche besorjen?
esi wäl èj uch dèch fersorjen;

ich wäl der na det hîft uofschlôn,
dad ale schwijere lîren
de schnirche bieszer fersorjen;
ich wäl der nôg äszt ärjeret dân,
ich wäl mer na e ruosz nien,
unt wäl dêch dem ruos un de schwânz ubäinjden,
unt wäl dij än der stad eräm schlêifen,
dad ale schwijere lîren
de schnirche bieszer fersorjen.

Werbung.

51.

(Marpod.)

1. Frâ Sunata! frâ Sunata!
wäld ir mer néd ir däûchter gin? —

* * *

ed äsz jô néd ir däûchter,
ed äsz des Hones ir . .

* * *

mir hu se jiô geziûgen,
mäd îr, mät sälwer uch gûlt.

* * *

52.

(Minarken.)

1. Et såz e mâitchi ånder dem schlâmtchi,
et nêit mät gêiler, grâiner sêit.

2. Et riden zwî rider åf'n ånd ueb'n,
se ŝtâiszen diem mêitchidåt schlâimtchi ueb'n.

[2. Et koumen zwî riter dô erof geriden,
sai riten de gossen wol åf ont ueb'n,
se ŝtåszen dem mätchi det schlämchi ueb'n.]

3. Ach mâter, gelâifste mâter mai
wät sol doch dät mät mîr sai?

4. Et réiden zwî rider âf'n ând ueb'n,
se štuiszen mer âine det schlaimtchi ueb'n.

[4. Et koumen zwi riter dô erof geriden,
sai riten de gossen wol of ond ueb'n,
se štâszen mir mai schlämchi ueb'n.]

5. „Ach deuchter, gelaifste deuchter mein,
et sai nät rider, et sei frâileüt.“

6. Se hat dât weurt kum auszgerêt,
se trât'n de frâileüt zer dir erän.

7 (Wält ir âsz'n;) wält ir âsz'n waisz sâmelbruit?
(wält ir dränk'n;) wält ir dränk'n diesz kleuren wai?

[7 Sai but in u diesz waiszen bruit,
sai but in u diesz ruiden wai.]

8. Mir sai nät ku diesz âsz'n hâlb'n,
mir sai ku aires deuchtersz hâlb'n.

[8. Mer sai nét ku aüres âszens holb'n,
mer sai nét ku aüresz dränkens holb'n.
mer sai ku aürer döuchter holb'n.]

9. (Wält er esz se gêi) wält er esz se gêi mät gaudem
sânzt nêi mer ich se fort mät âler gewâlt. [weurt?

10 Se schlaug'n iren fâter štêineduit,
ând ersêiften ir mâter äm blaud esu ruit.

11. Se begräfen de schinste u der hânt,
ânt faurd'n se aus iresz fâtersz lânt.

[11. Se numen de döuchter u der waiszer hont.
se léten se ausz fotterszlont.]

12. Se faurd'n se aus îres fâtersz lânt,
bäs än det ruiselânt.

13. Deu sai nau nûnt ki hêimehi kâmen,
ånd ir mäter in enkê kûm.

14. ‚Ach sån gelaifster sånne mein,
weu huet ir dän disz schinste beku?‘

15. „(Ach motter, gelaifste mâter main)
mer hun se beku mät blaudijem schwiert,
er silt se håld'n än îren wiert.“

16. Deu sai nau dier hochzet neu son geu,
mauszten se och dier laich neugeu!

Die Verlassene.

53.

(Wallendorf.)

1. Et seuz e mêitchi . . . . .
an sainesz fuetersz bêumeguert'n.

2. Deut mêitchi grin, deut mêitchi waint —
. . . .

3. Et kum e rider e stolzer gerid'n,
(hêi frocht dåt mêitchi) wåt grainzt tau, wåt wainst tau?

4. Åber huet daich dai fuoter geschleu?
åber huet dir dai måtter öszt ze lêits gedeu?

5. „Mai fueter huet mig och näszt geschleu,
mai måter huet mer och nöszt ze lêits gedeu;

6 Aich hu mich ferspreuchen mät em hîschen knêicht,
. . . .

7. Hêi seut, hêi wel och wider ku,
wän dier weult grâi leuf wel dreu.

8 Dier weult huet och grâi leuf gedreu;
bêi äsz doch nami ku.“

9. ‚Ach schinste, wât wält tan im entbâid'n?
. . . .

10. Aich wäl diem knêcht och näszt entbâid'n.
Got der hier sâl in och näszt behâid'n —

[11. for sänt for schûnt, for kat'n ânt bûnt,
Got rêich im nät saine rêichte hûnt,
ânt faur in ausz sainesz fuetersz lûnt.)

11. Got sâln in nät behâid'n for sönt, for schûnt,
ânt sâl in nät behâid'n for katt'n ânt bûnt;

12 Got raich im nät seine rêichte hûnt,
ânt faur in ausz sainesz fuetersz lûnt!".

Brautmörder.

54.

A.

(Mühlbach.)

---

1. Et frâd e kénenk génzt dem Réinj,
unt frâd e kénenksdichterléinj,
hie frâd et gânzer siwe jôr,
äm âchte wort sâ zâgesôt.

[1. Dô der kénenk séinj dûochter frât,
se frât hi sâe gaunzer siwe jôr;
äm âchten wôr sâ zäegesôt,
äm néinjte' sûl hî sâ hûlen.]

2. ‚Frå motter, gelåft frå motter méinj!
nét giet mich dem kénenk génzt dem Réinj!
éch hun et gesån äm saneschéinj,
éch sâl nét lang ir dûchter séinj . .

[2. O fôter, gelåfter fôter méinj!
nét gäf mich än det kénengjerénj (?)
éch hun et gesån äm säneschéing
éch sâl nét lang ir dûochter séinj.]

3 Frå moter gelåft frå moter méinj!
nét giet mich dem kénenk génzt dem Réinj!
éch hun et gesån äm dråwe môn,
éch sâl et dräinjken î dem jôr.

4. Frå moter gelåft frå moter méinj!
nét giet mich dem kénenk génzt dem Réinj!
éch hun et gesån äm hîdere štärn,
mé blôt sâl špräze wégd uch förn.

5. Hie begrîf sâ u schnîwéiszer hânt
unt fårt sâ durch de gråne wâlt;
unt dô der wåld en äinjt hat,
dô wôr är schîn e gråf gemâcht.

6 Hie štész sâ rûkläing än det gråf
unt schlag en pôl durj änir härz.
hie schwäng sich häinjder sij af det ruosz,
unt rânt zem Torembrich än det schluosz.

7. Här schwôger, gelåfter här schwôger méinj!
wô hud er gelosse frå säszter méinj?‘
„Éch hu se gelosze génzt dem Réinj.
se dräinjkt duesz mâde, käle wéinj.“

8. „Här schwôger, gelâfter här schwôger méinj
fu wat sén ich de gîren esi fëinj?“
„Ech hu geschôszen en turteldouf,
en turdeldouw äm grâne wâlt.“

[8. Här schwôger gelâfter här schwôger méinj,
fu wat sén ich de klîder esi fëinj?
„Ech hu geschôszen zwô urteldouwen
zwô urteldouwe geschôszen.“]

9. Dâ turteldouf, dâ turteldouf (fëinj)
dât wirt filécht méinj säszter séinj —
. . . .
. . . .

[9. Zwô urteldouwen, zwô urteldouwen —
unt sélen dât méinj zwô säsztre' sén?
. . . .
. . . .]

10. Se ŝtâčhen en un en glânije ŝpäsz,
unt brâten e wâ en grâne fäsch.
„Lot flësze, lot flëszen dâd ädel blât,
et dît jô nä nëh zémî gât!“

B.

(Mühlbach.)

1. Et frâd en kéneng génzt dem Reinj,
unt frâd e kénengsdîchterléinj.

2. Hie frâd e gânzer siwe jôr
(bäsz dat et séinj brokt wôr).

3. Mättich wôr et zâgesôt,
dañerŝtich wôr et kopulîrt.

[3. Mättich word ät zâgesôt,
dañerŝtich worde se ofgedôn]

4. Fréktich fâr et durj en burch,
dô schin dât gûlt zâ de laden erdurch.

5. Då burch, då sûl fersanke sėn,
dier adler sûl erdranke sėn.

* * *

Die Rache.

55.

(Mühlbach.)

* * *

1. Hie rit bärjaf, hie rit bärjuof,
bäsz e se un em branen trâf.

2. ‚Gâden dâch, gâden dâg, ir lâf härn!
na wîl ėch mäd ėch riede gärn.

3. Wat huod ėch mėinj frå uch käinjt gedôn,
dad ir mer se jô huot nėdergeschlôn?

4. Wat huod ėch då jang âschûlt gedôn,
dat så na stîndîd äm iere lân?

5. Dien ėne stâch hie fum ruos eruof,
diem ândre schlach e det hîft eruof.

6. Dien drâte spâlte wå en fåsch;
dier firt lėw än de gråne bäsch.

7. Nėd ėner wûl dô blėiwe stôn,
nėd ėner wûl en ântfert sôn.

8. Hie rit dohėñe mät fräschem mât!
esi bezuold em de fânde gât.

Müllner Hans.

56.

(Mühlbach.)

1. Des ôweszt äm nėinj, äm häle mônschėinj
dân der Hañes Muoler zer nôberä gėng.

2. Dân hie kâm fîr der lädreran är dîr,
dô ŝtând en schîu grân läinjt derfîr.

3. ‚Gâden ôwent, gâden ôwent! grêsz êch Got!
êch grêszen ich wôrhaftich ze nichem ŝpôt.

4. Ir jang mân, ir jang mân äsz gewäsz nêt derhîm,
dad ir af der gass ŝtôt gânz alîn.‘

5. „Mê jang mân, me jang mân äsz frêlech nêt derhîm,
dad êj af der gasz ŝtôn gânz alîn.“ —

6. Se begrîfe sêch mät schnîwêiszer hânt,
se gêngen då tråp die lîsen gånk. — —

7. Et stânt nêd un en half firtelŝtangt,
dat der Hañes Muoler gefange ŝtânt.

[8. Hie wort gefârd . . af det rôthousz,
e dôćht hie kêm nôćh wêder erousz]

9. ‚Här borjermîszter, här kênengsrichter! êch biden äm
êch wäl ze schinke muolen dem gânze rôt.‘ [gnôt,

10. „Hañes Muoler, Hanes Muoler ir lasztijer kniecht,
dier sê puor schwarz gruñen häinjder d' îre liecht

11. Hañes Muoler, Hañes Muoler, et kâ jô nêt sên,
et mêsz ejô nor geŝtorwe sên.“

12. Af der wisen, af der wisen af der klêner iert,
dô glänzt des Hanes Muoler sê blîsz schwiert.

13. „Na hå nâ hå dâ zegânescher hangt!
nêt los et dich rân mê ŝtûlzer mangt!“

Der Geist.

57.

(Mühlbach.)

Af der burj af der burch,
dô gîd e gîszt eräm,

Äs ed e schwarzer, äs ed e wèiszer,
äs ed e gâder, äs ed e bîser? —

* * *

Das vergiftete Kind.

58.

(Mühlbach.)

1\. ,Mè käinjt, wat huot dèch trôfen?
me käinjt sô mer mî!'
„Ach fuoter! mèinj härz wäl zèspräinjen,
o wî! o wî!"

2\. ,Mè käinjt, wat huoszt tâ gieszen?
mè käinjt, sô mer mî!'
„E fäschken af kîle gebrôden —
o wî! o wî!"

3\. ,Mè käinjt, wier huot dert gebrôden,
mè käinjt, sô mer mî!'
„De moter huot mer't gebrôden —
o wî! o wî!"

4\. ,Mè käinjt, wô huot se't gefangen?
mè käinjt sô mer mî!'
„Am podel häinjder dem guorten —
o wî! o wî!"

5\. ,Mè käinjt, dât wôr nèd e fäschken,
mè käinjt, sô mer mî!
dât wôr jô då gäftich nôter,
o wî! o wî!'

6\. Wat wäinjtscht tâ na dèinjem fuoter?
mè käinjt sô mer mî!'
„En gäldäne stâl äm hèmel —
o wî! o wî!"

7\. ,Wat wäinjtscht tâ na dèinjer moter?
mè käinjt sô mer mî!'
„En glånije stâl än der häl —
o wî! o wî!"

Jesus.

59.

(Georgsdorf.)

1. Dâ Jesus un den ûlbärch trât,
zâ sëinjem gelåften här fuoter śprâch:

2. „Har fuoter, gelåfter här fuoter mëinj!
dėt kaun ônen dai mårter nėt sëinj.“ —

3. Dâ Jesus än de guorte gėng (wôr gangen)
dô koumen dai Jude mät fokeln uch śtängen.

4 „Ir Juden, ir Juden, wät sakt ir hai?
dien ir sakt, dier äsz nėt hai
[dien ir sakt, dât bün uġ ėch].“

5. Dai Juden, dai Juden erfêrde sėch
unt faulen ålle häinjder sėch.

6. Unt lâġen dô drâ halwer śtangt,
bäsz Jesus śprâch durch sëinje mangt:

7. „Ir Jude', śtôd åw, unt grëift mėj un!“
De' Jude śtânden åw, unt grîfen un.

8. . . . .
unt fäurden en bå e krėze brėit.

9. Unt schlaġen em nâjel durch häinjd uch fėsz,
bäsz sich der här Jėsus gäûnz erlėsz.

10. Unt schlâgen än mät râden,
bäsz dåt sëinj hėlich laif moszt blâden,

11. Unt śtâchen än mät mêszern,
bäsz dåt sëinj hėlij ûġe moszten zêren.

12. Sai schlaġen än mät gëiszeln,
bäsz dåt sëinj hėlich laif moszt schwëiszen.

13. Wåt wos äusz Jesusz säinjem blåt?
dier ein wäinjśtôk, dier wôr gor gât.

14. Wåt wos äusz Jesus säinjen zêren?
dier ållerhèschter kŭrenêren.

15. Wåt wos äusz Jesus säinjem schwèiszen?
dier filer wètwen uèh wîsen.

Drei Jungfrauen.

60.

(Mühlbach.)

1. Et åtûrwen drâ jangfern än ènem housz;
då în, då åtûrf den ôwent glèch,

2. Då ânder åtûrf de morjen draf,
de drät, då åtûrf den ândern dâch.

3. Na rîse mer de schmuole wiech,
unt kun zem Petrus un de dir.
„O Petrus, mèinj dåner mâg af de dir!“

4. „Då dir, då äsz schîn afgedôn,
beläwen de jangfern erän ze gôn!“
De drät då moszt dertousz åtôn.

5. Na rîsen èch die brîde wiech,
unt kun zem Satan un de dir.
„O Satan, mèinj dåner mâg af de dir!“

6. „Då dir, då äsz schîn afgedôn,
belåf de jangfer erän ze gôn!

7 Belåf de jangfer nèder ze säzen!“
. . . .

8. Hie gâw är ène kålen drånk,
dad är det blât zen ûgen erousząprång.

9. „Håt fuoter uèh moter de rât genîn,
unt håt mich gezwangen än de kirch!

16. Äsz fuoter uèh moter zer kirch gegangen,
se bän èch fîr dem åpäjel geståndem.

11. Ěch hu mer mė gesicht geschmäkt,
unt hu mer mė giel hôr gegläzt.

R a k o z i.

61.

(Zaiden.)

Et wôsz gäkt friden än âsem lûnt;
dât dêt de Rakozi ferdreiszen;
hie säkt dieszwêje gor fil fûlk,
sai sîlen de muoser ouszrëiszen.
Awer sai beštûnden mat schûnden.

Et koûm der Häntär af dem Zoideszwêch,
sai štûnden än de gedânken ewêch,
Dôn kûme se bai dem grûsze bachel erousz,
de Zâkel faszten anir schwierter blousz;
sai kûmen durt bai dem Raplerêch

Doun déden de muoser ène schasz,
dât dêt dèm Häntär Mihai ferdrasz.
Sai kûme basz bai den noie gruewen,
dô mauszt der Zâkel mat dem muoser eramtuowen,
dô mauszten de muoser anir gewier zâschaken,
und af de Zâkel rêcht zâdraken.

Dô wôre gefalle fairhangdert man,
dô wort gemâcht en hûfe grûsz,
sai lâgen alle nakt unt blûsz.
Sai rûnten an det Busenlôch,
dô hâlf anen âser Harregôt.

Subâlt wôre sai wéder hai,
sai štûnden ä grûszen nîden unt bedinken,
dä Rabutin wûl dem Rakozi nôǵ înte schinken.

Aus dem Aufstand von 1848.

62.

(Sächs. Regen.)

De Ruszen ku åf Sibenbirjen
de Koschuter ze erwürjen,
de Juden ze erschlô.
Ach Härgôt, gäf, dat fil honef gerêt,
dad em desz Koschut sèn känder guor ofhêt!
siben Honwêd u ène štrånk!
de Koschud u de flîschbånk
den Bem u den galjen,
dèt wirt in nèt gefallen.

63.

(Heimath unbekannt.)

1. Erousz de sarasz, wiks de grun!
wad ôdem huot, dât mèsz derfun
de Zåkel ze bezwäinjen;
så wîlen ales lând änien,
dem kîser nèt sèinj îre gien —
et sâl en nèt geläinjen.

2. De drumel gît fun housz ze housz,
na hîszt et: ir gardiszten erousz!

* * *

Zweites Buch.

Erste Abtheilung.

Festlieder und Festreime.

Morgengesang

(womit die Mädchen und Frauen zum „Gänserupfen“ und andern zur Zurichtung des Hochzeitmales nöthigen Vorbereitungen und Arbeiten geweckt werden.)

1.

A.

(Petersdorf.)

---

1. Et sûl e mêtche gor frâi åfstôn,
   et sûl gor frâi nô wåsser gôn.
   Stand auf, stand auf, mein herr!
   es ist tage ja tag,
   es taget sich heut,
   es taget sich neu
   vor meinem herzliebchen erschein ich noch heut.

[1. Et sûl e mêtche gor frâi åfstôn,
   et sûl gor frâi nô wåsser gôn.
   Stand auf, stand auf, mein herr!
   es ist tage ja tag,
   es taget sich heut
   es taget sich neu
   von meinem herzliebchen
   scheiden ich noch. heut.]

2. Hâi štô mer aw ėnem nâe bieszem,
   mer wîle gor garre sösz wėinjbrôk ieszen.
   Stand auf etc.

3. Hâi štô mer aw ėnem kůperuit,
   mer wîle gor garren diesz sösze bruit,
   Stand auf etc.

4. Hâi štô mer an ėner ködelkrousz,
   mer wîle gor garren dâî knödern erousz.
   Stand auf etc.

5. Hai štô mer aw ėnem kålde štîn,
   mer wîle gor garren die wiech kėn hîm.
   Stand auf etc.

6. Hâi hu mer en schlaszel, dî den dâg âfschlèszt,
mer wîlen e schmèiszen, duor't wasser hiflèszt.
Stand auf etc.

7. Stôd âw ir mêt, lât nèder, ir knècht!
den siwegeštêre gît hainjder det rêch.
Stand auf, štand auf, mein herr,
es ist tage, ja tag,
es taget sich heut,
es taget sich neu —
vor meinem herzliebchen erschein ich noch heut.

B.

(Georgsdorf.)

1. Et wöul e mêtche gor frâi âfstôn,
et wöul gor frâi nô wasser gôn.
Stôd of, štôd ow, ir harn 't asz dâch,
et dâcht sich hèkt, et dâcht sich nâi.

2. Hâi štô mer än äûsen ködle kröusz,
mer wèile gor garen dâi knödern eräusz.
Stôd of etc.

3. Hâi štô mer än äusen gîpe rût,
mer wèile gor garen diesz wuorme brût.
Stôd of etc.

4. Hâi štô mer ow ènem nâie bêîszem;
mer wèile gor garre sèsz wäinjmer êiszen.
Stôd of etc.

5 Hâi štô mer ow ènem brèide štîn —
mer wèile gor garn die wiech kên hèim.
Stôd of etc.

6. De mêden, die bât em of faderä bât,
de knêchte bât em ow en štèneräu trâp.
Stôd of etc.

7. De mêden, die bât em mäd âlem flèisz,
de knêchte bât em of hîneléisz.
Stôd of etc.

8. Dâi ålt lataren, dai rämple gor garen,
dâi jång gesalen, dâi hopse garen.
Stôd of, stôd ow, ir harn 't asz dâĉh,
et dâget sich hekt, et dâcht sich nâi,
fu mëinjem harzgelâften schëiden ich nâi.

Brautlieder.

2

(während die Braut von Freundinen gekleidet wird.)

A.

(Petersdorf.)

1 Ousz wat sële mer esz wêschen?
ous em zinane schaszeltchen.
Rüsleing gung åf!

2. U wat sële mer åsz dréjen?
un e sëgden dacheltchen,
Rüsleinj gung åf!

3. Wåt sâl em dier schönster nâ undân?
en hîsch hëmt mat préisen dråf.
Rìsleinj gung åf!

4 Wåt sâl em dier schönster mî undân?
en hîsch hiâfleinj åf de bråszt.
Rüsleinj gung åf!

5. Wåt sâl em dier schönster mî undân?
en hîsche gîrkel uch spången dråf.
Rüsleinj gang åf!

6. Mat wåt sële mir sâ schajen?
mat hîsche schågen uch (schmålen) dråf.
Rüsleinj gung åf!

B.

(Georgsdorf.)

1. Äusz wåt sėle mer esz wieschen?
äusz dem zinane schasseltchen.
Růsléinj gong of!

2. U wåt sėle mer esz drejen?
un e schnîwėisz dacheltchen.
Růslėinj gong of!

3. Wåt sėle mer es undân?
en hîsch himt rût préisen drof.
Růsléinj gong of!

4. Wåt sėle mer esz mėi undân?
en hîsche pändel fålden drof,
Růslėinj gong of!

5. Mät wåt sėle mer esz gîrken?
mät hîschem gîrkel knûp drof.
Růsléinj gong of!

6. Wåt sėle mer ėsz für schürzen?
hîsche schurz mät blomen drof.
Růsléinj gong of!

7. Mät wåt sėle mer esz schäjen?
hîsch schage, krėiseln drof!
Růsléing gong of!

8. [Wåt sėle mer oft heîft dân?
schnîwėisz dach nôlden drof.
Růsléinj gong of!]

3

(Seiburg — gesungen während dem Läuten zur Kirche.)

---

1. Ėch sûl mer emôl en burj ouszgôn,
ėch sâch mėinj härzlâf bå ėnem äundre štôn.
Ėch grėszt se îszt, et dånkt mer zwîr;
„Na sô mer, schinet lâf, wå gefallen ėch dir?“

2. „Dâ gefälst mer wuil, unt gefälst mer gât.“
„Na sô mer schînet lâf, wonî wält tâ mèch hun?“
„Enzôwend, enzôwend, awer morre frâ gor frâ,
wun de bîde fräinjt zesume kun.

3. Na štît de alerschènzt än èinem grûsze lît;
sâ štît wâ dierîn dèrerî bûm, (štît)
[dèm dât sommerlûw ôfgeriseld äsz,]
sâ štît wâ dierîn dererîn nâszt,
dèm dât somerlûw ôfgeriseld äsz.

4. Ai N'n, losz et dir ze härze gôn!
dèinj fôter wirt dir gor en klî gôf nôdrôn;
ai N. n. losz et dir ze härze gôn!
dèinj moter wird dir gor en klî gôf nôdrôn.
[Ai N. n. los et der härze gôn!
de brâder wirt dir gor e klî gôf nôdrôn.]

5. Nèm urlef, nèm urlef fun dèinjem fôter dèinj!
nèm urlef, nèm urlef fun dèinjer motter dèinj!
[nèm urlef, nèm urlef fun dènjem brâder dèinj!
nèm urlef, nèm urlef fun dèinjer säszter dèinj!]
nèm urlef, nèm urlef fun dèinjem fräsche mât!
nèm urlef, nèm urlef fun dèinjem špile gât!

4.

(Kaisd. Am Vorabend der Hochzeit versammeln sich alle Gespielen der Braut; diese nimmt weinend von ihnen Abschied, während sie ihr das folgende Lied „zum Abschied“ singen.)

I.

1. Èch sûl emiûl de burj amgiûn,
èch sâch main härzlâfken äm wiech diu štiûn!
èch gröszt äd îszt, ät dûnkt mer zwîr!
„Oèh îenich hârzläwen wol äs ät mir!“
èch sâl ewêj, èch mosz derfun,
der lâf gôt wisz, won ich wèder kun;
ai woni warden ich wèder kun?
won de schwôrz rôwe waisz fädern hun.

2. Èch sazt zwiû rîsen ainder fôtersz weûnt (heûnt)
„Oèh îenich läwer fôter, longd ir mer ir heûnt!“

èch sazt zwiû rîsen ainder mottersz weûnt (heûnt)
„Och îenich lâf moter longd ir mer ir heûnt!“
éch sâl ewêj, èch mosz derfun,
der lâf gôt wîsz, won ich wéder kun;
ai woni warden ich wéder kun?
won de schwôrz rôwe waisz fädern hun.

3. Èch sazt zwiû rîsen ainder breâdersz weûnt (heûnt)
„Och îenich lâwer breâder long teâ mer déin heûnt.“
èch sazt zwiû rîsen ainder säsztersz wäûnt (heûnt)
„Och îenich lâf säszter, long teâ mer däin heûnt!
èch sâl ewêj, èch mosz derfun,
der lâf gôt wîsz, won ich wéder kun;
ai woni wardeu ich wéder kun?
won de schwôrz rôwe waisz fädern hun.“

4. Èch sazt zwiû rîsen ainder en bäsch:
„Och ienîch lâf geśpilden, hâlt ir èch nor fräsch!
èch sâl ewêj, èch mosz derfun,
der lâf gôt wîsz, won ich wéder kun;
ai woni warden èch wéder kun?
won de schwôrz rôwe waisz fädern hun.“

II.

5. Ai deâ èch kûm bäsz fiûr de don,
se giûft mer mé lâf fôter en kêszel uǵ en kon,
ai deâ èch kûm bäsz äf den dil,
se giûft mer meinj lâf moter en schleôǵer uǵ en pil,
Owî! owî! teâ grîszet lît!
nor wî dém et ze harze. gît!

6. [Aj deâ èch kûm bäsz fiûr den däsch:
„Och îenich lâf moter, hâlt ir èch nor fräsch!“]
Ai deâ èch kûm bäs of de bräk,
se drêd èch mij äm, en sâch zeräk;
èch sâch wéder fôter nôch moter kun.
[ôch! schîde fun hârzen, dât dîet gor wî!]
Owî! owî! teâ grîszet lît!
nor wî dim et ze hârze gît!

7. [Ai deâ èch kûm bäsz fiûr det diûr,
se schusze se gor bâlt, de rijel fiûr.]
Ai deâ èch kûm bäsz fiûr de dir,
esi siûde se gor bâlt: se äs esz ze fil.

Ai deâ ėch kûm bäsz fiûr det bêt,
esi deôċht ėch gor bâlt: ai wêrśt te nôģ en mêt!
„Owî! owî! deâ grîszet lît!
nor wî dėm et ze hârze gît!"

8 Ai deâ ėch kûm bäsz fiûr den hiert,
esi siûde se gor bâlt: se äs âser nėt wiert!
Ai deâ ėch kûm bäsz fiûr de trun,
se siûde se gor bâlt: se äs esz ze grûm.
„Owî! owî! deâ grîszet lît!
nor wî wėm et ze hârze gît!"

III.

[9. Em wit dėch leiden än e śtėnerän heusz,
diû wist teâ sån mät freâden ereusz.
Ed äs en dâjlich munkel är bêszt klîet,
ainder dėm så drît grîsz härzelît.
Wol blâszt der waint, wol śtėift der schnî!
oċh schîde fun hârzen dât dît gor wî!
Åf dem Schêszbrijer torn äs en grîsz schalmâ,
åf dem Kaisder frithuf äs âlle trâ.]

Brautrede.

5.

(Die Hochzeitgäste sind bis zur Trauung getrennt, die Verwandten des Bräutigams bei diesem, die der Braut bei ihr versammelt. Mit dem Anklingen der Glocken begeben sich jene mit dem Brautknecht an der Spitze zur Braut, wo der Brautknecht die folgende Rede hält.)

Got grėsz ich hėkt
låf hoċhzetlėkt,
al då er hå båsume sėkt!
fräş und geseangt!
ze dėser śteangt!
dât wäintschen ėj oċh ausz härzensgreangt.
Sėgd er wolaf, wå ėj ėzt bän,
se frât sich dêsz mėinj härz unt sän.
Ėch bän e båden ausz frėmdem lûnt,
mėinj här huot mėch zâ och gesûnt.
Hî lėd och grėsze jangfer brojt!
wå äs ir nume schîn oder ädel brojt?

Ach! won ir än nor sîlt sån,
wå hîeş äm séinj klîder štîen!
Hie äsz geklojt mät brömem unt blôem gewoûnt,
sė rôk äs äm esi hîeş unt lûnk,
unt rocht äm nor bäs af de knå,
und äsz gefeâtert mät gangem lämerfèl;
séinj hüesen sėn äm fil ze onj,
séinj schaġen hu fil woszergonj,
wot schirt hî sėj äm gîszäne scheach?
e pôr štiwel äs äm uch nâ geneach.
Hî hôd uġ en bojdel wol,
mät fuofhanjdert galde wirt e fôl;
hât hî na nor en îgemôl,
tokate fanjt em üwerâl.

Kut hier zâ mir, schîn jangfer brojt',
befüer em än de kirich lojt;
éch wäl éch fâren hin zeâ äm,
dô wärt ir hâre séinj štäm;
hî wird och käsze wå e käinjt,
ä séinj årme nien âlzbâlt geschwäinjt,
unt wän ir neâ zwê gang löjt,
e mûn unt wéif gewärde sejt,
âlzdûn wird ed un e liewe gôn.

'Schîn mêt brojt,
sejder wûl gesêszen,
unt hôd ires îrbere (purschen unt) brojems nėt fergêszen?
hå äsz hi uch fuerhoûnden
fûor iresz fuotersz woûnden
mät firthâlfhanjdert man
[mät fafzântäusent man]
unt séinj nėt fil mî,
se séinj doch fil wénijer.
Se hu blüô håegt af,
unt walle gärre štroisz draf;
se hun uch blüô dalmûnen un,
unt hu füer knîfel drun,
hanjde špüeren
anjde (nichen) šüelen,
wot füer e fûlk wirt dât nėt séinj?

Se begieren och eraüsz
aüs iresz fôtersz haüsz
än de hélich, kräsztlich kirich ze güôn,
füer de îrwirdich hären unt prêszter ze štüôn,
iren îstoûnt ze bekrêftijen
und oînjt dem oandern den ojt ôfzeliejen.

Nô ferrichter sâĉh
wirt hî och fâren ä sė gemâĉh,
dô wärt ir hun en geäden dâĉh.
[wird et nėt sėinj e geât dâĉh,
esi wird et sėn e kläpelschlâĉh —
ich hofen dî wirt nėt kun allen dâĉh.]

['Schîn mêt brojt!
hî wird och lejden än e štėneräu haüsz
dô wärt ir sân mät hêftijen trênen eraüsz
(dô wärt ir sân mät hîszen zêren eraüsz)
hî wird och lojden lanjst en štreoĉh birkä reâden
unt wird ij ir flîsch schlüôn, dad et wirt bleâden,
hî wird och fâren un en štreoĉh haszeln,
unt wird och de knôĉhe schlüôn, dat se brasseln;
hî wird och lojden üwer en brajk,
dô wärt ir hu fun äm al krojz und eâglajk;
hî wird och loiden lanjst e gloisz,
hî wird och lüösze štiôn wâ en ôrem woisz;
hî wird och lojden un en posztâ,
dô wärt er hun nichen trâ.]

Schîn mêt brojt!
'sėjd er wûl gesêszen,
unt hôd iresz purschen unt brojems nėt fergêszen,
esi räkt eräm aw irer bounk,
unt rocht mer ir wėisz riecht hount!

(Hierauf nähert sich die Braut, reicht aber dem Brautknecht statt der rechten die linke Hand, oder es reicht eine der Brautfrauen sie dem Sprecher, worauf dieser Abschied nimmt und fortgeht. Ausserhalb der Thüre kehrt er aber wieder um, und fährt in seiner Rede fort.)

Got gâw och wėder en geâden dâĉh!
Ich hun nôĉh müölz getrûeden zerajk,
ich hôfen aw e bėszer gläjk.
Ich štion af štüôl und ėisen,
unt hôfen, er wärt mer de dir esi lêr nėt wėisen;
ich štiôn aw ėnem štoin
unt woil garre wėder hoim
awer nicheszwiechsz eloin.

'Schîn mêt brojt!
de däsch sė gereakt.
de hiene sė gepleakt,
de kone sė gefäljt,

mät kåjlem, såjszem wèinj,
dobå hôfe mer rêcht frîlich ze sèinj.

'Schîn mêt brojt!
èch hu gesån en sêszel,
ich hôfen, ir fôter wird och güôwen en kêszel;
èch hu gesån en dil,
ich hôfen, ir moter wird och güôwen e schlîejerdaǵ uǵ en pil;
ich hu gesån en trun —
er wart zelêzt nor mâjsze kun.

'Schîn mêt brojt!
won ir neâ afštüôt fun der baûnk,
se šprêcht:
„ir hårz mèinj ajlder! neâ sôn ij och dûnk!“
Won ir neâ kut bäsz füer det båt,
se sprêcht:
ir hårz mèinj ajlder! hat er mich gehâlden în mêt
Won ir kut bäs än den ieren,
se šprêcht:
ir hårz mèinj ajlder! wå sâl ij och empieren?
Won ir nea kut bäsz füer den hiert,
se šprêcht:
ir hårz mèinj ajlder! wå bän ij irer esi eâwiert!
Won ir nea kut bäs än det haüsz,
esü wart ir nor måjszen eraüsz.
Won ir nea kut bäsz füer de dir,
esü šprêcht:
ir hårz mèinj ajlder neâ bän ich nèt mî ir.
Won ir neâ kut bäsz füer det düer,
wart ir sån lojter frèmden derfüer,
Won ir neâ såt de gas afen,
esü wirt och ir härz pafen.
Won ir neâ såt de gas uowen,
esü wird oin trên de oûnder guoǵen.
Won ir kut bäsz füer der schwijer är düer,
esü warde se schåszen de rijel derfüer.
Won ir kut bäsz füer de dir,
esü warde så šprêchen: zeräk mät dir!“
Won ir neâ kut bäsz füer det haüsz,
esü warde se och schlôn mät bêszemen eraüsz“
Won ir nea kut bäsz füer den hiert.
esü warde så šprêchen: zeräk mäd och!
ir sègd âser nèt wiert!
Won ir nea kut bäs än den ieren,
esü warde så šprêchen: zeräk mäd och!
mir känen irer gor laicht empieren.

Won ir nea kut bäsz füer den dåsch,
esü warde så śprêchen: zeräk mäd och!
néd êszt mäd åsz dèsz groânj fäsch!

Doch mer lüôszen uo fun dèsem onnäze geschwäz,
dän ed äs eôs und och nét fil näz.

Got drâînij än dem wiesen,
dî aüsz zwènen oinjt gemâcht,
teâ hôszt âlle auszerliesen,
ųnt gor wûl zesumebrôcht.
Ådermôn hôt sîl unt laif
e jêt îstoûnt mân unt waif,
unt så wieszle mät de jôren
dèser wält ze lojter pôren.

Teâ kûszt än de sîle śtèjen,
wô niche mänjtsch de schläszel hôt,
unt de hârzen alle boijen
wå en amgedrệt rât.
Doräm goid uch hå unt dûert
dè ferlongen änjde füert,
unt der mänjtsch mät sèinjem dinken
kûn et doch néd oundresch linken.

O teâ güewer aler gåder,
sêjen wot teâ hôszt geśtäft!
kam ferbanjder der gemåter,
wel et dèinje rom beträft!
zèj än åsz wunung än,
losz se dâjlij oinjt sèinj,
unt ferlonjer är dâch,
dad em lûew unt donk dir süô!

Esü nit neâ uofschojt
fu fôter unt moter,
fu brâder unt säszter
îun alle geâde franjden,
dat se och än e solen amśtånjden
nét mî môje fanjden!

'Schîn mêt brojt!
sejd ir wûl gesêszen,

unt hôd iren îrseme purschen unt brojem nėt fer-
gêszen,
esü råkt hårwärz of der boûnk
unt rocht mer ir waisz riecht heûnt!

(Hierauf steht die Braut auf, reicht dem Brautknecht die rechte Hand, nimmt hierauf Abschied von Vater und Mutter, dankt für Erziehung etc. und dann wird unter Absingen des Kirchenliedes: „Unsern Ausgang segne Gott!“ oder „nun danket alle Gott!“ zur Kirche gegangen.)

Rockenlieder.

6.

(Seiburg.)

Am letzten Hochzeitabend bringen die Nachbarinnen und Freundinnen der jungen Frau einen Rocken, d. i. an einem ziemlich starken jungen Eichstamme (früher wohl nur recht starker Rocken) einen dicken „Hanfzocken“ (koit), an dem an einigen Orten Eierschalen und Blumen, an andern Spindeln und Aepfel, in Seiburg aber eine Menge Werg, Spindeln, hölzerne Löffel etc. sich befinden, und singen dabei in der Hausflur (housz) das folgende Lied:

uinen, e - si fil der gâ-der jôr, e - si fil der kuiren
ê-ren, e - si fil der hîszer zê - ren e - si fil der hîs-
zer zê-ren e - si fil der hî-szer zêren. Gid er god en
gan-ge san, se nit se än mät gläk, se nit se än mät gläk,
se nit se än mät gläk. Hîrt hier ir mûn, der brêdjem, wot
Hîrt ir frâ séld er lå-wen, de
mir éch wä-le sôn. de jang mêt losze gôn.
gang mêt losze stôn!
Hîrt hier, de frâ de brôtj wot mir éch wá - le
den î-nûm séld er lå - wen de jong kniecht losze
sôn. de jong kniecht lo - sze gôn!
gôn!

(Damit ergreifen die im Zimmer den Rocken, und ziehen ihn trotz dem Widerstande der Draussenstehenden hinein, worauf ihn der junge Mann mit der bereit gehaltenen Axt zerhaut (früher wohl über das Knie zerbrach). Darauf singen die in der Hausflur:

(Nach Beendigung des Gesanges werden sie hineingerufen und bewirthet.)

Mer wäle gôn,
mer wäle štôn,
mer wäln ei janger frå en rôken drôn.
Ai wot drô mer är änt hausz?
fil îr uch gläk:
Esi fil knirekégder,
esi fil der gâder zegden,
esi fil flôsuinen,
esi fil der gâder jôr!
esi fil kuirenêren,
esi fil der hîszer zêren!
gid er god en jange san,
se nit se en mät gläk!

Hirt hier ir mân, der brédjem,
wat mir éch wäle sôn!
ir frå, då séld ir låwen,
de jang mêt losze gôn!
Hirt hier ir frå de brotj,
wot mir éch wäle sôn,
ire mân, die séld ir låwen,
de jang knêcht losze gôn!

(Streit um den Rocken.)

Nid en, zebrêcht en!
känd er en nėt zebrêchen,
se ŝtėrft ij ir jang frå
än dem allerîrŝte jôr!
[se atėrft ij ir gang
äm alerîrŝte jôr:]

Mer trauden af en bêszem,
mer wîle gärn êszen!
mer trauden af zwängken,
mer wîle gärn drängken
mer trauden of en uėwen,
mer wîle gärn brôden!
mer trauden af en botj,
mer wîle gärne krotj!
mer trauden af plûnzen,
mer wîle gärn dûnzen!
mer trauden af e schwėinj
mer wîle gärre wėinj!
mer trauden af en dil,
mer wîle gärre fil!
Gid ir es en îmer wėinj,
se gid ir esz wod ir îre sėinj.

Mer truden af de blånken,
mer wîle gärn dånken!
[mer truden af de kėrbesz,
äsz brėgem gôn ä wėrbesz;
mer truden af den zapen
äsz breokte gôn ä lapen.
Der brėgem hôt nor ėnen hunen,
uċh dên frêszen em de zegunen;
de breokt, då hôt nor în hien
uċh då moszt se ån't däpe gien.
Nen-mâċht ich frîlich!]

7.

A.

(Halwelajen.)

Das Lied wird — nach G. Schuller — einer Braut. die sich an einen Auswärtigen verheiratet. am Tage ihrer Trennung von der Heimat gesungen. Die Sängerinen treten in die Küche, welche zugleich das „Vorhaus" bildet, während im Zimmer die Gäste beim letzten Schmaus und zwar eben „beim Braten" sitzen, und beginnen:

Geaden dâg ir kêchane! wå gîd ed êch?
„Wå et got gefällij äs äm hêmelrêch."

(Die Sängerinen treten ins Zimmer und fahren an die Braut sich wendend fort.)

Got grêsz dij în broit! got gesên der den däsch!
got grêsz dij în ädel schîne!
desz broidem sêinj fräinjt sên åle guer fräsch,
der broid är fråinjt sên åle guer duit;
så stîd än êner gruiszer nuit,
så stît wuil wå e lainjdebûm,
dô sich der grâinj lûw entrîre wûl,
så stît wuil wå î lainjdenzwêch,
nor got wîl är hälfen äm hêmelrêch.

Mer wale giôn,
mer wale stiôn,
mer walen åser broit de riôken drôn.
Wåt drô mir är ze hoisz?
fil îr uĉh gläk, fil îr uĉh gläk,
derzeâ en riôken honf.
Wåt fainjt sich drun, wåt fainjt sich drun?
e grâin wäinjterkrûnz.
Stunjd af deâ låf broit
unt fåir en än dêinj hunjt!

(Der Rocken wird der Braut zugeneigt, sie steht auf und faszt ihn an.)

Hîr zeâ låwer broidem,
wåt mir dir wale siôn!
deai îfrâ sâlt teâ låwen,
de gang mêt losze giôn!
Hîr zeâ deâ låwe broit,
wåt mir dir wale siôn,
dêinjen îmûn sâlst teâ låwen,
de gang kniecht losze giôn!

Ai schėnst! wun teâ än de schliôfbât gîszt,
dėinj dirre sėle sėn ferschlôszen,
då gang kniecht, då åf der gås eräm giôn,
då sėinj gor eâferdrôszen.

Ai schėnst! wun teâ än de kirich gîszt,
dėinj nake sâl dir nėt blâken!
der schliujer sâl der en zeadâken!
Ai schėnst! wun teâ oisz der kirich kiszt,
ainjder ûnder loiden är woinjt
sâlt teâ dich nėt sâzen,
nemunjden sâlt teâ ferschâzen!

(Wun) en hîsch mêt fuir dir hinüwergît,
nėt schnėit är uo är îren!
sonzt wunî wirṡt teâ är se wėder gien?
nor wî dėinjer uormer sîl!

Esi munch în honfkėit,
esi fil geât zėit!
esi munch în kuirenêr,
si fil hîsz zêren!
esi munch în huowersnuit,
si fil geât bruit!

Mer ṡtion åf'm mêszer,
mer wîle garn êszen;
mer ṡtiôn åfm zängken,
wer wîlle garn drängken,
mer ṡtiôn afm lėnenk,
mer wîle gare fėnenk;
mer ṡtiôn afm dil,
mer wîle gare fil;
mer ṡtiên ôf de wûngzen,
mer wîle garn dûngzen;
mer ṡtiôn åf der ṡtong,
mer wîle gare long;
mer ṡtiôn åfm rêch,
mer wîle garn ewêch;
mer ṡtiôn åfm ṡtîn,
mer wîle garn hîm.
Mer hun esz nėt gezart,
mer hun esz nėt geschliôn,
mer wale fräş uċh frîlich
zer dir oisze giôn.

Gied er esz néd en îmer wéinj,
se gied esz, wåd ir îre séinj,
en kliôtsch oċh briôden
esi sâl et séinj!

B.

(Mühlbacher Mundart.)

Gâden ôwend, ir kêchäne! wå gîd ed éch?
Na wå et got gefälij äs äm hémelréch.
Gâden ôwend în schîn!
Got dånk der härzlåf
unt schréif mer zem numensdâġ en schîne bråf!
Gâden ôwend ir gieszt! got gesên ich den däsch!
got gesên ij ieszen uċh dräinjke fräsch!

Mer wîle gôn
mer wîle štôn,
mer wîlen âser brokt en rôken drôn.
Mir drôn är än't housz fil îr uċh gläk,
derzâ en rôken honf.
Esi fil dier honefkêgder,
esi fil dier gâder zégden!
esi fil dier kîrenêren,
esi fil dier gâder mêren!
esi fil dier hîrsch schoden,
esi fil dier gâder bôten!

Wat fäinjt sich draf?
fu grånem e krånz.
'Stôd aw ir laszlich jangfrå
unt nied en än de hânt! —

Wat fäinjt sich draf?
fu grånem e krånz;
dô štîd en lasztich jangfrå,
unt huod en än der hânt.

Na hîrd ir låwer brejum,
wat mir éch wäle sôn!
ir îwéif séld ir låwen,
de jang mêt losze gôn.

Na hîrd ir lâf brokt,
wat mir ėch wäle sôn,
iren îmân sėld ir lâwen,
de jang knêcht losze gôn!

Ai wun în lasztij än de kirch gît
mät ândre lasztije jang fråen,
är nake sâl er nėt blåken,
är schlîjer sål är en dåken!

Ai wun în lasztij ousz der kirch wėder gît,
mäd ândre lasztije jang fråen,
angder ândrer lėgden är wäinjt,
sâl så sich nėt såzen,
der uormer lėgden är käinjt
net fershåzen!

Ai wun în lasztich fun der hochzet gît,
mäd ândere lasztije fråen,
är dir då sâl ferschluosze stôn!
wol fil jang gesälen af der gas eräm gôn!

Ai wun în lasztich fîriwer gît,
se schnėgd er nėd uow är îren!
Wäld er är se wėder gien? —
wî irer uormer silen!

Jungfrauentagslieder (?)

8.

A.

(Weiszkirch bei Bistritz.)

O êinijer schåz!
o fräntlicher måz!
wåe sål esu fier
bäsz ginzt u det mier,
Wâe sål esu wait
bäsz ginzt u dae sait,
Zwê rîslije wången
enânder ämschlången,

dåt wôr dae hésch
dåe ugenêm,
mer wä'n er och gien
en N. N. fèin.

Wåe sål dier N. N.
dien flegel amdrêi!
wåe sål dåt M. M.
dåt leim åfnêi!

Wåe sål dier N. N.,
dien krauch zeschlu!
wåe sål dåt M. M.
dien tschok neudru!

Guer fil geret
ånt winich beduecht!
got geuf derzau
en geåde nuecht.

B.

(Minarken.)

O êinijer schåz!
o fräntlicher måz!
weu sål ich dich fän'n?
esu, esu wait
bäsz ginzt u dåi sait,
esu, esu fier
bäsz ginzt u dåt mier.
Zwê rîslije wången
dåi glaichn sich zesumen,
e Marichi nâm in,
e Hanzi bekâm ät. —

Johannisfeier.

(Von den Mägden in Streitfort bei den „Kränzen“ am Johannistag gesungen.)

9.

I.

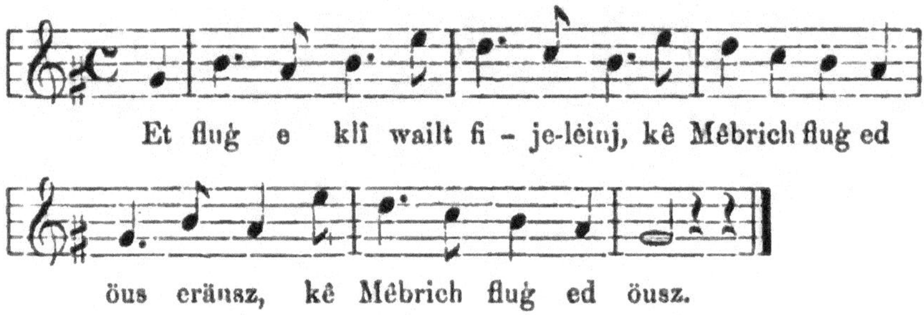

1. Et flug e klî wailt fijelèinj,
   ke Mêbrich flug ed öusz,
   eröusz,
   kê Mêbrich flug ed öusz.

2. Et zîcht méch mèinjem hürzgeläftchen,
   dad ich folkomä bän
   cha bän,
   dad èch folkomä bän.

3. Et koum î luiser gebèirescher kniecht,
   fu färre koum hie hier
   dohier
   fu färre koum hie hier.

4. Hie wûl då ruisen ôfbrêchen,
   då löinjst dem wieje štiûn,
   eriûn,
   då loinjst dem wieje štiûn.

5. Liûsz štiûn, liûsz štiûn då ruisen!
   då ruisen då sèinj mèinj,
   eröinj
   då ruisen då sèinj mèinj.

6. Brêcht ôf då hîdernêsztlen,
boinjt och î kriunzlėinj dröusz,
eröusz —
bainjd och î kriunzlėinj dröusz!

7. Mir käñe se nėd ôfbrêchen,
så brån ėâsz alzehôrt
zehôrt,
så brån iâsz alzehôrt.

8. Giâd êszen uċh geât drängken,
dâd äs iâsz wuel berît,
berît —
dâd äs iâsz wuel berît.

(Hierauf recitiren die Knechte.)

II.

1. Mer kiûme fuer de guerzen,
då wôre ferschlôszen.
Låwer kräszt fum hėmelrėch,
als wêre se ôfen!

2. Mer kiûme bå en kirich
då wôr hûlz alzerâlt;
mer sûle se bâen,
ûsz grâne štêne bâen.

3. Då štên sėinj gebrôchen,
då maurer sėinj duit —
. . . .
. . . .

4. Der lâf sanct Johañesz
hôd âs ûszgesûnt,
usz sėinjem giâde walen
hier änt fârn lûnt.

5. . . . .
. . . .
mer walen î dem lächten dâch
fun dañe schiden.

6. Köngesz, köngeszmêtchen
an déinjen körl kreusz,
hôszte de kêsz geschanen,
se long en iâs eriûsz,
[hôszte'n nét geschanen,
se long en nor esiû!

7. Duord un dém ainjt,
dô wund en fél mêt;
won der hirt de kå dréift,
se lât se af em båt.

8. Mer walen déj afdêken,
bäs af de lazebuisz,
dat de san schéing
der féler änj de schuisz!

Wünsche.

10.

A.

(Mühlbach.)

Éch wäinjtschen ich
en shéier fôl êren,
en kaszte fôl kîren,
en käler fôl wéinj,
en hôf fôl schwéinj,
en štal fôl räinjt,
en štuf fôl käinjt,
uġ en îrlich gesäinjt!

B.

(Sächs. Regen.)

Éch wäntschen éch zem nâe jor
aüren kaszten kûre fôl,
aüren käler fôl wén,
aüren hôf fôl schwén
[aüer kumer fôl raze]

aüer ŝtuf fôl fraze,
aüren hiert fôl kaze,
aüren hôf fôl fâ,
gotesz sêjen uc̕h derbâ!

C.

(Groszschenk.)

Ėch wängtschen ėch zem nâe jor
ire kaszte küre fôl
ire käler fôl wėinj,
iren hôf fôl schwėinj,
iren hôf fôl fâ
uc̕h den däke wâlf derbâ,
en ŝtuf fôl möüsz
en pêlz fôl löüsz.

11.

(Mühlbach.)

Wâ fil hôr
esi fil gläklich jôr!

12.

(Des Burghüters Weihnachtsgrusz, den er in vielen Dörfern besonders des Altlandes am frühen Morgen von der Burghöhe in das Dorf ruft.)

Kräsztwurscht mėinj,
(Brôtwurscht mėinj!)
uġ en âchtel wėinj!
alerlėgden är Trėinj
sâl hėkt fräş uc̕h gesangt sėinj!

13.

(Trinkspruch aus Irmesch.)

Got rejår de jugent,
dat se lîren de tugent,
ir älder îren,
de jange fun den ålde lîren!

Fastnachtssprüche.

(Alle aus Georgsdorf.)

14.

Fuosnich språch
hégd uch more wêr e låsztich dåch,
wun de knèdel uch kletiten
kêimen af dem wäing geriden.
Denij èch wèisz, dèt wirt nèt sên,
doräm fält mir äûnderd än;
wier naszt mî äm kaler huot,
hîr åf dèse gåde rôt!
Åf dem hôf båm blåzich Misch
äs e gaut wäinj, ond uch frasch,
der här lîrer lîft e sälweszt,
dåt hî gaut zem dräinjke wêr.
Nå mèinj laiw uch gaut mäner
bräinjt nau glèj en åchtel hîmen,
dåt dai waiwer låszt beku
zau der hégdijer bakerâi!

Nèt sât tröurich, mèinj laif moter,
wèl na nichen fänenk sèinj!
giet mer nor en mîrz kukruz —
sât nor wâi ich broinje wèinj

15.

Fuosnich språch:
„Hégd uch morn äs e lasztich dåch.
Wèl der wèinj nèd äsz gerôden
äsz jô frucht genach derzå.

Mâċht ousz kukruz iren drăer,
unt sakt miel uċh schmâlz uġ âr,
dăt dă wėiwer raudern än.

* * *

gôt hîmen, en ieszt!
âsen ôrmen här kănter nėt fergieszt!

16.

Der lâf fuosnich kid erun,
nana mėsz em bakelûtschen,
hîsz kråpen, dak knödel,
brît funkij, uċh kletiten —
dât sė jô âs âlt siten —
kâlde brôde, lunk wursċht,
dăt mer hun en geâd dursċht.

Gòd' ir mäner, hûlt de wäinj!
zwinzich krėzer äsz der prėisz,
bräinjd en äusz nor koñewėisz!
dän hie glätscht jô wå der ėisz;
unt kom sėn dėsz dâch derfun,
se mėsz muncher bosz däun,
dän det schmâlzdäpen äsz lädich
und em äszt det brît nor drėch.

17.

Bakenalia = fuosnich
friptus = funkich
sauret sâlz
fat = det schmâlz
lėngdaġ = en daċh
ŝtiwel = der schaċh.
porkus = det schwėinj —
bräinjt âsem här kånter en âchtel wėinj!
dėd äsz det fuosnichlatėinj.

18.

Fuosnich språch:
„Hegd uch morn äs e losztich dâch;
ålesz wäl sich nor beštriewen
hègd uch more gât ze liewen,
unt bedinkt nèt dîrscht de zèkt;
dän ed asz jô hèier
ales, ålesz dèier.
Mir zer îr unt sèch zem schåden
bake sai kletite fladen
unt det Fiche sprächt fum hiert:
Mátes, Machel, Honz uch Piz!
gôt nor štråks zer Gromanän!
dô am graintchen ander'm wâlt
äs et hèkt gor gâut beštâult;
får zwèlwer äsz der prèisz
unt hie glätscht jô wå der èisz.“

19.

Fuosnich språch:
„Hègd uch morn äs e lasztich dâch:
Såt nor wå de knêcht
är gâserêcht
mät der gröszter fräud ouszfåren,
wå se räne, wå se krèischen,
bäsz se de gâsen de hîwder ouszrèiszen.
Såt na ku se frâdich hèimen
får dem håne štô se štal;
dän dô wird ed ouszgemâcht,
wuor e jêt knêcht sâl règden.
Bâlt na hûrd em än de gascen:
funkij crousz!
knödel än't höusz!“

* * *

20.

(Aehnliche Reime aus Groszschenk.)

Wälkome, wälkomen ir gûldich lètj!
geriden oder gegangen
oder wå ir hå sètj!

mer sė kun än hofnunk
åtwesz fun ėch ze bekun. —

* * *

Ir lėtj, dî ich hėdj înt wäl läjen,
dî sâl sich mät dem foszdȧch schäjen.
der kėrbesz sâl nėt lädich sėinj,
hî sâl mät gâdem wėinj
äinjde fôl sėinj.

* * *

Freudenlieder.

21.

(Trinklied aus der Umgegend von Hermannstadt.)

1. Högd äs e lasztich dâch,
hėkt sėle mer lasztich liâwen,
der wėinj flėszt wai de bâch.
Ir gûtdich schazich riâwen!
dier ėch nėt nô wäl gôn
die sâl der hôl zeschlôn.

2. Hie koszt jô fräléch fil,
allî wat sėle mer mâchen?
wier nėt huod än der mil,
dier gîd unt schnėkt fum bâchen.
Nėt wart desz brainje mat',
wat dėier esz, schmakt nėh giât.

3. Ir frainjd! en giâde nôcht!
niâ mėsze mer mor hîmen;
dât fėier flėiszich ŝtôcht,
nor sorcht uģ af de klîmen!
Nėt wart desz brainje mât!
wat sės äsz, schmakt uėh giât.

4 Ir säsztre giâde nôcht!
niâ mėsze mer nor hîmen;
dât fėier flėiszich ŝtôcht,
nor sorcht uģ af de klîmen!

Mer dräinjken dad et grêzt,
nôch îszt ze giâder lêzt.

22.

(Trinklied aus der Nösner Gegend.)

(Der zweite Theil hat auch folgende Melodie.)

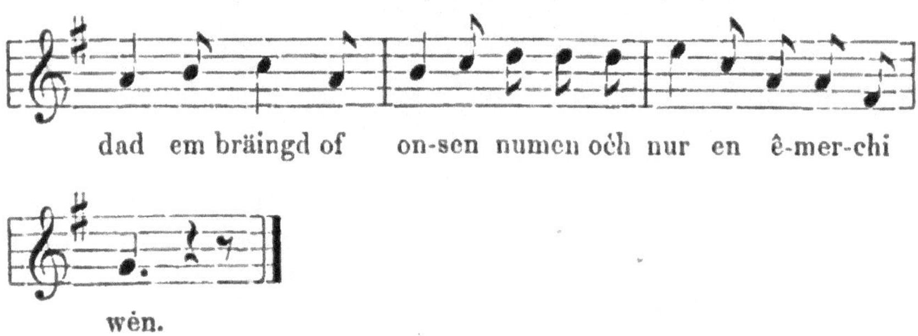

1. Frände önzt sėn mir zesumen,
lod âs lasztich sėn!
dad em bräingd ow onsen numen
oċh nur en êmerchi wėn.

2. Leza! fê dij u ze schâjen!
dat dau danrich bäszt!
nėm de kôp mät zumt den krâjen!
sonzt beku mer näszt.

3. Önzt äsz nôćh der gâd um zapen,
lûf nur lûf behånt!
sonzt kånt bålt der lêgl ofschnapen.
Lûw, unt kam hehânt!

23.

(Schônen.)

1. Der Mierteszdâǵ äs ućh fergangen
de arbet hu mer bå sèkt gelôćht,
de hâen hu mer åfgehángen,
de muren hu mer hîme brôćht,
de kampeszt hu mer än der bit,
na sė mer nėd e kėkt bekrit.

2. Det fårkeltchen än âsem štältchen,
dėm kân em ainjden't mêszer gien,
det trijeltchen än âsem schėrweszt,
dohär kân em miel uǵ âcher nien;
e bäszke brîd, e glåszke wėinj,
bå dėm kân em frîlich sėinj.

* * *

24.

(Mühlbach.)

1. Ach da hârzer wėinjgeschmak!
dėinjentwieje gôn ich nakt.

2. Dėinjentwieje gôn ich barbesz,
dėinjentwieje lėgden ich hanger.

3. Tâ sålt mir uch nėd entwėchen,
mėr sîl ich der um kläpeltche nôschlėchen.

25.

(Deutsch-Pein.)

Tön! dâ baszt dier blåkich mainjtsch,
nåm de kôp mat zamt de krâjen,
gunk zâ âsem nôber Machel,
bid en am e kizke wéinj!

* * *

Rundreime.

26.

1. Tiri trita!
âsz knêcht kå flét'n,
tiri tritu!

2. Flét'n kâ âsz knêcht,
äm bäsch sai de śpêcht,
tiri tritu!

3. De śpêcht sai äm bäsch,
äm wâer sai de fäsch
tiri tritu!

4. De fäsch sai äm wâer,
der krêmer fräszt de âer,
tiri tritu!

5. Âer fräszt der krêmer,
âsz wuoġen huod en schêmel. tiri tritu!

6. En schêmel huot der wuoġen,
âsz hâszt, dî kân drueġen. tiri tr.!

7. Drueġen kâ âsz hâszt,
äm silen, dô hî dâszt. tiri tr.!

8. Dâszt hie äm siln,
der féifer dér schlêt triln. tiri tr.!

9 Triln schlêt der féifer
der schmit dér äs e schléifer tiri tr.!

ich hun en înich schazken,
dêm gôn ich nô.

4. Und ale grån blomen,
då blån uch grån, —
ich hun en înich schazken,
dâd ich gäre sån.

5 Und ale giel blomen,
då blån uch giel —
ich hun en înich schazken,
dât wäl ich nien.

30.

(Mühlbach.)

1. Tâ mêtche mät dem gielen hôr,
tâ gûldijet mêtche bléif trâ bäs aft jôr!

2. Déinj arme sén dir schnîwéisz,
tâ gûldijet mêtche låf méch mät fléisz!

3. Då bakeltcher sén der rîserît —
tâ gûldijet mêtche bléif trâ bäs än dît!

4. Déinj fêsz, då sén der wå der wäinjt —
tâ gûldijet mêtche bléif trâ bäs un't äinjt!

31.

(Busz.)

1. Mêtche mat de giele schåchten,
wô äm wäder wôrst te nåchten?

2. Mêtche mat de gielen opern,
gäre wîl ich mich lainjst dich zopern!

3. Mêtche mat de gielen hôren —
garen hun ich dich sainjt gôren.

32.

(Busz.)

1. Kuku mat dem giele schwûnz,
rof de mêtcher af den dûnz.

2. Kuku af dem birebûm
säch nor, wâ de mêtcher kun!

3. Kuku mat dem giele schôp,
mâĝ esz musik hop! hop! hop!

33.

A.

(Busz.)

Drê dich mêtchen am den hiert!
baszt mer täusent galde wiert.

B.

(Mühlbach.)

Et schöpeld en déderchen äm den hiert —
te bäszt mer tousent gälde wiert.

34.

(Marpod.)

Hopsa! haisa! diûnze giôn!
såt nor, wâ de katner štäôn!
säd ir måt de štarken Honz
mät der hîscher, brîder fronz!

35.

(Marpod.)

Hop! me guzken!
zop! me nuzken!
drê dich schazken,
trid af d' iert!
hainjdert gâlde
bäszt de wiert,
heangdert gâlden
eône meokt
tâ méinj schazich
gûldich breokt.

36.

(Marpod.)

Hui! hui!
Lup de pui!
lop! lop! lop!
hop! hop! hop!
târ dich hîntche mät dem zôp!

37.

(Marpod.)

1. Ech had e lèfke für em gôr,
dât hat dier hîscher gieler hôr.

2. Nana hun ij înt bekun,
dât huot giel séd uch ziren drun.

3. Înt mät hîsche bronjen opern
ai wor koun et sij u mich zopern.

4. Nana hun ij înte wéder
dád äsz gor e schazich lader.

38.

(Petersdorf.)

Honzo! Honzo! dėt sėn dâch!
nichen süle nor de schâcht.

39.

A.

(Mühlbach.)

Pėlse rėiw uċh wėinjmere sėsz
såt nor af mėinj gûldich fêsz!
såt wol kân ich dânzen.
såt nor wå et gît,
såt nor, wå et ṡtît,
såt nor, wå et hopt,
såt nor wå et ṡtopt,
såt wol kân ich dânzen!

B.

(Sächs. Regen.)

Pėlse wîch, wėimern såsz!
såt der hierän of de fåsz!
såt, wå gît se,
såt, wå ṡtît se,
såt, wå kâ se dânzen!

40.

(Petersdorf.)

Hop saraka für der dir!
kam enzôwent schlôf mat mir!
pėlselaiwent gien ich dir
(dernô wėisen ich der de dir.)

41.

(Schäszburg.)

„Et sâsze siwe mäüseltcher
än ėnem oinje kėrfken.
sėsz hûlz!
sauer bûlz!
deâ îenijet mêtchen drê dij äm!

42.

(Schäszburg.)

Ėch bän dėinj,
teâ bäszt mėinj,
ûnd esi sâl et
äinjde sėinj.

43.

(Mühlbach.)

Ėch bän dėinj,
tâ bäszt mėinj,
tâ gûldijet mêtchen
drê dich fėinj!

44.

(Schäszburg.)

Drâ âpel, sêsz näsz,
siwe fîrel hâszelnäsz!
dohär wirst te nichen ieszen
bäsz te nėt mė lėtke bäszt.

45.

A.

(Petersdorf.)

Ale birebîmtcher rèispere sich ·/.
tâ înijet Mai erhâlt tâ dich,
bäsz zâ dier zèkt, bäsz zâ dier zèkt,
dat sich dir e trâer bèkt.

B.

(Schäszburg.)

Åle birebîmtcher raisperd èch! ·/.
bäs un då zètj, bäs un då zètj
dåt der dî Honesz de trâ ubetj.
Bètj e der se un, se nom se un;
Ålle morjen än orme genuen,
ålen ôwend zwê måzker gegien!

C.

(Georgsdorf.)

Ale birebûmtcher rèispere sèch
rèispere sèch;
tâ înijet Träinjô, schäk tâ dèch!
schäk tâ dèch bäsz zâ dier zètch,
wun der der Hûnz sâi trâi ubètch.
Bètch e der se un
unt ta wêilt än hun —
alen ôwend än orme nien,
alle morjen e mäzke gien!

D.

(Kaisd.)

Ale bircebîmtcher raüsperd èch,
(raüsperd èch) bäs am de zèt . .
bäsz der e gelâfter de trâe ubèt.

Bėt e der se un,
se wist teâ se hun
âlle morjen am ârfel drifin.
[Kâm mäd än de gôrten!
diu wäl ėj ŏf dėch wôrden;
ėch wäl der e mazke schinken,
mät dėm wiszt teâ dėch bedinken.]

Wêr hie lum âls wêr hie en Zegun,
wiszt teâ en nor lŏf mėszen hun.

46.

A.

(Busz.)

Hopa!
zopa!
pierschekärn!
wier mich sėkt, dî huot mich gârn.

B.

(Urbach.)

Suia! suia! piârschekärn,
dî mich sėkt, dî huot mich gärn,
dî mich sėkt, dî wäl mich hun,
awer e wirt mich nėt bekun.

47.

(Mühlbach.)

Hoi dudu Lêntchen!
gâden dâch Katrėinjtchen!
drê dij äm den täkeräm!
gâden dâch frä nôberän!

Zweite Abtheilung.

Scherz und Spott.

Wahl.

48.

A.

(Mühlbach.)

---

1. Mêtche wält te'n far nien?
   Nâi! moter nâi!
   em hîszt mich drô de farerän,
   uch de mêdeschlôerän;
   nâi! moter nâi!

2. Mêtche wält te'n prädijer nien?
   Nâi! moter, nâi!
   em hîszt mich drô de prädijerän,
   uch de fanenzielerän;
   nâi! moter, nâi!

3. Mêtche wält te'n schîlmîszter nien?
Nâi! moter, nâi!
em hîszt mich drô de schîlmîszterän,
uch de louszknäkerän;
nâi! moter, nâi!

4. Mêtche! wält te'n flîscher nien?
Nâi! moter, nâi!
em hîszt mich drô de flîscherän,
uch de bâlebrutschlerän;
nâi! moter, nâi!

5. Mêtche! wält te'n schnègder nieu?
Nâi! moter, nâi!
em hîszt mich drô de schnègderän,
uch de hîseflâkerän;
nâi! moter, nâi!

6. Mêtche! wält te'n däschler nien?
Nâi! moter, nâi!
em hîszt mich drô de däschlerän,
uch de hobelšpênfrieszerän;
nâi! moter, nâi!

7. Mêtche! wält te'n schoszter nien?
Nâi! moter, nâi!
em hîszt mich drô de schoszterän,
uch de tokefläkerän;
nâi! moter, nâi!

8. Mêtche! wält te'n däpner nien?
Nâi! moter, nâi!
em hîszt mich drô de fîzerän,
uch de lêmkniederän;
nâi! moter, nâi!

9. Mêtche wält te'n kîrşner nien?
Nâi! moter, nâi!
em hîszt mich drô de kîrşnerän,
uch de zirmknäperän;
nâi! moter, nâi!

10. Mêtche! wält te'n geboure nien?
Cha! moter, cha!
em hîst mich drô de gebèierän
uch de (flèiszich) kîreschnègderän;
cha! moter, cha!

B.

(Georgsdorf.)

1. Mêtche! wêilt te de pradijer nien?
„Nâi! moter, nâi!
em hîszt mich sonzt de pradijeran,
de kèrnich kirchegainjeràn;
nâi! moter, nâi!

2. Mêtche! wêilt te de schûler nien?
Nâi! moter, nâi!
em hîszt mich sonzt de schûleran
uċh de hûseflakeran;
nâi! moter, nâi!

3. Mêtche! wêilt te de konter nien?
nâi! moter, nâi!
em hîszt mich sonzt de konteran,
uċh de louszknakeran;
nâi! moter, nâi!

4. Mêtche! wêilt te den orjniszte nien?
nâi! moter, nâi!
em hîszt mich sonzt orjnisztan
uċh de wasserschlâperan;
nâi! moter, nâi!

5. Mêtche! wêilt te de for nien?
Nâi! moter, nâi!
em hîszt mich sonzt de foreran,
uċh de fanenkzieleran;
nâi! moter, nâi!

6. Mêtche! wêilt te de richter nien?
Nâi! moter, nâi!
em hîszt mich sonzt de richteran,
uċh de kainjderbuoderan;
nâi! moter, nâi!

7. Mêtche! wêilt te de schoszter nien?
Nâi! moter, nâi!
em hîszt mich sonzt de schoszteran,
uċh de fodemdrêeran;
nâi! moter, nâi!

8. Mêtche! wêilt te de geböure nien?
Cha! moter, cha!
em hîszt mich drô geböüeran,
de kèrnich kûreschnègderan;
cha! moter, cha!

49.

A.

(Georgsdorf.)

1. Et köûm öin daschler wöûl angder dâi wöûnt:
tau schînet gang frâche, gaf hier de höûnt!
„Èch wal dèch nèd, ech wal dèch nèt;
dau baszt der daschler, unt hobelst dâi dilen,
unt gîszt gor garn zer nôberä ŝpilen.

2. Et köûm ŏi wuoǧner wöûl angder dâi wäûnt:
dau hîschet gang frâche, gaf hier däinj häunt!
„Èch wal dèch nèd! èch wal dèch nèt!
dau baszt der wuoǧner, unt mäuc̆hst det rât
en lèifszt gor garn zer nôbräp oft bât."

3. Et käûm dî flîscher wöûl angder dai wäûnt:
tâu hîschet gang frâche, gaf hier däinj häûnt!
„Èch wal dèch nèd! èch wal dèch nèt!
(dau ŝponst gor gare) . . . .
unt schlèîszt gor garn dai uorem gèter."

4. Èt köûm öî schoszter wöûl angder dâi wöûnt:
tau hîschet gang frâche, gaf hier däinj häûnt!
„Èch wal dèch nèd! èch wal dèch nèt!
dau baszt dier schoszter, unt mäuc̆hst dai schaǧen,
unt breoc̆hst gor fil diesz dèire lader."

5. Et köûm e gesal wöûl angder dai wäûnt:
tau hîschet gang frâche, gaf hier däinj häûnt!
„Èch wal dèch nèd! èch wal dèch nèt!
dau baszt der gesal, unt mäuchst dai paputschen,
unt lèîfst gor garn zer nobra lutschen.

6. Et käûm e schûler wäul angder dâi wäûnt:
tau hîschet gang frâche, gaf hier däinj häûnt!

„Èch wal dèch nèd! èch wal dèch nèt!
dau baszt der schûler, en soinjst de löîder,
en breochst gor fil dier dèirer klöider.

7. Et käûm e geböuer wäûl angder dai wäûnt:
tau hîschet gang frâche, gaf hier däinj häûnt!
„Èch wal dêch hun! èch wal dèch hun!
dau baszt der geböuer, unt fierṡt zem plâch,
en huoszt diesz hîsche kûre genâch.

B.

(Georgsdorf.)

1. Wöûl af dier bäânk
tau schînet gang frâche, gaf mir däinj häûnt!
„Èch wal dèch nèt!
dau baszt dier daschler unt hobelst dèn dasch
unt gêîszt gor garn zer nôbrä nô fasch.“

2. Wöûl af dier bäânk
tan schînet gang frâche, gaf mir däing häûnt!
„Èch wal dèch nèt!
dau baszt der paputscher, en mäuchst de paputschen,
en gêîszt gor garn zer nôberä lutschen.“

* * *

C.

(Marpod.)

1. Èt kûm mir e bèndner wiûl hönjder de wûnt:
„tiâ hîschet ganget frâche, rîch tâ mer de hûnt!“
„Èch wäl dèch nèd! èch wäl dèch nèt!
tiâ bäszt e bèndner, tiâ beanjst de kofen,
tiâ gîszt guor garn zer nôberä sofen.“

2. Et kûm mir en däschler wiûl hönjder de wûnt:
„tiâ hîschet ganget frâche, rîch tâ mer de hûnt!“
„Èch wäl dich nèd! ich wäl dich nèt!
tiâ bäszt der däschler, tiâ hobelst de dilen,
unt gîszt guor garn zer nôberä ṡpilen.

3. Et kûn mir e kuirsner wiûl hönjder de wûnt:
„tiâ hîschet gang frâche, rîch tâ mer de hûnt!"
„Èch wäl dich nèd! ich wäl dich nèt!
tiâ bäszt der kuirsner, tiâ mâchst de armel,
unt briochst guor fil der deürer harmel."

4. Et kûm mir e schnèder wiûl hönjder de wûnt:
„tiâ hîschet gang frâche, rîch tâ mer de hûnt!"
„Èch wäl dèch nèd! èch wäl dich nèt!
tiâ bäszt der schneder, tiâ schnèdst de gûiren,
tiâ briochst guor fil dêsz deüren zwîren.

5. Et kûm mir e schûler wiûl hönjder de wûnt:
„tiâ hîschet, gang frâche, rîch tâ mer de hûnt!"
„Èch wäl dich nèd! ich wäl dich nèt!
tiâ bäszt der schûler, tiâ säinjst de lîder,
tiâ briechst guor fil der schwüorzer klîder."

6. Et kûm mir e gebeôer wiûl hönjder de wûnt:
„tiâ hîschet, ganget frâche, rîch tâ mir de hûnt!"
„Èch wäl dich hun! èch wäl dich hun!
tiâ bäszt der gebeôer, fierst zem pliach,
dêsz hîsche kiûren hôszt tâ genach."

50.

(Mühlbach.)

Mêtche nèt nâm en zämermân!
der mourer kân der uch näszt bekun;
lâwer en jange mourergesälen;
dier wirt der dich dènij äszt bekun
mät der mouerkälen.

Die Bauernknechte.

51.

(Weiszkirch bei Bistritz.)

1. De gebairesch knêicht sai îrenwiert,
se sai gor sîr beschêdn;
ânt wun se âf den tânze gû,
kän' se gor frantlich redn.

2. Wâe lâe dâe faul hântrekersknêicht
âf iren bâter ânt schleûfn!
wâe gû dâe frasch gebairesch knêicht
neu iren plâij ânt breuch'n!
wâe lâe dâe kli plauchdraiwercher
âf ir'n szircher ânt schleûfn!

Gut Mann.

52.

(Petersdorf.)

Frâche! frâchen! înijet frâchen!
nėt, saj esi souer af dėinje mân!
hî brainjt dir jô munch în âchen,
wun hie nor înt fainjde kân;
fun der stuw uġ ousz dem ṡtrî
brainjt hî dir nôġ ainjde mî —
kiken dich de fadre, bėiszen dich de flî.

Tanzreime.

53.

(Mühlbach.)

Hopsa! Lêntchen,
uch Katrėinjtchen!
dâd ich de rît schaġen un,
dat mer af den dânz gôn!
de Hêpentêp
äs uch dô,
de Krazewöz
Kid uch nô.

54.

(Mühlbach.)

1. Und ale wėisz blomen,
dâ blân uch wėisz,

ich had an înich schazken,
dât wôr fôl lèisz.

2. Und ale giel blomen,
då blån uch giel, —
ich had en înich schazken,
dât wôr mer schiel.

3. Und ale blô blomen,
då blån uch blô —
ich had en înich schazken,
dât wôr uch grô.

4. Und ale schwarz blomen,
då blån uch schwarz —
ich had en înich schaken,
dât wôr gor schwarz. (garz)

5. Und ale grån blomen,
då blån uch grån —
ich had en înich schazken,
dât kangd ich nèmi sån.

6. Und ale rît blomen,
då blån uch rît —
ich had en înich schazken,
dât äsz na (got sâ dånk) dît

55.

(Sächs. Pein.)

Zem Trèinjtsche ban ich gangen,
nor en hålf ẟtangt;
dô hun ij ug en flî gefangen
wâ en flischerhûngt.

56.

(Busz.)

Hopsarâka, äm de trun
drê dich mêtche mat der grun',
hop! hop! hop!
zopa zop!
drê dich mat dem âlden zôp!

Die Knechte.

57.

(Petersdorf.)

1. Î rôzich knêcht krécht anjder den dasch,
hie asz nét wiârd en grêt fum fasch.

2. Î rôzich knêcht krécht anjder de bunk,
hie asz net wiârd en kram hûnt.

3. E rôzich knêcht krécht an de kaszt,
hie asz nét wiard en zerassa paszt.

4. Ir rôzich knêcht krécht anjder den hiart',
ir ségd uĉh néd en krâm ŝpol wiart.

5. Ir rôzich knêcht krécht an det schlôsz!
ir sékt nét wiart de schwânz fum rôsz.

58.

(Petersdorf.)

1. Un em bûmtchen héng en prom —
de mêt dai ŝoden: „de knêcht sén nét from."

2. An dier prom wêr uĝ en kar —
de mêt dai sôden: „de knêcht se far."

3. An dier kar, dô wôr et wéisz —
de knêcht dai saken de mêt mat fléisz.

4. An dem wéisze wôr et grain —
de mêt dai sôden: „de knêcht sén hai."

5. An diem grainje wôr et blô —
de mèt dai sôden: „ai wêre se dô."

6. An diem blôe wôr et giel —
de mêt dai sôden: „de knêcht sé schiel."

7. An diem giele wôr uch zwéiwel —
de mêt dai schakten de knêcht zem téiwel.

59.

(Urbach.)

1. Blader am basch!
de mêde sé frasch.

2. Blader an der kol!
de kniecht sé fol.

3. Blader af em bûm!
de knêcht sé grûm.

4. Blader af der iârt'.
de knécht sé naszt wiârt.

J o h a n n.

60.

(Sächs. Regen.)

1. Johannesz kukt durj ê geschäz,
hie ducht sich nur disz läszt,
hie sîl än det mâresz gô,
e sîl et der frå moter sô.

2. „Ach! moter mén, frå moter mén!
ich hu gesån e fräelen

mât kôlschwarze ûgelein,
dad uch der deiwel nét kâ schwärzer sén."

3. „Ach Johanesz, némi mâz!
haf kuraji wai en raz!"
„Ai dat déch der bläz erschlît!
dât wêr fîr mêj en statlich grît."

4. Em râft den härre Johanes änen:
„Mai son! wat wält ta na begänen?
tâ wält begäne bâ er janger frâ ze lôn,
unt dinkst ta, wâ kênst dâ se bedrôn?"

5. Ach! frâ moter! nêt sprêcht esi!
er sékt doch niche knêcht namî;
se wit mich lîre, wad ich nét kô,
wô se wäl hu éne riêchte mâ.

6. Unt sîl ich nakich bâ ir lân,
dât wirt mich némermî gerân,
unt sîle sâ dän méch nur nien,
éch wéd er himder uch gatche gien.

Jungfrauentagslieder.

61.

(Petersdorf.)

---

1. Siwe kruoden d'urch den zong,
freud und recht!

de siwent kangt nèt nôgôn.
mûcht ich frîlich!

[1. Siwe kruoden durch den zong,
freud und recht!
der géjer kangt nèt nôkun.
mûcht ich frîlich!]

2. Der brejum drânk en bêcher weinj,
freud und recht!
de brokt dai drânk en îmer weinj
mûcht ich frîlich!

3. Basz de brokt den dasch gedâkt,
freud und recht!
hat der brejum det dape gelâkt.
mûcht ich frîlich!

4. Der brejum hat nor în ûch,
freud und recht!
dât gewân de brokt âm uch,
mûcht ich frîlich!

5. De brokt dâi hat nor în hîn,
freud und recht!
uch dâ wûl är der brejum nîn.
mûcht ich frîlich!

[5. De brokt dâi hat nor în hîn,
freud und recht
uch dâ moszt sai ant dape gien.
mûcht ich frîlich!]

6. Dâ de brokt zer kirch gèng,
freud und recht!
nâm se sich det rôszfêl am.
mûcht ich frîlich!

7. Der zijel wôr der nôschwûnz,
freud und recht!
det uir, dât wôr der ûwerkrûnz
mûcht ich frîlich!

8. Der dûre wôr der brejumstreusz
freud und recht!
. . . .
mûcht ich frîlich!

9. Af der hoc̈hzet wîch brût
freud und recht!
nô der hochzet komer uc̈h nût.
mûc̈ht ich frîlich!

10. Siwe kaingder am den hiart,
freud und recht!
niche kûren an der iart.
mûc̈ht ich frîlich!

11. Siwen hèinder an der trun,
freud und recht!
siwenesiwenzich flaken drun.
mûc̈ht ich frîlich!

12. De brokt dai kiert de ŝtuw ousz,
freud und recht!
der brejum drach det kierschel ousz.
mûc̈ht ich frîlich!

13. E wurf et wèder un de wûnt,
freud und recht!
et fâl em en tâler an de hûnt.
mûc̈ht ich frîlich!

---

14. Wâi mer hu gesangen
esi sâl èt sèinj!
en ŝtrazel uġ en brôden
uġ en îmer wèinj!

62.

(Miarken.)

Ich fânt drêi ârbeszker äm ruirçhi;
ich kont se nät erhâid'n
for diem lâib'n ruguzkn.
Frâi dich, hèschet Katichi!
huet dir et nät dai neuberen wol geseut,
de sèlzt dien Gjirku losz'n ŝteu?
e wäl dij âf det knêipchi schleu,
et wäl der guer ze wol ergô.

63.

(Mit diesem Liede schlosz man früher in S Regen die Hochzeit, indem man dabei den Hochzeitheerd — kôchesz — zerstörte.)

1. De brälft wôr gât,
äm gôw esz genâċh.

2. Det kôches äsz zebrôche,
äm gôw esz nur de knôċhe.

3. Der brot än schîne schurz,
dem bräügem en döken f—

4. Der kâ ir hûrn,
der brot ir ṡpûren.

5. Der ṡtî äs ofgeräszen,
de brot huet sich besch — —

6. Of der hoċhzet wîch bruit,
nô der hoċhzet komer uċh nuit.

Hochzeitreden.

(Am Schluss der Hochzeit gesprochen.)

64.

Tâ klaġer ferṡtânt!
wâ bleifst tâ nôġ än dêsem lânt,
unt woräm zėhest tâ nét wândern
fun ėnem îrt zem ândern? Amen!

Frit, frâd ug ineget
wäinjtschen ij ėch zer hoċhzet!
Äm ich hä de zėkt se ferdrėiwen
moszt ich mer dėsz prädich schrėiwen.
Ich wäl ich gor munch äszt lîren:
dä mir äsz gor fil äm kėrbesz,
wat der Blôch nėt huod äm wėrbesz.
Und uċh zâ dėsen zėġden
wird em kolâtsch uċh hânklich schnėġden — —

Wier awer wäl låwen de från,
dier mèsz sij äm e śpidôl ämsån:
de fråe mîne, se wêre schîn trå
wu se ène låwen uch nôg ènen deszå,
Mät den häinjde bäinjt em îlèkt —
måt de fèsze lûfe se funenânder wèkt.
Jang lèkt sèle bå den âlden
de îre brochen unt det mél hâlden!
Gäf der dûchter bå zègd en mân,
dä se äs en obst, dât sich nèt hâlde kån. —

Na wäle mer zå åsem täxt schrègden!
ézt wärden är fil äm de brôde śtrègden;
än dèse lasztijen dåjen
fäle sij är fil de måjen.
Ai hâd ich dèt nor înder gerôchen!
dä munch èner dinkt: „na fräś wôchen!“
O Marmorotodelae! wat kit mer na än?
ich sån dad ij af der hochzet bän:
ich bän der far nô dèser uort,
dât zîcht na hå mè grô buort.
Ich wîl gäre mäd ich schmousen,
dän ich kun hèkt fu Nèkthousen!
ich hîrd er hât krokt gekocht.
dât de gîsz nèt uofgeknuocht.
Wun ich sîl esi gläklich sèinj,
dad er håd en gâde wèinj,
Ai wor wîl ich mij erkwäken!
mêr sîl ich driwer ug erstäken.
Hånklich, krokt uch fieferkächen —
wå sîl mir åtwesz bieszer rächen!
se wîl ich nor bå dèse blèiwen,
unt mir hå de zèkt ferdrèiwen. — —

Mer wälen de brèjum aî de prôb sâzen!
ir mèinj låf hochzetgieszt
håld ich nor de gatche fieszt! —
Ich dôcht, ich sîl änt måresz gôn,
unt wîl et mèinjer moter sôn:
„Moter, wu mich då wîl nien,
ich wîl er hèmt, hîse, gatche gien.
Ferwangdert ich nèd ir läf zåhirer,
ir uch nèd ir schwèinjämkîrer“
dad ij esi en geferlichen täxt genun —
ich bä gor fu färem kun,
nêmlij ousz dem blêsche lânt,
dô drakt der blôch de blèchän un de wânt;

ich kâm uch durch Pretâ,
dô de frâe gäre lân äm hâ;
ich kâm äm gîszhirn eraf,
dohär bäs än't miltchen
und af de schwolwenzuogel
eraw af de zimbel;
de sîte wôren alle gestämt. — —

Ich wîl ich nôg äszt sôn,
awer lot de kräch štôn!
I mer wékter gôn,
wäle mer hå stäl štôn
unt säinjen den îrste wärschen ousz:
„Wohär ségd ir ir lékt?
mir sé fu Kérpénisch.“

Ed äs ir kräsztliche låwden ze mälden: îrstens dad än de fergangäne firzån dåjen e kâlf ze Bodendurw äsz ferlîre gangen. et had en baszgéjefarf; besanjder känzîche: fun hainjden en tabulatur, zwietens äsz bekånt ze mâchen: dat sich zwô pärszône ferwällicht hun, än de ferštruwelden îstänt ze trieden. De pärszône sén dész: Pétr Lurz, e štruwelhîwdich, hîgeôcht liefelmâchermîszter nit zer î en' häinjderloszä, wiertgeschåzt, rîtnåsich. Anna, Maria, Fike bieszembäinjdersdûchter. Wô émeszt äszt derwéder änzewänden huot, dier sâl kun unt sâl sich mälde bå der âlder mil. Zwietens uch Hans Schlåpzuogel, es îrbere man nesz san, fun hous ous e réch korfmâchergesäl. Fu seinjem schwijerfuoter äs em geworden än de wirtschaft:

1. E nâ beschlôå wuogen, un dem néd en éiserä nuogel ze fäinjden äsz.
2. un zingerêt: en âlt bakîwen ug e wäinjerd äm hiejewâlt,
3. u ségdeštof: en âlt puor wérbesz mäd em kâlkdäpen,
4. u bûmwelzéch: en zeräszä kôzen ug e schwéinjströch,
5. zâ em lange liewen äs em firšpan ze fosz gie worde bäs un't wäldäinjt.

Hie nit zer î de îrber kontribution, dât hîszt af szaksesch: de trépsnåsich muresâ. — Wéder nid es îrbere manesz san en wîlhawend dûchter; dä fun ärem grîszfuoter äs er geworden

1. fum akerštând: en âlt grô ruos ug en bläinjt mâlt;
2. u wiseniert: en zwijêrich kråm, mäd em kléne zwiejêrije fårkeln
3. un éisegerêt: zwie schlôfhémder ug en âlt gatch,
4. un hélzeränem gerêt: zwîn lénenk ug en âlt bårde,
5. u léinjäner wiesch: e wirkštâl ug en âlt mâltchschôchtert,
6. u få: en âlt huowerkaszten, ug en âlt štal.

Fïr dêtmôl śprêche mer e schluoszer âser, en wälen de häingt zesamen dân, unt śprêchen:
Schluoszer âser, dier tâ bäszt än der hil,
mė śan wund än der mil,
tâ kiszt nėt zâ âsz, mir ku nėt zâ dir.
Det ferdamt wėif kontribotion huot de monkel fersazt;
sâ kân en nėt lîsen, âr mân wäl e nėt lîsen;
esi bleift e fersazt fu Mäkendurf bäsz kê Liewlonk. Amen!

Âs ewangelium beschreift esz der aposztel Stoika um îrśte śtalâk, um sieszzânte śpräinjbâlken; de wirt lokten fum Hirscheldan gruowe, bäsz fïr de lîmbranen alsi: „Et wôr emôl e mäinjtsch, dier mâcht e grîsz hôchzetmôl, unt lât fil derzâ, unt schakt sėinj sluge“ ousz de geladäne gieszten ze sôn: weniz la troake! (kud un den trôch!) den ed äs alesz berît:“ Dėr îrscht sôt: „ich hun mer nėinj jôch kaze gekûft, unt mėsz gô, se ze besân: ich biden dij, entschäldich mich! der zwiet sôt: „de mėisz hu mer de kaze gefrieszen, doräm kân ich nėt kun: „Der drät sôt: ’am kumperat ô holde, ich biden dij, entschäldich mich.“ Dô gėng der knôcht, und sôd ed sėinjen härn. Dô wort der houszhär zornich, unt schakt sėinj sluge ousz: „mârśets linge kâle, orb schi śtirb, schi śtop sze umplė kâsza mä,“ af dat mėinj housz fôl wärt. Dô gėng der houszhär änen de gieszt ze besân, unt sâg en mäinjtschen, dier hat nichen hochzetlich klîd un, unt sôt: hát te honnál Peter, Gabriel?“ Dô wirt hėlen uch zäingtklapere sėn; dä fil sė berofen, awer wėnij ouszerwielt. Esi fil sėn de wîrd âsesz täxtesz. —

Ich wîsz wol wad ich śtudîrt hun än de flâjner wėgden. Sât ich fîr fun de fältsche profêten, dâ kukeruz äm boch hun. Sêlich sėn de îszendrėiwer, dä se gôn ze fosz!

Ich wôr îszt af dem hochzetmôl,
dô wôren de däs uch glâser fôl,
dô hat sij uch de brokt besôfen;
awer dinkt — dât wôr ägetrôfen
wâ der Schâser mät der gîsz —
sâ sâng wâ en galjenmîsz;
de ûge fäinjkelden er äm hîft,
alz wêr se mät schnî gedîft,
dô wûl se dėnich nor mî säinjen,
mêr sîl et uch nor — — kläinjen.

Äntlich kâm der brėjum derzâ
mät de wîrten: dâ sâ!
huoszt tâ dich na besôfen?
ai tâ sîlt na lâwer schlôfen!“
Awer wat hat der brėjum geriet?
de brokt śprong af fum bât.
se fėng glėch sîr un ze bêren,
unt śpärt det mėl af wâ schnėderschêren,
det śpoksel śpräzt er ousz dem mėl,
wâ er gebrôchäner sėl (?)
äm gräm sâng se det hoċhzetlît,
de zêre fluszen der Maregrît.
Na kâm uċh der brokt är moter,
dâ sâġ ousz wâ e kapefoter
beschmiert, beschmuzt mät fäd uċh käċhen
als kêm se durj en bėkt geschläċhen.
Se nâmen de brėjum un den hôren,
se dêden uċh nichen fäinjer śpuoren,
se mâċhten emôl den hâzeldânz,
et bliw uċh nėd en schäszel gânz,
Hanâkesch, Kosâkesch gėng et zâ
wâ en dânz fun er bäfelkâ.
Ich wîl nôġ âtwes śôn,
awer ich kâ glėch nėmi beśtôn
fîr * * *
ferzât mer än der riedensuort
unt schlôt mich nor nėd af de buort,
dän ich hun näszt iwels äm sän,
awer uċh net fil gâdet drän!

dä wâ hîszt ed äm îrśte brâf Juon tärza pärzas äm îrśten uċh zwîete wärschen:

'Nėt hê än de käp de bâċhen,
säch wâ ed ânder lêkt mâċhen!

Wekter hîszt et:

„bräinjt mer hier den âchtelskraċh
dän ed äsz mėinj zâlmebaċh!“
Aċh wad äs et fîr e wiesen!
de episztel hun ich nėt geliesen,
dän ich kâ se uċh nėt fäinjden,
wäder äsz se fîre nôċh häinjden.
Awer ed äsz mer na äkun:
dô hie't had af der trun,
drakt hie ed esi zesumen,
dat sij uċh der dît mėszt schumen.
O, ich hun gor fil härzelît,
dad et mer äm knâ wîdît,
ich wôr en hîsch käinjt —

wêr mer nor méinj hâszt nét bläinjt,
dän hie huot gor e grîsz geschäk,
bärjaf fält e af de räk,
bärjuof lâd 'ed em schîn äm sän,
af der iewen bleift hie ŝtäl ŝtôn.

Ich sâl mäd äm ze fosz gôn,
wu mer sûlen hämen,
fèng e sij an de téiszelt ze lènen.

* * *

Esi e far, wå èch bän,
huot nor fîr en zwélwer sän,
wäld er em awer en horgesch gien,
die wirt hie wärlich låwer nien;

Ich wîl nor åtweszt erwäschen
fun die file gehobelden däschen,
dad ij äszt hât ze béiszen,
unt sîl mer uch der boch zeréiszen.

Uch mé klêkner der ieselskärl —
mäd e si em tume schärl,
huot sich de hôr nét frisirt
wå ed esi em kärl gebîrt,

Wun nor de lèkt nét sîle wäszen,
dad em de hîse sén zeräszen.
Esi e kukuk, wå hie äsz,

'se huot hie dog e ŝtark gebäsz;
e réiszt det flîş uof fun de knôchen,
e brocht uch nichen zânŝtôcher;
wäld er em awer äszt gien —
e wird et wol ä séinjen tâsert nien.

Hiê kân uch af der gèch gèjen,
nor wîsz e nét ze fäinjern
uch de bîje nét ze ŝtréchen;
e hîszt: Mächel kuk mer än de sak
e kå blôse wå der Krîner ŝtattramîter. —

* * *

e kân esi säinjen,
dat de schäinggeln derfuspräinjen. Amen!

Mèinj prädij äs ousz,
wier se bieszer kâ, sô ed erousz!
sèn de kräch lêr,
drô wôr uċh mèinj prädij en mêr. Amen!

65.

(Bruchstücke einer Hochzeitrede.)

Ir mèinj lâf huowergarwen, dâ er hâ fersumelt sèkt, fâten uċh muogeren, lânken uċh kurzen, däken uċh schmuolen, hîrt nor nôċh zâ! ich hun ich wichtijet ze sôn:

Sât mich rêcht un!
ich bän nichen Zegun,
bräinjt mer e glâsz wèinj!
et äsz mer lâwer wâ e schwèinj
gemieszt mät hobelspên; —

dän uċh fîr tousent tokaten bekridnesz äsz nèt wierd en fèif tabak, dât känd er mer glîwen —

Probatum est
dât hîszt: „glîft mer fieszt!
und înt nèt fergieszt!
wun er lâft hält de gatsche fieszt!

* * *

Hîrt hier ir mèinj lâf beschmiert fräinjt! Anno 1912 äs e gebouer iwer de Buser bräk gelûfen, und äsz mät dem boġ än en mûlterhûfe gefalen, dad em de ṡpäzt af em räk erousz kun äsz. Anno 1444 sèn esi fil mäintschen änt lânt kun, dâ uġ af dèsz hoċhzet gerêcht ku wûlen; awer: tam tarde venientibus knoċha! dât hiszt ferdolmâtscht; „sègd er nèt zem flîsch gerêcht kun, esi känd er na de knôċhe frieszen“ Anno 1862 kâm e komêt mäd em lânke fèirige schwânz, unt hadè fil jangfere ferlangen en ze sân, awer se sâġen en nèt — nor în wôr de gläklich, dâ e sâċh, en huod en uċh gemieszen;

dâd äsz wärlich wôr,
er wärd et sân iwer't jôr

unt wiem dât nèt ze härze gît, dier huod en stêneränen häinjdern.“

66.

(Bruchstück einer Hochzeitrede.)

Hîher, hécherer, alerhéchster, schlîneštroch, angder diesz séin je blädere sich mî wå zwietousent mäinjtsche fîr der somerhäzt ferkräche känen, unt sich härlij un déinje sésze frichten ergåze känen! ergåz uǵ åsz då mer alo hå fersumelt sén, mät dem sésze geschmak déinjer fricht, dômät mer îszt uch rofe känne: je wénijer dad em äszt, dieszto bieszer schmakt et."

Ir låf lékt
gor wangderlich gîd ed än der wält hékt;
éner huod um fräinjdere laszt,
dem åndere wird uch dåt ferhaszt;
éner gît bålt hier bålt duor
mêr uch än der grészter muor.

Ir méinj låf beschmiert fräinjt! ich hun ich nôǵ äszt wichtijet fîrzeprazeln, wå et mer gangen äsz, då ich mich fräinjderd, und wå fil ich bekâm. Ech bekâm:

1. Un akerlânt: en firtelierich mäten än der bâch,
2. U wisenierd: en ierich wis af dem turekrânz (tureknûp).
3. Wäinjert af en îmer ouszwänich der huoch; de maschketäler wôren de målzbîm, de gîszmäme wôren de gäkårsch, de schwarz gornesch wôren de schlîn'en.
4. U frichten: får åchtel kîren ä garwen uǵ en åchtel kukeruz ä kolwen, uch fun hangdert firlen huower de kuof.
5. Un zachfå: en ålt rieszken; un énem ûch wôr et schiel u génem sâǵ et näszt.
6. U geflijel: en rîde kokesch; e hat får fés, unt wun e af de hîn šprong, bîsz e'r det hîft uof.
7. U båtzéch: e wîch fäderebåt ousz fafzå fäderen, en wîche fäderepil ous er porziôn štrî, uǵ e brîtštréifich léngdach, wô em de hånt draf dêt, géng se durch ent durch.
8. U klîdern: fun em muschlînäne schurz ousz krazwierk mät dem liefel gedrêt det bandel, uch fun em ålden hémt det galer; dernô en gâden zeräszäne pielz ônen ärmel, fun em brasztpielz det häinjdertîl, uch en hod ône strûf.
9. Un houszgerêt: en hélzeräne mîrsel ône štîszel, en ferruoszt hêp ône gräf, en špäjel ône gluosz, de štimpel fun er dråfészijer fan, de bodem fun em däpen, uch fun em ieszichkrach de štapen.
10. Ousz läder: e puor wérbes ône silen, uǵ e puor paputsche fum wéiszbåķ gebaken.
11. Un ädelštînen: en däken, däke kislengštîn ousz der bâch, derzå en féierštîn, dier niche mi fanke gâf.

12. U gielt: 1000 gälden ônen de 1.
13. Uǵ en hîsch getarkelt lâm, nor äs ed ewénich bîs unt närt unt bilt kên de légden.

Déd äs alesz gor wôr, unt wier ét nét wäl glîwen, dier sâl mich mêr uch nôǵ emôl frôgen, esi wirt e det nêmlich hîren. Ed äs awer geschân, dertîwen uch dertnéden äm Hôschuoǵener grangt,

Dô der bier de zimbel schlach,
dâ de lousz de brôden drach,
dâ de mäk den torn ämfluch,
dâ de schnôk den Âldouszsuf.

Guckuk.

67.

A.

(Marpod.)

1. Kuku, dî den af dem naszbûm sâsz
Kukuk!
unt dier grâiner wéinjmern âsz —
Kukuk!

2. Kuku hat der kröuser hôr
Kukuk!
drézâ breokten än énem giôr,
Kukuk!

3. Dâ îrscht, dâ kierd em än dem heôsz. Kukuk!
dâ zwât, dâ drach det kierschel eôsz. K.

4. Dâ drät, dâ brât em en graine fäsch. K.
dâ firt, dâ dreaǵ'en af den däsch. K.

5. Dâ fiûft, dâ beak sich hémelbrîut. K.
der sêszter wôr der monkel riût. K.

6. Dâ siwent géng nô klôrem wéinj. K.
dâ âcht wûl gäre schinkerä séinj. K.

7. De néinjt dâ käperd än dem hûlz K.
de zânt mâcht sij en späjel stûlz. K.

8. De élft, då rascheld än dem štrî, K.
der zwélfter dêt der beoĉh gor wî. K.

9. De drézânt huat en hîsch pêlzken un
Kukuk!
så wuaszt uĉh wien så lâf sûl hun.
Kukuk! Kukuk! Kukuk!

B.

(Mühlbach — ergänzt aus Schässburg).

1. Der hukuk af dem naszbûm sâs
unt dier grâner wéinjmere frâsz.

2. Sė brâder mät dem gielkrousen hôr
hat dréza brokten än ėnem jôr.

3. Då îrscht, då kiert de štuwen ousz,
då zwêt, då draĉh det kierschel ousz.

4. Då drät, då käpt fil špliterhûlz,
då firt, då mâĉht det féier štûlz.

5. Då fâft, då kôĉht en wéisze fäsch,
de sieszt, då brôĉht en af den däsch.

6. Då siwent gėng än de käler nô wéinj,
då âcht, då schinkt än't glåszken än.

7. Då néinjt, då mâĉht e wîch båt,
då zânt, då mâĉht e fäderä båt.

8. Då élft, då mâĉht e plomebåt,
de zwélft, då lôĉht sij än det båt.

9. Då sich der kukuk äne lôĉht,
wäinjscht em de drézänd en gât nôĉht.

Spinnerin.

(Mühlbach.)

68.

1. Špän, špän méinj dîchterche špän!
ich kîfen der e lasztich dach.
„Nâi, moter, nâi!
mė fäinjer dît mer jô wî, wî, wî
fum špäne, fum špänen."

2. Špän, špän, méinj dîchterche špän!
ich kîfen der en lasztije schurz.
„Nâi, moter, nâi!
mė fäinjer dît mer jô wî, wî, wî
fum špäne, fum špänen."

3. Špän, špän méinj dîchterche špän!
ich kîfen der e lasztich klît.
„Nâi, moter, nâi!
mė fäinjer dît mer jô wî, wî, wî
fum špäne, fum špänen."

4. Špän, špän, méinj dîchterche, špän!
ich kîfen der e lasztich housz.
„Nâi, moter, nâi!
mė fäinjer dît mer jô äinjde wî
fum špäne, fum špänen."

5. Špän, špän méinj dîchterche, špän!
ich kîfen der en lasztije mân.
„Cha, moter, cha!
mė fäinjer dît mer na némi wî
fum špäne, fum špänen."

Schnur und Schwieger.

(Mühlbach.)

69.

1. Wält tâ méinje san hun?
sôt de âlt schwijer.
„Cha! éch wäl en hun,
cha! éch mész en hun!"
sôt de jang gléch wéder.

2. Af wat sèld er schlôfen?
sôt de âlt schwijer.
„Zwîn štrîšâk
sèn uǧ e bât.“
sôt de jang glèch wèder.

3. Fu wat wäld er liewen?
sôt de âlt schwijer.
„Ousz em hanger
mèsz em langen.“
sôt de jang glèch wèder.

4. Wohär wärd er miel nien?
sôt de âlt schwijer.
„Ousz dem bègelkaszten
sâl em derhîm faszten.“
sôt de jang glèch wèder.

5. Wohär wäld er wèinj nien?
sôt de âlt schwijer.
„Ousz dem schinkhousz
hêd e krinzken erousz.“
sôt de jang glèch wèder.

6. Wohär wäld er gielt nien?
sôt de âlt schwijer.
„O dâ âlder bier,
gäf det gielt hier!“
sôt de jang glèch wèder.

7. Nôčh lâwer wîl ich mij afhên.
sôt de âlt schwijer.
„Ich gien der uǧ en štrâk,
unt wäinjtschen der ùch fil gläk.“
sôt de jang glèch wèder.

Das Essen.

70.

(Agnethlen — ergänzt aus Georgsdorf.)

---

1. Et fêr e gât moûn än de bäsch,
 tidritum!
 e klöuft e fâder heszelnäsz,
 tidri, tudri, tîrum, titarum, titum!

2. Dâ en na der hânger plôicht!
 tidritum!
 „Frå wat hoiszt tâ mir gekôcht?"
 tidri, tudri, tîrum, titarum, titum!

3. „Äm hois aw âsem käsztchen —
 tidritum!
 dô lâd e ferschämelt kräsztchen."
 tidri, tudri etc.

4. „Frå, dât sâlt tâ frêszen!"
 tidritum!
 E schlach se wéder de hêszen.
 tidri, tudri etc.

5. E schlach se wéder de naken;
tidritum!
se moszt em krape baken.
tidri, tudri, tîrum, titarum, titum!

Der Pfaffe im Keller.

71.

(Georgsdorf.)

1. Et wöul e geböuer gor frâi âfstôn,
e wöul gor frâi âf säinjen aker gôn.

2. Dâ hî âf säinjen aker köûm,
köûm en e grûsz hanger un.

3. Hie léf kên heime wâi e fusz:
[„Frå! losz hîre, wat kôchst tâ hékt?“]

4. „Ech kôchen en dap fôl mérlekachen.“
. . . .

5. „Än dier mérleküche sâl uch zaker sén,
dât mös en härlij êsze sén.“

6. En däu hî bâlt ze dasch sâsz
råmpeld än der kumer aszt.

7. „Ai sô mer frâi, wât sîl dât sén?
et rampeld än der kumer eräm.“

8. „Ed äsz jô nor der wäinjd alîn,
e spilt mät mäinjem zingzingzing.“

9. „Und äsz dât nor der wäinjd alîn
unt spilt mät déinjem zingzingzing?“

10. Der gebouer sôd: éch mész doch gôn,
unt sâu, wat sich dô zâ sîl drôn.“

11. Unt däun hie bäuld än de kumer trâf,
däu zuch der blèsch fof de hûsen âf.

12. Der gebouer de riter klapel begrîf
unt schlaćh die fofen dåt hie sch. .

Noch einen Tanz.

72.

(Mühlbach.)

1. Frå tâ sâlt hîme gôn,
de̤ mân dier äsz kronk!
„Äsz e kronk,
got sâ dånk! —
Mein lieber Franz!
noćh einen danz!“

2. Frå tâ sâlt hîme gôn,
de mân lâd äm zån!
„Lât e äm zån —
lod en zån!
Mein lieber Franz!
noćh einen danz!“

3. Frå tâ sâlt hîme gôn,
dė̤ mân dier äsz dît!
„Äsz e dît —
et dît mer lît.
Mein lieber Franz!
noćh einen danz!

4. Frå tâ sâlt hîme gôn,
dė mânwirt begruowen!
„Wirt e begruowen,
frieszen en de ruowen.
Mein lieber Franz
noch einen danz!“

5. Frå tâ sâlt hîme gôn,
e̤n âlt gesäl äs äm housz!
„Äsz e äm housz,
guoćht en erousz!
Mein lieber Franz,
noch einen danz!“

6. Frå tå sält hîme gôn,
e jang gesäl äs äm housz!
„Äsz e äm housz,
lod en äm housz!
Mein lieber Franz,
noch diesen danz!“

Todtenklagen.

73.

(Mühlbach.)

Er frå wor der mân gestorwen; så stând un der bôr en moszt îren halwer schânden halwer klôn. mêr ed er nèt dräm wôr, uch nèt fum härze gèng; dä gènzt der bôr stând är låfszter, mät diem se sich langhär gehâlden hat. Så gewân det schnèzdag unt klôt:

1. O wî! o wî!
woräm nèd î,
tå mė låwer — gènzt der bôr;
mät diem ich gor fil äm wirtshousz wôr?

2. Owî! owî!
woräm nėd î,
tå mė låwer — gėnzt der bånk,
mät diem ich gor oft äm wirthshousz drånk?

74.

(Mühlbach.)

Er frå wôr är mân gestorwe, mät diem så fil jôr spårsem uch zefriden gelieft hat. Än ärem hîen âlder gènge så mäd enânder äm wå zwie käinjt, unt wu se ous ärem schäszelchen sopten, oder än e wîj âche mätenânder tankten oder sij än em klène fäinjtchen e wènich fät wärmden unt mät brîd oder paloks drän tankten înd äm'd ânder, se hèsz et äinjden: „sop na tå schaż!“ oder: „tank na tå, schaż! ed äs un dir“. Dâ na de uorem âld un des âlde sèinjer bôr stânt, fèng så än esi un ze klôn:

„O wi! o wî!
dèt dît mir wî;
tå gîszt, unt lèszt mèch hå elîn.

Îszt tankt ėch,
îszt tankst tâ,
tâ mėinj hârzer tankferlanker?
O wî, wier wit na mät mer tanken?
Owî! owî!“

Rückkehr.

75.

(Sehr verbreitet — hier in der Hermannstädter Mundart.)

A.

---

1. Dân der blôċh de blêchä schlaċh,
schlaċh ese mät dem ieszichkraċh.
Ju! ju! ju! — ju! ju! ju!
u. s. w. wie B.

B.

1. Dân der blôċh de blêchä schlaċh —
Juchaida! juchaida!
schlaċh ese mät dem ieszîch kraċh.
Juchai, juchaida!

2. Et kâm der blôġ ousz sėinjem lânt. J. etc.
mät dem kläpel än der hânt. J. etc.

3. Sâċh der blêchen af de boċh — J. etc.
„Nana blôċh, na sėiszt te't doċh.“ J. etc.

4. Dân hie sich grîw un de štérn. J. etc.
„Nana, blôčh, na huoszt te hérn.“ J. etc.

5. Nâm de blêchän an der hânt. J. etc.
schlačh se drâmôl wéder de wânt. J. etc,

6. Schlačh de blêchä wéder det knå. J. etc.
dat se bérelt wå e få. J. etc.

7. Mät dem kläpel, mät dem bieszem. J. etc.
dat se ousz der hânt moszt frieszen. J. etc

8. E bânt se un den däschfos un —
Juchaida! juchaida!
se word em frâ unt léf derfun —
Juchai, juchaida!

Der Reiter.

76.

(Katzendorf.)

1. Ai da méinj här e régder, e régder wûl wärden
kangt hî sij än em gûnze giôr en hâszt néd erwarwen.
Ech had en âlde gîsebak;
ich sazt den hären uiwendraf,
en lész en dohi régden.

2. Ai da méinj här e régder, e régder wûl warden
kangt hî sij än em gûnze giôr en sadel néd erarwen.
Ech had en âlt brâschaf,
ich sazt den hären uiwendraf,
en lösz en dohi régden.

3. Ai dâ méinj här e régder, e régder wûl warden,
kangt hî sij än em gûnze giôr en zûm néd erarwen.
Ech had en âlde kédelsûm,
dât gâf dem hären en gâden zûm;
ich lész en dohi régden.

4. Ai dâ méinj här e régder, e régder wûl warden,
kangt hî sij än em gûnze giôr e schwiert néd erarwen.

Ėch had en âlt brêchschėkt,
dât hėng ich dem hären un de sėkt,
en lėsz en dohi rėgden.

Rathsherren.

77.

(Batosch.)

Grâ äsz der waimerštiûk —
giût, îrt der waisen irn riût!
Plak am lûnde —
wėnštiûk' am sûnde.

Hâ dâo mer dat of dise dasch —
am sol et lope wâ en fasch!
Hâ dâo mert ofm open
de waisz hiern si'n et flaisich lopen!
[De trebun sai iârenwiert,
am kliupt en de mailer wider'n hiert.]

78.

(Mühlbach.)

Mer kâme fîr den hanen —
mer haden't nėt gewanen.
Mer kâme fîr de richter,
dô gėng ed esz nôch lichter.
Mer kâme fîr de kėnengsrichter;
e' sôt . . . .

Michelsberger.

79.

(Hermannstadt.)

Nichen dėiwel äs nėd ärjer
wâ en danrich Mächelsbärjer;
hie ferkîft sėinj stäinjkij âr
guor dem štäder äm en drâr.

Drei Mitnationen.

80.

(Sächs. Regen.)

Der Onger, Blôġ unt der Zigu,
dât sai guor lasztich lait;
der Jantsi flaċht de gonze dâċh,
der Moi tonzt mät dem botu nôċh,
der Kėre dier gît nåkich.

Drittes Buch.

(Sprichwörter.)

Sprichwörter

(zum gröszten Theil aus Mühlbach und Schäszburg, dann aus Sächsisch-Regen, Bistritz, Marpod, Braler und Kronstadt).

Bauernregeln.

1.

Säzt em um krästzdâch häinjder de wäinjden,
se säzt em um üszterdâch häinjder de bräinjden.

2.

Kierd em um krästzdâch af der gasz,
se äsz se um üszterdâch fum schnî nasz.

3.

Der Februar sôt,
wan de san net wêr,
se wîl hie erfrâsen
det kälw än der kâ
uch det däpen af 'em hiert
uch det kîren än der iert.

4.

A. Äm Februar kit der Spirkel,
B. Februar äsz Spirkel.

5.

Der Februar
kân âlt mî wâ der Januar.

6.

Fîr 'em Februar grâlt der Zegun um misten.

7.

Äm Februar krachen de štîn,
äm Mierz kracht det ėisz.

8.

Mierzeschnî
dît dem kîre wî.

9.

Äm Mierz wirt der schnî madich.

10.

Äs der Mierz hîş uch drėch,
se mâcht hie de geboure rėch.

11.

Kit der Mierz,
se nit der gebouer de plaġ un der štierz.

12.

Der Apräl
dît nôch wat hie wäl,
drėift de kälwer än de štäl.

13.

A. Äm frâjôr mâcht e ramp waszer e fîrel muor
äm härweszt e fîrel waszer en ramp muor.
B. Än ändâjen en âchtel waszer e firl môr.
en auszdâjen e firl waszer en âchtel môr.

14.

A. Kit der Gėrch,
kit det grâsz,
mêr schläj em et mät dem humer än d' iert;
alîn der Mächel
dier bräinjd et nėt
mêr sîl em't mät der zang erouz zân.

B. Kit der Gèrich,
kit de grâsz,
unt schlêd em et mät dem humpesz;
kit de Mächel,
kit e nèt,
mêr dâszt em et mät der pätschzång.

15.

Der Urbânus stècht mät seinje siwe pielze fum îwen eruow unt gîd ierpere klouwen.

16.

Wå fil de kraode' fîr em Gèrjendâc̊h säinjen, esi fil schwėje se nô em Gèrjendâc̊h.

17.

Der Mates äsz der èiszrämpler.

18.

Der Josêfi mâc̊ht dem wäinjter en äinjt.

19.

Det kîren, dâd ed um Marîendâch berênt, dât hîscht bå'm kniede nèt fil waszer.

20.

Maria rînijunk schîn unt häl
bräinjd ûbst genaǵ än aler fäl.

21.

Führt das wasser am Maritag
ein strohhalm mit sich auf der gass,
dan den spruch man merk fürbasz,
die urzen man gut versorgen mag.

22.

Kid um Mariendâc̊h der tuoszt fîr sė lòc̊h, en sėkt sėinje schâde' nèd, esi gît e nôǵ emôl af fåf wôc̊hen änen.

23.

Wun em säinjt fum hélije gîszt,
dâ gält det kîren det alermîszst

24.

Wun em säinjt fum hélije gîszt,
det kîre ferkîfen uch näszt mî hîszt.

25.

Pitrum Pâlz dâch,
dî dem kueren de wurzel stâch.

26.

Fîr Johani mės em äm rên bide, nô Johani kit e tu sälweszt.

27.

Nô em Laurenzi schlîd et nėmi än.

28.

A. Der Lîrenz sîcht än de bâch.
B. Wun emôl der hirš än de bâch gepischt huot, dernô
äs ed ousz mät dem buoden.
C. Der Medardus pischt än de bâch.

29.

A. Rênd ed um Medardus, se rênd et nôch firzich dâch.
B. Medardirên doure' firzich dâch.

30.

De Katrénj kid aw em beschluberde ruosz.

31.

Dî än auszdâje sich nėt rakert, kân än ändâje laisztere fėn.

32.

A. Dî de nėt wäl gräbeln,
won de hâschräken zäbeln,
dî mės äm wäinjter gô mät dem sil:
„brâder Honesz, hôd er nėt hâ fil?“

B. Wier nät gô wäl mät dem raichn,
dåt en de schnôken sèn štaichn,
mâisz äm wänter gô mät dem sêl,
ånt frôg'n ôf nät hâi äsz fêl.

33.

Won der kènenk Stêfe sèsz waimern äszt, wit geât weinj.

34.

Um frèktij ändert sich gären det wäder.

35.

Wun äm somer fil haszelnäsz gerôde, se kid en, hart wäinjter.

36.

Åser Härgot git de wäinjter, wå de lèkt det hâ hunt.

37.

Wu wîlw uch fis än de muort kun, äsz de dèirunk nèmi fär.

38.

Maria lichtmäsz
äsz der wäinjter gewäsz.

39.

Wu sich de dåj ufên ze läinjen,
sè fêt sich der wäinjter unzeštträinjen.

40.

Der Mierz
nit de plaǵ un der štierz,
der Apräl
hälde e wèder štäl.

41.

Frå daner
špêt hanger;
špêt daner
Frå hanger.

42.

Wun et danerd iwer'em dêre bûm,
dernô wî dem ôrmen akermûn.

43.

Wun de kėkesch krên,
kit gäre rên.

44.

Morjegieszt
bléiwe sälde fieszt.

45.

Wun de kaze śpile, wird et kâlt.

46.

Wun de kaze śpile, wird ânder wäder.

47.

A., Wun de flî śtêche, kit rên.
B., Wun de mäke śtêche, kit rên.

48.

Wun de śpäne wirke', wird ânder wäder.

49.

(Local in Mühlbach.)

Wun ed ousz dem schiele wäinjkel kit, dernô schit et mät schiefern.

50.

A. Wėszelkôrn
brût ferlôrn.
B. Somerkîren
brît ferlîren.

51.

Rôken
sė brôken.

52.

Der schôrn
Erhalt det kôrn.

53.

Låwer blô
wå nèt dô.

54.

Fôl dîren —
niche kîren.

55.

De wäk
mâcht däk.

56.

Mät der huower
ŝpuord em de gîszel.

57.

Ä mî gräsz,
ä wênijer hâ.

58.

(Von Obst und Wein.)

Ale fâf jôr
î gôfjôr.

59.

Ale neinj jôr
î (zwie) wèinjjôr.

60.

Mèiszgeknåjel
wèinjgedråjel.

61.

Zåpt em en wéinj fun angden,
esi bekit e îwe wangden.

62.

Gorneschgedräinj
mâcht de käler äinj,
Schmîjereinj
bräinjt gâde wéinj,
Maschketäler
lêrt de käler.

63.

Sméjer
kälerbedräjer.

64.

Hîwéisz
getcheschéisz.

65.

Grånspôt —
hälf esz Gôt!

66.

A. Giet dem schiler åsztwéinj,
se wird ir sîl äm hémel séinj!
B. Giet dem schiler åsztwéinj,
se wirt séinj sîl äm hémel séinj.

67.

Kénengåszt
sén ded alerbieszt.

68.

Nichen sészer
wä de räszer.

69.

A. Frinkesch štôk
git der mêt de bîrten uch de rôk.
B. Gorneschštôk
git der mêt de sangtichrôk.

70.

Der grangd äsz det bieszt kapitâl.

71.

Am grangd äsz det gield um biesten ugelôcht.

72.

Fil mäszt
fil häzt.

73.

Ze fil mäszt
det kîre fräszt.

74.

A. Wâ te den ierich bâszt,
esi drît e der frucht.
B. Wâ te den ierich fliechst
esi bezuolt hie dir.

75.

Gäf dem bodem, se git hie der uch!

76.

A. Det drätmôl akere', gît fir îmôl mäszten.
B. Drâmôl akêrn
äs îmôl mäszten.

77.

Der aker klît,
der wäinjert bräinjt nit.

78.

Jerij uschlôn,
un zönge fergôn.

79.

Jerich fersaszt —
um häinjdre gekrazt.

80.

Fil rên,
fil mên.

81.

E guorten äs en gât mälchkâ.

82.

E guorte bräinjt filed än't housz, wad em sonzt af em muort säke mėsz

83

Wô der gårtner nėt pîzt, dô pîzen de ropen.

84.

Wad um kräsztdâch muoger äsz, wirt nô dem kräsztdâch nėmi fät.

85.

De ŝtrôsz
fräszt detz

86.

A. Der blêş Elias kit mät dem danerwäder.
B. Der Ilie bräinjd e wäder.

87.

Wun de san äm angdergôn zeräksėkt, äsz hîsch wäder ze erwuorden.

88.

Wun de san rîd angdergît, kit wäinjt.

89.

Mônhôf,
rênegôf.

90.

Niewlich morjen,
gûldij ôwend.

91.

Wun de bâch stark rouscht, gid et rên.

92.

Drâf nôcht
huot sälde réif gebrôcht.

93.

De früösch krèische nô rên.

94.

De krôe krèische nô schnî.

Thiere.

95.

Wun em fum wûlwe ried, äsz e nét fär.

96.

Der wûlf wieszelt det hôr awer nét sèinj gewunhît.

97.

Der wûlf bleift äinjden e wûlf.

98.

Der wûlf fräszt de wäinjter nèt.

99.

Än diem der wôlf behôrt
än diem e begrôt.

100.

A. Bäszt te angder de wèlwen
se mèst te mäd en hèlen.
B. Mät de wèlwen
mèsz em hèlen.

101.

Der wäulf zècht de schwäunz än.

102.

Wat frôcht der wûlf nô de štatuten?

103.

Der wûlw äs unt bleift e wûlf, wèrt e uǵ âlt wå de Kakel.

104.

Der deiwel sâl dem wûlf trân.

105.

Wî wit dem wûlf den tèrmen ôfgewänen?

106.

Wäld er de wûlf zem hane (grêwe, richter, får, kånter) mâchen?

107.

Der wûlw äs äingden hangerich.

108.

Der wûlf wèiszt den hangden de zäinjt.

109.

A. Wad än des wûlwe seinj zäinjt kit, kit nèmi erousz.
B. Ousz des wûlwe sèinjem rache' kân em näszt mi gewänen.

110.

Der wûlf huot det föle wèrjen häinjder'n îren.

111.

Ai wol from äsz der wûlf!

112.

Der wûlf dît näkeszt nèmeszten näszt.

113.

Der wûlf dinkt nèt gärn un de hoċhzet.

114.

Der woulf fräszt uċh de gezîchent schôf.

115.

Mät entbode wird der wûlf nèt kleaċh.

116.

Fus uċh wûlf
äsz fèdel ènesz hûlz.

117.

A. Der kânter hat de fusz bedruegen.
B. Der Saks hat de Jude bedruegen.
C. Der Alber hat den teiwel bedrîjen.

118.

Dem fus äsz nèt ze trân, uċh wun em dinkt, e wêr dît.

119.

Fus uċh wûlf zäre sij uċh nôċh bä'm kîrsner än der bit.

120.

Der fusz (wûlf) ferlént sich nét.

121.

Em sâl` låwer kîrșner wå fusz sén.

122.

Cha! der fus äs e gât dokter.

123.

Der fusz sorcht geât åf de hienen.

124

„Alesz huod en iwergånk" hat der fusz gesôt, da se'm det fiel iwer de îren zúgen.

125.

Bäs em de bieren nét huet, térf em det fiel nét ferdräinjken.

126.

Äm wäinjter lutscht der bier un de klôen.

127.

Mät biere' sâl em sich nét bräinjen!

128.

Ai! wol äsz der bier en dinzer!

129.

Der hôsz wirt näkeszt e wûlf.

130.

Der hôsz fergäszt det fôter eâser, wun e de fusz sékt.

131.

Der hôs uch der Zegun hu kurâși, wu se némeszte' så, fuor dém se grâlen.

132.

Der hôsen uĉh der Zegun — dât seinj zwîn hälden.

133.

Fil heangt sèn der hôsen dît.

134.

Wun der huos äm fiefer lât, nor dernô huot e râ.

135.

Der hangt rècht de brôden.

136.

Der hangt schèrlt sich fun de schliejen.

137.

Der heangt bilt: „ham! ham!“ unt dinkt derbå, e hât en mäk gefàngen.

138.

A. De îrscht hangt schmèiszt em än de bâĉh.
B. De îrscht hangt mès em än’t waszer schmèisze, sonzt wärde se rôsendich.

139.

Ousz dem hangt mâĉht em niche bâflîsch.

140.

En hangt, dier de schlêft, sâl em nèd afwâken.

141.

Dît hangt bèisze nèmi.

142.

Uǧ äm en drèch schank
bèisze sich de hangt.

143.

En hangt håt de schôf.

144.

Der hangt gänt seinjem bråder en gåde bäsze nėt.

145.

Dem schwėinj äs ålent hîsch.

146.

Fuor det schwėinj gid et näszt gårštijed än der wärlt.

147.

Det schwėinj äsz nėt håklich.

148.

Dem schwėinj schmakt ålent nô kreokt.

149.

Wat frôcht det schwėinj nô latėinjescher kächen?

150.

Wat wîsz det schwėinj, fu wad et fät wirt.

151.

Det schwėinj drîmt gäre fum åker.

152.

Der bêszt fuegel wêr det schwėinj, wun et flijel håt.

153.

Fum schwėinj lîrd em môresz.

154.

Ai wol e rėnlich gedår äsz det schwėinj.

155.

E licht schwéinj bléift nét gärn än der hiert.

156.

Wier sij än de klâe mäinjt, die frieszen de schwéinj.

157.

Wier nét folcht de séinjen,
dem dâd et mät de schwéinjen.

158.

Dô em det fårkle krât, duor gîd et.

159.

En iesel géng än de fremd, en iesel kâm hîmen.

160.

Der iesel ségd uch mät dem ûgeśpäjel näszt.

161.

Wél der iesel schîn säinjt, mész em en doräm zem kånter mâchen?

162.

„Näszt gîd iwer de däsztle“ śprächt der iesel.

163.

Wun em den iesel lueft, wôszen em de îren.

164.

Wun et dem iesel gât gît, se gît hie af't eis, un brächt sich det genäk.

165.

A. Wat fum iesel gebîren äsz, bléift iesel.
B. Eiesel bléift iesel.

166.

Än diem der iesel behôrt, begrôt hie uch.

167.

A. Säinjd em den iesel mät dem kläpel geschlôn hat, huot en nėmi gärn.
B. Säinjd em den hangt mät dem štochėise geschlôn hat, huot et nėmi gärn.

168.

Iesel und uosz, dât sėinj zwîn štâtlich käirl.

169.

Fum uoszen tėrf em mät rêcht näsz ândert ferlange, wå gât flîsch.

170.

Der îsz huod en lånk zaug, awer e kân nėt rieden.

171.

De kå lîft är kâlf.

172.

Der uos äsz des iesel sė geläfter.

173.

Wat sâl drousz wärde', wun der uosz båm iesel än de lîr gît?

174.

Uos unt kå
bėrlen: hoå! hoå!

175.

„Ich wîl jô gäre lûfe“ sôt der bäfel, „awer ich grâlen de iert säinkt angder mer zesumen.“

176.

De bäfelkâ äsz schwarz, awer se git wéisz mältch.

177.

Em krånke rôsz més em fil zârieden.

178.

E gât ruosz wiert néd af de paitsch.

179.

Wat fum hâszt gebuoren äsz, bléift fêlen.

180.

Bäsz det gråsz wieszt
äsz der hâszt dît.

181.

„Dem ruosz sâl em uģ af der åtuf nét trân" hat der Agnîtler gesôt.

182.

Wåde wô det ruosz de lîter afe åtécht?

183.

Dem rôsz sâl em uģ af em hémels nét trân.

184.

Wun em det ruosz un de kräp did, esi fräszt et.

185.

Em drêt de gor nét mät dem uorsch kên der kräp.

186.

Gât ruosz fäinjt em äm åtal.

187.

Wier af det ruosz säzt, kân néd äinjde sô, wuor de rîsz gît.

188.

Wun em niche ruosz huot, rékt em af dem gîsebak.

189.

Bierijâf nät dréif mich,
bierijuof nät réit mich!

190.

En jêt gisz huot de wégde gärn.

191.

En gîs ug e schlidentaiszelt sâ gruodous än de wärlt.

192.

Em ferdêt de hueber nät âf de gâisz!

193.

Wuor der hamel gêt, duor gô uch de schôf.

194.

A. Uort fun uort,
nichen gîs ône buort.
B. Uort fun uort,
det bâflîsch fun der schwuort.

195.

Kaz äsz miz.

196.

De kaz liecht nichen âchen.

197.

Wat schirt sich de kaz dräm, wun de kächen ubrât?

198.

A. Wier dît de kaz af de brôde sorjen?
B. Wier dît de gîsebak af de wäinjert sorjen?

199.

En schâdlich kaz mâcht en gât wirtän.

200.

De kaz tèrf de kîser usån.

201.

De kaz hat det stochéise verlîren.

202.

Wun de' kaz nèt derhîm äsz, hun de mèisz hochzet.

203.

Wier wit de kaz äm sak kîfen.

204.

Fîr éner kaz lûfen uch tousent méisz derfun.

205.

De kaz dît énem hîsch, aver ed äs er nèt ze trân.

206.

„Na sâl mer de kaz kun!" sót de mousz, dâ se äm lôch wôr.

207.

Gestîlä kaze méisle gât.

208.

Wier en kaz huot, mész de mälch zâdåken.

209.

Wun det méiszke sad äs, äs det miel bäter.

210.

Uch der kokesch drit spiren.

211.

Wat néd am kokeș äsz, mės um kâm sėn.

212.

De hîn lîft är âchen.

213.

Tala!
pala!
de gâsz gô barbesz.

214.

În krô päkt der ândrer nėt de ûgen ousz.

215.

Ug en bläinjt krô träft ald iszt de ståken.

216.

Ousz der krô wirt nichen douf.

217.

De krô mâcht det näszt ausz därn.

218.

Krô bå krô,
pô bå pô.

219.

Der kukuk liecht, unt brådicht nėt,
der far dier prädicht, unt häld et nėt.

220.

Dėr kukuk liecht séinj oår ä frėmt näszter.

221.

Der kukuk réft séinje numen.

222.

Et fläje' fil fijel angder'm hèmel eräm.

223.

De fijel brådigen um låfsten än ärem ålden näszt.

224.

De mäsch dréift de schwolw ous ärem t̃jäne näszt.

225.

Der fäsch wird äinjden um hîft ståingkich.

226.

Det fäschken hat de bäfelkä gefrieszen.

227.

De grîs fäsch frieszen de klénen.

228.

En glåde fäsch kân em nét hålden.

229.

Et séle nor pérl sén, de krader fäinjde sich.

230.

Äm porl (podl) säinjen de kruoden.

231.

De nôter feräkt nét fun ärem gäft.

232.

Ä mî ômesen, ä grészer der hûfen.

233.

Et huot nôch nichen ômes en bäfelkâ ägeschlakt.

234.

De mäke' kun af't sèsz (af den zaker, af det hînch).

235.

De mäk schéiszt dem kîser af de nuosz.

236.

Wun de lous än de gräinjt kit, dinkt se, se wêr äinjden dô gewieszt.

237.

Äm gräinjt gîd et der lousz gât.

238.

Wun de lous än de gräinjt kit, mâcht se sich porich.

239.

Wier wirt sich léis än de pielz mâchen.

240.

Flîenhâder wêr licht sén.

241.

A. Dem mäsztkiewer gefäld ed äm kâbesch.
B. Der mäsztkripes dôcht sich gâd äm kâbesch.

242.

„Nur imer vorwärts!" sôt der kripesz.

243.

Der schnikeschnuogel sûl af de hochzet gôn, unt kâm glat zer dûf gerêcht.

244.

„Got sâ dånk, dat dêsz lånk rîs en äinjt huot!“ sôt der schnikeschnuoğel, dân e drâ schrät fär gegange wôr.

245.

De mat dinkt, et wêr nîreszt bieszer wå äm krîn.

246.

Uğ en schämpeszmat
dinkt är liewe gât.

247.

„Hât mij âser Hårgod en bâflîschmat gemâcht!“ sôt der Zegun.

Essen und Trinken.

248.

A. Schwarz brît
mâcht de baker rît.
B. Zwibel och brût
mâcht de wängen rût.

249.

Krokt
fält de hokt.

250.

Uğ en lous äm krokt äsz bieszer wå niche flîsch.

251.

Jeszen
äsz nêt frieszen.

252.

Gât gesieszen
äsz half gieszen.

253.

Gât kân,
gât ferdân.

254.

Huod
äsz half suot.

255.

Môl bå môl —
wor lånk äsz't jôr!

256.

A. Wier ze ṡpêt kit, äszt häinjder der dir.
B. Wier ze ṡpêt kit, äszt af em hiert.

257.

A. Wier ze ṡpêt kit, nit ferlåft mät dem iwrichgebliwänen.
B. Wier ze ṡpêt kit, nit ferlåft mät de knôčhen.

C., Wier ze ṡpêt kit,
mät de brôke ferlåft nit.

258.

Fu wat kit de gicht?
fum äintchen,
fum fäinjtchen
uc̆h fum käntchen.

259.

Lief! bålt hîrscht te de kukuk nêmi säinjen!

260.

Em mêsz nêt äinjde mät dem grîsze liefel ieszen!

261.

Em mêsz nêd ales af îszt frieszen!

262.

Et sé' mî dâch wå brôtwîrscht.

263.

Af der hoċhzet wîch brît,
nô der hoċhzet kâmer uċh nît.

264.

Wier fun der sup äszt, mês uċh det fîsch hälfe bezuolen.

265.

Bäszt te hangrich, se låk sâlz, se wirst te uċh durstich.

266.

Ä wênijer em än de kächeu dîd, ä bieszer schmakt se.

267.

Det waszer äs uġ än de schaġen nêt gât.

268.

Der wêinj
äsz fêinj,
det bår äsz goresîcher.

269.

Nâ wêinj,
nâ liewen.

270.

O tâ hårzer wêinjgeschmak!
dêinjetwiejen gôn ich nakt.

271.

Der wéinj
dît det séinj.

272.

Frémt brîd äsz der käinjden är sémel.

273.

Kram uċh schlêcht
äs än det däpe gerêcht.

274.

(Vom Brot.)

Låwer en dôzen
wå en flôzen!

275.

Wier de brôde wäl ieszen,
térf gafel uċh mieszer nėt fergieszen.

276.

Fäd ieszen
mâċht schémern.

277.

(Vom Rettig.)

Des morjest gäft,
ze mätâċh ṡpéisz,
des ôweszt arznâ.

278.

Näszt äsz gâd än de ûġen
awer néd än de muoġen.

279.

„Ich dånken! ij ieszen det flis, uġ ône brît“ hat géner gesôt.

280.

Wun näszt mî äsz, huot de uorem sîl râ.

281.

Schäk dich gorjel!
et kid e plätschrên.

282.

Drâser brît,
Hêltner kreokt,
Strèkferder bâflîsch,
Bûlkeser wèinj
Schêszburjer frân —
bå dien äsz geât sèinj.

283.

Låwer gedranken
uch gehanken,
wå nèt gedranken
unt doch gehanken!

284.

Det bâflîsch schmakt nèt gât, bäs et drif gedanert huot!

285.

Wol sèsz sèn de wèinjmern — zemôl ousz des nôber sèinjem wäinjert!

286.

Än uorş äs alesz gât.

287.

Wô et der nèt schmakt, losz ŝtôn!

288.

Wô et der nèt schmakt, kôch der artischoken!

289.

Wô der drèch brît nèt schmakt, se sâlz der't!

290.

Wô der dréch brît nèt schmakt, fräs en zängdôzen?

291.

Wiem dréch brît ze licht äsz, wird îszt frî sèn äm ferdrocht kraszten.

292.

Wier ferschämelt brîd (kês) äszt, fäinjt krézer.

293.

Dåjlich brît
štält de nît.

294.

Bå de grîszen hären äszt em uch nôch ropekächen.

295.

Gedûld iwerwäinjd ug e gât krokt.

296.

Gebrânteweinj äsz des huszâre sè kafê.

297.

Geschmiert brîd äsz desz schiler seinj hânklich.

298.

Äsz, wat der schmakt,
unt lèkt, wat te kâszt!

299.

Sâlz uch brît
dit de käinjdern nît.

300.

Der drank
äm mangt
sôt seinjesz härzens grangt.

301.

A., Ed äsz niche fâder hâ esi hî geladen, dat nét nôg en gafel fôl draf gît.
B., Niche faider äs esu huċh geluoden, aldåt nät nôċh e plauder kènt dråf gô.

302.

Gäf dem mél, ed äszt.

303.

En géchwîchperd ône wurscht, äs en frå ônen houf.

304.

Ed äsz laicht hanger légde, wun em e lâm gefrieszen huot.

305.

A., Gât schmakt
mâċht de käinjder nakt.
B., Gât schmakt
mâċht den hainjdre nakt.

306.

Schéisze git hanger.

307.

Låwer schéiszen
wå der boċh zeréiszen.

308.

Gât schmieren,
gât fuoren.

309.

A., Dräinjk und äsz,
der uormer lèkt nét fergäsz!
B., Dräinjk en äsz,
åsen Härgot nét fergäsz!

Schlemmer und Verschwender.

310.

Der Hanz ferdånd et,
der Hanz ferzierd et.

311.

Wå em't gewänt,
wå em't ferspilt.

312.

Wôgesz gewänt,
wôgesz ferspilt.

313.

Fil dîlesz,
schmuol ärwesz.

314.

Borjen
mâcht sorjen.

315.

Ous dem begelkaszten
sâl em faszten.

316.

Äsz, dräingk, unt los âsen Härgod en gâde mân sèn.

317.

Låwer sâl der grîsz torn ämfalen, wå en flasch fôl wèinj.

318.

U lasztijen dåjen,
iwerfäle sij är fil de måjen.

319.

Äm wèinj ersofen är mî wå äm waszer.

320.

Et špile sij înder är zân uorem wå èner réch.

321.

Em fäinjd äinjden îreszt en dir ôfen.

322.

Em ségd äinjden îreszt en kîp rûčhen.

323.

Et schmakt hâlt nireszt esi gât wå äm schinkhousz.

324.

Ed äsz niche krinzken esi hîsch wå der zîjer.

325.

Det schinkhous äs ôfgebrât,
em hôd e fäzes dôrgebât.

326

Fôl,
kwôl!
näszt hun äs e låsztich liewen.

327.

Ousz der bid än trôčh,
ousz dem trôǧ än't schaf,
ousz dem schaw än de schôčhtert.

328.

Ousz dem kaszten
än det fälpes,
ous dem fälpes
af de mäszt.

329.

Der britšpôrer, der štrâkfosz.

330.

Lasztich gelieft unt sêlich gestorwen,
hîszt dem têiwel de rêchnung ferdorwen.

33.

Prädich, prädich!
de kirj äsz lädich.

Weib und Ehe.

332.

Mêtchen
houszrêtchen.

333.

Kurz uch däk
äz e fräinjklich ûgebläk.

334.

Nô de schwarze kîrsche stêcht em hî.

335.

Än der schwarzer iert gerêt gât kîren.

336.

Schînhît ferziert,
tugent bleift wiert.

337.

Schînhît ferziert
awer det schâszelt bléift glat af em hiert.

338.

Det gesicht bräinjt det mêtchen angder de houf.

339.

De hèscht åpel sė madich.

340.

Wu sich de mètcher äm śpäjel besån, zärt der tèiwel det uorschlòèh.

341.

A., Em sâl det mètche nèt ze muort drôn!
B., Em sâl nèt mät mètchere jôrmert bân!
C., Em sâl det mêtche nèd af de jôrmert fåren!

342.

Ousz der wuol
de kwuol.

343.

Det mêtche sâl afsäze, wun em der wuoğe kit.

344.

Det mètche sâl gô', wun em et rèft.

345.

Det mêtchen äs en wôr;
gäf se dòr!
ä läinjer em se hält,
ä wenijer se gefält.

346.

Alzefèinj wôr gît nèd af.

347.

De ziprîsz ferkîft pitersèltch.

348.

Wuort nor wuort, et kid unt pitersèltch ferkîfen.

349.

Gäf der dûchter bå zégden en mân"!
se äs en îpesz, dât sich nét hâlde kân!

350.

Wier wîsz, wô dier rékt,
dier nô mir sékt,
wier wîsz, wô dier fiert.
dier méch begiert,
wier wîsz, wô dier gît,
dier mich nit?

351.

Âser Härgod äs em jêde mêtchen en mân oder tousent (haugdert) gälde schäldich.

352.

E jêt däpchen
fäinjt séinj dåkeltchen.

353.

En jèd akesz fäinjt är hälf.

354.

E jèt mèszer fäinjt séinj štil.

355.

Der sak fäinjt schi séinje bäinjgel.

356.

E jêt räinjeltchen
fäinjt sé fäinjerchen.

357.

A., En jêt krô
dinkt se wêr en pô.
B., En jêt krô
dinkt är dûchter wêr en pô.

358.

Et gefält sich nichent licht.

359.

Îwe wå en pô,
angde wå en krô.

360.

De fieszper äsz lénker wå de kirch.

361.

De fråen dinke se wêre schîn trå,
wu se ène låwen uċh nôċh zwîn derzå.

362.

De frå dinkt se wêr schîn trå,
wu se ène gären huod uċh nôġ är drå.

363.

Mät den häinjde bäinjt em îlèkt,
mät de fésze lûfe se fun enånder wèkt.

364.

Des òweszt blån de kèrbesz.

365.

Ousz em ûċh
riet det härz.

366.

E mazken ône bòrt,
en sop ône sålz.

367.

A., E mazken ône grun
e krokt ône rûm.
B., E mazken ône grun
e krokt ône båflisch.

368.

Alen dâch hîs,
äsz näkeszt hîsch;
um sangtich hîsch,
dâd äsz hîsch.

369.

Grèszen äs en hèfleget,
dânken äs en schäldeget.

370.

Schîne grosz!
fräinjtlichen dânk!

371.

Mètchen
uorem wèrmtchen.

372.

E mân brâcht nor de hânt ze wiejen, se hêd un em jède fäinjer en frå.

373.

E knêcht nor ousz štrî gedrêt
äsz mî wiert, wå en gäldä mêt.

374.

Nâm der bå zègden en wânz (flî) än't bât.

375.

Frå gefrât,
nå gerât!

376.

En mân ône frå
friesze wânzen uch flî.

377.

Säch nor mäd ênem ûg aft mêtche' mät gênem af dât wad et huot!

378.

Îstânt,
wîstânt.

379.

Àlt mân uĉh jong frå — sächer käinjt.

380.

Jang schîlmîszterän,
âlt bädlerin.

381.

De fråe wiesche, bake, kôĉhen,
unt fliejen es uĉh de knôĉhen.

382.

Der mân sâl äbräinjen,
de frå sâl zesumen hâlden.

383.

Der mân sâl mîren,
de frå sâl erhâlden.

384.

E gât wirt kâ nêd esi fil sumeln, wå en licht wirtän durchbräinjen.

385.

Wun em fêd un ze frân
hun de lêkt ze kân.

386.

Gied uĉh gât wirt ferziert,
det schâszelt blêift der af em hiert.

387.

Ed äsz mer néd äm't méiszken,
wå äm't heiszken.

388.

De frå sål nêt de hîsen un hun!

389.

Wân de frân wâschen ont bâk'n
säzt in der téiwel händer'm nåk'n.

390.

A. Em kâ laichter en hiert huosn hâid'n, âlz en frâ.
B. Låwer en sak fôl flî håde, wå en licht frå.

391.

Ed äsz nét gât mät der schwijer un énem däsch säzen.

392.

Häinjder er fléiszijer frå wiweld et.

393.

A. Det ruos uch det gewier uch de frå sål em né-
meszte lân.
B. De ûr, de bis uch de frå
némeszte' loâ!

394.

Pészpere git ferdôcht.

395.

En âgeshlöä frå.
en âgesâlzän hîrsch.

396.

Îstånd äsz krin mät huench.

397.

Istånd
äsz der fråden ufånk.

398.

Eu bisz frå äsz sêsz wå inzken.

399.

Wier schimpft,
dier kift.

400.

Wun åser Härgod en nare brocht, se lêt e em ålde mån de frå stärwen.

401.

De îrscht frå fu Got,
de zwiet fun de mäinjtschen,
de drät fum dêiwel.

402.

Wier nit de kå mät zamt dem kålf?

403.

Ferkud ich! det liewen äsz kurz.

404.

Wun em de zwêt huot, wisz em, wier de îrscht wór.

405.

De sêlich gewênd em gor filmôl.

406.

Ŝteffuoter
sälde fuoter,
ŝtêfmoter,
bäschmoter.

407.

Wun âser Härgot de käinjt wäl strôfe', git e'n en stéfmoter.

Haus, häusliche Sorge und Arbeit.

408.

Îjän hiert
gûlt wiert.

409

Låwer än em geschlôäuen housz,
wå gâuz dertousz.

410.

Ed äs iwerâl gât — awer um bieszten der hîm.

411.

Wun der ôwent kit, schlészt em de dir zâ.

412.

Schlèsz,
nèt ferdrèsz!

413.

Låwer zâmôl gemieszen
wå îszt fergieszen.

414.

Desz härn fich mâcht det ruosz fät.

415.

Wier sälweszt ugreift, hnod ed än häinjden.

416.

Wâ der här,
esi det gesäinjt.

417.

Zwê jôr äm hausz
äm dräte nor erausz.

418.

Gesäinjt,
dât fil ferléiszt uch fäinjt,
los ousz déinjem housz geschwäinjt!

419.

En trâen dâner kân em nét genach bezuolen.

420.

Gänk schlôfen en štanjt nô den hînen unt štând af mät dem dâch.

421.

A., Mät der san schlôfe gôn,
mât der san afštôn!
B., Mät den hîne schlôfe gôn,
mät den hînen afštôn!

422.

Mészichgâng
äsz desz teiwels râbânk.

423.

Mészichgânk,
ales iwels ufânk.

424.

Wad em néd äm hîft huot, més em än de fészen hun.

425.

Et gô fil gât schôw än ene štal.

426.

Wier um îwe säzt um nêchsten
kâ sich äinjde wärmen um bêszten.

427.

Wier d'îrscht kit, muold um îrschten.

428.

Sorj äsz fîr de schade gât.

429.

Baim auszkiern fänt sij âlesz.

430.

Fîrgenîn — un uorsch gegräfen.

431.

E jör äsz néd un de ŝtâke gebangden.

432.

Wad em gären dît,
Kid int nét schwêr un.

433.

Haf gedûld! îszt dân der niche mi zäinjt (knôĉhe) wî.

434.

Fouel lèkt hu gäre feiertâĉh.

435.

Nît
säkt brît.

436.

Néd äinjde kaĉhen,
néd äinjde laĉhen,
néd äinjden zêren,
néd äinjde bêren.

437.

Gôn de naren af de muort,
hun de Juden en gâde muort.

438.

Nom de ûgen än de häinjt!

439.

Frôgen uch lîren
bräinjt muntchen ze îren.

440.

Däd äs e licht jörmert, duor em äm élf ze frå, äm zwélf ze länzem kit.

441.

Fum wénich dinke bekid em rît hôr.

442.

A., Fum alzetil dinke bekid em grô hôr.
B., Fum alzetil dinke bekid em en glaz.

443.

Näszt los af de lånk bånk!

444.

Wun te näszt mî huoszt, wirst te klî muolen.

445.

Wohär nien, unt nét stielen?

446.

Wun det dâch dréj äsz, wå sâl et trépsen?

447.

Wun de kof lädig äsz, drêd em ämsonzt un der pip.

448.

A., Schmèisz gild än de bâch!
te sèiszt ed af de gorefäsztdâch!
B., Schmèisz gield än de bâch!
te sèiszt ed af de nèmermîszdâch!

449.

Det gielt wieszt nèt, wun em't sêt

450.

Îmôl
äsz kîmôl!

451.

Et flèszt fil waszer än der bâch derfun.

452.

Losz mij, ich loszen dij uch!

453.

Zwiemôl gebangden
fieszter befangden.

454.

Af der bierenhokt lèkt em hanger.

455.

De wègdebîm drôn nichen biren.

456.

Wier sich nèd ämsèkt
dier lèkt.

457.

Drèlen, drèlen — hèmder drôn!
zäinjzeln, zäinjzeln — naktich gôn.

458.

Et kid ènem näkeszt äszt ämsonzt.

459.

A., De gebrôdän douwe fläje nèd än der laft eräm.
B., De gebake kletite (fånkich) fläje nèd än der laft eräm

460.

Et falen nichen krape fum hèmel eruof.

461.

Et rênt näkeszt tukâten.

462.

Wier de häinjd än de schîsz liecht, diem ferdrèje se

463.

De arbet huod nôch nèmeszten, den apetit ferdorwen oder de schlôf ferdriwen awer munch î fouler äs un zènge ferrakt.

464.

Arbed äsz de bieszt spekulazion.

465.

Wå de arbed, esi der lîn.

466.

Wå em sèinj arbet mâcht, esi bezuolt se sich.

467.

Hard arbet
laicht schlôfen.

468.

Fil arbed än der jugent,
gât rieszten äm âlder.

469.

De jangen äm schwîsz,
de âlden de häinjd äm schîsz.

470.

De arbet wûl némeszt ärwen.

471.

Wat te hékt dîszt, mészt te more nét dân.

472.

Fil arbet, fil brît;
fil schlimpre', fil nît.

473.

Fil arbet,
fil ferdânen.

474.

Än der san ferdând em de schâden.

475.

E jêd arbeder wäl séinje lîn.

476.

Wâ der mäinjtsch, esi de arbet,
wâ de arbed, esi der mäinjtsch.

477.

Ugefangen, half gedôn.

478.

Arbet schäzt fîr uormet.

479.

Arbet lét nét darwen.

480.

Arbet fäinjt em iwerâl ug äinjden.

481.

Hortich bå der arbet,
hortich bäm ieszen.

482.

Der här ffrousz,
dernô kit det gânz housz.

483.

Et wîs e jêder, wô en der schaèh dräkt.

484.

Ed äsz waszer äm branen, awer em mès et schåpen

485.

Fil bân,
fil ferdân.

486.

Fil begieren,
alesz ferzieren.

487.

A., Der alendâch broècht fil.
B., Der alendâch huod e grîsz mèl.

488.

Schûlden um nåe jôr,
schûlden äm gânze jôr.

489.

Fil schûlden,
fil dûlden.

Handwerk, Stände und Klassen.

490.

Det hântfreng äs e gäldä bodem.

491.

Wâ em det hântfrenk drèift, esi gîd et.

492.

Än der wierkesch akert der hântfrenger.

493.

Jôrmert bân,
fil ferdân,
wénij än de kaszten dân.

494.

Siwen hântfrenk,
firzân âgläk.

495.

A., Môntich blô,
dâsztich hangshôr.
B., Môntich blô,
dâsztich hanger.
C., Môntich blô,
dâsztich nét dô.

496.

„Hâlt tâ, éch hâlden nét! hâlt tâ, éch hâlden nét!“
sôden desz schnégder séinj štäch kênenânder.

497.

Stäch wékt
befërdert de lèkt.

498.

Uèh der däptner laèht, dân e ämgestälpt hat.

499.

Der schoszter rècht nô bêch.

500.

Et gît nichen grôfhit iwer des flîscher sèinj.

501.

De bèdner bäinjden de kofen,
unt wälen uch gären drousz sofen.

502.

Gielt hun äsz det bieszt hântfrenk.

503.

Der kûfmân lîft sèinj wuor.

504.

Der kûfmân hîszt en jêde: „gnêdijer här."

505.

Der kûfmân dinkt:
kiszte nèt hèkt
kiszte mer moren,
kiszte mer îszt,
se mèszt det bezuolen.

506.

Der kûfmân sprächt:
kiszte mer sälden,
mèszt te't entgälden.

507.

Wun em dem gebouren de fèsz krât, se geschwale se'm.

508.

Wun em mät dem geboure lacht,
wird em fum gebouren ouszgelacht.

509.

Soldâtestând äs e glänzän êlänt.

510.

Wun de muoser maschîre, mész et richtich rênen.

511.

Et kâ nêmoszt špoksen îwer en furîr.

512.

Der kukuk liecht unt brâdicht net,
der far dier prädicht, unt häld et nét.

513.

Et kit niche far än hêmel.

514.

De štäder gô mät saidene klêder,
se hu de scholden mät dem fâider.

515.

Der štäder ir hântrek äsz guer e hêsch däng,
se ferkêfen ir haiser iber en wail mät der bång.

516.

Wält te saksesch baron sén?

517.

De kênenk dinken, se tîrften den angdertônen nor de ûge loszen, dat se dernät schrâ kånden.

518.

De Mêlembêcher
hun det mêl äinjden um bêcher.

519.

De Schêszburjer mâchen de dir âne mät dem uorsch zâ.

520.

Ze Médwesch riet em ferblémt.

521.

Räpes äsz nét fär fu geśpâszel.

522.

Ze Krîne plâtscht em mät der lijegiszel.

523.

E jêt Brêser huot de śtatuten häinjderm îwen.

524.

De Bistrizer sé Fuzenîsener.

525.

Bä Drâsz hîrt det saksesch fuoter âser af.

526.

De gâsz walfuorte kê Bluosendurf.

527.

Der schwéinjshirt wôr zornij af de gemîn.

528.

„Eile mit weile,“ hîszt éd af dem lântdâch.

529.

Dem prokerâter més em e jêt wirt mäd em taler bezuolen.

530.

Der Tirk uch der Tater,
dât wôren zwin gefater.

531.

„Der somer wêr ouszzehâlden,“ hat der Zegun gesôt, „wun nor der wäinjt gêng, unt der wäinjter uch, wun nor niche wäinjt gêng.

532.

Wun der Zâkel drâ pêlsebîm huot, dinkt hie, e wêr äm en drâer mi wiert, wâ en ânder mäinjtsch.

533.

Wun em nô em hangt wirft, trôft em en beamten (fafen).

Alter und Kindheit.

534.

Alt bän ich,
nêmi kân ich.

535.

Dem diud äsz nêmeszt ze štark.

536.

Fir den dîd äsz niche krokt gewuoszen.

537.

De âlde mêsze štärwen,
de jange käne štärwen.

538.

Hêgd u mir,
moren un dir.

539.

Nêt sâ bekrit,
der dît dier kit!

540.

Woräm rakeršt te dich? te mėszt jo doǵ îszt štärwen.

541.

Et huot nôċh nėmeszt erzâlt, wå et dertiw äsz.

542.

Wun en âlt mân
iwer'n dirpel schrėgde kân,
äs em äinjde nôċh nėt ze trân.

543.

Wier lang sopt, lieft lang.

544.

De âlt schėire brån um ärchsten.

545.

Lir tâ deinje fuoter käinjt mâċhen!

546.

Ug e fârmân,
dier nėmi plåtsche kân,
hîrt det plåtsche gärn.

547.

Der âlder sâl em špôte, nor de kräpel nėt.

548.

Uċh ded ålder äs en krånkhît.

549.

Ed äsz nėmeszten un de štėre geschriwe', wå lang e lieft.

550.

Âlt kân em äinjde wärde, wô em nor liefdâċh huot.

551.

Î fuoter erhäld înder zå käinjt, wå zå käinjd ène fuoter.

552.

Wuor der fuoter schlît. do wieszt det flîsch, wuor e frèmder schlît, dô fäld ed uof.

553.

Wat des fuoters
äs uch desz sanes.

554.

Gnôdebrît,
souer brît.

555.

En âlt ruosz gid em dem häinjer.

556.

Wâ de âlden,
esi de jangen.

557.

Ded âlder sâl em îren!

558.

De âlden zem rôt,
de jongen zer tôt

559.

De âlden häinjder'm îwen, djangen häinjder'm plaćh.

560.

Jang gerîecht,
äm âlder geflîecht.

561.

En âlder ônen îren äsz lichter wâ dît.

562.

En âlde säinjder erkänd em ousz der fèrt.

563.

Gât wêr et lang liewen — wun ded âlder nèt wêr.

564.

„Dèt şèn de dâch, dâ mer nèt gefalen“ hat der Solamo gesôt.

565.

A. Wun de âlde rieden, schwejen de käinjt.
B. Jang lèkt sèle bâ den âlden
de îre brochen, unt det mèl hâlden!

566.

Klîn däptcher lâfe laicht iwer.

567.

De klîn drâkeltcher stäinjken ärjer wâ de grîszen.

568.

Wu gât wèinj gerêt, geröden de käinjt.

569.

Klî käinjtchen
e riesztstäinjtchen.

570.

Klî käinjt,
klî sorjen,
grîsz käinjt,
grîsz sorjen.

571.

E käinjt schrât schf', wun et hangrij äsz,

572.

Fil käinjt, fil, „fuoter âser!“

573.

Fil käinjt, fil ṡtäkeltcher brît.

574.

Wier nichen käinjt huot, wisz nét woräm e lieft.

575.

Wier nichen käinjt huot, känt nét frâd uċh lît.

576.

A. Spân,
dân.
B. Kân,
dân.

577.

De klî käinjt hun det fâd angder'm pil.

578.

De klî käinjt hu laċhen uċh schrân än ênem sâkeltchen.

579.

Der käinjden ärzîren
äs äm uorsch ferlîren.

580.

Klîn hangt se bîsz.

581.

Klîn hangt bile gärn.

582.

Klîn däptcher lûfe laicht iwer.

583.

Klîn dråkeltcher åtäinjken um ärchste'n.

584.

Wun de käinjt schrân, bekun de méiszker knietwaszer.

585.

De käinjt sė from, wu se schlôfen.

586.

Ded âchen äsz nét kläjer wå de hîn.

587.

De käinjt térfen nét kumpern.

588.

Wat de käinjt rieden, äsz gor gäre wôr.

589.

Bäsz det brît bakt, åtûrf det käinjt.

590.

A. Wun de jange grîsz sė', fläje se ousz.
B. Wun de jange flijel hun, fläje se ousz.

591.

Em mėsz de käinjde' nėt wij âr schielen!

592.

Klaċh käinjt liewe' nėt lang.

593.

Rėcher légden är käinjt
gerôde sälde gât.

594.

Bietklôk réft gât käinjt hîmen.

595.

Wå em sich de käingd erzécht, esi huod em se.

596.

A. De râde sė nėt fîr de kazen; em sâl se de käinjdern häinjder de ṡpäjel ṡtêchen.

B., Ai wor gât
äsz de rât!

597.

Låwer sėlen de käinjt schrâ, wå de älder.

598.

Schlâch der de käinjt, nėt dat se der ândre schlôn.

599.

Wat de älder nėt schlôn, dât schlîd åser Härgot.

600.

De rât wiert de galjen uof.

601.

Birkä bijeltcher,
sė fîr de bîsz fijeltcher.

602.

A. E käinjd,
e wäinjt.
B. E käinjt
äsz wå e wäinjt,
awer wun ėnem der sadelhászt ṡtäkt, —
dâd äsz niche ṡpâsz.

603.

Wad ènem de älder sèn, dât wîsz em nor, wun em se nèmi huot.

G o t t.

604.

Dier âlt Härgot lieft noch

605.

Åser Härgod äsz štark uğ än de schwachen.

606.

Åser Härgot lèt sich nèt špôten.

607.

A. God èlt nèt,
Got welt nèt;
e kit zâ sèinjer zèkt.
B. God èlt nèt,
e wèlt nèt.
e fâinjt înd awer dènich.

608.

Wat Got wäl erkwäken,
kân nèmeszt eršträken.

609.

Wat Got beschiert,
äs äinjde wiert.

610.

Âser Härgot schlît nèt mät dem kläpel.

611.

Âser Härgot fält nèt mät der dir än't housz.

612.

Wier Got fertrât,
huot néd af sânt gebât.

613.

Nor âser Härgot ferlét dich näkeszt.

614.

Âser Härgot huot fîr är fil ze sorjen.

615.

Âser Härgot sorcht fîr de uorem wîsen.

616.

Âser Härgod äsz réch — hie gid uch den uormen.

617.

Aler gâder däinj sén drâ.

618.

A., Špôt nor, špôt!
äm hémel äs e Gôt;
dier wirt déch fäinjden,
mät alen déinje säinjden.
B. Špot nur, špot!
äm himel äs e Got;
e wirt maich fräišprâich'n,
déch wirt e än de häl štâichen.

619.

Wiem âser Härgot gât wäl, diem lét e uch de îsze
kalwen.

620.

Mät âsem Härgot lét sich néd špâsen.

621.

Wier huod âsen Härgod un der grîszer zîn?

622.

Bå God äs alesz mėjlich.

623.

Fu Got lėt sich filed erbiden, awer näszt erzwäinjen.

624.

Wat sîl ousz der wält wärden, wun åser Härgod em jede séinje wäinjtsch erfäle wîl.

625.

Got gid et,
Got nid et.

626.

Alesz wad än hėmel kid äsz gât (mêr sêsz ed uėh nor än em färe wäinjkel häinjder Gotes ugesicht).

627.

Ed äsz fär bäs än hėmel.

628.

Um äinjt,
dô åser Härgot wäinjkt.

629.

Et mės äinjden äszt sėn,
wat den hėmel hält;
dat e nėd eruower fält.

630.

A. Et bieden är fil za åsem Härgot.
B. Et wuorden är fil aw åsen Härgot.

631.

Åser Härgot kit nėd äinjde mät dem danerwäder

Tugend und Ehrlichkeit.

232.

Wat der mäinjtsch dît, dît hie sêch.

633.

Dîszt te gât,
huoszt te gât,
dîszt te nêt gât,
kit de rât.

634.

A. Et kid ales un dâĉh,
B. Et kid ales un de san.

635.

Det fielt huod ûĝen,
der bäsch huod iûren,

636.

A. Ed äsz nôĉh nêmeszt der štrôw entwascht.
B. De štrôw äsz lum, awer se erlangd înt doĉh.

637.

Îr äsz mî wå bâflîsch.

638.

Ârêcht gât gedât nêt,

639.

Ârêcht gât kit nêd un dräten härn.

640.

Hangdert jôr ârêĉht, äsz nêd en minut rêcht.

641.

Geštîlä gât krêischt ousz der iert.

642.

Et schlön înd äinjden
De îjä säinjden.

643.

A. Gât ferlîre, fil ferlîren,
Îr ferlîren, alesz ferlîren.
B. Brît îerlîre, fil ferlîren.
Îr ferlîren, alesz ferlîren.

644.

Gât wärk
broècht zèkt.

645.

Fersprêchen,
sâem nèt brêchen,

646.

Ed äsz laichter ferśprêchè wâ hâlden.

647.

Schinke, schinken —
nèmi nien!
fäinjde, fäinjden —
wèder gien!

648.

Lang geborcht,
nèt geschinkt.

649.

Wat nèt dèinj äsz lasz śtôn.

650.

Wier lècht,
bedrècht;
wier bedrècht,
dier śtilt;
wier śtilt, kid un de galjen.

651.

Nèt fäinjt, î em ferlèiszt!

652.

Av ägekierde binke' fäinjden de rîwer,

653.

Alzegemîn
mâcht de îre klîn.

654.

Schînhît fergît,
rêchtschafenhît bestît.

655.

Em jêden det séinj.

656.

În hälw äsz de ânder wiert.

657.

Wier îr äm lèif huot, lèt sich nèt ștîszen.

658.

Net känen äsz nichen schând, awer nèt lîre wälen äs en schânt.

659.

Em sèkt de lègde wol af de klîder awer nèd än de mögen.

660.

Mät tächteln
uch mächteln
kid em doch nèt fär

661.

Det riede koszt näszt.

662.

Sol em sich det maul drê, wai der blôch den wirbesz?

663.

Em mész nét fum hîre sôn rieden!

664.

Em sâl nét méren drôn.

665.

Licht mél
gît un der zél,
awer de strôf kid iwer en wél.

666.

Aler légden är fräinjt,
äsz némeszté fräinjt.

667.

Ållt fräinjtschaft hâld än îren!

668.

E jêder dît nor, wat e kân.

669.

Wier gäre git,
än hémel kit;
wier nét gie wäl,
kid än de glånich häl.

670.

Giet dem Barteș uġ en strämpel!

671.

Wier dem uorme git,
ned uorem wit.

672.

Gielt huod uch der Jut.

673.

Et äsz laicht, äm ṣäp knären.

674.

Wier fil frôcht,
git nêt gärn.

675.

Îrlij uormed äsz nichen schânt.

676.

Îrlij uormet fârd än hémel.

677.

E wîrt schlît niche räp än.

678.

A. Nêt schlôf mät déinjem zîre; sonzt wier wisz, mät wat de erwache wirst!
B. Nêt nom den zîre mäd än't bât!

679.

Wohär der fliach iouszgît,
duor e uch zeräkkîrt.

680.

Ed äsz gât, wun em de légden än d'ûge så kân.

681.

Der rîwer zécht sich de kap än de ûgen.

682.

En irlich gesicht térf de san beschéngen.

683.

Bedink, bedink!
de wédwen uch wîse nét krink!

684.

Îrlich ferdânt brît schmakt um bieszten.

685.

Guore kân em et näkeszt rêcht mâchen.

686.

De gâde' gefalen, äsz bieszer wå guere' gefalen.

Schicksal und Weltlauf.

687.

Det gläk äsz kugelrând, awer et schépelt wå e gorenhift.

688.

Det gläk äsz wå der wäinjt,
et kid unt git geschwäinjt.

689.

Det gläk äsz némeszte'n un de ŝtére geschriwen.

690.

Det gläk äsz némeszten u'n zäpe gebangden.

691.

Det gläk huot mät némeszté brâderschuft gedranken.

692.

Et git gor wénich sangtichkäinjder.

693.

Det gläk
drêt de räk
äm ûgebläk.

694.

Ä lichter der sträk
dieszte bieszer det gläk.

695.

A. Än ärmer de zèkt,
Ä lichter de lèkt.
B. Än ärmer de zèkt,
än hîferdijer de lèkt.

696.

Wier huot mer mèinj kap ferstôchen?" sôt der gang, unt hat se af em hîft.

697.

Gèner sâs äm sadel unt sôt: „Ir lèkt, hud er nèt mè ruosz gesån?"

698.

A. Wièr zem krèzer gebîren äsz, kit nèt zem gälden.
B. Wier zem grosche' gebîren äsz, kit nèt zem taler.

699.

Wien äszt betrêfe sâl, dier entgîd em nèt.

700.

Fîr wad em grâlt, dât träft gären än.

701.

Ferkrèch dich wuor te wält, wô dich ded ågläk säkt, esi fäinjt et dich.

702.

A. Ed äsz néd alen dâch sangtich
B. Ed äsz néd alen dâch fâsztdâch.

703.

Ed äsz néd äinjde jôr mert.

704.

Ed äsz nôch néd aler dâg ôwent.

705.

Em sâl den hîschen dâch nét fîr em ôwent lîwen

706.

De wält wirt näkeszt bieszer.

707.

Et kit sälden äszt bieszeret.

708.

Åsen Härgod af der zang,
Den déiwel än der lang.

709.

Nichen hous ás ône rûch.

710.

E jèt housz huot sé gekiérschel.

711.

E jèt Zign lôft sai rôsz.

712.

Wun em de wôrhêt gaicht, schlêd em énem den firjelbogn âf den schärl.

713.

A. De wôrhît huod en lichte lîn.
B. De wôrhît wirt mät schlieje bezuolt.

714.

De wôrhît fäinjt sälden en ustälung.

715.

A. E jêt dâch huot sëinjen ôwent,
B. Un em jêden dâch gît de san iszt angder.

716.

Der apel fâld uof, wun e rëiw äsz.

717.

Em schnêkt det kîre néd, î et rëiw äsz.

718.

En här äsz sëinjes amtes knêcht.

719.

Der bezuoldâch blëift nêmeszten ousz.

720.

Wä te der bâtst,
esi wirst te lân.

721.

Wat te der äbrôkst,
dât wirst te frieszen.

722.

Wä de ouszsôt,
esi der âren.

723.

Hêkt flêchst te,
more krêchst te.

724.

Ed äsz näszt esi schîn gèspanen,
et kid emôl un't lächt der sanen.

725.

Wat nèd äsz, kân äinjde wärden.

726.

Gât ròd äsz dèier.

727.

Laichter ze rôden
wå ze hälfen.

728.

Wå der rôt,
esì de tôt.

729.

Giesstern äsz fergangen.

730.

Um sonôwend mèsz de san uch nor en zäinjke schèngen, dat sich der kanter uch de uorem wîsen är hèmder drejen.

731.

Der tèiwel äs en trut.

732.

Wun der ŝtin ousz der hânt håous ås, äsz è des teiwels.

733.

Lir tâ den teiwel käinjt wèrjen!

734.

Der tèiwel huot nichen rå.

735.

Ed äs în déiwel dier de lékt wêrcht.

736.

Wu mer baken hu mer wîch brît,
wu mer štärwe' sė mer štîndît.

737.

Der dît kíd, ôw em fir em grâld oder nėt.

738.

Rir dich, rijel dij! äm grâf huoszt te râ.

739.

Et flėszt fil waszer än der bâǵ uewen, dât nėmeszt dräinjkt.

740.

Wô fil äsz, sumelt sij äinjde nôćh mî.

741.

Det gläk grâlt fir den uormen.

742.

Nâ bieszem kiere gât.

743.

De âlt profête sėn dît,
de nâen hêd em af.

744.

Wad ėnem nėt gefält, dât glîft em nėt gärn.

745.

Em kân nėt de wärld un hâlz nien.

746.

Em kân nèt de kèrl häinjder sij uofschnègden, und ousz der wäld ousze lûfen.

747.

Det fät schwämd îwen.

748.

Wier det mèszen erdôcht huod, dien håd em afhê sèlen.

749.

Mos äsz mî wå: ich wäl nèt.

750.

Mos äs e bäter krokt.

751.

Wier wîsz, wat der more bräinjt?

752.

A. Wier wîsz, wad esz nôch befîrstît?
B. Wier wîsz, wad esz noch betrêfe sål?

753.

Wier huot det gläk
af sèinjem räk?

754.

Wå dir,
esi mir.

755.

Wun em wäszt
aler huosen är näszt —
se broch em nichen bisz.

756.

Âser Härgot kâ nèmeszten en extra wurscht brôden.

757.

Et gît mer, wå et guere gît.

758.

A. De gebieder der mäinjtsche sė filerlâ.
B Ed äsz filerlâ, åm wat de mäinjtschen åsen Härgot biden.

759.

Bå em jêden âgläk, äs ug e gläk.

760.

În âgläk kit sälden elîn.

761.

Kit det gläk,
Kid et däk;
Kit det âgläk,
Kid et wėder däk.

762.

Ènesz sėinj dît,
des ândre sė brît.

763.

Wun de âlde štärwen
Kun de jangen zem ärwen.

764.

Em rîthîwdije sål em nėt trän.

765.

Rît hôr ug ėrle wuosze nėd af gâdem bodem.

766.

Rît hîft,
bîsz blât.

767.

Hät dich fïr de gezîehenden!

768.

Wier zem grosche geschlôn äsz, kân nėt zem zwinzijer wärden.

769.

Jenerâl oder korperâl, wun et sij nor um åinjt rolt.

770.

Dî de schaden hôt,
hôd uch de ṡpôt.

771.

E jėt woräm
huot sėinj doräm.

772.

Wirṡt te gesangt,
wirṡt te gesangt;
wirṡt te nėt gesangt,
frieszen dich de hangt.

773.

A. De latėinjesch kächen äsz dėier, unt schmakt doch licht.
B. Apentîker kôche bäter, unt losze sij är kächen doch dėier bezuolen.

774.

Wî dem, diem de latėinjesch kächen hälfe sâl.

775.

Der morn äsz wå der hėkt.

776.

Nėd ales äsz gûlt, wad en glânz huot.

777.

Wô e wénich muork äsz, dô sumelt sich mî.

778.

Wiem em de îrscht dir ferschlészt, diem wirt dernô nîreszt mî afgemâcht.

779.

Ed äsz filet, wat de wält — hält.

780.

Bäs det waszer flészt iwer zå ŝtîn,
äs et wéder rîn.

781.

E bedräinjt mangt
ofenbôrt desz härzens graugt:

782.

Ed äsz hart, wun et gefrîren äsz.

783.

Alzefrom
geniert sich kom,
half Zegun
kît derfun.

784.

Det rêcht
huod en nuosz;
ousz wuosz;
em drêt se, wâ em wäl.

785.

Fräinjd än der nît
gôn tousend aw e lit.

786.

God erhâlt de fräinjtschaft! — se douert nèt lang

787.

Lîf de fräinjt, wun te mäd e gedîlt huoszt.

788.

Wå de trâ wort gebîren,
kâm e jåjer mät dem hîren,
en bläsz se än de wäinjt,
dat se na nèmeszt mî fäinjt.

789.

Hoćhzetklîder ućh lècheklîder hu sich nôǵ äinjde gefangden.

790.

E jêt dâćh
huot sèinj plôćh.

791.

E jêt dâćh bräinjt det sèinj.

792.

Wun em en hangt schlô wäl, fäinjt em schîn en kläpel

793.

Wun em ène wäl śturkle mâćhe, kân em ènem schin e kläpeltchen än de wiech schmèiszen.

794.

Licht gebîren,
licht geśtorwen.

795.

Âkrokt ferdirft nèt.

796.

Der téiwel hîlt söinj käinjt nét.

797.

Trâ tû dem téiwel! —

798.

En licht akesz ferléiszt em nét.

799.

Der téiwel git sich nichen frit.

800.

Âld îszt hälft în danerwäder mî wâ zâ fuoterâser.

801.

Der hôl fält néd äinjden än't kîren, e fierd uġ âld îszt durch de štapeln.

802.

Hälf, wat hälfe kân?
šprächt hékt zeduoċh frâ uċh mân.

803.

Em sékt gäre schâz blân.

804.

Et sékt néd e jêder schâz blân.

805.

Et gîd énem néd e jêt drûm än erfälunk.

806.

Et bräinjt néd e jêt drûm en tärno.

807.

Et huot nėd e jêder en gäldäne štärn af der štėrn.

808.

De zöng sėn nėd iwerâl mät brôtwîrschte geflucht.

809.

Der hėmel hêt nėd äinjde fôl baszgėjen.

810.

A. Et douert näszt îwich.
B. Et douert alesz nor en zėkt.

811.

Fu wad em fil riet, dât wirt gäre wôr.

812.

Wat de lėkt wäinjtschen, dât glîwe se gärn.

813.

Lîtcher, då ėnem gefale, lėt em sich gäre firsäinjen.

814.

Nå lîtcher hîrd em gärn.

815.

A. Nâ schaĝen dräken înt.
B. Â nâe schaĝe špîrd em de êlsternûĝen.

816.

Alt klîder drîd em gärn.

817.

De san gîd alen dâĝ af.

818.

Wält bleift wält.

819.

Štärwe mêsze mer guor.

820.

Mer mèsze guor îszt än't gråsz bieszen.

821.

Mer mèsze guor îszt hèmelzen.

822.

Mer mèsze guor îszt ämegôn.

823.

Mer dân de ûĝen alen dâĉh zâ — awer emôl
dâ mer se nèmi af.

Weise Beschränkung und Bescheidenheit.

824.

A. Nô den dåken
mès em sich štråken.
B. 'Stråk dich nô der dåk!

825.

Wier wènijet ferschmêt,
äsz filet nèt wiert.

826.

A. Špuor wun te huoszt,
ŝe huoszt te, wun te broĉhst!
B. Spuor, wun te huoszt,
unt nèm, wun te dorfst!

827.

Zwô êre klîn
sė bieszer, wå în elîn.

828.

Wat bieszer äsz wå en lousz,
dât nom, unt drâǵ änt housz!

829.

Ousz dem hanger
mėsz em langen.

830.

Zwîn ṡtrîsåk
sėn uǵ e båt.

831.

Hålt der en zierefänenk,
hålt der en îrefänenk,
hålt der en nîtfänenk!

832.

Lånk klîder,
kurz sån;
däk schädel,
näszt drän.

833.

Äingde nor bäsz wuor et langt!

834.

A. Wun em fil rutscht, wärden de hîsen dän,
B. Fil erämrutschen mâċht hosen raiszen.
C. Fil erämrutsche' mâċht den uorsch blîsz.

835.

Î ṡpuorer,
drâ zierer.

836.

Ousz dem kôp
än det schaf,
dât lèt em sich gefalen;
ousz dem schof
än de kôp,
dât wäl nèmeszte schmaken.

837.

Bartlemîszrîsz,
mâčht den uorsch blîsz.

838.

Zèklij än trôčh
git behânjd e lôčh.

839.

Fil geṡprangen,
nèt fär gangen.

840.

Wier hî ṡtècht,
fäld učh dèf.

841.

Wier ze fil aflat, mèsz fir em dîr uofladen.

842.

Alzeṡpäz
brächt gor gärn.

843.*

Wat ṡpäsz ufêt
hîrt ṡtampig af.

844.

Laiber e klî här
wai e grûsz knêcht.

845.

Wô näszt äsz, huod uch der kîser det rêcht ferlîren.

846.

Låwer äszt,
wå näszt.

847.

Ferlåft nien äsz gât —
zemôl wun em mèsz.

848.

Wun em nèt flîsch huot, mâcht em e lånk låwent.

849.

Ze fil äs âgesangt,

850.

Wier sij iwerfräszt, mèsz wèder fu sich gien.

851.

Wenich
äsz sèszlich.

852.

Wô näszt äsz,
dô wiecht näszt.

853.

Wier äm schaf säzt, kâ mer äinjden de kôp lîwen.

854.

Wier de låd än de wègden,
kâ laicht flûre' schnègden.

855.

Wier ousz 'em fôle nit,
nèt wî sich dît.

856.

Ed äsz licht, fum brîde liewen.

857.

Wier den îmer huot, kâ schâpen.

858.

Wier bå der pip äsz, brocht nor afzedrên, esi kid et.

859.

Wier en wègden uorsch huot, kâ laicht furzen.

860.

Ded îwerklît
dåkt ale härzelît.

861.

Säj uch, wate krècht,
nèt nor wate flècht!

862.

Flèch, wun der de flijel gewuosze sèn!

863.

Et lèt sich nèd ales iwer't knå brêchen.

864.

Em mèsz nèt fun alem hun.

865.

Wier alesz wäl hu, bekit näszt.

866.

Kîf, wun te gielt huoszt,
unt zuol, wat te schäldich bäszt!

867.

Âbezuolt schage kerzele gärn.

868.

A. Häinjder hier kit de rêchnung.
B. Häinjder hier kit det bezuolen.

869.

A. Wier af zwîn štål säze wäl, säzt derzwäschen.
B. Em kân néd ale štål mäd énem uorsch besåzen.

870.

E jêt féierchen huot mêr nor rûch.

871.

Rênd et nét, se trépst et, gid et nét féier, se gid et doch rûch.

872.

Wô et der nét rêcht äsz, se säz néder!

873.

Wô et der nét rêcht äsz, se säz, duor de brokt såsz!

874.

Wô et der nét rêcht äsz, se fräinjder dich.

875.

A. Wier gärn dânzt, diem kläinjd uch det štogeise gât.
B. Wier gärn dânzt, dier lét sij ug af 'em štogéisen afšpilen.

876.

Bieszer licht fuoren, wå häresch ze fosz gôn.

877.

Der geschékt git nô

878.

E jêt dâċh koszt gielt.

879.

Bêszer gruisz
wâ bluisz.

880.

Lâwer en hèlzerâne fosz, wå glat nichen.

881.

Et fâlt niche bûm aw ène sträch.

882.

Gedûld iwerwäinjd alesz.

883.

Wier dând, äsz nichen här.

884.

Uġ en firgesazten ousz ṡtrîgedrêt mès em îren.

885.

Em mès âldîszt dânze, wâ em ènem gécht.

886.

Zwîn hart ṡtîn
muole sälde klîn.

887.

Mät dem îjesän
ṡtîszt em nichen tören äm.

888.

A. Em kân nèt mät dem hîft durch de mouerränen.
B. Wun em mät dem hîft durch de mouer räne wäl
zebräċht em sich de schärl.

889.

Îjesän mész gebrôche wärden.

890.

Îjä wäl
fänjt nichen štäl.

891.

Îjä wäl
bråd än der häl.

892.

Bäk de räk!
bäk de räk!
sôt der wôchtlekénenk.

893.

Wô et der nîdij äsz, se gäf déinjem bedånten en krézer, unt gånk sälweszt!

894.

A. Âgelade gieszt såzt em häinjder de dir,
B. Âgeladäne gieszte' wéiszt em de dir.

895.

Âgeladä gaszt
äs en laszt.

896.

Mät' grîszen härn äsz licht kîrschen ieszen — de käre špräzen énem kêm gesicht.

897.

De fieszper äsz häinjder der prädich.

898.

Hot! wuor driszt te den Hansi?

899.

Nöm e bliet fîr't mèl!

900.

Nèt riet, wun en trôf ze fil än der štuw äsz!

901.

Nèt riet, wu schäingeln af em dâĉh sèn!

902.

Em kâ sij î ze dît riede, wå ze dît falen.

903.

E wîrd äsz schärfer wå e schwiert.

904.

Wîrter
sè schwierter.

905.

Losz der nèt det mèl gô, wå der int der uorsch!

906.

Dink, wat te rietst!

907.

Schwèjen äs uġ en ântfert.

908.

Nor wun em elîn äsz, ferriet em sich näkeszt.

909.

Em broĉht de geliejenhît nèt fum zång eruof ze rèiszen.

910.

Fil geriet, wénich bedôcht,
huot schî fil lékt än âgläk gebrôcht.

911.

Em sâl de wîrt kân,
dernô ouszåpân!

912.

Wéch déinj wîrt,
î em se hîrt.

913.

E fridenswîrt
äs äinjden um îrt.

914.

A. Em més néd ales af de tukâtewôch liejen!
B. Em mész néd e jêt wîrt af der gûltwôch wejen!

915.

Em mész néd e kimåpâlder sén!

916.

Em mész néd ales un de grîsz klôk hên!

917.

Wun em schwécht, ferriet em sich nét.

918.

Em kâ fil anäzet riede, wun der dâch lånk äsz.

919.

Néd hê der de schlåber iberâl äne!

920.

Em més uǵ âld îszt en uǵ zâdräken!

921.

Em mės uġ åld äszt iwersån!

922.

Em mės uġ ålt bå äszt ferbågôn!

923.

Em mės uġ åld īszt durch de fäinjer sån.

924.

Fil rieden,
fil lijen.

925.

Säj af dėch,
nėt schält mėch!

926.

Der schuoc̓ht ferwėiszt dem kieszel.

927.

Der kieszel ferwėiszt der fan, se wêr schwarz.

928.

Der ob'n ferwaiszt der kalefŏk.

929.

Der schoreszt'n ferwėiszt dem obń
ånt seit nėt, dåt e sälfst äsz bes̓tobń.

930.

Der fäinjer līrt den uorsch schėiszen.

931.

Åndresch mâc̓hen, äsz nėt bieszer mâc̓hen.

932.

Wier ândren de îren uofschnèkt,
äsz nèt wiert, dad em äu usèkt.

933.

Em mèsz nèt fun alem hun.

934.

Wat dich nèt brät, los âgelieschen!

935.

Nèt mäinj dich duor, dô der det däpe nèt kôcht!

936.

Fil wäsze mâcht hîftwî.

937.

Wier alesz wäl wäszen,
diem wird af de nuosz geschäszen.

938.

Wier de horcht un de wäinjden,
hîrt sich lîwen uch schäinjden.

939.

En mèsz nèd em jède pèdeltchen de ûgen ousztrieden

940.

A. Em mèsz nèd en jêden hongsdråk rächen.
B. Em mèsz sich de nuosz nèd än en jèden hangs dråk štêchen.

941.

Wun em äm mäszt wålt, štäinjkte.

942.

Em mèsz nèd iwerâl zapzuogel sèn.

943.

„Am munkat un påschte“ sôt der Blôčh, derwėl hėng eu de paloks un der grun.

944.

Däk dân äsz nichen konzt.

945.

Det mėl fôl nien kân e jėder.

946.

Šturkeln äsz hasztich.

947.

De bäfelkâ wûl de bâğ ouszsofen.

948.

De mäk wûl den torn ämfläjen.

949.

Ous er mousz
mâčh nėd en housz!

950.

Nėt mâğ ous er flî en bäfelkâ.

951.

Učh der bieszt wuoğe krêzt, wun em en ze štark belat.

952.

Det rât krêzt îszt, zwiemôl, zem dräte môl brächt et.

953.

Wun der špâs um bieszten äsz, sâl em afhîren.

954.

Wun ed ėnem um bieszte schmakt, sâl em fun däş afštôn.

955.

Hisch klider,
kålt kächen.

956.

Fil schéisze
git hanger.

957.

Schéísz nor, wat te friesze kâszt!

958.

Môs än alen däinjen
léd ale däinj geläinjen.

Klugheit und Eigennutz.

959.

Em wird ålt wå en kâ,
unt lîrd äinjde mî derzâ.

960.

E jêder äsz sich sälweszt um nêchsten.

961.

E jêder sorcht fîr séch.

962.

E jêder kiert fîr séinjer dir.

963.

E jêder zécht kîlen zâ séinjer fan.

964.

E jêder lîft, wad em fîl äsz.

965.

Det hémd äsz mer nêer wå det klît.

966.

E jêder nit,
wat hie bekit.

967.

Wad em der wäl schinken,
nom ône bedinken!

968.

Wad em mer schinkt, dât nien ij âbesån,

969.

Em drît det hûlz néd än de bäsch.

970.

Em drît det waszer néd än de branen.

971.

Uġ en hîn schärt néd ämsonzt.

972.

Låwer dir,
wå mir.

973.

Låwer mir
wå dir,
låwer hékt
wå morn!

974.

Wun alesz sil angdergôn,
nor méinj housz säl štôn!

975.

En îrlich lije schuot näszt.

976.

E jêder lift sèinj wuor,
èch lîwe mèinj gor.

977.

Gâd äsz gât,
bíeszer äsz bieszer.

978.

Îr wå îr, uch det bâflîş äsz gât.

979.

Esi lang de mil gît, muole mer.

980.

Lâwer ze fil, wå ze wènich.

981.

Hèkt mäszrêt et,
more gerêt et.

982.

Hègd äm't gielt,
moren ämsonzt.

983.

Wun em ènem de klène fäinjer zîcht, grèift em nô der hânt.

984.

Em mèsz liewen, uch liewe loszen.

985.

Îeszt, ieszt,
ir mèinj lâf gieszt!
ich gien ich ded alerbieszt —
nor dîd et mer lîd äm dât, wad er frieszt.

986.

Em schmit ded èisen, derwèl et wuorem äsz.

987.

Wun em dij un den trôch dît, se fräsz.

988.

Nichen ämtchen
ône schlèmtchen.

989.

Drê de månkel nô dem wäinjt!

990.

Zâ ènem îr änen
zâ gènem erousz!

991.

Înd äm'd ânder,
näszt ämsonzt.

992.

Em mèsz nien, dô äszt äsz!

993.

Em mèsz dô rîfen, dô hôr äsz.

994.

Em mèsz dât ruosz schlôn, dât zâ kân.

995.

Wad em mät dem mèl gewäne kân, mèsz em nèd erarbeden.

996.

Ed äsz gor schwêr ferśprêchen uch hålden.

997.

Säz åf! et koszt nichen fårlû!

998.

Kiszt te mer sälden,
miszt te't entgälden.

999.

Wat némeszten äs, äsz méinj.

1000.

Gestîlä gât
dinkt munch éne gât.

1001.

Fräinjt! flèch fun der géchwîchpert!

1002.

Nèt säj än de wält, wå de kâ kêm nâen dîr!

1003.

Wiem nèt ze rôden äsz, dém äs uch nét ze hälfen.

1004.

Dé wäl. dè rôt.
déinj uorsch, dé féifsak.

1005.

Bèrch,
wérch!

1006.

Äm de wurscht de båchen.

1007.

Äm det kâlf de kâ.

1008.

Äm de sadel det ruosz.

1009.

Äm det hälf de akèsz.

1010.

De mäinj drîd et.

1011.

Gäf dem Piter uĉh dem Pâl! zeliezt huoszt de sälweszt näszt.

1012.

Tiremi hier, tiremi duor, zeliezt wôr näszt mi äm bègel.

1013.

Nèt mâĝ e gesicht wå e fielt fôl tèiwel!

1014.

Nèt mâĝ e gesicht wå e schlidentèiszelt!

1015.

Rof dem dèiwel, e kit.

1016.

Em schlît nèd af de sadel, dad et der hâszt fålt.

1017.

Wier et d'îrscht huot gerôĉhen,
ousz diem äs et gekrôĉhen.

1018.

Frå gesadelt,
spèt geriden.

1019.

Säch der af de wiech,
sonzt fälzt te af de nousz!

1020.

Säch wô de krô den häinjdern huot!

1021.

Mätgegangen,
mätgefangen;
mätgefangen,
mätgehangen.

1022.

Derwėl te mich sėkst,
bäszt te nėt bläinjt.

1023.

Îrenhalwer,
schândenhalwer
mės em munch înt dân.

1024.

A. Mâch et wâ de lėkt!
se huoszt te't wâ de lėkt!
B. Mâch et wâ dâ ândern!
se gîd et der wâ dien ândern!

1025.

Det gläk entwäscht,
wun em't nėd um schôp erwäscht.

1026.

Det gläk äsz dô,
gâng em nor nô!
et lėt sich fäinjden
u filen äinjden.

1027.

Det gläk kid ėnem néd äm drûm.

1028.

Det gläk kid äm drûm.

1029.

Em mėsz de rûm uofschåpe, wu se geworfen äsz.

1030.

Gâd eräm
äsz nichen kräm.

1031.

Iân ferwaren
äsz rainj ze schlichten.

1032.

Der îrscht ferdras äsz bieszer wâ der liezt.

1033.

Em kân nėt bå alem ferbågôn.

1034.

Kân em der nėt hälfen.
se kân em der doch schuoden.

1035.

Hâlft et uch net,
se schuod et doch nėt.

1036.

Fär fum schas äsz sächer.

1037.

Wier dich känt,
kift dich nėt.

1038.

En kram hânt mâcht ale diren af.

1039.

Frâ hânt
gît durcht gânz lânt.

1040.

Låwer ämkîre wå fèlgôn.

1041.

Fil fîr em rêcht,
fil geblècht

1042.

Ärjernész bezuolt sich nèt.

1043.

E lädrä gesicht dräkt iwerâl durch.

1044.

Geschân äsz geschân — dô mâcht em't kréz drif.

1045.

Lîwe mâcht nichen dîtfântschaft.

1046.

Âlt hîrd em logden awer nèd uschlôn.

1047.

Em besôfäne sâl em mäd em fâder hâ ouszwèchen.

1048.

Et huot sich nôch nemeszt en pielz ersôfen.

1049.

Stäl waszer greift dèf.

1050.

Schâr äsz nor halwich.

1051.

Fun zwèlwe bäs af mätâğ äsz nèt lang.

1052.

Ed äsz gât, wun der wiech brîd äsz, dad em ousz-wèche kân.

1053.

Wad em gewunt,
wid ènem laicht.

1054.

E gât wîrt
fäinjt en gâden îrt.

1055.

E śpräehwîrt,
e wôr wîrt.

1056.

Uğ e śpräehwîrt
äsz nèd äinjden e wôr wîrt.

1057.

Wâ em än de bäsch réft, réft et zeräk.

1058.

Wier det gräsz wuoszen hirt, hîrt de schnôken näsen.

1059.

„Wun ich kîser wêr, wîl ich de bater mät dem liefel ieszen," hat der Zegun gesôt.

1060.

En ẚtangt schlôf fir mäternôcht, äsz bieszer wå zwô nô mäternôcht.

1061.

Frå afstôn
äsz half gedôn.

1062.

Frå afstôn bräinjt brîd än't housz,
ẚpêd afstôn dât drîd et ousz.

1063.

Der apel fält nèt får fum bûm.

1064.

Wå der fuoter, esi der san.

1065.

Wun em den âlde gefale wäl, mèsz em de jangen hîsch dân.

1066.

Der nèkt
fräszt de lèkt.

1067.

Der far prädicht nèt zwiemôl.

1068.

„Hält ich nô meinje wîrte nèt nô mèinjen töten!"

1069.

A. En hôl hûlz
ferraft det fûlk.
B. En huol wèkt
erfërt de lèkt.

1070.

Sèinjem schade kân nèmeszt entgôn.

1071.

Frôgen äsz laichter wå åntfern.

1072.

Wier fär wierfe wäl, nit sich den dräft.

1073.

De gîszel plåtscht um äinjt.

1074.

Gât nôber gûlt wiert.

1075.

Wun em gât zâbâinjt, bäinjt em uch giâd af.

1076.

Det waszer lèt sich nèd aft rêch lîden.

1077.

Nô'm rên brocht em nichen månkel.

1078.

Gebråt käinjt hât sich fir em fèier.

1079.

A. Der schade mâcht int klach.
B. Em wirt genach
durch sèinje schade klach.

1080.

Wier wuorde kân, diem kid alesz zer zèkt.

1081.

Wat te der säkst, wirśt te fäinjden.

1082.

Fil rôder
fil ferwärer.

1083.

Nâ îren
nâ śpiren.

1084.

Uch det kazegûlt gläuzt.

1085.

Ursach fäinjt em zâ alen däinjen.

1086.

Klach sèn,
bieszer wå rèch sen.

1087.

Fil hîren,
wènich glîwen!

1088.

En iesel än de frèmden,
en iesel wèder hîmen.

1089.

Gât härz,
fil schmärz.

1090.

Det bieszt äsz, dat der mäinjtsch nèd ales äm sän hâlde kân.

1091.

Wu filet nét wêr, wêr filet nét.

1092.

De wäld äsz grisz, awer de mäinjtsche bedrê sich doch nét drän.

Muth und Uebermuth.

1093.

Hîsz blât
dît nét gât.

1094.

Huoszt te gât,
huoszt te mât.

1095.

Gäkt
maucht mäkt,
mäkt maucht iwermäkt;
iwermäkt
dit sälde gäkt.

1096.

Wat mich jukt, dât krazen ich.

1097.

Wier mich schlît, die schlôn ich.

1098.

Wâ der grosz,
esi der dânk.

1099.

Wier sich triede lèt, wirt zetrîden.

1100.

De beschîdänen
sén de zetrîdänen.

1101.

Wier de zäinjt wéiszt, die lèt em ä râ.

1102.

Zîehst te mer det râ,
zîjen ich der det grôf.

1103.

Huoszt te nît,
se flît,
bäsz se wéder iw're gît.

1104.

Lâwer négder
wâ mätlégder.

1105.

Alen
wäl ich nèt gefalen.

1106.

Et wôr nôch niche Saks e bädler.

1107.

Rêcht mész rêcht bléiwen.

1108.

Wier de krécht,
dier lécht.

1109.

Mät dèinje knôĉhe schmèiszen ich nô biren.

1110.

Te kâszt mer gestîle wärden.

1111.

Äingden der nuosz nô durch däk uĉh dän.

1112.

Wuorde sûl fergange sèn!

1113.

Der ijel lèt sich nèt zem uorschwäsch broĉhen.

1114.

Plaz der prinz Schnûdi kit!

1115.

Uĉh der kîser äsz nor e mäinjtsch.

1116.

De mäinjtsche sè guor ous ènem lîm gedrêt.

1117.

De mäinjtsche sè guor fun ènem däpner gemâĉht.

1118.

Et huod esz guor în Härgot gemâĉht.

1119.

Wat dem ène rêĉht äsz, mèsz dem ândre bälich sèn.

1120.

Wier sich nét wiert,
äs âwiert.

1121.

Wier dich,
sonzt fräszt em dich!

1122.

Gâd äs et, dat de såk än der mil niche mél hun.

1123.

Zurp Mates! 'täsz krînelâwent!

1124.

Et git niche štäinjkijer ôsz wå fum mäinjtschen.

1125.

Iren äsz mänjtschlich
šturkeln äsz rôszlich.

1126.

Und äsz blêsch bater.

1127.

Kês oder târelt, täs alcs înt.

1128.

Héz oder haz,
uch Miz äsz kaz.

1129.

Krisztes oder Jêsesz täs în têiwel.

1130.

Fum mäszttupes oder fum kiersélrêch

1131.

Frâe dich sîr mai sîl,
losz den têiwel brumen!

Viertes Buch.

(Räthsel und Zauberformeln.)

Erste Abtheilung.

Räthsel.

(Meist aus Mühlbach, Schäszburg, Sächs. Regen, Marpod und deren Umgebung.)

1.

A.

Et sèn zwîn štimpel,
af die štimpeln äs e lêjeln,
af dèm lêjeln äs en däsch,
af dèm däş äs en štèp,
af dier štèp äs en kugel,
af dier kugel äs e bäsch;
zå jåjer juogen än diem bäsch,
unt känen nèd en huose fèn.

B.

Et sèn zwê štèpcher,
af de štèpchern äs e käsztchen,
af dèm käsztchen äs e miltchen,
iwerm miltche sèn zwê räntcher,
iwer de räntchere sèn zwê låtcher,
îwen af, dô äs e bäschken;
än diem bäschken
se fil fäschker.
Rôd emôl, wat sâl dât sèn!

(Der menschliche Leib und seine Theile.)

2.

Zwifosz
säzt af em drâfosz,
hält den îfosz.

Kit der fårfosz,
nit dem zwifosz
séinjen îfosz
Zwifosz
wirft den drâfosz
häinjderm fårfosz,
der fårfosz
lét falen den îfosz
unt lîft derfun.

(Der Schuster warf den Dreifusz
nach dem Hunde, der mit seinem
Stiefel fortlaufen wollte.)

3.

Der lîm
léf häinjder'm lîm,
wél e'm geštilen hat de lîm.

(Der Töpfer verfolgt den Dieb,
der ihm einen Topf gestohlen.)

4.

Ämeräinjk hôr, drousz rêud et.

(Auge.)

5.

Et kukt en jangfer ousz dem housz,
se huot štachêtlen äm det housz.

(Auge.)

6.

Ed äs en klîn dir, awer de gânz wält kân derdurch gôn

(Auge.)

7.

Et gèng e mân fiur mâneszdiur,
hagra, flagra hèng em fiur.

(Bettelmann.)

8.

Et äs en wuor
gäf se duor!
ä läinjer em se hält,
ä wénijer se gefält.

(Mädchen.)

9.

Em äszt et nèt,
em dräinkt et nèt,
und schmakt doch gât.

(Kusz.)

10.

Et gid en kächen,
em kâ se nèt rächen,
em kâ se nèt kûeren,
e jèder äs un der schäszel gesêszen,
en hôt derfu gêszen,
em tèrf se nèt kiôchen, nèt briôden,
Wî kû mer dèt rêtsel erriôden?
(Die Muttermilch. — Aber die kann
man ja kosten. — Wie schmeckt sie?)

11.

Abraham und Îsak
kruchen än de štrîsak.

Abraham kâm erousz,
Îsak krug erousz;
wat blif dertän?

(und.)

12.

Der Davit gîd äm hôw eräm,
en hôd en waisze kôzen äm.

(Es schneit um Neujahr.)

13.

Der Mierte gîd äm hôw eräm,
en hôd en waisze kôzen äm.

(Es schneit um Martini.)

14.

Hèlzerä schläszel,
waszerä schluosz,
der jäjer wort gefangen,
det wälpert wort luosz.

(Moses Stab, das rothe Meer, die Juden und die Aegypter.)

15.

A.

Hîgeštîjen,
kram gebîjen,
wangderbôr erschafen.

B.

Huigeštîjen,
kramgebîjen.
Wier dât kûn 'erriûden,
dier sâl bâ mer schliûfen.

C.

Hî geštîjen,
gûldiwerzijen,
fun âsem Härgod erschafen.
(Regenbogen.)

16.

Ed äsz brît wâ en hânt,
et gît durch't gânz lânt,
unt dénich schrékt der hun drif.
(Das Gleis der Landstrasse.)

17.

Grîsz wâ en housz,
klî wâ en mousz,
grân wâ grâsz,
garz wâ gal,
wéisz wâ mältch,
sész wâ hîntch.
(Nuszbaum und Nusz.)

18.

A.

Fâr brâder än énem housz.

B.

Får gebouren
än ènem pielz,
waugderbôr
und äsz doch wôr.

C.

Et štô får sèsz säsztren än ènem hèmt.
(Die vier Kerne in der Nuszschale).

19.

Knozlich,
bozlich,
grân um štreoch,
krècht de lègden
än de beoch.
(Haselnuss.)

20.

Et fâl e kèfke fum dâĝ eruof,
et kund et niche bèdner bän'n.
(Das vom Dach gefallene Vogelei.)

21.

A.

Et lâd äm štrî,
unt rouscht nèt.

B.

Et lâd äm näszt,
und êdemt nèt.
(Ei im Nest.)

22.

Et gît durch't štrî
unt rouscht nèt.
(Mondschein.)

23.

A.

Ed äs en dêkeltchen
un em štêkeltchen,
mäd em rîde rêkeltchen,
mäd em schwarze kapchen,
äwänich fôl štîntcher.

B.

Et štîd äszt af em rîntchen,
mäd em boch fôl štîntcher,
e schwarz kapchen huod ed af,
e rît minkeltchen huod ed äm,
rôt, ir lèkt, wat sâl dât sèn!
(Samenknopf der Rose.)

24

A.

Èch gèng än't gêszken,
unt fèrlt e schlêszken;
än ärjer ich hopt,
än dèfer gèng ed änen.

B.

Ich gèng än't gêszken,
ich fèrld än't fèszken,
ämî dad ich hopt,
ämî dad ich zopt,
ämî gèng ed äuen.
(Der in den Fusz getretene Dorn.)

25.

Plutsch! plutsch! angder'm lèngdach.
(Wasser unter der Eisdecke.)

26.

Ed äs en schwarz kâ,
då mälkt det gânz lânt;
wiem äsz då bekânt?

(Die Erde.)

27.

Zwélf bråder lûfen ämeräinjk;
se schlôn un e mieszengän däpen,
dad et durch gaszen unt strôsze kläinjt.
(Die Stunden.)

28.

Îszt äs ed e kipel,
îszt äs ed e brît,
awer nôch nèmeszt,
huod et gekirt.

(Mond.)

29.

Et kit gefliuge wâ e fiûgel,
säzt sich nèder wâ en här,
mèsz krèpîre wâ en hângt.

(Schnee.)

30.

Af dem birebûm ône bläder
hoècht e fijel ône fädern,
kid en jangfer ône mêl,
fräszt de fijel ône fädern,
fun dem birebûm ône bläder.

(Schnee und Sonne.)

31.

Em klôpt de bâter äm hèmel ousz,
de pläme fläjen durch't gânz housz.

(Es schneit.)

32.

Äs et rît, se lieft et,
wird et schwarz, se ŝtèrft et.

(Die Kohle.)

33.

Af em gebèrch wêszt et,
äm greangt wuod et,
än der ŝtuf schmuod et,
un der wäûnt hêd et.

(Das Sieb.)

34.

Ouszwänich hörich,
äwänich hôrich,
en hôrijer štächt drän.

(Pelzmütze.)

35.

Et huot se'n jêt frå än der gemîn,
uǵ åsz nôberän huod în;
awer de študänte sen drä gesieszen,
se hun er se krêzij uch kwier gemieszen,
unt hun er det hôr dräm uofgefrieszen.

(Das von Motten gefreszene Sieb.)

36.

Ed äs en housz
klî wå en mousz,
unt huot mi fënster wå e kênengshousz.

(Der Fingerhut.)

37.

Et huod en wéisze monkel
uǵ e rît kapchen
af em schwarzen hiftchen.

(Die brennende Kerze.)

38.

Af em beoch bâl,
af der bâl hiôr,
äm beoch hochzet.

(Geige.)

39.

Mėinje bog̊ af dėinje boc̊h,
losz de lånken änen hên!

(Heber und Fasz.)

40

S̊päz här fuoter,
däk frå moter,
måc̊he lasztich käinjt.

(Heber und Fasz. — Andere deuten: Rebstecken und Weintraube.)

41.

Et säzt en schwarz hîn
iwer em gäldäne näszt.

(Kessel über den Kohlen.)

42.

De schwarzen träft då rît,
dat hie wakelän eräm gît.

(Kessel und Flamme.)

43.

Gestäkelt,
gefläkelt,
ône niût genêt.

(Ofen.)

44.

Em kôčht et,
em brôt et
und äszt et doĉh nêt.
(Hölzchen an der Leberwurst.)

45.

A.

Ich sâs af em blêcheltchen,
unt besâĉh mer mė lêcheltchen;
„Dâ gäldänet lêcheltchen!
wâ lang wird et wieren,
bäsz dich de pursche begieren?“

B.

Ėch sås af mėinjem blêcheltchen,
besâĉh mir dô mė lêcheltchen:
„Dâ gäldäret mė lêcheltchen,
wor nît dêt dire štêcheltchen!“
(Der goldene Ring des Mädchens.)

46.

Ich sâs af der lîter
und sâġ af mėinje Piter:
„Dâ härzer mėinjer Piter!
wuni wird et mer geläinjen,
dij än't lêcheltchen ze zwäinjen?“
(Der Finger des Burschen, der sich sehnt
einen Trauring dran zu bekommen.)

47.

Et kid ėner zwäschen zwin bärjen erous, unt bromt.
(Blahung.)

48.

Får jangfere lûfe sij äinjde nô
unt käne sich nèd erwäschen.
(Die vier Räder am Wagen.)

49.

Âser nôberä gît de kwarzel.
(Die Thüre knarrt.)

50.

Îwe flisch,
angde flîsch,
än der mätent hûlz.
(Der Sattel zwischen Reiter und Pferd.)

51.

Ze Tripen, ze Trapen
dô wuor en èisrä schäpen,
mat trile, mät tralen
mät diläne schålen.
(— ?)

52.

Èch hun en grôen zôp,
èch schlôn en durj en dèrnä näszt,
unt bäinjden en un en kläpel fieszt.
(Hanf keim Kämmen und am Rocken.)

53.

Afe geštîjen!
štäl geschwijen!
äne geštôčhen
näszt gešprôčhen,
äne gedrakt,
uch nét gezakt!
(Dem Vieh vom Schopfen durch das Futterloch Heu reichen.)

54.

Iwer âsen hôf
hêd en louk štang,
se langt néd än hêmel,
se langt néd af d'iern,
et trêpst äinjde wasser
fun er eruof.
(Die Brunnenstange mit dem Eimer.)

55.

Ed äs e fiûgel,
dî nét gîd uch štît,
wai nicher mî aw ierde gît;
de flijel sén em äm feier gewiöszen,
wun e hangrig äsz fräszt e zân üöszen.
(Der Wetterhahn. — Aber der hat ja noch nie etwas gefressen. — Weil er noch nie hungrig war.)

56.

Wî äsz dier štatlich štûlz mân?
hie drît špuern ug en gäldäne kâm.
(Der Hahn.)

57.

Wier huod en kâm, unt kämt sich nėt,
wier drît špîren unt rėkt doch nėt,
wier huot fil sächeln, unt schnėkt doch nėt?
(Der Hahn.)

58.

Wier drîd e krêsel uǵ en kâm,
und äsz doǵ e mân?
(Der Hahn.)

59.

A.

Af em akerštärker
säzt der wädermärker,
kit der wältkuker,
nit de wädermärker
fum akerštärker.

B.

Der zėktbemärker
šteangd af em åkerštärker,
dernô kâm der wärltkuker,
unt nâm den zėktbemärker
fum åkerstärker.
(Hahn und Geier.)

60.

Ėch hun en lat;
der wäinjt mâcht se af,
der wäinjt mâcht se zâ.
(Schwanz der Henne.)

61.

Så schnord, unt špänt doĉh nėt.
så säzt af em hiert, unt kôĉht doĉh nėt.
så sėkt garštij unt fėld er näszt.

(Katze.)

62.

Se wunen än em grånen housz,
der grîszfôter hod en brome kôzen (månkel, pėlz,
mänte, kaput, zonder)
der fôter en grôen,
der sån en faierrîden,
ded ånkeltchen hôt glåserän ůgen
uĉh zwê tėrntcher af em hîft.

(Bär, Wolf, Fuchs und Hase.)

63.

Et gîd e mân äm bäs eräm,
en hôd en brome kôzen äm.

(Bär.)

64.

Et gîd e mân äm bäs eräm,
en hôd en grôen zonder äm.

(Wolf.)

65.

Et gîd e mân äm bäş eräm,
en hôd e faierrît mänte äm.

(Fuchs.)

66.

Ed äs e fêl uch garstig ôsz,
et hôt det kûlter un der nôsz.

(Schwein.)

67.

De kèlemèler gèngen änt fèld ôwen
se sîle grôwen;
Grîdegrât kâm um rêj erôwer.
Wun hor um hainjdern hât erdôn,
hât Grîdegrât de kèlemèler um rêj âfe gedrôn.
Wăd äsz dât?

(Die Schweine wären vom Wolf fortgeschleppt worden, wenn der Hund unthätig gewesen wäre.)

68.

Wô lân der bier, wûlw uch fusz
äm fride båenânder?

(Beim Kürschner in der Beitze.)

69.

Wat fir nume känen der bier, wûlw uch fusz nèt hîren?

(Jäger und Kürschner.)

70.

Fir wèm grâlt der wûlw um mîszten?

(Vor Jäger und Kürschner; jener spritzt ihm blaue Bohnen ins Gesicht, dieser zieht ihm gar das Fell über die Ohren.)

71.

Purze purzenältchen,
kam mät mir än't stältchen!
ich wäl dich purzenälen,
dat der der boch wirt schwälen.

(So sagen die Ferkel zur Sau.)

72.

Éch bîje mèinj knå,
unt lieje mij af så
unt stèche se än't hôrlôch,
drô zabelt se mät dem — lôch.

(Der Fleischer sticht die Sau.)

73.

Fuer wå en gafel,
eangde wå en däsch,
än der mäte' wå en kof,
hainjde wå e bêszem.

(Ochs oder Kuh.)

74.

Et sainjd äm bäş en nôchtegôl,
då fräszt e fèlen afemôl.

(Wolf.)

75.

Wat sèn dât fîr får stangen,
då wäder un de iert nôg un hèmel langen?

(Vier Zizen der Kuh.)

76.

Wat gît durch de bâch,
unt wirt nét nasz?

(Kalb in der Kuh.)

77.

Wat gît schwarz än de kuchel, unt kit rîd erousz?

(Der Krebs.)

78.

Et säzt en déifken,
unt nêd en héifken,
dât huot mî nôten
wå ŝtärn um hémel.

(Die Biene macht die Zellen.)

79.

Wier schäkt séinj käinjt
um îrschten än de frémt?

(Der Guckuk.)

80.

Of wélijer sét lât der ûsz?

(Auf der äuszern.)

81.

Wuer schlîd em de nuoǵel?

(auf den Kopf.)

82.

Wad äsz dât, dô em fiert
zwäschen hêmel uğ iert?

(Der Wagen.)

83.

Wuni lîft der huos iwer de miszt lêcher?

(nach der Ernte über die Stoppeln.)

84.

Wå kit de flî af den torn?

(Schwarz.)

85.

Ône wat kân der mäinjtsch nét liewen?

(Ohne Namen.)

86.

Wå dîft em det käinjt?

(Lebendig.)

87.

Wat gîd iwer de ferstânt der wéisen?

(Die Laus.)

88.

Wå fil wîrter huot det „fuoter âsert“?

(Zwei.)

89.

Wat štächt der štäder än't dach, unt der gebouer schmëiszt ed ewêch?

(Den Rotz aus der Nase.)

90.

Îfach ze kurz, topelt langd et.

(Der Arm, wenn er die Speisen zum Munde führt.)

91.

Wad äsz det bieszt un zërltîch?

(— ?)

92.

Wå mâcht em zån fum nëinj afgôn?

(Wenn man 10 auf und 9 über die Thüre schreibt und diese öffnet.)

93.

Der teiwel gît nëd äm wiech,
der tëiwel gît nëd ouszer'm wiech.
Wô gît hie alsi?

(Im Gleise.)

94.

Wier huot siesz fës, unt gît doch nor aw fårn?

(Der Reiter.)

95.

Wuni sèn de käinjd um fromsten?
(Wenn sie schlafen.)

96.

Wat glècht aw en hôr dem kâdrâk?
(Der uoszendrâk.)

97.

(Scherzräthsel.)

Wad äsz blô, unt huod en pèlsekär äwänich?
(De pèlz.)

98.

Af wèlem flâk schlêft em um bêszten?
(Auf der eigenen Hand.)

99.

Un wèlem däsch schmakt det ieszen um bieszten?
(Am eigenen.)

100.

Et gèngen ärer drâ
af de juocht än de bäsch;
dier în wôr naktich,
dier ânder wôr lum,
dier drät wôr bläinjt.

Na såĉh der bläinjd en huosen,
der lum lêw unt fèng en,
der naktich ŝtåĉh en än det ṣäp.
Na rôt ir häre, wat sâl dât sèn?
(En däk, däk lijen.)

101.

Wèld äsz der hèscht klång,
wèld äsz der hèscht gesång,
wèld äsz der hèscht ŝtîn?
Der klôkeklong
äsz der hèscht klång
unt der äinjelgesång
äsz der hèscht gesång
der wèisen är ŝtîn
äsz der hèscht ŝtîn.

102.

1. Wèl fijel liecht
unt brådicht nèt?
wèl fèier huot flom,
unt bråt doĉh nèt?

2. Der kukuk liecht
unt brådicht nèt,
gemôlt fèier
bråt uĉh nèt.

3. Wat fîr e kèneng
äs ône lânt,
unt wat fîr e wasser
äs ône sânt?

4. Der kartlekènenk
äs ône lânt,
det wasser än ûgen
äs ône sânt.

5. Wat fîr e bûm
äs ône lûf
unt wat fîr en ŝtrôs
äs ône ŝtûf?

6. Der dannebûm
äs ône lûf,
unt de mältchströs um hémel
äs ône stûf.

103.

Die neun Teufelsfragen aus Halt Märch. vom Erbsenfinder.

1. Wad äs înten, und äsz fil wiert?
E gât branen äm hôw äs em wirte fil wiert.
2. Wad äsz zwie, unt lèt sich schwêr empieren?
Wier zwie gesangd ûgen huot, dém stit de wäld uch der hémel ôfen; wier se ferléiszt, diem wärde se bîde ferschlôszen.
3 Wad äsz drâ, unt lèt sich gât brochen?
Wier en drâhérnich gaffel huot, dier kâ gâd ieszen oder hâ mâchen.
4. Wad äsz fâr, und äsz sîr näzlich?
Wier fâr stark râder um wuogen huod, uch fâr stark ruosz, dier kâ fâr fuoren.
5. Wad äsz fâw, und äs e näzlich däinj?
Wier fâf stark fszen huot, kân en grîsz laszt aflade; wun der firt fält, spant e de fâften un.
6. Wad äsz sies, unt kâ schî gläklich mâchen?
Wier sies ierich (?) huot, dier huod e gâd äkun, und brocht nèt bädeln ze gôn.
7. Wad äsz siwen und äs äszt gâdet?
Wier siwe statlich sin huot, kân alle arbet äm jôr bestälen, unt sich frân.
8. Wad äs âcht, unt mâcht äszt rèchted ousz?
Âcht mètcher mâchen en rècht gesältschaft.
9. Wad äsz nèinj und äs äszt gâdet?
Nèinj schwèinj äm stal sèn äszt gâdet.

Zweite Abtheilung.

Segen und Zauberformeln.

(Theils nach mündlicher Ueberlieferung aus der Gegend von Mühlbach, Marpod, Schäszburg, Bistritz, theils aus schriftlichen Quellen namentlich dem Superintendentialarchiv, nur Weniges aus Druckwerken.)

Gegen Hexen, Zauberer und Zauberwerk.

104.

Trudegėjer,
bumåtėjer,
fal af de räk,
bräch der't genäk!

105.

Trudefosz!
trudefosz!
dad et nėt gerôde mosz!

106.

Häxefuoter!
häxemoter!
dad te't nėmi mâche kâszt!

107.

(Um von den Hexen nicht gehört zu werden; man legt dabei eine Erbse in jedes Ohr.)

Ärbes än d' îren!
de trude sėlen esz nėt hîren!

Allerlei Zauber.

108.

(Kröten zu zitiren.)

Ir kruode kud erėôsz
eôsz irem hėôsz,
em löt ij af de lėch!

109.

(Der Angespukte zaubert dem Beleidiger Zittermale an.)

Śpoks af mėch!
siwen zätre kun af dėch.

110.

(Um das Zittermal vergehen zu machen.)

Alen ôwend, ale morjen
sån ij af dėsz garśtich zäter;
ich bespokse se mät mėinjem śpîchel,
ich śtrèche se mät dem hėmelsdâ.
Allesz iwel nid en äinjt,
dâ hieszich zäter fergånk geschwäinjt!

111.

(Gegen überladenen Magen. Man springt dabei dreimal vom Heerd.)

Schödel dich,
brödel dich,
rodel dich,
model dich,
rink dich,
mink dich,
mė muoǵen
wâ der tėiszelt um wuoǵen!
zwölw âr uǵ en âchtel wėinj,
dât mosz jô dé môsz sėinj.

Gegen das Wiesel.

112.

(Man legt dabei Rocken, Spindel und Dreschflegel in den Stall.)

Wô te e fråche bäszt,
se nom unt spän,
oder enträn!
Wô te e mântche bäszt,
se nom unt dräsch,
oder entwäsch!

Gegen Vogelfrasz auf dem Felde.

113.

(Hiebei wird Erde, die man von einem frischen Grabe genommen, auf den Acke gestreut.)

Wå dėser mäinjtsch, fun diesz sėinjem gråf dės Ierd äsz, sė mėl nėmi af dân unt fun dėsem kîren ieszen kân, esi sėlen uċh dėsz fijel, uċh alle fijel angder dem hėmel nėt derfu friesze känen!

Gegen Maden.

114.

(Man stellt sich bei dem Gebrauch dieser Formel vor eine Brenneszel.)

Gâden morjen brainaszel!
onser kâ huot muaden;
sai se wais oder rût,
bäsz morn sėn se sai dût!

115.

(Man stellt sich bei dieser Formel vor drei Attichstengel, deren mittlerer höher sein musz als die beiden andern, macht diesem drei Verbeugungen, und schlägt dem einen Seitenstengel den Wipfel nach Hersagen des Spruches ab; am folgenden Morgen geschieht dasselbe mit dem zweiten Seitenstengel, jedesmal vor Sonnenaufgang.)

Gāden dâch här uoteh!
wâ gîd ed ich nôch?
Âsz schwėinj huot maden;
wėis oder rît,
bäsz moren dît,
sonzt gîd ed ig un't hîft.

126.

(Die Formel musz dreimal vor Sonnenaufgang und nach Sonnenuntergang recitirt werden.)

Zehne, neune, achte, sieben,
sechse, fünfe, viere, drei,
zweie, eins
morgen keins!

Bienensegen.

117.

Maria stand auf eim sehr hohen berg,
sie sach ein swarm bienen kommen phliegen;
sie hub auf ihre gebenedeyte hand,
sie verbot ihn da czuhand,

versprach ihm alle hilen
und die beim verslossen;
sie sazt ihm dar ein fas,
das zent Joseph hat gemacht;
in das sollt er phlûgen,
unt sich seines lebens genûgen.
In Nomine patris, filij et spiritus sancti. Amen.

Feldzauber.

118.

(Zwei Weiber mit herabhängenden Haaren sprechen:)

Dėsz wäld äsz mer wå en dânz (reijen)
unt drän äsz der Satan mėinj här.
Êch biden dich, Satan, ta wîlt mer gien,
dat mėinjer bîder nôber sêjen,
bîde, dieszjėjnijer îwänich (mir)
uĉh dieszsėinjer angwänich mir
mîje mer zâkun af mėinjen hôf,
dat mėinj hôv iwerfläszich så.

119.

Êch biden dich (uĉh) Satan, te wîlt mer gien,
dat des hėmels rėiw uofspräinj;
die wäl ij afhiewen
und iwer mė lânt schiden,
dad ale härzkėgder des (Räpser) hatterts
mir zâkun af mė lânt,
unt mė lånd iwerfläszich så.

Gegen das Wetter.

120.

Dis Wetter macht vertreibet wird,
Jesus gebeut es, sein heiliges, trautes Kind,
Im nahmen des Vaters &c.

121.

Nun wölle Gott kommen ein heiliges Wetter,
ein seliges Wetter.
Im Namen &c.

122.

Das walte Gott, Gott der Vater, Gott der Sohn &c. Amen!
Gott der Vater, der sendet dich,
Gott der Sohn, der führet dich,
die heilige Dreifaltigkeit,
die führe dich in einen grünen, wilden Wald,
dasz du Niemanden schaden kannst.
Im Namen &c. darauf das Vater U. dreimal — man musz sich darin nicht vergessen — darnach den Glauben.

Friedreis oder Schutzregen.

123.

Des morjeszt, wun ij afštôn,
drâ schlieszer äm mich gôn:
dâd în äsz got der fuoter,
dâd ânder äsz got der son,
dât dräd äsz got der hėlich gîszt,
dier gesênt mir mė blâd uċh flîsch,
dat mich niche wasser schwält,
uċh niche bûm fält,
sangdern dad et geschîden äsz worden
durch Kristi des häre sėinj hėlich fâf wangden.

124.

Morgens, wenn ich aufstehen
drei Schlösser um mich gehen,
das eine iszt Gott der Vater,
das ander der Sohn,
das dritte ist Gott der heilig Geist;

der behûte mir mein Blut und Fleisch,
dasz mich kein Baum nicht fälle,
dasz mich kein Wasser nicht schwelle,
dasz mich kein Stahl noch Eisen nicht schneid,
das da geschmiedt ward,
seit der liebe Herr Jesus Christus geboren ward.
(Des heiligen Christ sein Augen
halten mich beim wahren Glauben,
des wahren Gottes! Amen! Pater noster &c.)

125.

Ich gėng durj en dankle wâlt,
dô begênt mer e mân, dier wôr âlt,
(dô begênt mer en âlt mân)
de ûge wôren em gebrôċhen,
de häinjt wôren em fersprôċhen,
dat se mer nėt schuode kangden
(dat e mer nėt schuode kangt)
durch Kriszt desz häre sėinj hėlich fâf wangden.
(unt brêche mer e fritrėis ä mėinj hânt.)

Hofbann.

126.

Umb diesen Hof und umb diese Gütter
darin ist Maria mit ihrem werthen, edlen, draut Kind,
das ist Jesus, Christus selbst.
Er kann und will verschlieszen aller Dieben Hände
Ich ging (mit heut das) wallen,
der Himmel hat mich überfallen,
wol an den heiligen vier Enden,
da ich es herkehren und wenden.
Maria ging über lant,
sie hat ein Stab in ihrer Hand;
der Stab, der war versiegelt mit dem Herr domine,
das ist Jesus Christus selbst, so darauf bleibt stehn,
da mich dis (?) für hintragen,
so soll alle lei (?) genahen,
das gescheid ist worden,
sind dasz der Herr Jesus Christus ist geboren worden,

so soll es darauf bleiben stehn,
ehe denn das Gott Wort soll vergehn.
In nomine patris et filii &c.

Zum Einschläfern der Kinder.

127.

Drâ none kun äm rîr eraf,
se brainjen e köinjt gefangen;
se lôchten ed än en trîjeltchen,
et schlôft wå e rêne fîjeltchen.

Gegen das Berufen.

128.

Mit einem „Äscherchen“, einem Gebräu, das grösztentheils aus Besenstielchen, Kohlen, Kalk von den vier Wänden des Zimmers und Wasser besteht, werden Stirne, Hände und Fuszsohlen des Kindes dreimal benetzt und auch einige Tropfen in den Mund gegossen.)

Då zwê fâltsch ûgen,
då dâ sâgen,
då zwê fâltsch zângen,
då deâ spreâchen,
då droâ geauden derkên;
dâd în wâsz gôt der fôter,
dâd ûnder gôt der so͡an,
dâd ûnder gôt der hêlich gîszt.

129.

Drei böse Augen dich ansahen,
drei gute Augen dich ansprachen,
das eine war Gott der Vater,
das ander Gott der Sohn,
das dritte war Gott der heilig Geist,
der gefüge dir deine Wehtag zu Blut und Fleisch!

130.

Im Namen des Vaters, des Sohnes und des h. Geistes!
Dies Kind zwei falsche Augen ansahen,
ihm drei gute wiedergaben,
das eine war Gott der Vater,
das ander Gott der Sohn,
das dritte der heilige Geist.
In nomine &c.

131.

Die viel falsche, böse Augen,
die dich ansahen,
die viel falsche Zungen,
die dich besprochen (und berufen han) —
so wahr helfe dir Gott der Vater, Gott der Sohn &c.

132.

Dich zwei falsche Augen ansehen,
drei königliche dagegen sprechen,
das ein war Gott der Vater,
das ander Gott der Sohn,
das dritte Gott der heilig Geist,
der behüte diesem Kind sein Augen und Fleisch.
Im Namen des Vaters &c.

133.

Zwei falsche Augen, die dich ansahen,
drei Gottes, die dir sie ausnahmen,
aus deinem Gehirn
aus deiner Stirn
aus deinen Adern
aus deinem Gefleisch —
Im Namen &c.

134.

Zween dich sagen
drei dich widersagen;
ein war der Vater,
das ander war der Sohn,
das dritte war der h. Geist,
der behüte dir Blut und Fleisch!
Im Namen &c. Darauf das V. U.

135.

Zwei falsche Augen dich Micheln ansahen,
die deinen Gesund nahmen,
drei gerechten dich wieder sahen,
das ein war Gott der Vater,
das ander der Sohn,
das dritte der h. Geist,
die deinen Gesund wieder gaben.
So soll dir heut gebeszt sein,
als der Kelch, als der Wein,
als das lieb Himmelbrodt,
das Gott seinen Jüngern am grünen Donnerstag aufgab und gebot.
Im Namen &c.

136.

Dies Kohlen werfe ich auf schwarze Augen,
auf grau Augen, auf braune Augen.
Im Namen &c. Dreimal &c.

137.

Herr! hilf diesem Kind für alle berufene Ding! du einiger Herr Jesus Christus, hilf du diesem Jungen (oder Mägdlein) fürs Geschrei, für einem zwei, drei Uebel, für sieben und siebzig Uebel! So wahr helf dir Gott und der heiligen Namen drei.

138.

Maria für der Kirchenthür stand,
ihr draut Sohn kam gegangen;
„O liebster, du liebster draut Sohn mein,
was komst du so traurig?“
„O Mutter, ihr lieb Frau Mutter mein,
wie sollt ich nicht so traurig kommen?
die zwei graue Augen, die mich ansahen.“
„O liebster Sohne mein!
die zwei graue Augen, die dich ansahen,
die dir das Herz brachen —

* * *

In Nomine &c.

139.

Jesus sasz bei der Kirchenthür,
da kam sein lieb Hausmutter dafür:
„Wie sitzest du hie so traurig?“
„Wie sollt ich nicht trauren?
mir schwirt räpper und bein,
ich hab meinen Engel ausgesandt,
er soll leben,
und soll Gottes Herrendienst vermehren (od. verwehren?)
und soll büszen für siebzigerlei Suchten,
für das Beraffen für die Gelbsucht.“
In Nomine &c.

140.

Das walte Gott der Vater, Gott der Sohn &c.
Gott der Herr Christus, der in den Garten trat,
sein heiliges, werthes, krones Kreutz ansahe,
die Gottheit, die er umbschlosz.

sein heiliges, werthes Blut darüber gôsz. —
So ward Christus geboren,
so wahr werde diesem Kinde
die grosze Wehtag aus seinem Haupt verloren!
Im Namen des Vaters &c.

Gegen Schlucksen.

141.

Schluke, schluken!
wier riet fu mir?
Wier bîset riet,
dier sâl erštäken,
wier gâdet riet,
die sâl God erkwäken,
me schluke sâl fergôn.
Äm numen &c.

Gegen Zahnschmerz.

142.

Dâ lîdich wîduoċht!
hief dij ousz dèse wäinjden,
wèj ousz dèsen zäinjden!
sonzt wäl ich dich ferzieren,
mät bieszeme kieren,
mät dem štoċhëise wieren,
än den iertbodem wäl ich dich dréiwen;
dô sâlt tâ bléiwen,
ṇeinj jôr uċh drâ dâch!
Äm nume gottes desz fuoters
Gottes des sanes
uċh desz hélije gîsztes. Amen!

Gegen Warzen.

143.

(Man legt bei dem Gebrauch ein Stückchen Speckschwarte auf den Zaun.)

De schwuort wierfen ich den krôn,
mai wuarzen si'n fergôn!

144.

(Man schneidet die Warze ab, legt sie unter die Dachtraufe und sagt den Spruch:)

Wå dêt hå mêsz ferfoulen;
esi sâl mêinj wuorz ferfoulen!

Gegen Gicht.

145.

Ich die Gicht heut rühren,
ich die Gicht vermelden
durch den allerwerthesten Mann;
das was Jesus, den die Juden fingen.
Sie schlugen ihn an ein Kreuz, war breit,
da Gott der Herr sein bitter Marter für uns leid,
„Nun seht ihr lieb Frau Mutter mein,
nicht zieht mich an das jüdische Gericht —
das weisz Gott der Herr, dasz ichs nicht han.“
Der dies Wort gelernen kann,
die Gicht nimmermehr gewinnen kann. —
Der Gicht zog aus durch Wald
gar wunderschnell und bald. —
Gicht soll die Wunden fangen,
oder wilt tu wieder binden? —
Gicht, ich will dich auszerbannen
durch den Täufer St. Johannes,
durch die vier Evangelisten;
durch den süszen Herrn Jesum Christum.
Gicht ich will dich ausblasen,
im Namen des Vaters &c.

Gegen Freisam, Ferch und Beermutter.

146.

Das Freisam und das leidlich Ferch
die stritten zu hauf über dies klein Kind,
dasz sie ihm seinen leib sollten zureiszen.
O! Herr Jesu Christe vom Himmel herab,
verleih mir dein grosze Gnad aufferdem!
O Herr! du wollest es kehren mit deiner groszen Macht!
Herr nimms aus diesem leib und aus diesem blut!
Herr du wollest es kehren,
dasz es sich nicht möchte ermehren!
Im Namen des Vaters &c.
Pater noster &c.

147.

Unser Herr Jesus Christus sprach:
Das Früsam und Gottes Wort
zogen miteinander an ein Ort,
das Jesus Christus hat erlangt
durch seinen herben bittern Tod,
So bleibt Gottes Wort stehen,
so gebent Christus der Herr durch sein Wort,
dasz die grosz Wehtag soll ziehen fort. —
Welch Christ das wird thun,
dem wird unser Herr Jesus Christ das Himmelreich aufthun.

148.

Im Namen des Vaters, des Sohnes und des h. Geistes.
Früsam und die Beermutter
sie gingen durch einen grünen Wald.
Wohin sollt ihr durch den grünen Wald?
„Wir sollen in ein Dorf gehen."
Was sollt ihr im Dorf thun?
„Wir sollen Bein und Blut brechen."

Früsam und Beermutter das sollt ihr nicht thun!
die kloken han geklungen,
die Messen sind gesungen,
das Evangeli ist gelesen;
ihr sollt hie nicht wesen!
Zieht hin aus diesem Haus
in ein ander Haus
in einen tiefen Thal
in einen grünen Wald!
da findet ihr deder jung noch alt. —
(Wie sie Gott erwählet hat,
so lasset sie in Frieden schleichen,
wie sich die Fisch im Wasser gleichen.)
In Nme. patris &c.

149.

Die Beermutter und Ferch
gingen miteinander über einen Berg,
. . . .
Was sollt du thun?
„Ich soll zu dem Menschen gehn,
und soll ihm sein Bein brechen,
und soll ihm sein Kreutz abstechen;
ich soll ein Leich aus ihm machen.“
Nein! das sollt du nicht thun!
Komm mit mir in einen grünen Wald,
da sein zween Brünlein kalt,
den einen sollt du trinken,
und sollt zu Grund einsinken!
Im Namen &c.

150.

Das Freisam, dann das Ferch
gingen miteinander über Christus des Herrn seinen Berg,
da begegnet ihnen Christus der Herr.
Christus der Herr fragt es (?)
„Frisam, Stechen und reiszen wor solltu gehen?“
„Ich sol zu dem und dem Kranken gehen?“
„Was solltu da machen?“

„Ich soll ihm sein Blut lecken,
und soll ihm sein Glieder strecken,
und soll ihm sein Bohr aufsetzen.“
(Da spricht Christus der Herr zu ihm:)
„Das solltu nicht thun,
denn dort siehest du einen tunkeln Wald,
in dem ist ein Brunn kalt,
aus dem solltu trinken,
zu Grund solltu darin sinken!“
In dem Namen Jesu. Patr. nostr.

151.

Das Frisen und die*Beermutter
gingen miteinander über einen Berg,
da begegnet ihnen die viel gute,
Christus des Herrn sein Mutter,
fraget sie: „war sollt ihr gehen?“
„Ich soll zu dem und dem gehen,
seine Beine soll ich ihm brechen,
sein Blut soll ich ihm lecken.“
„Nein! (der Herr sprach:) das sollt du nicht thun!
sondern du sollt gehen in jenen, grünen Wald,
da sollt du Bein brechen,
da sollt du Blut lecken!“
In dem Namen &c.

152.

Das Frîsen und das Ferch
sie stritten (?) über ein hohen Berg,
da begegnet ihnen Maria,
die heilige Gottesmutter:
„Fech (od. Stech) und Ferch, war sollt du gehen?“
„Ich soll zu einem N. n. gehen,
und soll ihm sein Blut lecken,
ich soll es also bestechen
man soll es auf den dritten Tag zur Kirchen tragen.“
„Nein! das solltu nicht thun!
du sollt gehen in ein grünen Wald,

da solltu wütten und rautern, wie du wilt,
das gebeut dir Maria die heilige Jungfrau
Jesus Christus unsers Herrn Mutter.“ Amen.
Vater U. dreimal.

153.

Früsam und Beermutter gingen um einen scheiblichen Berg,
da begegnet ihnen ein alter Mann (das war Gott der Herr) der sprach:
„Früsam und Beermutter, wohin sollt ihr gehen?“
„Ich soll zu N. N. gehen,
ich soll sein Herz abstoszen,
ich soll ihm sein Bein zerbrecken.“
„Das sollt du nicht thun,
ich bin lang da gewesen,
die frei (vielleicht früh) messen sind gesungen,
die Glocken haben geklungen,
das Evangeli ist gelesen,
Früsam und Beermutter, du sollt nicht länger in diesem Fleisch wesen!
Zieh aus Beermutter und Früsam aus diesem Fleisch und Blut!“

In nomine Patris &c.

154.

Dât rèiszen uċh dât fiarich
dâ gènge mäd enûnder
aw ènen hûen biärich.
Deâ lâġ e marwelstîn,
di seât: „wôr sâlt teau higeân?“
„Ich sâl ze disem N. n. geân,
ich sâl em eâdre strâken,
oċh bleaut lâken.“
„Nèt gunk dôr, èch bä schüen deâ gewiâszt,
sainjdre gung ä gène waljde wâlt!
deâ zainjd a broane kâlt,
dohär sâlt teau dräingken,

dôr sâlt teau fersäingken!
Entschiede dèch!“

Gegen das „Verheiszen.“

155.

(Die Formel wird dreimal mit Auflegen der linken Hand wiederholt.)

Ferhîsze! Ferhîsze! wuor sâlt tâ?
„Ich sâl zâ irem N. n.“
Wat wält tâ bâ âsem N. n.?
„Ȩch sâl em sèinj glider åtrâken,
ich sâl em bliât leâken.“
Ai nèt deâ dât!
Gong än en greanje wâlt!
dô äs e brånne kålt;
dohär sâlt teâ dräinjken
unt heangdert lôftern än de iert fersäinjken!
äm nume Gotes &c.

Gegen das Feuer.

156.

Es gingen drei Wenken des Morgens in der Gefrest,
da begegnet ihnen der liebe Herr Jesu Christ:
Ihr drei Wenken, wohin sollt ihr gehen?
„Wir sollen zum N. n. gehen,
wir sollen ihm sein Herz abstechen,
wir sollen ihm die Glieder zubrechen,
wir sollen ihm die Bahr für das Bette setzen,
wir sollen Leichnam machen.“
Ihr drei Wenken, das sollt ihr nicht thun,
ich bin eh da gewesen, denn ihr;
die Glocken han geklungen,
die Messen sind gesungen,
das Evangeli gelesen;
so klar leucht der Sonnenschein,
ihr sollt in diesem Fleisch nicht wesen,
ihr sollt ausziehen ehe die dritte Stund kommt
hin in einen tunkeln Wald,

da springen sich drei Brunnen kalt,
das eine ist das hongy,
das andre sind die drei Wenk,
da sollt ihr h. drei Wenken infallen!
In nomine Patris &c.

157.

Maria ging durch einen grünen Wald,
da fand sie einen glühenden Brand;
aufnahm sie den glühenden Brand,
(und sprach:) Feuer du sollt gelöscht sein,
ohne Wasser ohne Wein
in des wahren Herrn Jesu Christi seinem Namen
Amen!

158.

Maria die heilige Jungfrau
sie ging durch einen grünen Wald,
da fand sie einen glimmigen Brand;
sie hub ihn auf mit ihrer königlichen Hand,
sie gesegnet ihn
wie Christus der Herr
das Brot seinen Jüngern gesegnet,
si greif auf die Erd,
dasz es nicht ferner werd.
In Namen &c. dreimal, dann das V. U. dreimal.

159.

Maria ging durch einen grünen Wald,
sie fand einen rauchenden, brennenden Brand,
sie hub ihn auf mit ihrer schneeweiszer Hand,
sie gesegnet das Feuer,
dasz es nicht in asz,
und auch nicht fortfrasz —
sie waren so gewisz

als man das Vater Unser betet
zwischen dem Kelch und zwischen der Mesz.
Darauf das V. U.

160.

Maria, die liebe Gottesmutter kam gegangen,
sie ging in einen grünen Wald,
da fand sie einen killenden Brand,
den lasch sie mit ihrer schneeweiszer, gebenedeiter Hand,
sie lasch es aus ohne Wasser und ohne Wein;
„das soll Christus sein Hülf selbst sein,
es soll nit mehr in diesen Knochen reiszen,
es soll auch nit mehr fort brechen!
du sollt verswinden
eh der dritten Stunden
aus diesen Knochen,
aus diesem Fleisch!“
Diese Wort sollen werden so gewisz
. . . .
zwischen dem Kelch und der Mesz
in dem wahren Gottes Namen!

161.

Der Herr Jesu Christ ging durch einen grünen Wald,
da begegnet ihm ein brennender Brand,
(das war Gott der Vater genannt)
Feuer du sollt gelöschen sein,
ohne Wasser, ohne Wein
in des wahren Herr Jesu Christi seinem Namen!
Amen!

162.

Unser Herr Jesu Christ
ersahe auf dies Erdreich,

er sahe einen brennenden Brand,
er lasch ihn mit seiner wahrer gebenedeiter Hand.
In nomine Patris &c.

163.

Das walt Gott der Vater, Gott der Sohn &c.
So wahr ich das Vater unser beten,
zwischen der Mesz das Evangelium lesen,
ich gebiete dir aus
du leidiger Sausen und Wüten;
du leidiger Ungelast!
(ich gebieter dir)
aus den Knochen in das Fleisch,
aus dem Fleisch in den Wind;
daraus gebeut dir Jesus Christ,
das heilig, werth, traut Kind.
V. U.

Gegen den Schaul.

164.

Pfui dich Schaul in den Grund!
man sieht dir in deinen Mund.
In nomine &c.

Gegen Kehlweh.

165.

Da Jesus geboren ward,
wuchs weder Stein noch Berg,
so wahr verschwind du leidiges Unheil!

166.

Den ersten Weinstock, den Gott der Herr beschuf,
den sazt er mit seiner heiliger gebenedeiter Hand;
se wahr heb dich auf du leidiger Nachtrand (? oder Nachbrand)
(so wahr heb dich auf, du leidiger Nacken zuhand!)
Der heilige Christ zeucht durch das Land,
der heilige Leichnam fiel in des Priesters Hand.
In nomine &c.

167.

Das wallt Gott der Vatter, Gott der Sohn &c.
Der erste Weinstock, den Gott der Herr auf Erden schuf,
Maria mit ihrer gottseliger, gebenedeiter Hand wieder aufhub,
Hebe dich auf du ohnreicher drogen (ohnreicher draugen — unrechter draugen)
wie der Kelch in des Priesters Hand!
Im Namen &c.

168.

O Herr Gott, Vater im Himmelreich,
siehe auf dies elend Erdreich,
komm diesem Menschen zu Hülf und zu Trost
mit deiner werther Hand!
Ja! ich greife dich an in Namen des Herrn
mit meiner guldiger Hand;
Gott wölle mir helfen, dasz mein Hand
nach seiner Kraft und Macht euch möge helfen!
In nomine &c.

Gegen den Ohm.

169.

Gott und der Ohm,
die stritten miteinander;

Gott gewann,
der Ohm verschwang.
Im Namen &c.

170.

Christus der Herr ward auf Erden verwund
im Himmel ward er gesund
mit seinen heiligen fünf Wunden;
er wurde weder gebed noch gebunden. —
Nun zeug Eiter und Ohm aus diesem Fleisch,
das gebeut dir Gott der h. Geist!
Im Namen &c.

171.

Es gingen drei heilige Frauen
des Morgens früh im kühlen Thau(en)
sie sollten all das Kraut abbrechen,
das da gut für den Ohm war abzubrechen.
Da begegnet ihnen der Mann,
der das Kreuz von diesem todten Menschen abnahm;
„Geht an den Huiprichberg —
da steht ein Baum,
und brecht alles das Kraut,
das da gut ist abzubrechen für diesen Ohm!
er sei geschauen oder gebrochen,
(geschlagen oder gestochen)
Mesz Ohm, Feuer Ohm,
der dasselbig entzündet —
der soll verswinden
in dieser Stund.

Gegen Gelbsucht und Kopfschmerzen.

172.

Es war sich heut freitag,
dasz sich Gott der Herr sprach: —

Da sasz Jesus so traurig nur allein
auf einem marmorinen Stein;
da kam Maria gegangen,
sie sucht ihren Herrn,
sie fand ihren Herrn,
sie sprach: wo ist der Herr?
Der Herr sprach: ‚hie bin ich.‘
‚Herr du bist mein einig Trost,
ich bin die Mutter, die dich zog,
warumb sitzest du so erbärmlich, so traurig?‘
Jesus sprach:
„Mein Haupt thut weh,
mein Leib ist schwach.“
Maria sprach:
„Ich will dir es umbgreifen,
ich will dir dein Wehtag abschleifen,
ich will dir büszen und bessern,
Gott wird es von dir nehmen;
das sollt tu mir lohnen, das hast du nicht gethan. —
(sein Frau Mutter das soll sein) —
Ist jemand, der die Wort gesprechen han
alle Freitag dreimal,
ich will es von der leidigen Höll erlösen,
ich will ihm helfen in meines Vaters Reich,
da sollt du mit mir zugleich
leben ewiglich.‘

173.

Christus und mit seinen heilgen Engeln,
sie han sich geschikt und bereit,
sie sollen in die Kirch gehen.
sie wollen das Evangeli der Christenheit verlesen.
Damit soll ein jeder Christ enphehen,
was er dem armen kranken für soll zählen. —
Da begegnet den Engeln Gottes Herrn sein Mutter,
da kam Christi Mutter gegangen;
da sie kam an die Galiläa Kirchenthür,
da fand sie ihren Herrn gar traurig stehn (dafür)
‚Mein lieber Sohn, wie stehst du hier so traurig?‘
„Mutter, ihr lieb Frau Mutter mein,
wie sollt ich nicht traurig sein?
mein Herz und mein Haupt
ist mir betrübt bis in (den) Tod.“

‚Mein lieber Sohn! ichwill dir das Haupt umbgreifen,
ich will dir dein grosz Wehtag umbschleifen;
wir wollen Gott den Herrn helfen bitten und beten,
er wird seinen Sohn seiner Zeit wiederumb erhören.‘
„Maria, ihr lieb Frau Mutter mein!
wer das wird thun,
und wird für des Menschen Sohn helfen beten und thun,
dem wird mein Vater Abraham den Himmel aufthun.“
So soll die Wehtag ziehen fort,
wie Christus Jesu sein Wort!
In nomine Patris &c.

174.

Pfui dich, du leidige Gelbsucht!
du sollst nicht verzehren dieses Leib und Blut,
du sollst vergehen wie die Weth,
da man den lieben Jesum mit band!
das gebeut dir der heiligen Marien traut Kind.
Die soll dir zu Heil und Busz gesetzt sein!
In nomine &c.

175.

Geelsucht, woher bist du erstanden?
du seist erstanden, woher du erstanden bist,
du hast bei diesem N. nicht zu bleiben!
Ich gebiete dir aus heut an diesem Tag;
so wahr als die lichte Sonne aufgeht,
so hast du nicht bei ihm zu wesen!
Ziehe aus aus diesem Menschen
aus der Mark in die Knoch,
aus der Knoch in das Fleisch,
aus dem Fleisch in die Hand,
aus der Hand in den Wind,
da ist der heiligen Mutter traut Kind.
Im Namen &c.

Gegen Flecken im Auge.

176.

Es gingen drei Evangelisten,
sie gingen miteinander:
der Apostel Andreas der setzte sich nieder auf ein Broch,
des kam sich Christus der Herr dazu.
‚Ein heiliger Andreas, was sitzest du hier?‘
„Ich hab den leidigen Flecken in meinen Augen,
ich kan weder gelesen noch gesingen,
ich kan mich der Schrift nicht mehr gephlegen.
Aufhub Christus seine gebenedeite Hände,
er strich ihm über sein Angesicht.
„Ein heiliger Andrea, nun stehe auf,
und nimm dein Buch in deine Hand,
und gehe der lieben Kirchen zuhand!
da sollt du singen und lesen,
dich der heiligen Schrift gar fleiszig bephlegen.
so wird dich Gott der Herr in deinem Gebet erhören
durch das Wort und heiliges Blut,
so sollen dir werden deine Augen gut,
wie die helle, klare Sonne am heitern Himmel aufgeht.
Das befehl ich dir mit Gott dem Vater &c.
Pater noster. Credo &c.

177.

Da kam der liebe St. Lukas und der liebe Herr Jesus.
Sie setzten sich miteinander an ein Tisch,
sie sollten beten und lesen,
Gottes Herrn seinen werthen Dienst verbeten,
sie haben auf ihre güren
mit ihren edlen, werthen hören (?)
sie strichen aus ihren Augen den Flecken,
den deken,
den Hellebrandt,
den braunen Nebel, den Nadelstich,
so war helf euch Gott und der h. Christ!

178

Duidelgh, die ward blind geboren,
sie ward blind auferzogen,
sie kam in ihr Kindheit
ihr Eltern in grosz Unheild;
sie ging in einen wilden Wald,
sie fand ein mermelinen Stein,
dar sasz sie nieder nur allein,
da weinet sie um ihr grosz Blindheit.
Da kam Christus der Herr mit Maria gegangen,
die hat ihren drauten Sohn auf ihrem Arm(en)
‚O Maria! thue dich mein erbarmen,
heb auf deinen rechten güren,
streich und wisch mein Flecken,
aus diesen hürrenbecken!‘

179.

Die Jünger auf Jesu Acker saszen,
Lucas und Markus und der Herr Jesu Christ,
und der heilige Täufer und die Maria:
‚Ihr Jünger, was steht ihr hie und weinet,
dasz ihr nicht die Messe leset,
die Bücher auf ihren Knieen (Händen) weget?‘
Die Maria sprach: „es ist noch Rath dafür.“
Sie hub auf ihre gebenedeite Hand
für den Flecken für den Höllenbrand:
„Weich von dannen
wie der Mond vor der Sannen
in des Herrn Jesu Christ seinem Namen!“
Amen!

180.

Es saszen drei Herren an jenem See,
sie wollten schreiben und lesen,
sie wollten den heiligen Altar lesen.
Da kam die Güte Gottes,
Gottes des Herrn sein Mutter:
‚Ihr Herrn, warumb sitzt ihr hier?‘
„Wir sollen schreiben und lesen,

wir sollten den heiligen Altar lesen . . .

* * *

Ich kann in groszem Leid nicht gesein,
ich streichen ihm über das Aug zutruck
für den Stein, für den Flecken,
er sei weisz oder roth,
er soll aus seinem Auge (aus sein).
In nomine Patris &c.

181.

Der flåken uch der dâch
gengen iwer en bâch;
der flåken zerân,
der dâch gewân.

Gegen Blatter auf der Zunge.

182.

(Man nimmt eine glühende Kohle, bläszt darauf und sagt hierauf den Spruch.)

Wier de gâdet fu mer riet,
diem sâl got lûnen,
wier de lichtet fu mer riet,
diem sâl de zang esu rût wärde wâ deser kûlen!

Gegen Geschwulst am Augenlied.

183.

(Diese Geschwulst heiszt säsisch „wär" d. i. Erdgrille. Man zerdrückt eine Erdgrille mit dem kleinen, nach Andern mit dem Mittelfinger, bestreicht mit diesem das Augenlied dreimal und recitirt dabei den Spruch :)

Wäre, wäre wê,
meinjer ûgen zwê,
meinjer ûgen nichent
af de wär,
wäre, wäre, wê!

184.

(Wird gebraucht wie die vorangehende.)

Wär! wär! fergånk,
wärt wå deser fäinjer esi lånk!

Gegen den Wurm.

185.

Du bist der böse Wurm genannt,
jetzt hab ich dich in meiner Hand,
jetzt hab ich dich in Gottes Hand,
muszt sterben seist jung oder alt,
muszt sterben im Eiter und im Blut,
weil Gott dir jetzt den Tod authut.

„Gegen das Gebrech.“

186.

Es gingen drei heilige Frauen
des Morgens früh im dauen,
die eine hat das Gebrech,
die ander hatt das Gebrech,
die dritte, die trug es gar miteinander weg.

(Die Klocken han geklungen,
die Messen sein gesungen,
die Evangelia sind gar gelesen,
die Schuler sind ausgesandt,
sie sind verblandt,
sie sollen lesen und singen,

ob sie Jesum Christum mit seinen Jüngern kundten
finden,
in des Vaters und des Sohnes . . . und des wahren
h. Geistes Namen
Pater noster &c.

187.

(Bei dieser Formel wird das Kind dreimal durch die Hühnersteige gesteckt.)

Ir hîne, mäd irem gekrêch
niet mer ewêch
mėinjesz käinjdesz gebrêch!

188.

Et riten drâ riter iwer't rêch.
Ir häre låd uof fun irem geśprêch,
nit mät, nit mät dėses käinjdesz gebrêch!
Äm nume Gotes &c.

189.

Et wôren drâ hėlich frâen,
då haten en ĭenich geśprêch.
Ir hėlich frâen!
git mir ir ienich geśprêch,
unt nit fu mėinjem käinjt
dėt lîderlich gebrêch!
Äm nume gotes &c.

190.

Deau lîdijet gebrêch
zėch mer fu mėinjem käinjd ewêch,
zėj än en hôle bäsch,
så der loid är uorsch wäsch!

Zum Blutstillen.

191.

Et wôren drâ boterfrâen,
dai gėngen än e blât schâen;
dai ê sôd, et sêl gô,
dai zwêt sôd, et sêl štô,
dai drät sôt:
„äm nume Gotesz des faters &c.

192.

Ousz âsesz här Christusz sėinjen wangden
dô blân drâ rîsen;
dâd în wôr sėinj tugent,
dâd ânder sėinj jugent,
dât drad äsz sė wäl.
Blât štânt štäl,
blât så gebangden
äm âsesz här Christusz sėinj hėlich fâf wangden!

193.

Det blât flusz, det blât flusz,
dât der uorem N. n. fergusz;
mer wûlen et štälen
nô Gotesz wälen.
God äs e sêlich mân,
dier det blâd uch štälc kân.

Det blât sâl stôn!
de wîduoècht sâl fergôn!
äm nume Gotesz &c.

Gegen das „Ueberritten“.

194.

Vater unser &c.
Christus Jesus hilf mir, dasz ich diesem Pferd kann gebüszen!
im Namen &c.

195.

Die hohen Wolken, die gegeneinander stritten,
die liebe Heilige (?) kamen geritten.
Da sie nun dar kamen,
wie müde dasz sie waren —

* * *

‚So vergehe diesem Rosz sein Unheil
im Namen Gott dem Vater,
im Namen Gott dem Sohn,
im Namen Gott dem heilgen Geist!
V. U. dreimal.

Gegen das „Verrinken“.

196.

Christus der Herr und der liebe St. Pitter,
die reiseten miteinander auf einen Weg.
Christus der Herr sprach zum lieben St. Pitter:
(Herr der Meister) kommst du?
‚Ich komme nicht,
meine Adern sind mir krank, und (sind mir) lahm.‘
Christus der Herr sprach:

Nimm Schmår und Salz klein,
schmier alle dein Gebein,
so werden dir alle Adern
kommen auf den rechten Statten.
Er brach es ein mit seiner rechter, gebenedeiter Hand,
er gab es denen, die da schmierten.
Wer war der Arzt?
Christus der Herr war es selbst;
er heilt alle Wunden alle Schmerzen
nach seinem göttlichen Willen. Amen!

197.

Gott der Herr und der liebe St. Märten
sie ritten über einen grünen Wasen,
über einen harten Dosem,
über einen marmorinnen Stein.
Da sprach Gott der Herr:
‚Märten, komm mir nach!‘
„Herr Meister, wie soll ich dir nachkommen?
mein Röszken ist mir krank.“
‚Nimm Schmår und Salz klein,
und schmier dem Röszken sein Gebein,
so wird es bald heilen.‘ &c.

198.

Gott der Herr und St. Pitter
gingen über einen grünen Wasem
über einen dürren Dosem;
da zerbrach St. Pitter sein Gebein.
‚Lieber Herr Meister, wie soll ich dir nachkommen?
ich bin worden lahm.‘
„Geh und nimm Schmalz
und klein Salz,
und schmier dir dein Gebein!
so wird es dir wieder werden rein.“
Im Namen &c.

Gegen alle Krankheiten.

199.

Ewiger, lebendiger, allmächtiger Gott! du wissest was für eine Krankheit dies ist an diesem Menschen; wir bitten ferner deine grundlose Barmherzigkeit, nich verhalt dein göttlich Hülfe für uns! Wir sind grosze Sünder, wir bekennen unsre Sünden öffentlich für dir, Ewiger, allmächtiger Gott! wir begehren dein göttlich Hülf. Nicht verhalt sie uns dein göttlich, grosz, allmächtig Hülf! Wo dies Krankheit soll neugeboren sein, so eilen wir mit dem heiligen Geist dagegen, mit Gott dem Vater, Gott dem Sohn, Gott dem heiligen Geist. Amen!

Fünftes Buch.

(Kinderdichtung.)

Bei der Taufe.

1.

A.

(Die jüngere Gode hebt das Kind aus der Wiege und spricht:)

Bedinkt, bedinkt
wat Gôt esz schinkt!
ed äs en äinjlèinj fèinj
dèm sèle mer hèit guâde sèinj;
en hîde niâ mer mät;
en kräszte wale mer bronjen,
(zur Mutter)
än em gesainjt leâsze mer ich.

(Nach der Rückkehr aus der Kirche legt die ältere Gode das Kind auf den Tisch, dann auf den Heerd, dann auf das Bett und spricht dabei:)

„Hå liejen ich dij åf den däsch,
te sâlt wôsze wå a fäsch!
hå liejen ich dij åf den hiart,
te sâlt wôszen dèinjem fôter uch dèinjer moter wiårt!
hå liejen ich dij åf't bât,
te sâlt schwèje, bäsz dèinj moter wiescht uch bakt!
(beide Goden)
Patchen liåf, wôsz, bloâi!
åles eaugläk fun dir floâi,
Gotesz gîszt, gneât, hîl och sêjen
soâ mät dir åf åle wêjen!

B.

Hå liejen ij ed af den Däsch,
et sâl ich blèiwe fräsch;
Hå liejen ij ed af de bonk;
et sâl ich wuosze lonk!
hå liejen ij ed än ieren;
et sâl ich flèiszich kieren!

hå liejen ij ed af den hiert;
et sâl ich bleiwe låw uch wiert.

Wiegenlieder und Ammenscherze.

2.

A.

Schlôf lämtche schlôf!
der fuoter håt de schôf,
de moter håt de låmtcher
unt bräinjt der uch zwê mämtcher:
Schlôf käinjtche schlôf!

B.

Schlôf Frizi schlôf!
de fôter håt de schôf,
de moter håt de lämtcher
und bräinjt dem Frizi buta, butamämcher.

3.

Schlôf Hani schlôf!
de fijel säinjen äm hôf,
de kaze spänen af 'em hiert,
de raze knäspern än der iert,
te bäszt mer tousent gälde wiert,
schlôf, Hani schlôf!

4.

Haia
pupaia!
hai dich, käinjtchen, hai dich!

hai dich käinjtchen, hai dich nor,
wuosz mer grisz bäs iwer't jôr!
haia
pupaia!

5.

Susi, Susi, sijeltchen!
der fuoter schus e fijeltchen,
e schus ed än dem gräne wâlt, —
Susi, käinjtchen schlôf nor bâlt!

6.

Wol fläjen de wûlken,
wol souszt der wäinjt,
wol ståwen de flôken
ämeräink!
schlôf nor, schlôf nor,
mé gûldich käinjt!

7.

A.

(Die Mutter spielt dem Kinde der Reihe nach an den in den Reimen genannten Körpertheilen, zuletzt gleitet sie plötzlich vom Kinn an den Hals.)

Zîntchen!
bîntchen!
beochbunderchen!
bräsztänchen!
zéderä gebârtchen!
plutsch än de grôwen!

B.

Zînchî!
bînchi!
ârbeszken!
bârbeszken!
prrrrutsch än't ṡtälchi!

8.

(Ebenso benützt.)

Zînô lånk,
foszô gånk!
nåo näk!
pudro däk, däk, däk!

9.

(Ebenso.)

Zînchi,
bînchi;
knâe knėlchi,
bauċh fälchi,
mameschken doderchi,
buort knodėrchi,
maul rämpchi,
nuesz ṡtämpchi,
ôġen kukelchi,
ṡtirn bukelchi,
Kikeriki! (indem man auf den Kopf greift.)

10.

A.

Hå äs et fät,
hå äs et môġer,
hier hôt det mäüszke gekakt,
plutsch än de grôwen!

B.

Hå äs et fät,
hå äs et glåt,
hå äs et muoġer
plutsch än de gruowen!
(hop af de wuoġen!)

11.

(Spiel mit den Fingern.)

A.

Dėt (daumen) gîd än de bäsch,
dėt (nächste finger) fėd en fåsch,
dėt brôt en,
dėt kôċht en,
dėt klîn
fräszt en alîn.

B.

(Hier wird umgekehrt bei dem kleinen Finger angefangen, so auch in C.)

Dėt wôr än bäsch gangen,
dėt had e fäschke gefangen,
dėt had et hîme gebruoċht,
dėt had ed än de fon geluoċht,
dėt däk buta had alesz gepapt.

C.

Dät gėng än wâlt,
dät fėng ä håszken,
dät holt et hėmme,
dät brât et,
dät fråsz et guer, guer,
äm dåt äs et esu däk.

12.

(Das Abschlachten eines Schweinchens wird mit dem Finger statt des Messers am Kinde nachgeahmt.)

Wâz! wâz! wâz det mêszer!
kik det bonzken!
wik! wik! wik!

13.

(Indem das Kind gehupft wird.)

Tiderlider lêzken!
de moter git der en dêzken;
tiderlider lämperchen!
de moter git der e strämpeltchen.

14.

(Wenn das Kind nach Vater, Mutter oder sonst nach einer Person oder Sache weint, um seine Aufmerksamkeit abzulenken.)

Tikesz, tikesz, tâkeszken!
det Hani had en âkeszken,
häj ed än en bûm,
bäsz der fuoter kûm.

Für Knieritter und Stubenläufer.

15.

Zuzu, zuzu, rêgden!
de fafen af de wêgden,
de schiler af den ſchen
sûlen eruower ſichen;
se ſîchten än e pêdeltchen
dem Hani än det kêdeltchen,
zuzu, zuzu, rêgden!

16.

Hî! hî! hî!
pune la Szibî,
hât! hât! hât!
än de Härmeštat.

17.

Zuzu, zuzu, zuchen!
âsz Gini hôd e kèreltchen,
em wêscht ed alen dâġ
mäteld än der bâċh.

18.

Ich lâsz mer a rêszken guor wol beschlô,
ich lâsz et än der zailgasz gô.
Dô et na kûm for Katiche sai dir,
dô wôr en gålden bräk,
dô wôr oċh mai gläk.

19.

Mischka, Mischka raita!
zâbel an die saita!
nimm die korbâtsch in die hand
jâg den Tirken (Tatter etc.) aus dem land!

20.

(Man schaukelt das Kind, und gibt sich plötzlich den Anschein, als lasse man es fallen.)

Liese fôre! liese fôren!
det râd äsz zebrôċhen;
ku mer un de grôwen,
štälpe mer än de grôwen.

21.

Täpesch, täpesch käjeli!
der Härgot had e bäjeli,
gâw et séinje käinjden,
se sîlen drousz lîren.
Se wûlen nét hiren,
schmîszen'd än de branen.
Had et wéder gewanen.
Schmîszen'd än de bâch,
dad et guor zebrâch —
täpesch, täpesch käjeli!
dad et guor zebrâch.

22.

1. Fläjet, fläjed ir wûlken!
wô séld ir fläjen hin?
Kê Kazendurw iwer de mauren
fuer der frâ grîszen är dir.

2. De frâ grîsz sûl än de kirch gôn,
der Hañi kangt nét nôgôn
det härz wûl äm zespräinjen
wél hie nét mät kangt gôn.

23.

Mansel, mansel, mizken!
gäf mer ug e kizken!
Wô te mer nét wält gien,
wirt dich der déiwel nien,
unt fâren än de glânich häl,
dat de wirst brôden af der štäl;
än der häl štîd e bûm,
dad em dich drun uknäpe sûl!
Mansel, mansel, miz!

24.

A.

Hañichi mai bråderchi
måch mer e puer schäjeltchi!
dåd ij än de kirch gô
dåt de tråpn blaibn ŝtô.
dat de schuler driwer gô.

B.

Schusterchi mai brâderchi
mûch mer e puer schâjeltcher
mûch se schnaidich, much se späz,
schlâch droihandert nâjel drun,
dåd ich än de kirch kon gô,
dåt mai trepcher bleibn ŝtô.

C.

Hoñeszken, mèinj bråderchen
kîf mer zwê riut schäjeltcher!
wun ij än de kirch gôn,
dat mèinj trapcher bléiwe ŝtôn,
wun ij eosz der kirch kun,
dat de trapcher nô mer kun,
wun ij än der ŝtuf gôn,
dat se knipe, knape gôn.

25.

A.

Et gèng e mêtche ŝpänen,
et kangd e lîtche säinjen,
et kangd et nèd erzwäinjen,
et ŝtâch ed än e pupeslôch.
Got sâ dånk! dô äs et nôch.

B.

Ich wol e lîtchi sängen,
ich kond et nät erzwängen
ich ŝtâch et än e lineklóch —
kukuk, fâter! ich lėbn nôch.

26.

Wâ gärn huoszt tâ mėch?
Wä mėinj härzken.

27.

Hîsch mêtche bän ich,
wiesche, bake kân ich,
rît schaġen drôn ich;
wier mich sėkt, e wäl mich hun,
awer e wit mich nėt bekun.

28.

Tânz, Pėpchen, dânz!
de schaġe sė nôch gânz,
nėt lâsz se dich gerân,
der schoszter mâcht der nân.

29.

Kalamaika tanz ich gern
mit die schöne, junge herrn,
aber nicht mit allen,
nur die mir gefallen.

30.

Et kûm e kîltchė geṡprangen,
dât drif fâr milerât;
dôd înj miâl e mâschken,
dòd ungder miâl e nâjeltchen,
dôt drät miâl de sân,
dôt firt miâl de môn;
dô drêt sij ėinj wangderschînj mêd erfuir,
unt drêt sich bäsz fuir äresz léfke sėinj duir.

31.

De jangfer mät dem riude rôk,
de jangfer mät dem gielen zôp
sâs iangderm wėimereṡtôk,
sûl de mäschker guoġen,
sûl de blietcher bluoden,
„Häsch,"
mäsch
än de bäsch!"
Stigleât', ṡtîgleât!
schėfken hat sėinj îrche goheât.

32.

Ridi-ridirîtchen!
ich hun e nâ klîtchen,
ich kân uġ e lîtchen,
täpesch, täpesch kräjeltchen!
ich hun e puor nâ schäjeltcher
uġ e klînzich bäjeltchen;
more gón ij än de schîl
unt lîre fil, fil, fil.

33.

Kikiriri hampu!
kam zeâsz Girku!

mer sèle bire baken.
Kuor nor, wå se schmaken!

34.

Et flug en mäk fum turn eruof,
det N. N. wûl se gäre wieren,
ai wieren iwer wieren. —
Ich wîs uch wier die štigel mâcht,
ich wîs uch wier en nėdertrât,
ded N. n. trâd en nėder,
der Mm. mâcht e wéder.

35.

Hîme gôn!
däpe schlôn!
schèrwen ef de muort drôn!
wier se nėt wäl kîfen,
die sâl em prâf rîfen.

36.

Zem gôrmert gôn! zem gôrmert gôn,
kachebâken hîmen drôn!

37.

Et kâm e lasztich gangtchen
gegangen
gešprangen,
et schlach de bangen
trum! titrum! titrum!

38.

Luf! lûf!
fal än de ŝtûf!
ŝtând af, klouf dij af,
lûw iwer de gasz!

Wunsch und Grusz.

39.

Éch bän e klî geangeltchen,
éch hun e schwêr zeangeltchen,
wier méinj wäinjtsch wäl hîren,
sâl wuorde bäs ich se lîren.

40.

Fil gläk!
uch mir e ŝtäk.

41.

Grîsz wôsz!
en lånk nôsz,
kurz fösz
en däk schärl —
äsz dât néd e lasztich kärl?

42.

Här hälf esz
bäs än't fälpesz,
ousz dem fälpes än den trôch,
ousz dem trôǵ än't lupeszlôch.

43.

Servus!
mere kôche mer ärbesz,
iwermore lâsen —
Got sâl ij erhâlden!

44.

Gâden dâch!
(Antwort)
Hê den häinjdern än de bâch!

Lehre und Strafe.

45.

Foljen, hîren!
wier de nêt wäl hîren,
die wied em lîren,
dat et wirt spîren.

46.

(Aprinko gäf dem fijeltchen ze frieszen!)
Grîszo mät dem rîde rôk,
mêt mät dem gielen zôp
(sâszen angderm wêinjstôk).
haden e lasztich krokt gekôcht,
rêfe mich zem ieszen.
Ich hat mich nêt gewieschen;
se schlage mij aft häinjtchen.
„Owî me bakenzäinjtchen!
hîme gôn,
moter sôn!"
‚Gât huod em der gedôn.'

47.

Kitschi, kitschi waijeltchi!
ånser Härgot hat e bräiderchi;
et sâsz ânderm waimerštôk,
et sång wai en ėrlentôk.
De härgotsmåter håt kraut gekôċht,
se râft et åfen zem åszen.
Et håt sich näszt gewâschen;
se schlag ed åf det hantchi —
„Jui! jui! mai bakzantchi!“

48.

Woräm?
Doräm!
Woräm doräm?
Äm't rûċhlôċh eräm —
frôċh nôġ ämetäm!

49.

Wier? wier?
Der Piter bier,
bräinj en ḥier
unt maz em't schmier!

50.

Pėpi sâ hîsch!
de rât hîscht flîsch.

51.

Wat? wat?
Kakes af dat,
em dâ der än de kap!

52.

Wat? Wat?
En éiserä lat,
der téiwel äsz dé pat.

53.

Râch! râch!
sonst kit der far fu Nipenap,
unt stächt ij än de štrîsak.

54.

Gied ich frit!
der Bobeloz (bier, Jut) kit,
dier de bîsz käinjt mät nit.
E fårt se än die fåre bäsch,
e brêt se wå en gråne fäsch.
(e fårt se ä séinj dankel hous,
se känen némermî erousz.)

55.

Sâ from, sâ from!
sonzt mész de gât moter än hemel gôn,
drô wirt dich de wält bäschmoter schlôn;
se schlît dich mät pasche râden,
dat der der uorsch wirt blâden.

Verkehr mit der Natur.

R e g e n.

56.

A.

Et fêd un ze rênen,
Got kid enkênen,
God äs e sêlich mân,
dier de rên ferdreiwe kân,
en kân e wêder bräinjen.

B.

Et fêd un ze rênen,
Got kid enkênen;
dî de rên åfhält,
dâd äs e sêlich mân,
dî ed uch wêder mâche kân,
dî ed uch wêder zedrémere kân.

57.

Rên! rên! rên!
more gô mer sên,
more sê mer kîren,
wuoszen esz de êren,
fälen esz de schéiren.
Rên! rên! rên!

58.

Rên, rên af der gasz,
rên, rên mâch mich nasz!
hîft blîsz! hîft blîsz!
rên! rên! mâch mich grîsz!

59.

Då wäinjt, då mäd enânder štriden,
då hî wûlke kâme geriden;
då klôken hu geklangen
då wûlke sė fîriwergegangen.

Regenbogen.

60.

Rênebuegen
gûldîwerzuegen!
äm hêmel äs e gûldich mân,
dî de rên ferdraiwe kân.

Schnee.

61.

Wol kun de wûlke geziûgen,
wol kit der schnî gefliûgen!

* * *

Blümlein.

62.

Blömtchen af wiejen,
blömtchen af štiejen,
blömtche blå,
det fråjôr äsz hå!

Spritzkern.

63.

(Ein Kirschkern wird zwischen Daumen und Zeigefinger gekneipt, so dasz er fortschnellt; durch die Richtung, die er nimmt, bezeichnet er das Liebchen.)

A.

Śprûzkärchen,
lâwet härchen,
sô mer wô me léfken äsz!

B.

Śpräzkärn,
kôwerdérn,
sô mer wô me schazke wunt!
hâ oder dô oder 'duort?

Feuer und Rauch.

64.

Brâ féier brâ!
der Wili śtît derbâ,
der fuoter kîft e lämtchen
mät dem zizemämtchen,
de moter kîft en kaćhen
und mâćht det féier laćhen:
Brâ féier brâ!

65.

Rûćh, rûćh räinj
zéj ämeräink,
zéch bâ de bîsz käinjt!

Schnecke.

66.

A.

Schniekelhîren
riåk den hîren,
riåk se ale får;
äm en îmer bår!
Wô te se nėt wält riåken,
ich schmėiszen dich wider än ṡtiåken,
dat te dru wirṡt kliåken.

B.

Schnikeschnuoġel
råk den zuoġel!
Wô te'n nėt wält råken,
schlôn ich dich wėder de ṡtåken.

Biene.

67.

A.

Bise, bise bâ,
krėj än't hâ!
hôwertêschken
huentch äm flêschken
plutsch än de bâch!

B.

Bise, bisebâchen
krėj än't âchen!

sop ed ausz,
krėj erausz!
bise, bisebum!

Marienkäfer, Maikäfer und Dohle.

68.

A.

Härgodîszken!
flėj af de birebûm,
säch wun de Tatre kun!
ėch wäl dij ä me štältche lôken,
ėch wäl der mältch uċh brît brôken.

B.

Härgodaiszken!
flaij än himel,
sô mer won de moter kit,
sô mer won der foter kit,
sô mer won de Tatern ku,
sô mer won de Tirken ku,
ich wäl der bruit brôken,
ich wäl der mälich gaiszen,
ėch wäl dij än en gäldä tru äschlaiszen.

C.

Tipeszken! tipeszken!
flėj af de birebûm,
säch, wun de Tatre kun!
de Tatre ku mät štangen,
der tėiwel huot sij erhangen,
der bäsch bråd um äinjt,
der fusz huot sich de schwânz fersäinjt.

D.

Tschûka!
Marûka!
flėj af de birebûm,
säch wun de Tirke kun
mät de lånke śtangen!
Der kukuk huot sij erhangen
der bäsch bråt, der bäsch bråt,
der fusz huot sich de schwânz ferbråt.

E.

Tschûka!
Marûka!
flėj åf de boterbit,
säch wun de moter kit!

F.

Tschûka!
Marûka!
flėj än de birkebäsch,
bräinj mer en sak fôl haszelnäsz!

G.

Zaiku!
Lalaiku!
flėj af de birebûm,
säch wun de Tatre kun!
de Tatre ku mät śtangen,
der bier huot sij erhangen,
der wûlf lîft än't kîren,
e huot sich de schwânz ferlîren,
der bäsch bråt,
der fusz huot sich de schwânz ferbråt.

Stoszvogel.

69.

Štuiszfoğel;
huinedâder!
sô mer wô mai lèfke wunt!
gånk unt sô em en gâden dâch!
Ech kîfen der en hîsch rängkeltchi
* * *

Guckuk.

70.

Kukuk kniecht!
sô mer riecht,
wå fil jôr
liewen ich nôch?

Storch.

71.

Klaperštorch!
flėj iwer de bärch,
flėj iwer det rêch,
flėch fär ewêch,
kam wėder geschwäinjt,
unt bräinj es e gûldich, klinzich käinjt!

Fledermaus.

72.

Flädermousz!
pladermousz!
nėt kam mer än't hôr,
nėt kam mer af't hîft!
sonzt schlôn ich dich dît.

Katze.

73.

(Das Kind streichelt die Katze bei den ersten, und schlägt sie sanft bei den letzten Worten.)

Ziru,
miru,
huoszt te de mältch gelapt,
huoszt te't flîsch gepapt? —
patschi! patschi! patschi!

Stier.

74.

Bika! bika!
bombolom!
nom mij af de hèrner,
schmèisz mij än de dèrner!
Bika! bika! bum!

75.

A.

Bikafären!
schlâċh de kären!
schlâċh se af dem milestîn,
schlâċh se alesz kurz uċh klîn!

B.

Bikafären!
klôp de kären
klôp en af em milestîn,
drâġ en dèinjem lèfken hîm!

76.

Bikaštéren!
drâǵ de hèren!
rän se än en bûm!
Bika! bika! bum!

77.

Bikafären!
bikaštâren!
mät de lânken hèren!

Nachahmungen.

78.

Der Hammer der Schmiede sagt:
Meister allein:
Wärt wärt — wärt wîch!
Meister und Geselle:
Wält te nét, wält te nét,
wält te nét, se schlôn ich dèch.

79.

Die Sehne des Hutmachers:
Zer — zer — zermå dich!
Katrèinjtche kam bå mich!

80.

Der Kamm des Hutmachers:
Hèrän daćh! hêrän daćh!

81.

Hammer des Faszbinders:
Bäinjt — bäinjt — bäinjt fieszt!
rîf — rîf — hâlt fieszt!

82.

Hammer des Faszbinders wie's der Zuhörer vernimmt:

Bédner! bédner bäinjt de kofen,
nor nét gånk zer nôberä sofen!

83.

Rauchfangkehrers Schaufel:

Kraz — kraz — kraz schimel!

84.

Axt des Holzhauers:

Plaz! — plaz!

85.

Säge des Holzschneiders:

Gäf ṡpên! gäf ṡpên!
oder: gäf gielt! gäf gielt!

86.

Bläuel der Wäscherin:

Knéiszt ewêch! knéiszt ewêch!
sonzt gid et schliech.

87.

Flegel des Dreschers:

Er mészt erousz,
er mészt erousz,
et hälft ich näszt.

88.

Der Hund, wenn er das Posthorn hört:

O wî! o wî! wor hîsch!

89.

Mehrere Hunde, wenn sie ein Stück gestohlenes Fleisch haben:

Schwôgerrr!
nôberrr!
brâderrr!

gefatterr!
liecht nederrr!

90.

Katze vor der Thüre:
Mâcht mer af! mâcht mer af!

91.

Katze ruft dem Kater:
Kud eräm! kud eräm!
wenn er gekommen:
Kud er nor nau? kud er nor nau?

92.

Schweine, wenn sie aus der Heerde kommen:
Die Kleinen:
Uch mir e štäk! uch mir e štäk!
oder: Kut hîme! kut hînen!
Die Alten:
Nor hiesch lânzem! nor hiesch lânzem!
Bei Regenwetter rufen
die Kleinen:
Ach här Jêses! ach här Jêses!
die Alten:
Ai hâd ich nor en štuf gebât,
en hât desem wäder net getrât!
oder: Hât ich de rên nor wôrgenuen,
ich hât de monkel mätgenuen.
die Kleinen:
Ug ech! — ug ech! — ug ech!

93.

Kohlmeise im Frühling:
Štâke gôn! štâke gôn!
oder: Zizi bäsch! zizi bäsch!
oder: Tschutschi bäsch! tschutschi bäsch!

94.

Die Sperlinge:
Hîsch! hîsch! hisch

95.

Der Finke:

Fikesz! fikesz! féler ôrsch!
won te nėt geśpanen hôszt,
drâćh wėgden äm!

96.

Goldammer im Frühling:

Ai teâ dâf! ai teâ dâf!

derselbe im Herbst:

Här fäter! här fäter!

97.

Krähen im Winter:

Schnoâ! sch̆noâ!
oder: schnî! schnî!

98.

Mehrere Krähen, wovon eine unten bei einem Aase, die andern auf einem Dach oder Baum.

Die obensitzenden:

Äsz mî do? äsz mî dô?

Die bei dem Aase:

Nor de knôćhen, nor de knôćhen.

99.

Specht, wenn er unbedeutende Beute gemacht:

Na buk! na buk!

100.

Guckuk:

Kuk! — kuk!

101.

Wiedehopf:

Hup! — hup!

102.

Hähne:

Erster: Nôber! wî ernierd ėch?
Zweiter: Got der här, ê.

103.

Die Henne, wenn sie ein Ei gelegt:

Kut! kut! kut! kut! kud unt såt!
kut! kud und såt — såt!

104.

Gänse, wenn ihnen der Wirth Futter streut:

Hâde mer nor sâk! hâde me nor sâk, Pâl Honesz!
mer wèrden ich det kuern âlesz ferâtielen.

105.

Enten schnattern:

Ha! ha! ha! dâd äsz lasztich!
oder: Wat schafe se? wat schafe se?

106.

Indianer im Hofe:

Erster: Jurka! jurka! jurka!
Zweiter: Ai dåt dèch der môrlef!
ai dåt dèch der môrlef!

107.

Wachtel im Korn:

Bäk
de räk!
bäk de räk!

108.

Lerche im Aufsteigen:

Se kam mer dän nô!
oder: än de hî! än de hî!

109.

Nachteule:

Hsch! hsch! de lèkt schlôfen.

110.

Die geschwungene Ruthe:

Flîsch! flîsch!

111.

Kraut im Topfe:

Sangtich! sangtich! sangtich!

112.

Fluszwehr in der Nacht rauschend crescendo und decrescendo:

Schlôft! schlôft! schlôft!
oder: Râch! râch! râch!

113.

Glocken — grosze dumpf:

En krâm hôt mij ouszgewâlt!
en krâm hôt mij ouszgewâlt!

Kleinere heller:

Stîndankel!
kâld ärbesz!
oder: Ting tângel!
kâld ärbesz!
oder: Rît rêpen!
kolerâben!

die kleinste ganz hell:

Ting tingel!
Hanz klingel!

114.

Glocke zum Leichenbegängnisz eines Kindes läutend:

Kam,
bleâm,
hindân!

Neckerei und Spott.

115.

Ir gangen,
schlôt de bangen,
schlôt de bit,
bäsz der teiwel kit!

116.

Mêtcher,
kazebrêtcher!

117.

Såt då rêklich mêtcher štôn!
såt då rôzich gange gôn!
Ai än de klâen
sûl em de gange brâen!
hîsch wéisz hêmelbrît
dît die rêklije mêtchere nît.
De mêtcher båt em af fäderä båter,
de gange båt em af štênerän tråpen.

118.

(Wetten.)

Åf wat sèle mer wâten?
Åw en îmer lâten;
èch wäl se schâpen,
teâ sâlt se lâken,
èch wäl se mêszen,
teâ sâlt se frêszen!

119.

Makskader!
hînendader!
angderm båt
zâgedåkt
mät der nuos äm hînendråk.

120.

Mâzkåder!
bienendåder!
wält te mät zer mil fôren?
Hop hainjden af de wôǵen!
Tscha mäüszken!
huida laüszken!

121.

Zapzuoǵel häinjde nô,
furzfôrer bäszt te dô!

122.

Hîfertschäsz!
låk de śpäsz,
wun e gât beschäszen äsz!

123.

Bîsakesz!
drâĉh hûlz än't bakesz,
kam zeräk,
fal af de räk,
bräinj mer e śtäk
mår hîbesz mät!

124.

Śtudänt, śtudänt!
die hosen ferbränt,
die gatchen fersoffen
zum teüfel geloffen.

125.

Muf! muf!
nét kam mer ä méinj štuf!
nét fräsz mer mé brît!
sonzt schlôn ich dich dît.

126.

Hégd äsz der îrscht Apräl,
em kâ fernare wien em wäl;
se schäkt de nare wékter!

127.

Mina!
Bina!
bâchen!
kréj än e štäinkij âchen!

128.

Paulîn!
gäng af Pîn!
träs en štäinjkich hîn!

129.

A.

Katréinjtchen!
säz af't schwéinjtchen
gékt kên Hanedéinjtchen,
bräinj e fasz wéinjtchen,
dernô säz af't štîntchen,
unt sof ed alîntchen!

B.

Katrėinjchė
säz åw e schwėinjchė,
rait händer de gårten,
brainj e schûwer fårkel,
då se än de kumer,
schlâċh se mät dem humer,
nėt fräsz se alê,
fräsz se mät der gonzer gemê!

130

Susi!
Busi!
Hasibusi!
nom de späl,
gånk dermäd än de häl!

131.

Misch!
pisch
än de bâċh
sô dėinjer moter en gâden dâċh!
moren åsz dėinj hoċhzetdâċh.

132.

Mischkôzi!
kram dôzi!
kram flôzi!
kram däpen!
more sâl em dich knäpen!

133.

Sam!
Bam!
burlôch!
kréj än't štäinjkich fuszlôch!

134.

Fritz!
štibiz!
štîbesz
fräs en âlden hîbesz!

135.

Friz!
widiwiz!
klėner burez!
kréj än de kotez!

136.

A.

Sép!
Pép!
de bäszt e genėp;
fräs en âlt rėp!

B.

Szäp
kréj än de käp,
brånj mer e räp,
än det şäp!

137.

Mai!
malai!
äm ſwe gebaken.
Wô te nėt wält baken,
schlôn ich dij än naken.

138.

Jin!
Bin!
Bun!
Kak der moter än de trun!
lûf wėder't ſtuwenâk
fäl än't: rîsebât!

139.

Dôr! Dôr!
rėgd af der gor!

140.

Lên! Lên!
klauf ſpên!

141.

A.

Än!
schauer de fän!
schauer se schîn,
wä en bîn!

B.

Äntchen
schaur det fäntchen,
schauer et schîn,
more kit de bréjem hîm!

142.

Zâri kam nô!
Tréintche blaif dô!

143.

Lisz!
mät der bisz —
moren äm drâ,
schész se frâ!

144.

Tizi, dizi dôzen!
fräsz zwêheangdert grôzen!

145.

Hanz!
schwanz!
Hampu!
humpesz!
grumpes!
Hanz!

146.

Spôt nor ŝpôt!
äm hémel äs e Gôt;
dier wirt dich lîren,
wun te nét wält hîren.

147.

Ŝpôt nor ŝpôt!
äm hémel äs e Gôt;
dier wirt mij erräten,
unt déj än de glånich häl schäken.

Kindergebete.

148.

Gotesz numen afgeŝtånden!
dât walt Gôt,
behåd esz Gôt,
Got der fuoter,
Got der san,
Got der hélich gîszt.
Amen!

149.

Gotesz nume båt gangen!
dât walt Gôt,
behåd esz Gôt!
Got der fuoter &c.!

150.

A.

Des ôbeszt siń mer schlôfe giû,
sibn angel siń mäd esz ku,
zwê ze'n hébn,
zwê ze'n saitn,
zwê ze'n fâeszen,
der sibnt sâl esz dâken,
onser här Jesus sâl esz môrn frâe
fräsch gesond ofwâken!

B.

Gotesz nume schlôfe gôn!
siwen äinjel mät mer gôn!
zwîn zâ méinjen hîwden,
zwîn zâ méinje sékten,
zwîn zâ méinje fészen,
dâd în, dât sâl mich dâken!
Got der här sâl mich gesangd afwâken!

151.

Bietklôk!
hälf esz Gôt!
Got der fuoter,
Got der san,
Got der hélich gîszt!
Amen!

152.

Ėch bä klîn,
méinj härz äsz rîn,
némeszt sâl drä wuńen
als Jèsu alîn! Amen!

153.

A.

Ach här kom,
mâch mich from,
dad ich bå déj än hêmel kom!

B.

Hårzer härgot mâch mich from,
dad ich bå déj än hêmel kom!

154.

Än mai bietche lieg'n ich mich,
mênen Got befieln ich mich,
âlen ôbend und âle morjen
wirt mir Got mên sîl fersorjen. Amen!

155.

O Jêsuléinj,
mê bråderléinj!
kam än dât jang bärzke mêinj,
unt losz et dir en wunuk séinj!

156.

Te huoszt et gegien,
te kâszt et nien,
här sêjen déinj gôwen! Amen!

157.

A.

Ich huird e klêkeltchi klången,
de hélij ängel äm hėmel sången,
ėch schlėf bå Got dem häre sėne fèsz
gor sėsz.
E wickt mij of,
e schakt mij än de kirch,
De kirch wôr gekiert,
der ielter wôr gediekt;
äm den ielter gėng ich,
Kriszt den härn emfëng ich.
Frô dich sîl!
frô dich härz!
kit me truiszt,
dier mij ousz der häl erluiszt. Amen!

B.

* * *

Än de kirch gènge mer,
äm den ielter trade mer,
åsen Härgot bâde mer.
De klêkeltcher klången,
de schûlercher sången —

* * *

C.

Klêtcheltche fê u ze kläingen!
äm himel sin de äingel säingen!
de äingel sai schnîwais ugedô —

. . . .

Här lósz mich nät!
‚Wåe sol ich dich loszen?
Håe bäszt te gefongen
zwäsche fôef ruit wongen!‘
Haint schlåef ich såesz
bai Got dem häre saine fåesz.
Got der här håesz mich fråe ofstôn,
e håesz mich än de kirch gô.

Än de kirch gèng ich
Kriszt den härn ämfèng ich.
Frôe dich sîl!
frôe dich härz!
säch dô kit der truiszt,
dier dij ousz der häl erluiszt! Amen!

D.

* * *

,Säinjder wält tâ mät mir gôn!
Ach wå sûl èch mät dir gôn?
Hå lân ich gefangen
mät siwe schwêre wangden.
Här Jesu kam
mät dèinjen äinjeltchern alen drâ,
unt mâch mich frâ!

158.

Här Jesu, dir liewen ich,
här Jesu, dir štärwen ich,
här Jesu dèinj blèiwen ich
dîd oder liewendich.

Kinderpredigten.

159.

Ir lègd, ir lèkt!
hîrt mèinj prädich hèkt!
Prädich! prädich!
de kirj äsz lädich:
dô iwern
sè fil schiwern,
dô uewen
sè fil schuowen,
dô ämen
sè fil mämen,

dô afen
sė låkter fafen.
Prädich! prädich!
de kirj äsz lädich.

160.

Fuoter âser knôċhen!
ich biet emôl drâ wôċhen,
bäs ij än hėmel kâm.
Ėch sâċh drâ Juden dô ieszen,
dier în rėf mich zem ieszen,
dier ânder sôd, ich wîl em't guor frieszen,
der drät nâm e štîntchen,
e wurf mich wėder det zînebîntchen.
Êch gėng za âsem härgot klôn,
et sôt, e håt mer gât gedôn.

161.

Schlôszer âser!
mė fuoter wunt båm miltschen,
mėinj moter wunt båm kîltschen;
mė fuoter had en monkel fersazt,
äm siwe gälden;
na wäl hie en nėt lîsen,
hie wäl en nėt lîsen,
så wäl en nėt lîsen,
na blėift hie fersazt
fum îweget, za îweget.

162.

Quîbus
en hîbesz,
unt quibus, quabusz
de gâsz gô barbesz,
barbesz gôn de' gâsz,

unt de gâsz sèn âsz,
unt de gâsz sèn nèd èch,
nana schwèch!

163.

Kên danen, kên danen!
mäd ire fanen!
kên hîme, kên hîmen
mäd iren hînen!
Mèinj prädij äs ousz,
et kid en mousz
ous ärem lôğ erousz
unt lift iwer desz nôber sèinj housz.

164.

Ich fên un ze rieden,
ich fên un ze bieden,
ich fên un ze sôn;
er känd et nèt ferdrôn;
er hud et gehîrt,
et sè lokter wîrt.
Na kid e schwèinj
unt fräszt mer't latèinj.

Neckmärchen, Lügenmärchen und Reimspiele.

165.

Des armen Mannes Wirthschaft.

1. Ēch wôr en ôrem mân,
èch hat näszt wâ en hîntchen —
Târ dich mèinj hîntchen!

2 Dâ ij emôl en hîntchen hat,
bekâm ij uğ en hunen.
Kikerikî hîszt mèinj hunen,
Târ dich mèinj hîntchen.

3. Dâ ij emôl en hunen hat,
bekâm ij uǵ en schwunen.
Wéisz fädern drît me schwunen,
Kikerikî hîszt méinj hunen,
Târ dich méinj hîntchen.

4. Dâ ij emôl en schwunen hat,
bekâm ij uǵ en gîsz.
Zäz de Barbra hîszt méinj gîsz,
wéisz fädern drît mé schwünen,
Kikerikî hîszt méinj hunen,
Târ dich meinj hîntchen.

5. Dâ ij emôl e gîszken hat,
bekâm ij uǵ en kâ.
Kram héren drît méinj kâ,
Zäz de Barbra hîszt méinj gîsz,
wéisz fädern drît mé schwunen,
Kikerikî hîszt méinj hunen,
Târ dich méinj hîntchen.

6. Dâ ij emôl en kâ hat,
bekâm ij uǵ e kâlf.
Prutschemprutsch hîszt mé kâlf,
kram héren drît méinj kâ,
Zäz de Barbra hîszt méinj gîsz,
wéisz fädern drît mé schwunen.
Kikerikî hîszt méinj hunen,
Târ dich méinj hîntchen.

7. Dâ ij emôl e kâlf hat,
bekâm ij uǵ e fârt.
Rôszknorn drît mé fârt,
Prutschemprutsch hîszt mé kâlf,
kram hérn drît méinj kâ.
Zäz de Barbra hîszt méinj gîsz,
wéisz fädern drît mé schwunen,
Kikerikî hîszt méinj hunen,
Târ dich méinj hîntchen.

8. Dâ ij emôl e fârt hat,
bekâm ij uǵ e fölen.
Mihaha hîszt mé fölen,
rôszknorn drît me fârt,
Prutschemprutsch hîszt mé kâlf,
kram héren drît méinj kâ,
Zäz de Barbra hîszt méinj gîsz,

weisz fädern drît mė schwunen,
Kikerikî hîszt mėinj hunen,
Târdich mėinj hîntchen.

166.

Hühnchens Tod.

Det kėkeschken uch det hîntche schärden af dem mäszt. Det hîntche fând e kukeruzkėkt unt schlakt ed awîszt än, mêr em det kėkeschke gesôt had, et kånd emôl erštäke, wun ed alleszt esi awîszt uoweschläke wîl. Ät dôcht awer: nėt dat det kėkeschke filėcht kêm, unt nêm äm det kukeruzkėktchen; doräm wûl äd ed esi schniel äschläken. Awor et gėng em, wå det kėkeschke gesôt hat; det kėkt bliw em äm hâlz štêchen, ät fâl äm. Wå dât det kėkeschke sâch, lėw et schniel, et sîl waszer bräinjen, unt sîl et dem hîntchen än hâlz schiden, dad ėt det kėktche sîl uowe, wieschen. Na kâm et zer brokt unt hėş är waszer:

1. Brokt mir waszer gien,
waszer ėch hîmen drôn,
hîntche wäl fäk, fäk, fäk.

2. De brokt sôd: ‚ich wäl nėt!
bräinj mer dîrscht de schage fum schoszter!‘
Kėkeschke kâm zem schoszter:
„Schoszter mir schage gien!
schagen ėch brokt drôn,
brokt mir waszer gien,
waszer ich hîntchen drôn,
hîntche wäl fäk, fäk, fäk.“

3. Der schoszter sôd: ich wäl nėt!
bräinj mer dîrscht fum schwėinj de bîrschten!
Kėkeschke kâm zem schwėinj:
‚Schwėinj mir bîrschte gien!
bîrschten ėch schoszter drôn,
schoszter mir schage gien,
schagen ėch brokt drôn,
brokt mir waszer gien,
waszer ėch hîntchen drôn,
hîntche wäl fäk, fäk, fäk.“

4. Det schwéinj dât sôd: ich wäl nét!
bräinj mer dîrscht fum wéiszbåk klâen!
Kékeschke kâm zem wéiszbåk:
„Wéiszbåk mir klâe gien,
klâen éch schwéinj drôn,
schwéinj mir bîrschte gien,
bîrschten éch schoszter drôn,
schoszter mir schage gien,
schagen éch brokt drôn,
brokt mir waszer gien,
waszer éch hîntchen drôn,
hîntche wäl fäk, fäk, fäk.

5. Der wéiszbåk sôd: ich wäl nét!
bräinj mer dîrscht fum fielt det kîrn!
Kékeschke géng af't fielt:
„Fielt mir kîre gien!
kîren éch wéiszbåk drôn,
wéiszbåk mir klâe gien,
klâen éch schwéinj drôn,
schwéinj mir bîrschte gien,
bîrschten éch schoszter drôn,
schoszter mir schage gien,
schagen éch brokt drôn,
brokt mir waszer gien,
waszer éch hîntchen drôn,
hîntche wäl fäk, fäk, fäk.

6. Det fielt sôd: ich wäl nét
bräinj mer dîrscht fum hôf de mäszt!
Kékeschke géng zem hôf:
„Hôf mir mäszt gien!
mäszt éch fielt drôn,
fielt mir kîre gien,
kîren éch wéiszbåk drôn,
wéiszbåk mir klâe gien,
klâen éch schwéinj drôn,
schwéinj mir bîrschte gien,
bîrschten éch schoszter drôn,
schoszter mir schagen gien,
schagen éch brokt drôn,
brokt mir waszer gien,
waszer éch hîntchen drôn,
hîntche wäl fäk, fäk, fäk.

7. Hôf gâf dem kékeschke mäszt,
kékeschken de mäszt dem fielt,

fielt dem kėkeschke kîren,
kėkeschken det kîren dem wėiszbåk,
wėiszbåk dem kėkeschken de klåen,
kėkeschken de klåen dem schwėinj,
schwėinj dem kėkeschke bîrschten,
kėkeschken de bîrschten dem schoszter,
schoszter dem kėkeschken de schagen,
kėkeschken de schagen der brokt,
brokt dem kėkeschke waszer,
kėkeschken det waszer dem hîntchen,
awer det hîntche wôr schîn dît.

167.

Hühnchens Begräbnisz.

Dâ na det hîntchen dît wôr, mâcht det kėkeschken en wuogen ous årschuolen, unt lôcht det hîntchen draf, unt špant zwê lėiszker uch zwê mėiszker un, unt fâr, et sil dâd uorem begruowen. Awer d'îrscht fâr et nor alîn, et dôcht: „et wärde schîn nôğ är af de lėch kun, wu se fun dėsem schäksâl hîren," und drifiunt dr'f:

1. Tschâ mėiszker!
hîda lėiszker!
hėgd u mir,
moren un dir.

2. Kâm der bier:
„Woräm esi trourich?"
„Hîntchen äsz gestorwen,
sėlent begruowen,
owi! owî!"
„Tėrf ich mät fuoren?"
„Hop häinjden af!
dat de råtcher kėrzeln,
dat de mėiszker pėrzeln,
(dat de mėiszker krazen
dat de lėiszker pazen!)
Tscha mėiszken!
hîda lėiszken!
hėgd u mir,
moren un dir.

3. Kâm der wûlf:
„Woräm esi trourich?"

„Hîntche geštorwen,
sèlent begrnowen,
o wî! o wî!“
„Tèrf ich mät fuoren?“
„Hop häinjden af!
dat de râtcher kèrzeln,
dat de mèiszker pèrzeln,
(dat de mèiszker krazen,
dat de lèiszker pazen.)
Tscha mèiszken!
hîda lèiszken!
hègd u mir,
moren un dir.

Esi fâre se wèkter, und et begênd en uch nôch der fus, uch der îs, uch der kripes, uch ded âchen, uch de nênôld uch de knîflich nôld, uch der mileštîn, und ale guor hopte se häinjden af. Dâ se na de nôcht iwerfâl, sakte se härbrij än em wirtshous un der štrôsz. Awer der wirt wôr e garštich mäinjtsch und guocht se ouszen. Na wôre se guor zornij unt rieten angderenânder, wâ se em't bezuole sîlen. Der bier sôd: ich wäl em än de kâštal gôn, der wûlf sôd: „ich wäl em än de schôfštal gôn“; der fusz sôd: èch wäl em än den hîneštal gôn; der kripesz wûl än de waszerkôp krächen, ded âchen än de wèis iesch, de nênôld än de grîszfuoterštâl, de knîflich nôld änt drêdach, der îsz štânt häinjder de housendir, der mileštîn af de housendir, der kokeš af den hunebâlken.

Dâ der wirt na ägeschlôfe wôr, gèng e jêded u sèinjen îrt. Der bier, uch der wûlw uch der fusz wèrchten ales än de štälen. Dât gâf dô lärm; der wirt wort wach, wûl det lächt enzäinjen, en gèng dermät kêm hiert. Dô špräzt em ded âchen än de ûgen. Hie schimft wâ en rîrmäš, unt gèng bâ de kôp, e sîl sij uofwieschen; awer dô zwikt en der kripes än de hânt. Na wûl hie sij unt drêdach wäschen; dô štâch en de knîflich nôld än de nuosz. E sazt sich af de grîszfuoterštâl; de nênôlt gèng em än't däk flisch. Na waszt hie nèmi, wat hie sîl, unt gèng kên der dir; dô gâw em der îs en štîsz, dat hie wèder de wèrwel fluch. Dân hie na awer de dir afmâcht, fâl em der mileštîn af't hîft, unt schlag en dît. Wâ dât der kokesch sâch, krîsch hie: „Kikerigu mangu; Kut lod esz wèkter zân!“ Se sazte sij guor aw und fâre wèkter

dat de râtcher kèrzelden,
dat de mèiszker pèrzelden,
dat de mèiszker krazten,
unt de lèiszker pazten.
Tscha mèiszken!
hîda lèiszken!
hègd u mir,
morn un dir.

168.

Schnatterentleins Reise.

Det schnaderintchen mâcht sij aw, et sîl än de wékt wält rîsen:

1. Kâm det Hipertiperchen (Frosch)
,Bäsz wuor Schnaderintchen?'
,Än de wält.' sôt Schnaderintchen.
,Térf ich mät ku, Schnaderintchen?'
,Säz af' mé schwinzken?'
sôt Schnaderintchen.

2. Kâm det däk mileśtîntchen:
,Wuor sild er Schnaderintchen, Hipertiperchen?'
,Än de wält' sôt Schnaderintchen, Hipertiperchen.
,Térw ich mät kun Schnaderintchen, Hipertiperchen?'
„Säz af me schwinzken!"
sôt det Hipertiperchen.

3. Kâm det rît Pazerchen: (Kohle)
,Wuor séld er Schnaderintchen, Hipertiperchen, mileśtîntchen?'
„Än de wält" sôt Schnaderintchen, Hipertiperchen, mileśtîntchen.
,Térw ich mät kun Schnaderintchen, Hipertichen, mileśtintchen?'
„Säz af mé schwinzken!"
sôt det mileśtîntchen.

Esi génge så na ale får wékter und géngen und génge, bäsz se un de Mîresch kâmen. Ded intche schwom änen; dâ ed awer än der mätent wôr, sôd et: „Nâ hâlt ich't! ich sâl emôl tanken, dad ich mer e fäschken erwäschen." Dâ et sij awer tankt, fâlen se gaor mädenânder än't waszer. Det mileśtîntche sånk af der stäl bäs af de grangd, uch nemesztmî huod et gesân. Det Pazerche mät de rîde bakeltchere schwom nôg îwen, awer séinj rît bakeltcher behâld ät nét; se worden em schwarz wå der dîd, und esi schwom ät bäs än't mier. Nor det Schnaderéntchen uch det Hipertiperchen kâmen derfu, wél se schwäme kungden, unt lachte sich de boch fol, unt hun néd afgehîrt mät lache, bäs af désen dâch; dât gîd äinjden:

„Ha! ha! ha!
kwa! kwa! kwa!"

369.

Gänzchens Reise.

Det Libegâszke wûl emôl än de bäsch gôn, et sîl sich fät mâchen, dän ät hat gehîrt fun die file krègdern unt gesêm dô îwe, fun dien em gor fät kånt wärden:

1. Kâm ded âchen:
„Wuor sâlt tâ libegâszken?"
‚Än de bäsch fät mâchen.'
„Tèrw ich mät kun?"
‚Cha! hop af't schwinzken!'

2. Kâm det nèltchen:
„Wuor sålt tâ libegâszken?
wuor sâlt tâ mät dem âchen?"
‚Än de bäsch fät mâchen.'
„Tĕrw ich mät kun?"
‚Cha! hop af't schwinzken!'

3. Kâm der kripesz:
„Wuor sâlt tâ libegâszken?
wuor sèld er mät dem âche, mät dem nèltchen?"
‚Än de bäsch fät mâchen.'
„Tèrw ich mät kun?"
‚Cha! hop af't schwinzken!'

Esi begênd en nôch det schwèinj, uch der gîsebak, uch der îsz; zeliezt:

4. Kâm der kokesch:
„Wuor sâlt tâ libegâszken?
wuor sâlt tâ mät dem âchen,
mät dem nèltche, mät dem kripesz
wuor sâlt tâ mät dem bonzken,
mät dem gîszbak, mät dem îszen?"
‚Än de bäsch fät mâchen.'
„Tèrw ich mät kun?"
‚Cha! hop aft schwinzken!'

Dâ se na än de bäsch kâme, wôr et schî štokdankel wâ än em îszen. Wèkter wêr nèmi ze gô gewieszt, dän em sâch sich nèt de fäinjer, nèt dân de wiech. Nor emôl sâge se än der, fèrd e lächtchen, unt gèngen diem lächtche nô, bäsz se än en housz kâmen; dât wôr lädich, dän et wôr e rîwerhous, unt de rîwer wôren èzt glat nèt derhîm. Det libegâszke mät sèinje komerâte gèng änen, und sôd em jède, wuor hie sich lieje sîl, dän ät wôr gor geschèkt, sâch glèch, dat hâ rîwer sè mèszten. Ded âche moszt än de iesch, de nôld än't drêdaćh, der kripes än de kôp, det schwéinj angder'n hiert, der gîsebak angder den däsch, der îsz häinjder de dir, der kokesch af de dir-det libegâszke krug angder det bât.

Äm mäternôćht kâm ener fun de rîwern hîmen; e wûl det féier mâćhen, en grîw angder'n hiert nô hûlz, — det schwéinj erwascht en un der hânt; e kiword äm féier, — ded âche śpräzt em än d'ûgen; — e wûl sich bäm kôp wieschen, — der kripesz zwikt en; e wûl sich um drêdaćh wäschen, — de nôlt śtâćh en; der îsz śtêsz en, dat e wéder den däsch flućh; dô śtasz en der gîsebak an de räper, dat e wéder kên der dir sturkelt. Wâ hie dât sâćh, waszt hie nét, wém e wôr, unt nâm et nîdij ouszen; der kokesch krêt häinjder em: kikerigu!"

Der rîwer kâm gânz erfêrt bå séinj komerâten zeräk, und erzâld änen, dad ed äm rîwerhous ängêng. „Dâ ij angder'n hiert grîf" sôt e — „erwascht mij en grîsz pätschzang, dad ij âltkom frâ wärde kangt, ousz em îwelôćh śpokst mer éner féier än't gesicht; drô kikten unt zwikte mij är; éner nâm mij af en hâgafel en wurf mich kêm däsch; dô śtêsz mer wêder éner zwie mieszer än de räper, dad ich dôćht, et wêr me liesztet; âltkom bän ich entwascht, iwer der dir här krisch et: „hâlt en dad ij em ug înt gien!"

Dô de rîwer dât hîrden, esi trâde se sich némi än är housz; se zugen derfun, unt det libegâszke blif dô mät séinje komerâten, unt liefte gâd, unt worde fät, dat se sich kom mî wieje kangden, und et dem libegâszken äingde fum schwinzken trêpst.

170.

Bitschki.

Det Bitschki wôr mät séinjer moter än de wäinjert gangen, et sîl uch wéinjmern ieszen Séinj moter sôt: „Bitschki, néd äsz ze fil wéinjmern, dat te der de boćh némi schläpe kâszt!" Awer det Bitschki folcht néd, ät âsz bäs êm der bog aw în sékt śtânt; nâ wôr ät foul, unt wûl séinj moter sîl ed af den arme nie bäsz hîmen.

1. Det Bitschki wûl nét kîme gôn,
   et wûl, em sîl et hîmen drôn.

2. Hangt, kam béisz det Bitschki!
   Bitschki wäl nét hîme gôn,
   wäl, éch sîl et hîmen drôn.
   „Éch wäl néd, et huot mer näszt gedôn."

3. Kläpel, kam, schlâch den hangt!
hangt wäl nét det Bitschki bèiszen,
Bitschki wäl nét hîme gôn,
wäl, èch sîl et hîmen drôn.
„Èch wäl néd, e huot mir näszt gedôn."

4. Fèier, kam, brå de kläpel!
kläpel wäl nét hangt schlôn,
hangt wäl nét Bitschki bèiszen,
Bitschki wäl nét hîme gôn,
wäl, èch sîl et hîmen drôn.
„Èch wäl néd, e huot mir näszt gedôn."

5. Waszer, kam, läsch det fèier!
fèier wäl nét kläpel brån,
kläpel wäl nét hangt schlôn,
hangt wäl nét Bitschki bèiszen,
Bitschki wäl nét hîme gôn,
wäl, èch sîl et hîmen drôn.
„Èch wäl nét, mir huod et näszt gedôn."

6. Îsz, kam, sof det waszer!
waszer wäl nét fèier lieschen,
fèier wäl nét kläpel brån,
kläpel wäl nét hangt schlôn,
hangt wäl nét Bitschki bèiszen,
Bitschki wäl nét hîme gôn,
wäl, èch sîl et hîmen drôn.
„Èch wäl nét, mir huod et näszt gedôn."

7. Flîscher, kam, schlâch den îszen!
îsz wäl nét waszer sofen,
waszer wäl nét fèier lieschen,
fèier wäl nét kläpel brån,
kläpel wäl net hangt schlôn,
hangt wäl nét Bitschki bèiszen,
Bitschki wäl nét hîme gôn,
wäl, èch sîl et hîmen drôn.

8. Der flîscher schlach den îszen,
der îsz suf det waszer,
det waszer lâsch det fèier,
det fèier brât de kläpel,
der kläpel schlaċh den hangt,
der hangt bisz det Bitschki,
det Bitschki lèw aw ènen fèszken hîmen.

171.

Der Bauer und sein Knecht.

1. Der gebouer schakt de knêcht af't fielt,
e sîl de Mischka bräinjen.
Der knêcht dier bräinjt de Mischka nėd
unt kîd uch nėmi hîmen.

2. Der gebouer schakt de kläpel af't fielt,
hie sîl de knêcht drieschen.
Der kläpel schlît de knêcht nėt,
der knêcht, dier bräinjt de Mischka nėd,
unt kid uch nėmi hîmen.

3. Der gebouer schakt det fėier af't fielt,
ät sîl de kläpel brån.
Det fėier bråt det kläpel nėt,
der kläpel dräscht de knêcht nėt,
der knêcht, dier bräinjt de Mischka nėd,
unt kid uch nėmi hîmen.

4. Der gebouer schakt det waszer af't fielt,
et sîl det fėier lieschen.
Det waszer läscht de fėier nėt,
det fėier bråt de kläpel nėt,
der kläpel dräscht de knêcht nėt,
der knêcht bräinjt de Mischka nėd,
unt kid uch nėmi hîmen.

5. Der gebouer schakt den îszen af't fielt,
hie sîl det waszer sofen.
Der îsz, dier sėft det waszer nėt,
det waszer läscht det fėier nėt,
det fėier bråt de kläpel nėt,
der kläpel dräscht de knêcht nėt,
der knêcht bräinjt de Mischka nėd,
unt kid uch nėmi hîmen.

6. Der gebouer schakt de flîscher af't fielt,
hie sîl den îsze schlôn.
Der flîscher schlît den îszen nėt,
der îsz sėft det waszer nėt,
det waszer läscht det fėier nėt,
det fėier bråt de kläpel nėt,
der kläpel dräscht de knêcht nėt,

der knêcht dier bräinjt de Mischka néd,
unt kid uch nėmi hîmen.

7. Na schäkt der gebouer den téiwel af't fielt,
hie sîl de flîscher hîlen.
Der téiwel hîlt de flîscher,
der flîscher schlît den îszen,
der îsz séft det waszer,
det waszer läscht det féier,
det féier brât de kläpel,
der kläpel dräscht de knêcht,
der knêcht bräinjt de Mischka,
unt kid uch mäd em hîmen.

172.

Die Mär vom rothen Hahn.

Kind: Griszô! erzielt mer en mêr!
Groszmutter: Wô te mer af méinj frôch rêcht
ântfere kâszt osi wäl ich der în erzielen.
Kind: Na frôcht mich!
Grosm.: Kâszt te de mêr fum rîden hunen?
Kind: Näi!
Groszm.: Ėch śprêche nét: „näi!“ éch śprêche
„kâszt te de mêr fum rîden hunen?
Kind: Cha!
Groszm.: Ėch sprêche nét: „cha!“ ėch śprêche:
„kâszt ta de mêr fum rîden hunen?
Kind: Ich kâ se nét!
Groszm.: Ėch śprêche néd: „ich kâ se nét!“ éch
śprêche: kâszt te de mêr fum rîden hunen?
Kind: Na wå sâl em dä sôn?
Groszm: Ėch śprêche nét: „na wå sâl em dä sôn?“
ėch śprêche: kâszt te de mêr fum rîden hunen?
Kind: Kâszt te de mêr fum rîden hunen?
Groszm.: Ėsi äs et rêcht, unt na wäl ich der se uǵ
erzielen:

Der hun wôr rît,
méinj mêr äsz dît.
(oder: Dė mêr asz rît,
der hun äsz dît.)

Kind: Awer grîszo! wôr na déd en mêr?

173.

En mêr, en mêr!
te giszt mer nėt râ,
se hîr nâ zâ!

O foszt odate
et wôr emôl
o ferâszte dė fênster,
än dem fėraszte dė fênster
wôr en uole dė däpen,
äm uole dė däpen
wôr en lâpte dė mältch.
Kâm e kinė dė hangt,
frâsz dât lâptė dė mältch
ousz dėm uole dė däpen
guer erousz,
unt wôr gelûfen
la drâku zem tėiwel.

174.

Lügenliedchen.

1. Ich sâġ emôl zwîn Tirken
än em ŝtifke wirken.
Grîsz wangder gesân!
wâ dâ Tirken
wirken!

2. Ich sâġ emôl zwien bieren
än em ŝtifke kieren.
Grîsz wangder gesân!
wâ dâ bieren
kieren!

3. Ich sâġ emôl zwô krôen
än em ŝtifke klôen.
Grîsz wangder gesân!
wâ dâ krôen
klôen!

4. Ich sâġ emôl zwô razen
än em ŝtifke mazen.

Grîsz wangder gesån!
wå då razen
mazen!

5. Ich såǵ emôl zwô kazen
än em śtifke lâzen.
Grîsz wangder gesån!
wå då kazen
lâzen!

6. Ich sâǵ emôl zwô douwen
de fuszoie klouwen.
Grîsz wangder gesån!
wå då douwen
klouwen,
wå då kazen
lâzen,
wå då razen
mazen,
wå då krôen
klôen,
wå då bieren
kieren,
wå då Tirken
wirken!

175.

(Lügenliedchen.)

1. Dân de flî de wuoǵen zuch,
dân de mäk den torn ämfluch,
dât wôre lasztich zėgden.

2. De bäfelkâ sâs af em bûm,
der kokesch drag en wischbûm,
dât wôre lasztich zėgden.

3. E rėgder rit iwert kirchendâch
e mileśtîn schwom iwer de bâch;
dât wôre lasztich zėgden.

* * *

176.

Et sâs e mêtchen af der bâch,
et wâsch sich't hèmtchen alen dâch.
Na kâm der far fu Nipenap
unt śtâch ed än de śtrîsak;
e drağ än de Härmeśtat,
en schnid em e śtäk fum häinjderbak:
„Na kîrt, mèinj häre, wâ gâd et schmakt!"

177.

Guckuk.

A.

1. Der kukuk fluğ of dem schoszter sai hausz,
der schoszter wurw en schağ erousz.

2. Der kukuk fluğ of dem miler sai hausz,
der mèlner worw en mileśtî erousz.

3. Der kukuk fluğ of dem far sai hausz,
der far — ä worf de bibel erousz.

4. Der kukuk fluğ of dem schumîszter sai hausz,
der schumîszter worf de katechismus erousz.

5. Der kukuk fluğ aw en käpendûrn
der kanter hat sich de gatch ferlûrn.

B.

1. Der kukuk fluğ af desz far sèinj housz
der far, dier sâch gor gras erousz.

2. Der kukuk fluğ af desz schîlmîszter sèinj housz,
der schîlmîszter wurw e bağ erousz.

3. Der kukuk fluğ af desz kanter sèinj housz,
der kanter śtâch sèinj gatch erousz.

4. Der kukuk fluġ af desz schoszter sėinj housz,
der schoszter wurw en schaġ erousz.

5. Der kukuk fluġ af desz mėlner sėinj housz,
der mėlner wurf de mileštîn erousz.

6. Der kukuk fluġ af desz gûldschmit sėinj housz,
der gûldschmit sâch zem fėnster erousz:

7. E wurf em e gäldä räinjeltchen.
(der kukuk nâm et mät sėinje siwe saċhen,
unt fluċh zâ sėinjem lėfken.)

178.

Hochzeit.

A.

1. Det Kirchentrėinjtche wôr en brokt,
se dânzten af der bierenhokt.

2. De bierenhokt wôr nasz,
se dânzten af der gasz.

3. De gasz wôr brît,
se dânzten af der schît.

4. De schît wôr späz,
se dânzten af der mäz.

5. De mäz wôr wėisz,
se dânzten af em ėisz.

6. Ded ėisz wôr glât,
se dânzten af em bât.

7. Det bât wôr wîch,
se dânzten af em dîch.

8. Der dîch wôr souer,
se dânzten af der mouer.

9. De mouer wôr zeṡprangen,
se dânzten af de bangen.

10. De bange' wôren zeräszen,
unt wier mî wäl wäszen,
dèm wird af de nuosz geschäszen.

B.

1. Det Kirchekati wôr en brokt,
et tonzt af der bierenhokt.

2. De bierenhokt wôr draich,
et tonzt of der gaich.

3. De gaich gèng schî,
et tonzt af der krî.

4. De krî wôr lånk,
et tonzt of der bånk.

5. De bånk wôr brît,
et tonzt of der schît.

6. De schît wôr ṡpäz,
et tonzt af der mäz.

7. De mäz wôr wich,
et tonzt af em dîch.

8. Der dîch wôr souer,
et tonzt of der mouer.

9. De mouer wôr zebrôchen,
et tonzt of dem knôche.

10. De knôche wôre wèisz,
et tonzt of dem èisz.

11. Det èisz wôr glåt,
et tonzt of dem råt.

12. Det råt drêt sij ämeräingk
iwer'n rone (?)
bäs än brone.

179.

Taufe.

Åsz kaz uǵ âsz kader
biden ich ze gefader,
âsz hîn uǵ âsz hun
sôden, er sîlt bâlt kun,
âsz kâ uǵ âsz räinjt
sôden 't wêr gor en hîsch käinjt;
häinjder'm îwen
äs en bănk
dô dertîwen
lât de krănk.

180.

Wie Peter sein Weib schlug.

1. Titi, titi, tôchen!
der Piter schlaċh sén frôchen.

2. Det låw em än de irlen,
det fëng un ze birlen.

3. Det låw em angder de bräk,
e bruoċht et mät der kräk.

4. Det låw em än de ṡpê,
e kund et néd erfê.

5. Det låw em än det grâsz,
e fëng et mät dem glåsz.

6. Det låw em än de kumer,
e schlaǵ et mät dem humer;

7. E bând ed un den däschfos u
„futuz morzi!“ et språng derfu:
„Wuort te wirscht mer schu wêder ku!“

181.

Wie der Walach sein Weib schlug.

1. Däun der blôch de blêchä schlach,
schlach e se mät dem ieszichkrach;

2. Däun se nèt wöul schwéjen,
schlach e se mät wègden.

3. Däun se nèt wöul ieszen,
schlach e se mät dem bieszem.

4. Däun se nèt wöul bléiwen,
schlach e se mät zwéiwel;

5. E schlach se mät dem zwéiwel,
en schakt se dernô zem döüwel.

182.

Fahrt ins Elfenland.

A.

Zuzu, zuzu, zundermêtchen
dräinjk wéinj ousz em waszerkêpchen!
schid ed iwer't rûchlôch
(dôr de heangt spile gôn.
dô de rêklich mêtcher stôn)
dat de hangt bile gôn,
dat de kaze spile gôn
zâ der blomenâ!

De blomenâ wôr nèt derhîm,
de kaze sâszen af em stîn,

de gîsz wûl néd âfštôn
en wûl nét fuer de kėnenk gôn.

* * *

Mousz! Mousz!
kier det housz!
Wisel! Wisel!
drâğ ed ousz!

B.

Zuzu, zuzu, zundermêtchen!
dräinjk ousz dem waszerkêpchen!
Kikeriki säinjt mėinj hun,
hôt zwîn špueren un.
(hâd ėch mėinj rît schağen un!)

Se sûle régde frâen
kên der domenâen.
(än de Komenâen)
De domenâ wôr nét derhîm,
de gîsz lâğ âf em štîn,
de kaz lâğ âf em hiert,
der heangt lâğ fuer der dir;
se wûle sij ôch nét wiejen,
se wûle sij ôch nét riejen,
se wûlen ôch néd âfštôn,
se wûlen ôch nét fuer de kėnenk gôn,
se wûlen ôch nét schalmâren
wier de brokte wêren;
se sângen,
se šprângen,
se dreânken ausz de kânen,
se schleağen de beangen,
terum! terum! titum! titum!

C.

Sûle mer régde frâen
än de düömenâen, —

de Krazewéz wôr uch dô,
de Hêpentep kâm uch nô.
* * *

Abzählen zu Spielen.

183.

(Mit jedem Wort wird einer der Spielenden zugleich durch Berührung mit dem Finger bezeichnet; wen das letzte Wort trift, der ist ausgelost. Die ungrische Sprache ist in diesem Stück nachgeahmt.)

Äketum
täketum
tinum
tanum
ärsäk
märsäk
zinumlain
mit malain
kozka
tuwa
te!

184.

(Gebraucht wie das vorangehende Stück; in diesem ist die Zigeunersprache nachgeahmt.)

Unemi,
dunemi,
tronemi
ronemi
donemi
ronza
konza
jewla
dewla
tschok!

185.

(Ebenfalls die Zigeunersprache nachgeahmt.)

Unebi,
dunebi
doi
kizi
kiewer
moi
zwîren
dîren,
obra
dobra
fläpesz!

186.

Gekûft,
geštîlen,
af em mäszt gefangden.

187.

E ruosz,
en huosz,
en kaz,
en raz
en îsz,
en gîsz —
dô lîft en mousz —
tâ bäszt ousz!

188.

(Jedes von den Wörtern oder Sylben fällt auf einen Spielenden, die letzte Sylbe losst wie in den früheren Stücken aus.)

Unichi
dunichi
tipel-
te!
Tibel
tabel
domi-
ne.
Eckes-
brôt
in der
nôt.
Wäre
ware,
grôsze
klôk.
Schâsz
pâzj
bâk!

189.

Zintchen,
bîntchen,
krachä
bâtchen
bocha
bandri
zédrä'
bârtchen!

190.

Tâ bäszt kîser,
tâ bäszt kènenk,
tâ bäszt grâf,
tâ bäszt schoszter,
tâ bäszt Zegun,
marsch derfun!

191.

Kukela,
pipela
trâge
la mutela
de inte
gô barbesz.
de gâsz
gô geschächt.

192.

Ainjel
bäinjel
häinjerschknêcht,
klipchen
klapchen
af em rêch
flidri
fladri
flädermousz
nom dij aft
fèszken
tâ bäszt ousz!

193.

Unemi
dunemi
schali
pali
pimpesch
kokesch
atrum
patrum
pirum
pik!

194.

Êneget
wêneget
tîchen
tâchen
okesch
mokesch
schiärlenk
piârlenk
schusz
kê Busz
nô em fusz!

195.

(Auch hier fällt jedes einzelne Wort auf einen der Mitspielenden.)

Înt, zwie, drâ,
kréj än't hâ!
făr, fâf, siesz,
kréj än de iesch!
siwen, âcht, néinj,
te bäszt en âlt schwéinj;
zân, êlf, zwélf,
frieszen dich de wélf,
béiszen dich de meisz,
kiken dich de léisz,
zwiken dich de flî —
kikeriki!

Spiele.

Beim Wettspringen.

196.

Guide, guide langen,
bäsz wôr sâl ich sprangen.

Beim „Koches“ spielen, indem dabei in der Pfanne gerührt wird.

197.

Râder, râder an der fan,
dâ e kizke bater drân,
oder e kizke fat,
dad et nèt ferbrât!

Reigen.

198.

(Man faszt sich bei den Händen und dreht sich im Kreis.)

Et sâsze siwe mäüseltcher
än ènem anje kärfken,
sèsz hûlz! sauer hûlz!
dâ înijet Lini drê dich!

199.

(Gespielt wie das Vorangehende, nur dasz hier bei den letzten Worten schnell niedergedukt wird, wobei Manches von den Mitspielenden umfällt, wodurch dann die kindliche Heiterkeit erregt wird.)

Bise, bise bâ!
krėj än det hâ!
mältch änt flêschken!
hôwer än't têschken!
plutsch än de bâch!

200.

(Gespielt wie Nro. 199.)

Duina!
Maruina!
drê dich, mêtchen, drê dich!
plutsch nèder!

201.

(Gespielt wie Nro. 199.)

Raiu!
maiu!
huower äm têschken!
mältch äm flêschken!
zizumizu!

202.

(Gespielt wie Nro. 199.)

A.

Majerâm!
kampeszthîftchen!
rîseśtîntchen!
Et sâs e mêtchen än der bâch,
et wosch det hemtchen alen dâch —
plutsch än de bâch!

B.

Maiu!
raiu!
kampeszthîftchen!
rîdet śtîntchen!
Et sâs e mêtchen un der bâch,
et wosch sich 't hemtchen alen dâch. —
Tizi! mizi! än der bâch.

203.

(Eigentlich ein Anruf an den Stoszvogel, und sollte im Abschnitt „Verkehr mit der Natur" stehen, wird aber von kleinen Kindern mit dem hiezu angepaszten Schlusz beim Ringelgehn gesungen, und dabei verfahren wie bei Nro. 199.)

Śtîszfuogel!
hienendäder!

fléj än de Pimberbäsch,
bräinj en sak fol haszelnäsz
dem Didel — daidel — dizi!
Zizi!

204.

(Der Anruf an die Dohle ist hier mit einer kleinen Aenderung am Schlusze zum Reigenlied verwendet.)

Tschuka!
Marûka!
fléj af de birebûm,
säch, wun de Tirke kun!
De Tirke ku mät štangen,
der bier huot sij erhangen,
der bäsch brât, der bäsch brât,
der wûlf huot sich den zuogel ferbrât,
der fusz lîft äm kîrn,
e huot sich de schwânz ferlîren;
der N. N. sâl en hîlen.

(Das von dem Vorgänger oder Anführer bezeichnete Kind musz nun von einer etwas entfernten Stelle, bis man, je nach dem, wie es vorher bestimmt worden, auf 5, 10, 20 etc. zählt, zwei Brettchen holen, sonst erhält es von jedem Mitspielenden einen Schlag auf die Fuszsohle.)

M ü h l e.

205.

(Ich konnte nicht genau erfahren, wie gespielt wird.)

Mèinj mil gît,
dèinj mil štît,
mèinj mil fêd e fätschken,
dèinj mil fêd e schêfken.

Mäuschen.

206.

(Jedes Kind kneipt mit Daumen und Zeigefinger in die äuszere Oberfläche der Hand eines Andern, welche es auf diese Weise festhält; dasjenige, welches die Hand am untersten hat, beginnt das Lied, und bringt die Hand bei den entsprechenden Worten desselben hinauf; dann beginnt ein Anderes, das an seine Stelle getreten.)

Eins: O wî! o wî!
Alle: Wat dît der wî?
Eins: Det meiszke beiszt mich.
Alle: Hop eraf!

Brunnenfrau.

207.

(Ein Kind sitzt als Brunnenfrau auf einem Schemel; die Andern umgehen es im Kreise, und zupfen es während des Liedes; kann die Brunnenfrau hiebei Eines erhaschen, ohne sich vom Schemel zu rühren, so tritt das Gefangene an ihre Stelle.)

Branefrå!
Branefrå!
zéch mij än de branen!

Herliche Glocke.

208.

(Ein Kind stützt sich mit verdeckten Augen mit der Stirne auf den Tisch; Eins von den Andern schlägt es mit einem zusammengeflochtenen Tuche auf den Rücken; es musz den Schläger errathen, und am Schopfe ergreifen, der dann seine Stelle einnehmen musz.)

Eins: Härlich klôk (nachdem es den Schlag erhalten)
Alle: Wier huod et gedôn?
Eins: Dier uch dier!
Alle: Kam bräinj en un kôren hier!

Blinde Mausz.

209.

(So heiszt bei den Sachsen, was man sonst „blinde Kuh“ nennt. Einer mit verbundenen Augen, sucht Eines von den Andern zu erhaschen, die um ihn hüpfen, singend:)

Bläinjdermousz!
ich kun der än't housz.

Tod.

210.

(Spiel beim Abschälen des Maiszes. Einer wird ganz mit Blättern bedeckt, die Andern stehen um ihn herum, oder verstecken sich und rufen aus dem Versteck:)

Alle: Schampelän dît! ŝtând aw, et hôd înt geschlôn!
Tod: Ach lot mich nôch schlôfen!
Alle: Schamplän dît! ŝtând aw, et hôt zwê geschlôn!
Tod: Ach lot mich nôch schlôfen!
Alle: Schampelän dît! ŝtând aw, et hôt drâ — fâr — fâf — siesz — siwen — âcht — nėinj — zân — ėlf — zwėlf geschlôn!
Tod: (ertheilt immer die Antwort: „lot mich nôch schlôfen!“ bis er den Ruf vernimmt: „et hôt zwėlf geschlôn!“ Dann springt er plötzlich auf, die Andern laufen auseinander; wen er zuerst ergreifen kann, der musz an seine Stelle treten, und „schampelän dît“ sein.)

Der Wolf und die Gänse.

211.

Gans: Ir mėinj gôseltcher, gôseltcher kud erfîr!
Gänschen: Mer getîren nėt, mer getîre nėt.
Gans: Woräm nėt?
Gänschen: Äm de wûlf.
Gans: Wô äsz der wûlf?
Gänschen: Dô onder dem zäng, dô onder dem zäng.
Wolf: Na wuort, ėch wäl ich schu — (er springt hervor, und sucht die einzelnen Gänschen; die er findet, schleppt er in seine Wohnung, um sie alle miteinander zu fressen; während er aber das letzte bringt, gehen die Andern auf ein Zeichen alle durch. Er läszt das frei, das er in Händen hat, und läuft zornich den Andern

nach. Alle retten sich in das „Sichere“, wohin der Wolf nicht kommen darf, und er wird ausgelacht. Die Rolle des Wolfes musz immer der flinkste und lustigste Junge übernehmen).

Wolf und Lamm.

212.

Alle Spielenden mit Ausnahme zweier, welche die Rolle von Wolf und Lamm übernommen, bilden sich gegenseitig an den Händen fassend einen Kreis. In diesem Kreise befindet sich das Lamm, der Wolf geht um denselben herum. Die Glieder des Kreises summen:

„Gied òcht! gied òcht, der wûlf gîd äm!

Nun sucht der Wolf in den Kreis zu schlüpfen, um das Lamm zu erhaschen, das aber, sobald jener in den Kreis gedrungen, ausserhalb desselben Rettung sucht und umgekehrt. Wird das Lamm erhascht, so tritt es an Stelle des Wolfs, der Wolf aber in die Reihe des Kreises.

Hahn und Stoszvogel.

213.

Eines der Kinder sitzt auf dem Boden, und rührt mit einem Hölzchen, die Andern stellen sich in eine Reihe hinter einander, das Stärkste voran, und gehen dreimal um den Sitzenden; darauf halten sie inne, und es spricht der Vordere der Reihe, welcher den *Hahn* vorstellt, zum Sitzenden, welcher die Rolle des Stoszvogels hat:

Kokesch: Geâden dâch!
Stîszfuogel: Haf däonk!
Kokesch: Wat määcht er nòch?
Stîszfuogel: Ich säol mer e feârche mäoċhen.
Kokesch: Wât séld er mät dem feärchen?
Stîszfuogel: Ech säol mer paleokesz kòchen.
Kokesch: Wât séld er mät dem paleokesz?
Stîszfuogel: Ech säol en èszen.
Kokesch: Wât séld er derzeâ èszen?
Stîszfuogel: En hânkeltchen.
Kokesch: Wohär?
Stîszfuogel: (aufspringend) Na dohär.
Kokesch: Däot séld er blaiwe loszen.

(Nun springen die Beiden gegeneinander. Der Stoszvogel darf aber nur das letzte in der Reihe und nur Eines auf einmal fangen; das wird ihm bei einem guten Hahn bei aller Liszt und Raschheit oft sehr schwer. Hat er endlich Alle eingefangen und in sein Haus geführt, so tödtet er sie, d. h. er gibt Jedem einen Schlag auf die Ferse, und damit ist das Spiel aus.)

Der brennende Stuhl.

213.

Alle Mitspielenden bis auf Einen sitzen auf Stühlen im Kreise. Der Nichtsitzende geht im Kreise umher; plötzlich ruft er:

„Af brâder! der štâl brât!

worauf Alle aufspringen und ihre Sitze wechseln müssen, wobei er seinen Vortheil ersieht und einen Stuhl zu besetzen sucht. Gelingt ihm dies, so trit derjenige an seine Stelle, der keinen Stuhl besetzen konnte.

Töpfchen und Deckel.

214.

Man sitzt im Kreise auf dem Rasen, so dasz hinter jeder sitzenden Person eine andere steht; jene heiszt das Töpfchen, diese der Deckel. (Däpchen und Dåkeltchen.) Eine Person hat kein Töpfchen; diese geht zu einem beliebigen Deckel und fragt:

„Wä déier ferkîfst te mer déinj däpchen?"
‚Äm en krézer (groschen &c.)'

hierauf laufen Beide nach entgegengesetzten Seiten um den Kreis, wer zuerst bei dem Töpfchen wieder anlangt, bleibt in dessen Besitz, der Andere musz weiter fragen.

Zum Pfänderauslösen.

215.

Wat sâl dier dân, diem dét fänd äsz?

Antworten:

1. E sâl štîn zielen (mit der Stirne an der Wand oder Thür herabfahren,)
2. E sâl kîrsche klouwen (d. i. Er soll küszen bildlich vom rothen Kirschenmund).
3. E sâl angder de iert gôn (der Verurtheilte nimmt einen irdenen Teller auf den Kopf, und geht damit herum).

4. E sâl den iwen ze gefater biden. (Die Aufgabe wird wirklich ausgeführt, oft nach dem Vorbilde von Nr. 179) u. s. w. u. s. w.

Kindercanon.

216.

A.

B.

Der kuku,
der zaiku,
der ėleṡpäjel.
de krô,
de ṡprô,
de nôċhteguol.

217.

(Wahrscheinlich nach derselben Weise.)

Der fäinjer,
der domen,
der ielebîjen.

Sprachübungen.

218.

Méinjer moter är bieszt bieszemštil.

219.

Drâ rît brît birebläder.

220.

Drâ déren, drâ dilen.

221.

Drâ däpcher, drâ dåkeltcher.

222.

Et riden drâ régder iwer de bräk, bräk, bräk.

223.

Et riden drâentréiszich küraszrégder äm den Härmeštäder rîden torn ämeräinjk.

224.

Siwe brît blâ Brabanter, špizebänder.

225.

Siesz špäz brôtšpäsz.

226.

Siesesieszzich sész haszelnäsz.

227.

Äsz debidir? (Äsz de bid ir?)

228.

Ändrêdindäm! (Än drê de ind äm!)

229.

Äszdernaszakâsz, (Äsz der nasz sak âsz
äszdelumindâsz, äsz de lum ind âsz
äszdebidiehän? äsz de bid iehän?)

230.

Dikurantebiszifil. (Die Kuh rannte, bisz sie fiel.)

Der Abcjunge.

231.

A, B — ab,
em dâ der än de kap.

232.

Und, und, unt
äsz blêsch bater.

Lateinische Studien.

233.

Wâ äsz det latêinj?
Bäs ich hîme gêng,
frâsz mer't det schwêinj.

234.

Hic, hâc, hoc,
krėj än de kalefôk!

235.

Quid schnaderus
bakus kradrus?
(Wat schnaderst te
bakeszkrader?).

236.

Violina mollis panis.
(Géchwîchpert)

237.

Bika schärrentis,
hôchbaumus crônästus,
altmannus ku korbus
anti giwanti di schnarra im flussi!
schwäm nô bisz!

Ungrische Studien.

238.

Ich gèng zem nôber = szomszéd,
ich hésch em en akesz = féiszét,
ich gèng än guorten = kertbe,
ich sâg e gîszken = ketske,
et frâsz mer't krokt = káposzta,
ich häch mer't wider't fészke = lábotska
mät der akes = féisze.

239.

Hát mit keres
här kerekes
mät dem däke fläderwäsch?

240.

Tini kakasti,
hârom garas —
hát a tjúk?
az is úgy.

Zigeunerische Studien.

241.

(Auch zum Abzählen gebraucht.)

Spiransel del mi kort,
diwandil dél bundi,
karaba trini wolit wol jescher di.
Awem un tulipân
diwei dinar me mân
scheni, paschodi, qui,
parschô, partî,
schurela biebela,
keneti, schôn Karlo wikomi,
schuweta unt qual gema,
de schidof walawelta,
parschô! partî! parela!

Zahlenstudien.

242.

Înt!
te bäszt en âld int.
zwê!
ämeräinjk dich drê!

drâ!
krej än't hâ!
fâr!
te bäszt en âlt gedâr!
fâf!
te bäszt en âlt schôf!
siesz!
te bäszt en âld îsz;
siwen!
äm kakesz gebliwen;
âcht!
em dâ der än de schâcht!
néinj!
te bäszt en âlt schwéinj;
zân!
te bäszt en âlt krâm;
élw uch zwélf!
frieszen dich de wélf.

Studien im Einmaleins.

243.

Einmal eins ist eins —
geld habn mer kéins,
Zweimal zwei ist vier —
trinkn mer halbe bier.
Zweimal drei ist sechs,
bist en alte hex.
Zweimal vier ist acht —
habn mer schwein geschlach't.
Zweimal fünf ist zehn —
biszt en alte hên.
Zweimal sechs ist zwölf —
fressen dich di wölf.

244.

Î môl înd äs înt —
te bäszt en âld int;
Zwiemôl zwie äsz fâr —
bäszt en âlt gedâr.

Drâmôl drâ äsz néinj —
bäszt en âlt schwéinj.
Fârmôl fâr äsz sieszzân —
séle mer än de bäsch zân.
Fâfmôl fâw äsz fâwenzwinzich —
béisz de kraszten ale klinzich.
Sieszmôl sies äsz siesentréiszich —
äsz der N. N. alzefléiszich.

Leseübungen.

245.

A, b, c
beiszen dich die flê,
beiszen dich die wanzen,
der schneider musz tanzen.

246.

A, b, ab —
em môlt der än de kap.
E, b, eb —
em môlt der af de štép.
I, b, ib —
em môlt der än de pip.
O, b, ob —
em môlt der än de sop.
U, b, ub —
em môlt der än de sup.

Nachträge.

247.

Wili, Wili, wâle!
äm en krezer pâle,
äm en krezer rîde wéinj,
märe sâl déinj hochzejt séinj!

248.

Piter!
štėj af de lîter,
fal af de štîn,
štop der de zîn,
schmier der se mät däpnerlîm!

Misverständnisse.

249.

Szekler: Adjan isten jô napat szász bátsi!
Sachse: Zu num giurmert.
Szekler: Hát hogy ár jaz út?
Sachse: Ich hu mer e pôr uesze gekûft.
Szekler: Hát mesze Segesvár?
Sachse: Firzich gälde koszt mich't pôr.
Szekler: Baszama boland Szász!
Sachse: God erhâld ij uch gesangd'!

250.

(Arkeden.)

1. Deâ ėj emôl e gång wôr
wûl ich garn en hien hun.
Ale lotj frôchte mėch,
wå mėinj hien hėsz.
Trarara hėsz mėinj hien —
Sang mė låwet Trėinjtchen!

2. Deâ ėj emôl e gång wôr
wûl ėch garn en hunen hun.
Ale lotj frôchte mėch,
wå mėinj hunen hėsz.
Kikeriki hėsz mėinj hun
Trarara hėsz mėinj hien
Sang mė låwet Trėinjtchen!

3. Deâ ėj emôl e gång wôr
wûl ėch garn en int hun.

Ale lotj frôchte mèch
wå mèinj int hèsz.
Schlobrelodre hèsz mèinj int
Kikeriki &c. &c.

4. Deâ èj emôl e gang wôr
wûl ich gärn en guosz hun.
Ale lotj &c.
Lunker krôp hèsz mèinj guosz
Schlobrelodre &c.

5. Deâ èj emôl e gång wôr
wûl èj gärn e schwèinj hun.
Ale lotj &c.
Eta deşa hèsz mè schwèinj
Lunker krôp &c.

6. Deâ ij emôl e gång wôr
wûl ich gärn en gîsz hun.
Ale lotj &c.
Pipa deşa hèsz mèinj gîsz.
Eta deşa &c.

7. Deâ ij emôl e gång wôr
wûl ich gärn e schiôf hun.
Ale lotj &c.
Bähähähä hèsz me schiôf
Pipa deşa &c.

8. Deâ ij emôl e gång wôr
wûl ich gärn en keâ hun.
Ale lotj &c.
Hegescha, hegescha hèsz mèinj keâ.
Bähähähä &c.

9. Deâ ij emôl e gång wôr
wûl ich gärn e kålf hun.
Ale lotj &c.
Mukeschke, mukeschken hèsz mè kålf.
Hegescha &c.

10. Deâ ij emôl e gång wôr
wûl ich gärn en frâ hun.
Ale lotj &c.
Sauret lâwent hèsz mèinj frâ
Mukeschken &c.

11. Deâ ij emôl e gång wôr
wûl ich gärn en mûn hun.
Ale lotj frôchte mèch
wå mė mûn hėsz.
Lunker štrunk hėsz mė mûn.
Sauret låwent hėsz mėinj frå,
Mukeschke, mukeschken hėsz mė kâlf,
Hegescha, hegescha hėsz mėinj keâ,
Bähä hähä hėsz mė schiôf,
Pipa desa hėsz mėinj gîsz,
Eta desa hėsz mė schwėinj,
Lunker krôp hėsz mėinj guosz,
Schlobrelodre hėsz meinj int,
Kikeriki hėsz meinj hun
Trarara hėsz mėinj hien
Sang mė låwet Trėinjtchen!

Anmerkungen.

Anmerkungen.

Die nachfolgenden *Anmerkungen* wollen weder Etwas vorweg nehmen, was besser für die *Abhandlungen* aufgespart bleibt, noch eine vollständige Litteratur verwandter Dichtungen des deutschen Mutterlandes liefern. Auch darauf wollen sie sich hingegen nicht beschränken, die Quellen anzugeben, aus welchen ich geschöpft habe. Da meine Sammlung nur sehr wenig schon Gedrucktes enthält, sind nur selten Werke anzuführen, denen ich Einzelnes verdanke; fast Alles ist nach mündlicher Ueberlieferung aufgezeichnet, freilich nicht durch mich allein, was ich mit Dank gegen Alle, die mir hilfreich beigestanden, erwähne, mit Dank vorzüglich gegen jene *Schäszburger Freunde*, denen das Werk mit Recht gewidmet worden, woran sie den schwerst wiegenden Antheil haben; nächst ihnen gegen Herrn Statth. R. *J. K. Schuller*, der jedes wissenschaftliche Unternehmen zu unterstützen bereit ist, gegen meinen Freund *H. Wittstock* in Bistritz und *Prediger Wilk* in Marpod. Unter den Andern, denen ich Beiträge zu danken habe, nimmt meine Mutter die erste Stelle ein.

Hauptzweck dieser Anmerkungen ist, ein gesichtetes und zurecht gelegtes Material zur Kritik und zum allseitigen Verständnisz der einzelnen hier gebotenen Stücke zu liefern, und so auf die Abhandlungen, die mehr das Ganze im Auge behalten, vorzubereiten. Vergleichung mit ähnlichen Dichtungen deutscher, ja auch nichtdeutscher Stämme durfte am wenigsten unterbleiben, doch war mir dabei mehr an der ältesten Gestalt und der allmähligen Entwickelung der Stoffe, als an der Anführung jeder Aufzeichnung und jeder Sammlung, worin einzelne zu finden, gelegen. So muszte ich denn *Uhland's Sammlung: „Alte hoch- und niederdeutsche Volkslieder in fünf Büchern. Stuttgart und Tübingen“*

allen andern jedesmal vorziehen, da sie nicht nur durch das Alter des Gebotenen, sondern ebenso durch umfassende Vollständigkeit des Stoffkreises, durch Behandlung und Anordnung für immer eine unentbehrliche Grundlage jeder kritischen Forschung auf diesem Gebiete der Volksdichtung bilden wird. Nächst Uhland habe ich am liebsten *Willem's „Oude vlaemsche liederen tom deele met de melodien. Gent 1848"*, *Müllenhof* und — besonders für die Kinderdichtung — *Simrock's* Sammlungen benützt, ohne — wie man wohl erkennen wird — die übrige einschlägige Litteratur zu übersehen, aber auch ohne mich zwecklos bei derselben aufzuhalten.

Aus welcher Gegend des Siebenbürgischen Sachsenlandes eine Dichtung meiner Sammlung stamme, habe ich fast immer den einzelnen Stücken überschrieben, es ist mehr von mundartlicher als anderer Bedeutung, wenn auch das vorzugsweise Vorkommen gewiszer Festlieder in *gewiszen* Gegenden beachtenswerth ist. Indessen tragen weit mehr Stücke die Ueberschrift: *„Mühlbach"* als wirklich hier zu Hause sind; denn wo die zugesendete Abschrift die betreffende Mundart nicht genau und faszbar darstellte, zog ich es vor, lieber die mir geläufigste Mühlbacher Mundart zu gebrauchen, als durch fehlerhafte Darstellung anderer Mundarten irre zu führen, was doch hie und da geschehen sein mag.

Erstes Buch.

Es begreift in sich die eigentlich freien, an keine Gelegenheiten, Stände, Zeiten u. s. w. gebundenen, noch — mit Ausnahme einiger historischer Stücke — ihnen entwachsenen, sondern allgemein menschliche Empfindungen und Thaten darstellenden Volkslieder und zwar die erste Abtheilung mehr liederartige, die zweite mehr balladenartige Stücke.

Erste Abtheilung.

Vöglein.

Ueber die mythische Bedeutung der Vögel siehe J. Grimm's D. Myth. S. 636 bis 647. Hier ist mehr auf deren Bedeutung in der poetischen Maschinerie aller Nationen aufmerksam zu machen. Für *unsre* Volksdichtung kommen vorzüglich *Nachtigal*, *Schwalbe*, *Guckuk* und *Rabe* — in Märchen auch *Tauben* — in Betracht.

1. Siehe über dieses Lied auch meine Bemerkungen in: „Aus Siebenbürgens Vorzeit und Gegenwart. Hermannstadt bei Th. Steinhausen", S. 53 und folgende. *A* ist mir aus Petersdorf, Deutschpian, Mühlbach überliefert. Es hat einen frischen, neckischen Ton, dem sich auch das Versmasz mit dem in jeder ersten und dritten Zeile durchgeführten (einmal sogar gereimten) entlastend wirkenden Verseinschnitt passend anschlieszt. Die in Klammer eingeschlossenen Strophen gehören einer Relation an, die nach meiner Meinung jünger und weniger rein ist, als die andere, indem sich besonders der letzte, hinkendere Vers als sentimentaler Zusatz erkennen läszt, entstanden aus einem Bedürfnisz die Sprödigkeit der Sängerin zu erklären, was gar nicht Noth thut. So wird denn dadurch das Vöglein, bei dem im ersten Liede wohl an ein selbstbewusztes, noch unbezwungenes Mädchen *gedacht werden durfte*, ganz offen zur bloszen Maske,

worunter die betrogene Schöne steckt; damit ist aber das Ganze abgeschwächt. *B* ist durch Wittstock in *„Sagen und Lieder aus dem Nösner Gelände“* mitgetheilt. Nach einer andern Relation steht es in dem Album „aus Sieb. Vorz. und Gegenw.“ S. 55, wo es mit der eingeschobenen Strophe eines andern Liedes vermengt zur Tanzweise vernützt erscheint. Auch zeigt die dortige Relation einige Abweichungen: die vierte Zeile der ersten Strophe lautet: „wohi laut dir dai štäm?“ und die beiden ersten Zeilen der zweiten — dort dritten — Strophe: „mer wä'n dir al dai fédereher mät rudem gold ämwän'n.“

Dasz dieses Lied sehr alteinheimisch bei uns sei, zeigt schon der nur noch in einigen Volksliedern vorkommende, sonst meines Wissens aus der Sprache verschwundene Ausdruck *„duof“* für *„Thal,“ tiefe Waldschlucht,* womit der Artikel *‚duowen‘* in Schuller's dem Druck entgegensehendem Werke über siebenb. sächs. Eigennamen von Land und Wasser zu vergleichen ist; dennoch ist es nicht unserm Boden entwachsen, möglicherweise indessen in seinem Stoff schon bei der ersten Einwanderung aus der Urheimath — wo derselbe damals allerdings schon bekannt sein mochte — zu uns verpflanzt worden. Das beweisen die ganz parallelen Strophen 3 bis 6 aus dem 16. Liede in Uhland's Sammlung alter hoch- und niederd. Volkslieder. Er hat das Lied aus einer Heidelberger Handschrift aus Augsburg mit der Jahreszahl 1516; doch musz es wohl geraume Zeit vor der Sammlung existirt haben. Dennoch erscheint es weniger rein, gerundet und abgeschlossen, also wahrscheinlich schon jünger als das unsrige; die parallelen Strophen sind nur aufgenommen — „news gesungen“ — wie in Volksliedern oft geschieht, und nicht sehr glücklich in das Ganze verwebt, dessen Anfang und Schlusz mir um so mehr Zuthat erscheinen, als auch der abweichende Strophenbau dafür spricht. Dieses scheint mir Uhland in dem *„Rath der Nachtigal,“* Germania VII. Jahrg. 2. Heft — wo das Alter des Stoffes weitläuftig auseinandergesetzt ist — zu wenig berücksichtigt zu haben. Den *„Rath* der Nachtigal“ überhaupt als spätere Zuthat anzusehen, bestärken mich auch die Lieder 16 A und B der Uhland'schen Sammlung, indem sie dieselben Merkmale, namentlich ungleichen Strophenbau, zeigen. Letzteres, doch ohne die Schluszstrophe ist auch aufgenommen von

Willems in seine Sammlung „Oude vlæmsche liederen &c. S. 166, wo auch die Melodie gegeben ist. die jedoch mit der unsrigen keine Aehnlichkeit hat. Bei Arndt „Märchen und Jugenderinerungen" Bd. I, S. 49 in der schwed. Volksballade: *„Der Wolf und die Nachtigal"* sind die 4., 5., 6. und 7. Strophe fast gleichen Inhaltes mit unserem Liede, und wieder scheinen sie nur gezwungen in das Ganze verwebt, dessen Inhalt im Uebrigen auch von den Liedern der Uhlandschen Sammlung ganz abweicht. Auch finden sich noch Parallelen in des Knaben Wunderh. bei Erlach S. 273 (aus Görres) und sonst. Die weite Verbreitung des Stoffes — von den Kiölen bis zu den Karpathen — und die häufige Vernützung desselben in verschiedenen von einander abstehenden Dichtungen zeigt dessen hohes Alter. Unserem Liede am ähnlichsten ist übrigens ein in Simrock's auch meist aus mündlicher Ueberlieferung geschöpfter Sammlung S. 176 aufgenommenes. Dasselbe ist nicht mit fremden Elementen vermengt, hat aber, besonders durch die lehrhafte Wendung am Schlusz an Naivetät verloren. So entschieden ist die Nachtigal darin wieder nur Maske, dasz ihr sogar eine Hand geliehen wird. Von allen Parallelen unterscheidet sich unser Lied dadurch, dasz darin die Nachtigal nicht genannt wird.

Sehr oft kommen *einzelne Zeilen* unseres Liedes in andern Volksliedern vor, wieder Zeugen für das hohe Alter und die grosse Verbreitung desselben. Alterthümlich ist auch die *Personification der Sonne*, der Zug vom *Sticken und Zieren des Gefieders* — oder *Umwinden des Flügels* — *mit Gold und Seide*. In dem Mythus von *König Oswald* wird einem Raben sein Gefieder mit Gold bewunden. Und so singt auch schon der Kürenberger:

„Ich zôch mir einen valken mêre danne ein jâr,
dô ich in gezemete als ich in wolte hân,
und ich im sin gevidere mit golde wol bewant,
er huop sich ûf vil hohe und fluog in anderiu lant.

Sît sach ich den valken schône fliegen,
er fuorte an sînem fuoze sîdîne riemen,
und was im sin gevidere al rôt guldin &c."

Bekanntlich gehört der Kürenberger dem 12. Jahrhundert an; aber die angeführten Verse zeigen deutlich, dasz der Mythus vom Schmücken der Vögel mit Golddrath (wozu erst später auch die seidenen Bänder gekommen sein werden) noch viel älter sei. Auch war es wohl uralte Sitte edle Jagdfalken und andere Lieblingsvögel in solcher Weise zu schmücken.

Schwalbe.

2. Ebenso in Grimms altd. Wäldern II. S 88, von wo es in Erlachs Volkslieder der Deutschen S. 127 übergegangen ist.

3. Das Lied erscheint nach Inhalt und Form spätern Ursprungs; doch erinnert der Schlusz an vielgebrauchte Wendungen, besonders in Tanzreimen. (Sieh diese im zweit. Buch.)"

Guckuck.

Zu vergleichen sind hier Nro. 52 des II. und 138 des V. Buches und die Anmerkungen dazu.

4. Der *Guckuck* gilt unserem Alterthum — wohl weil er seine Eier in fremde Nester legt — für einen *Bastard und Verführer.* Schon Hagen in den Nibelungen will nicht „*Gäuche*" ziehen: Lachmann „der Nib. Not" Strophe 810:

„Suln wir gouche ziehen sprach aber Hagene &c"

In unserem Liede ist der Guckuk Verführer. Zu vergleichen ist damit Nro. 11, 12 und entfernter 259 der Uhland-Sammlung, wovon die beiden ersten aus einer Aufzeichnung aus der Mitte des 16. Jahrh., ferner Simrock Nro. 122 dem unsrigen sehr ähnlich, doch ohne die Antwort des Mädchens, auch des Knab. Wunderhorn I., 351, III. 279, Kretzschmer I., 140, II. 569, Hoffm. 165, Erk I., 21, II. 6, 14, Müllenhof S. 480 und Erlach II. 552.

Nachtigal.

5. A ist am besten erhalten, B habe ich aus Schullers „Gedichten in siebenbürgisch-sächs. Mundart." Hstadt bej Kredner 1840, S. 31, von wo es wahrscheinlich in Wolfs „Hausschatz der Volksp." S. 11 und in Talvj „Versuch einer geschichtlichen Charakteristik der Volkslieder germanischer Nationen" S. 612, jedoch in Uebersetzung übergegangen. F aus Frommanns „Die deutschen Mundarten" Bd. V., S. 507. Die vielfachen Relationen

zeugen für die Verbreitung des Liedes, das viel gesungen sein musz. Dennoch konnte ich nicht zur Melodie gelangen.

Denselben Stoff, doch ohne den traurigen Schlusz, behandeln die Lieder Nro. 15 A und B. bei Uhland *„von Gold der Rosen,“* bei Müllenhof S. 481; den Schlusz von Untreue enthält mit dem unsern das 86. Lied in Simrock's Sammlung. Aehnliches kommt vor in dem Liede bei Willems S. 233, wo auch eine Melodie steht. Aber ganz gleichen Stoff und am Anfang fast wörtlich übereinstimmende Strophen hat ein von Hoffmann v. Fallersleben aus einer Liederhandschrift von 1537 in Schades „Weimarischem Jahrbuch“ herausgegebenes niederländisches Volkslied.

Der *Stoff* ist an sich so alt als Liebe und Untreue, aber auch in dieser *Form* gewisz schon lange gedichtet. Nachtigal und Linde sind vielgebraucht in Lyrik und Epik des Volkes. Von Liedern, die mit der Linde „oben breit und unten schmal“ beginnen, wären wohl hunderte anzuführen. Den „Lintwurm“ läszt das alte Epos schon in sehr früher Zeit unter der Linde hausen, vielleicht aus Miszverständnisz, da Lintwurm nichts mit Linde gemein hat. Oft wiederkehrende, typische Formen der Volkspoesie sind:

„fluch zer schénster af det fénster“, ebenso:
„då îrscht då säng, då zwiet då spräng
då drät, då schlag en ziter gor féinj“ und
„der fäinjer, der domen, der ielebîjen“

das auch selbstständig als Kinderkanon vorkommt, und endlich der Schlusz Das eingeklammerte *„stôn“* in F ist meine Conjectur. Der Ausdruck räter ist unorganische Uebersetzung des deutschen: Ritter. Dergleichen begegnet oft in sächs. Volksliedern.

Bäumchen.

6. Das Alter wird wieder durch den Ausdruck „duof“ in A mitbezeugt. B, das ich J. K. Schuller verdanke, ist in der 6 Strophe verstümmelt. Die folgenden, in Klammer geschlossenen Strophen sind Zusatz, und enthalten Neckereien für die Knechte (= Jünglinge). Einer solchen Erscheinung, die ich wenigstens in *einem* Beispiele vorführen muszte, begegnen wir noch oft in unsern Liedern, und ihre Erklärung hat keine Schwierigkeit.

Diese Lieder werden oder wurden nämlich meist in Rockenstuben gesungen, wo Knechte und Mägde, d. i. Bursche und Mädchen beisammen sitzen. Da wird viel geschäckert und allerlei Kurzweil getrieben. Die Knechte suchen den Mägden unversehens die Spindeln zu entreiszen — was mit dem typischen Ausdruck „špäle pläken" bezeichnet wird — zünden ihnen wohl auch den *„Zocken"* Hanf oder Flachs am Rocken an, wenn nicht mehr viel davon übrig ist. oder geben ihnen — (ein beliebter Scherz) zweideutige Räthsel zu lösen Dafür rächen sich die Mägde, indem sie — meist unmittelbar improvisirend — Spottverse auf die Knechte an ihre Lieder anhängen. Zuweilen antworten die Knechte mit gleicher Münze, bleiben aber immer im Nachtheil. Ich habe dergleichen Spottreime von den Liedern, mit welchen sie mir überliefert wurden, abgelöst, und im zweiten Buch unter *„Scherz und Spott"* aufgenommen. Aehnliche Neckereien finden sich bei uns oft in Kinderreimen; ebenso auch sonst, wie jenes bekannte:

„Es regnet, regnet Tropfe,
Die Büeble musz mer klopfe" &c.

und viel Aehnliches beweiset. In *„Simrock's deutschen Volksliedern"* sind Nro. 112 und 113 „Abendtänzchen" zwei dem unsrigen ganz ähnliche Lieder, worin aber das Mädchen den Apfel von dem Geliebten erhält. Uebrigens scheinen unsere wie Simrock's Lieder nur unvollständige Nachklänge älterer Dichtungen zu sein.

Rosenbrechen.

7. Lauter Bruchstücke alter Lieder, die nun nur zum Abschied beim Heimgehen aus der Rockenstube, und bei ähnlichen Gelegenheiten benützt werden, wie eine Formel. So sind in B die eingeklammerten Zeilen hinzugetreten, um das Stück zu einem Kinderliede zu gestalten. C hat in den eingeklammerten Versen *Bezug auf Werbung und Verlobung* erhalten, und ist oder war in dieser Gestalt wahrscheinlich bestimmt, einer unverlobten Braut von ihren Freundinnen gesungen zu werden. So verhält es sich auch mit D, das ich Wittstock's Sag. und Lied. aus dem Nösner Geli entnommen. Noch weiter geht E, das in der 4. und 5. Strophe mit Benützung des folgenden Liedes der Kleider gedenkt, welche der Braut zur Morgengabe gekauft

werden sollen. Durch solche Wendungen schlieszen sich diese Lieder einer Reihe von Dichtungen an, die ihren Platz im zweiten Buch finden werden. Ihre ursprüngliche Bestimmung wird sich kaum mehr errathen lassen. Die erste Strophe findet sich auch als Anfang zu andern Gelegenheitsliedern verbraucht. Aehnliche Strophen enthält das aus dem 17. Jahrhundert verzeichnete Lied Nro. 24 bei Uhland, das auch sehr trümmerhaft aussieht.

Kleiderfreude.

8. Scheint auch ein Bruchstück zu sein.

Blumenhaus.

9. Dasselbe unvollständig in Wittstock's Sag und Lied aus dem Nösner Gau. Zu vergleichen ist Uhland's Sammlung Nro. 28 aus einem Druck vom Anfang des 18 Jahrhunderts, worin viele Nachklänge älteren Volksgesanges verlauten sollen. Das Uhlandische Lied entbehrt des Refrains, weicht im übrigen nur sehr wenig von dem unsrigen ab, das somit als eingeführt, und nur leichthin umgedichtet erscheint.

Gärtnerin.

10. Das mundärtliche Volkslied der Sachsen ist im Absterben, es beginnt sich seit dem Anfang dieses Jahrh. die Schriftsprache in die Dichtung des Volkes einzudrängen. Dieses und ähnliche Lieder, welche zeigen, in welcher Weise dieser Uebergang begonnen, durften um so weniger dieser Sammlung fehlen, als sie auch auf frühere Perioden einen Lichtstreif werfen.

11. Ist nur von mir in die Mühlbacher Mundart versetzt worden, weil aus der schriftlichen Aufzeichnung, in der es mir mitgetheilt wurde, die eigentliche Färbung der Sprache nicht hinreichend erkennbar war. Das Stück trägt übrigens deutliche Spuren späten Entstehens — vielleicht aus ältern Bruchstücken, an sich.

12. Lieder ganz ähnlichen Inhaltes gibt es im Walachischen.

Bestellung.

13. Die eingeklammerte 1. Strophe, auch in der Form nicht übereinstimmend, ist Bruchstück eines andern Liedes. Parallelen finden sich bei Uhland Nro. 258 aus dem Anfang des siebzehnten Jahrh. in des Knaben Wunderhorn II. S. 413, bei Erlach I. S. 340, dann bei Willems S. 489 mit Melodie, und ein ähnliches S. 279, in dem ersten entspricht der 3. Vers dem Inhalt nach unserm 6., („Daer voer mijn beddeken staet een bank
Spring erop en wacht niet lang. . . ")
ferner bei Simrock 187 und 188 — letzteres niederdeutsch — und noch sonst. Am meisten Humor ist in den niederdeutschen. Ueberall sind die Strophen anders gebaut als in dem unsrigen, das dem Stoffe nach allerdings entlehnt, aber mit ganzer Freiheit umgedichtet sein musz.

14. Dem vorgehenden ganz ähnlich stammt eigentlich aus Weingarten, ist aber auch sonst bekannt. Die eingeklammerten Strophen gehören einer andern Ueberlieferung an, die fünfte halte ich überdies für spätern Zusatz.

Der Freier.

15. Bruchstück — wenigstens scheint nach der 4. Zeile Etwas zu fehlen. Das Eingeklammerte gehört wohl einem andern Liede an. Die ersten 4 Zeilen lauten bei Müllenh. S. 490:

„Spinn Dochter, spinn!
De Fryer sitt darin;
Spinnst Du nich en fynen Drant
Geit de Fryer en ander Strant,
Spinn Dochter &c."

Müllenh. vergleicht damit Wunderh. III. 36.

Drei Mädchen.

16. Aehnliches auch sonst in Kinderliedern.

Schätzchen.

17. Einen gleichen Bau lieben die Volkslieder der Slaven und Walachen.

Liebesqualen.

18. Ein ähnliches Lied in Uhland's Sammlung Nro. 63 und bei Erlach III. Seite 118 (die zwei ersten Strophen des Liedes: „Warnung"). Die eingekl. Strophe gehört einer Relation aus Holvelajen. Das Stück scheint übrigens unvollständig zu sein.

Ungewiszheit.

19. Wurde mir als Fortsetzung des 18. mitgetheilt, mit dem es offenbar nicht zusammenhängt. In Bau ist es dem 17. und einigen Stücken des zweiten Buches ähnlich.

Sehnsucht.

20. Das Stück ist — mit geringen Veränderungen — auch als Kinderlied verbreitet.

Die Liebe.

21. Ist wahrscheinlich erst spät aus dem bekannten deutschen Volksliede: „Kein Feuer, keine Kohle" entstanden, das in vielfachen Gestalten germanisches Gebiet durchwandert, so in Wolf's Hausschatz der Volkslieder, bei Erlach B. II. S. 6 (die dritte Strophe des Liedes „Liebestreu und Liebeskraft") und Band III. S. 478 „Liebe" und noch oft besonders in Lieder- und Commersbüchern. Doch ist unserem Liede selbstständige Bearbeitung nicht abzusprechen; fraglich bleibt, ob sie volksmäszig sei.

22. Augenscheinlich erst jüngst aus Deutschland eingeführt und nur nothdürftig übersetzt; auch wird es sonst deutsch gesungen, wie in Schönau, wo es ebenfalls nur unvollständig bekannt ist.

Während die beiden ersten Strophen fast ganz übereinstimmen, lautet hier der Rest der dritten ganz abweichend:

„O! wie wohl ist jedem Menschen,
Der nicht weisz, was Liebe heiszt.“

Tagelied.

23. Das einzige mir zugekommene Tagelied, und auch an der ganz reinen Ueberlieferung dieses musz ich zweifeln, obgleich eine echte volksmäszige Grundlage unbedenklich angenommen werden musz, nur scheinen sich mit dem Tagelied mancherlei Typen der Abschiedslieder verschmolzen zu haben. Aehnliche Anfänge zeigen Tagelieder der Minnesinger, von denen bekanntlich Wolfram von Eschenbach diese Form vorzugsweise liebte, ihre Existenz in Deutschland vor Wolfram ist noch nicht nachgewiesen. Das Tagelied ist seiner Natur nach eine Form der Ritterpoesie und erscheint nur vereinzelt und als Nachahmung in der Volksdichtung.

Scheiden und Meiden.

24. Zuerst in Schullers Gedichten in siebenbürgisch-sächs. Mundart, von wo es wahrscheinlich in Schriftdeutsch übersetzt, in Talvy's „Versuch einer gesch. Charact. &c.“ S. 613 und in Wolf's Hausschatz der Volkslieder übergegangen ist. Die eingeklammerte Schluszstrophe, zwar ächt volksmäszig, ist sicher spätern Ursprungs. Es ist nichts Seltenes, dasz das Volkslied solche Sprünge macht und Wehmuth plötzlich in gutmüthigen Humor auflöst.

Unserer dritten Strophe entspricht die 6. des 137. Liedes bei Simrock und die 5. Strophe des Liedes: Abschiedsklage eines Mädchens bei Erlach II. Band S. 5; auch finden sich einzelne Anklänge in andern Liedern.

25. Mit dieser Nummer beginnt eine bis Nro. 30 reichende Reihe von Liedern, die nicht nur durch Stoff und Stimmung, sondern namentlich auch durch die Gemeinsamkeit der darin gebrauchten Typen vom Scheiden einander verwandt erscheinen. Es gibt keine öfter vorkommenden Typen als diese:

„schîden ach schîden wier huot dich erdôcht?
dat tâ mèinj härz än trouren huoszt brôcht,
Ai trouren, ai trouren woni niszt ta en äinjt?
wun âsz rîsebâm rît rîse bräinjt &c. und
wun de schwarz ruowe wèisz fädern hun,
dernô wärden ich wèder kun &c.

und vom gelbkrausen Haar, die auch in Deutschland unzähligemal erscheinen: So im Wunderh. I. S. 314 bei Erlach I. S. 262:

„Ach Scheiden immèr Scheiden!
Wer hat dich denn erdacht?
Du hast mein Herz aus Freuden
In Trauern hingebracht“

und bei Uhland Nro. 86, 4. Strophe und Nro. 87, 4. Strophe. A ist auszer Georgsdorf auch sonst noch bekannt, und soll auch eine schöne Melodie haben, die ich leider nicht erhalten konnte. B ist aus Wittstock's „Sag und Lied. aus dem Nösner Gel.“ Die 1. Strophe desselben ist schriftdeutsch, wie sie denn ebenfalls auch in deutschen Volksliedern einen beliebten Anfang bildet. Das Bruchstück C scheint einer abweichenderen Relation anzugehören.

26. Die eingeklammerten Strophen gehören zu den zur Nro. 6 B erwähnten Neckereien.

27. Durch eine Schäszburgerin nach Mühlbach gekommen.

28. Ist sammt der stark an ungrische Weisen anklingenden Melodie aus Kronstadt nach Mühlbach verpflanzt worden.

29. Vergleiche den Anfang von Uhland's 63. Liede, doch erinnere ich mich weit verwandterer deutsch. Volksl.

30. Mit vielfach ähnlichen Typen, als in den vorhergehenden Liedern vorkommen, beginnen hier Lieder, die uns mehr als alle andern eigenthümlich sind, und Trennung oder Entbehrung von Eltern und Verwandten zum Gegenstand haben. Sie werfen ein schönes Licht auf den Haus- und Familiengeist der Sachsen, der sich innig, wahr und tief, wie er ist, in ihnen abspiegelt.

A ist das reinere. B ist mitgetheilt in den deutschen Mundarten 5. Jahrgang; wo nach der 5. Strophe die Nro. 31 D angeführten Strophen folgen, die ich hier als fremdartigen Einschub ausscheiden muszte. Die eingeklammerte unebenmäszig gebaute erste Strophe besteht aus den bekannten Trennungstypen, die sich ebenfalls als Anfügung erkennen lassen, die sich vielleicht erklären läszt daraus, dasz dem Liede scheinbar, aber auch nur scheinbar ein Anfang fehlt. Endlich sind auch die drei Schluszstrophen Nachdichtung, wobei die letzte vielleicht noch jünger als die beiden andern sein dürfte; die beiden letzten Zeilen findet man fast wörtlich in deutschen Volksliedern. C ist ein Bruchstück, das fast nur die immer widerkehrenden Trennungstypen enthält.

Heimath und Fremde.

Diese Lieder schlieszen sich nach Inhalt und Stimmung eng an die vorangehenden an; die Typen der letztern wiederholen sich zum Theil — doch fast nur als Entlehnung — auch hier, neue treten hinzu.

31. B erscheint mir am reinsten, mit A und C haben sich Trennungstypen verbunden. D ist ein Bruchstück, das ich aus Nro. 30 B, wohin es sich verirrt hatte, ausgeschieden habe.
32. In andern Gegenden kennt man nur die erste Strophe, die wohl Bruchstück einer alten Ballade sein mag. Aus der überbliebenen Strophe scheint sich später unser Lied entwickelt zu haben. Die Vermuthung, dasz die 7. Strophe noch spätern Ursprungs sei, will ich nicht stark in Schutz nehmen.
33. Derb und doch schön.

Waisen.

Auch die schönen Waisenklagen, zu denen schon Nro. 32 mitgehört, und denen ich in der zweiten Abtheilung einige auch in balladenartiger Form aufzuführen habe, sind eine eigenthümliche Zierde unserer Volksdichtung. Die hier zunächst folgenden Stücke 34, 35, 36 werden auch deutsch gehört und sind gewisz sehr alt.

Einstige Liebe und Wahl.

Spiegeln kurz andeutend eine eigene Seite des Familienlebens ab.

37. A und C, die mit geringen Veränderungen unter den Kinderdichtungen wiederkehren, scheinen unvollständig, dagegen viel-

leicht auch in B die Wendung von der 7. Zeile an nicht ursprünglich.

38. und 39. werden durch das Leben erklärt.

Tod.

40. Besteht, wie in dem Text angedeutet worden, nur aus kärglichen Bruchstücken, die sich der Kritik entziehen. Der Verlust ist um so mehr zu bedauern, als die Reste von einer seltenen Kraft erfüllt sind.

Liebchens Grab.

41. A ist aus Schuller's Gedichten in siebenb. sächs. Mundart, die Melodie aus „die deutschen Mundarten“ 5. Jahrg., wo sie jedoch nur auf die eine Hälfte der Strophe ausgedehnt war, so dasz sie für die zweite Hälfte wiederholt werden muszte; ich habe sie in dieser Weise auf die ganze Strophe ausgedehnt, doch bleibt ihr etwas Unbefriedigendes. Die eingeklammerte 6. Strophe aus B ist wahrscheinlich einem andern Liede entnommen, kehrt aber in deutschen Volksliedern (in sächsischen meines Wissens nicht) als uralte und längst dunkel gewordene Type wieder, so bei Uhland Nro. 31 A und B, wovon ersteres einem Liederbuch vom Jahre 1582 entnommen ist. Ueberhaupt ist der Stoff, aus dem das Lied zusammengesetzt ist, in allen Theilen sehr alt, aber in unserm und in allen mir bekannt gewordenen Liedern gleichen Stoffes bereits nicht mehr verstanden; d. h. dem Stoffe gegenüber sind alle diese Abfassungen, auch die ältesten, jung Wie hier zwei Bäumchen am Grabe steh'n, so wachsen nach Ulrich von Türheim, dem Fortsetzer Gottfrieds von Straszburg auf Tristans und Isoldens Grab eine Rose und eine Rebe, die sich in einander verschlingen. Diese Sage war aber zu Ulrich's Zeit schon alt. In Volksliedern wachsen oft Rosen und Lilien auf Gräbern Geliebter, so in Uhland's Sammlung 93 A in der 13. und 103 in der 9. Strophe. Eben so alt sind die Typen von *den Bäumchen, die Muskat und Näglein* tragen, vom *Bächlein und der Mühle.* Das beweist ihr vielfaches Erscheinen in verschiedenen sonst einander wenig verwandten

Volksliedern, worin sie ohne Zusammenhang, also auch wieder bereits unverstanden eingeflochten sind. So bei Uhland Nro. 29 Strophe 6:

„Bei meines liebsten bette,
da stond drei beumelein,
das ein treit muskatblüt,
das ander negelein;
die muskat die ist süsze,
die negelein, die seind guot,
der ein &c.“

Mehr Einheit hat und dem unsrigen noch verwandter ist das 30. Lied in Uhland's Sammlung, dessen 2. und 3. Strophe unsern drei letzten entsprechen, nur dasz es sich in jenen, wenn es heiszt:

„Bei meines buolen füszen,
da fleuszt ein brünnlein kalt &c.
und: In meines buolen garten,
da sten zwei beumelein,
das ein, das tregt muskaten,
das ander negelein &c.“

nicht um einen Todten, sondern um Leben und Freude handelt. Beider Lieder Aufzeichnung ist alt (Anfang und Mitte des 16. Jahrh.), die Lieder selbst und der Stoff stufenweise noch älter. Das alte *Brabanter Auswandrerlied* bei Willems S. 35 und 36, das in einigen Theilen in das 12. Jahrhundert zurückreichen soll, hat auch in seiner 6. Strophe:

„Al vore myn zoeteliefs deure
Daer staender twee boomekens klein,
En' d'eene draegt noten muskaten,
Frisch over die heiden:
En d'ander draegt nagelen fyn.
und in der 7. Die noten die zynder zoo zoete,
die nagelen rieken zoo goed! &c.“

Beide Strophen erscheinen schon hier als — wahrscheinlich eingeschaltete, noch ältere — Typen.

Ganz hieher gehört das 157. Lied in Simrock's Sammlung, das eine jüngere Form des Uhland'schen Nro. 30 ist, so auch bei Erlach S. 247 und 176 die drei ersten Strophen, wozu Erlach aus der Brüd. Grimm „altdeutschen Wäldern,“ die ich nicht zur Hand habe, anführt:

„Diese Wiederholungen und Uebergänge von Muskaten und Nägelein, von gebrochenen Mühlrädern und Liebesende selbst in schwäbischen und Schweizer Liedern sind als Fragmente uralter deutscher Volkslieder, die bald hier, bald da episch einfallen, zu betrachten.“

Grimm meint hier mit *„episch,“* was ich mit *„typisch, Type“* zu bezeichnen pflege. Noch heute werden solche Lieder in sonst verschiedener Gestalt vom Volke in Deutschland gesungen. Unser Lied hat einen andern Stoff als alle die angeführten und eben nur jene Typen mit ihnen gemein. Warum übrigens Liebchen von den zwei Rosen des Geliebten getroffen sterben musz, weisz ich nicht zu erklären; vielleicht haftete ein Zauber an solchem Wurf.

Hüth dich!

42. Die Erscheinung dieses Liedes unter uns ist ziemlich räthselhaft Es lehnt sich durch seinen Inhalt (durchaus nicht in der Durchführung) an jenes bekannte Lied Walthers von der Vogelweide:

„Niemen kan mit gerten
kindes zucht beherten &c.“

Entweder Walthers Lied beruht selbst auf volksmäsziger Grundlage, ist mindestens durch solche veranlaszt, was nicht ganz unwahrscheinlich ist, oder es ward irgend einmal — etwa durch Fahrende — unversehrt, oder schon als Abklatsch oder in einer Nachahmung nach Siebenbürgen gebracht, wo es unser Lied entstehen machte.

Ich knüpfe an die Anmerkungen der ersten Abtheilung einige Bemerkungen über ein Lied, das ursprünglich bestimmt war, an diesem Platze in meine Sammlung aufgenommen zu werden, seither aber in dem Trauschenfels'schen Magazin für Geschichte, Literatur &c. Siebenbürgens, Neue Folge (wovon leider nur 4 Hefte und 2 Doppelhefte erschienen sind) Heft I. S. 24 mitgetheilt worden ist. Das in seiner Art vortreffliche Lied *„Wettstreit zwischen Wasser und Wein“* war mir etwas lückenhaft und in sächsischer Sprache zugekommen, und obwohl ich aus Bau und Reimen ersehen konnte, dasz es ursprünglich deutsch gedichtet worden, so wollte ich es doch als Umdichtung und als einzigen Vertreter einer Gattung, die sonst bei uns nicht erscheint, nicht fahren lassen, um so mehr, da mir unter den ähnlichen deutschen Dichtungen „Sommer und Winter, Nachtigal und Guckuck“ &c., besonders aber *„Buchsbaum und Felbinger, Seele und Leib“* (Wackernagel's Leseb. Bd. II. Spalte 39 bis 42 aus dem 16. Jahrhund. und Uhland Nro. 9 A und B) zwar mehrmals dieselben Typen, nirgends aber gerade unser Lied begegnete, was sammt den Reimen „hilen“ (= Hohlwege) und „milen“ (= Mühlen) selbst auf die Vermuthung führen konnte, dasz dies Lied bei uns entstanden, mithin früher schon auch deutsch bei uns gedichtet worden sei. Solche Erwägungen hätten die Aufnahme selbst der deutschen Relation in meine Sammlung nicht nur gerechtfertigt, sondern zur Pflicht gemacht, der ich nun durch die Veröffentlichung an jenem andern Orte enthoben bin. Die Abweichungen meiner sächsischen Relation und die parellelen Typen aus deutschen Liedern glaube ich indessen anführen zu müssen: Die erste Strophe:

„Nun höret zu ihr Christenleut,
Wie der Wein sich mit dem Wasser streit'“ &c.

lautet in meiner Relation:

„Ir gebouren uǵ ir lékt!
wå der wéinj mät dem waszer štrékt.“

das zweite: Das Waszer das sprach: „auch ich bin fein,
Man trägt mich in alle Stuben hinein“ &c.

in meiner Rel.: Det waszer sôd: „éch bän doch gâd,
em drît mij än ale štuwe' prâf. &c.“

Ganz gleich ist der Anfang im „Wettstreit von Seele und Leib“ (geistlichen Buchsb. und Felbing):

„Nu hoeret zu ihr Christenleut,
wie Leib und Seel gen einander streit.“

und gleich dem Schlusze unseres Liedes schlieszt der „weltliche Buchsb. und Felbinger: „Der Buchsbaum sprach: bistu so recht
so bist mein Herr und ich dein Knecht.“

Zweite Abtheilung.

Verwaiste Kinder.

Es ist schon angeführt, dasz die Lieder, deren Grundlage das Familienverhältnisz bildet, zu unsern eigenthümlichsten und zartesten gehören. Besonders innig wird das Leid der Waisen dargestellt.

43. Von unübertreflicher Einfachheit und Naturwahrheit. Der Schlusz von B.: „unt sâl mich dât nèt krinken &c.“ ist schon späterer Zusatz, und tritt aus der Naivetät heraus. Dies gilt auch von dem Zusatz zu C, dessen eingeklammerte Zeilen das Späteste sein mögen. Auch diese Zusätze sind indessen noch zart und im Vergleich zu D, worin die Klage fast ostensibel wird, selbst naiv. D ist auf Grundlage des Volksliedes, in der 6. und 7. Strophe auch seiner volksmäszigen Zusätze, und mit Benützung und Ausführung der darin angedeuteten Motive durch einen halbvolksmäszigen Dichter entschieden zuletzt entstanden. Mit dem Schlusz dieses Liedes hat Aehnlichkeit eine von Schröer in den „deutschen Mundarten“ des ungrischen Berglandes S. 180 mitgetheilte Todtenklage einer Mutter um ihr Kind:

„Ach engala mains, kinn mains!
du schêna plûm maina!
âlla plûm sain ufgaplût!
unt nje tû pist mie zûgaplût!
ach tu mai¯ gôt, mai¯ gôt, mai¯ gôt!

44. Weniger anspruchslos und naiv als das vorgehende, Anlage und Sprache lassen fast unvolksmäszige Bearbeitung vermuthen übrigens schön und werthvoll.

Der erschlagene Vater.

45. Die erste und zweite Strophe erscheinen auch einzeln, und wirklich ist kein Grund vorhanden anzunehmen, dasz sie anders als durch Zufall miteinander verbunden worden. Wahrscheinlich sind es Reste alter *Todtenklagen*, die noch jetzt an vielen Orten des Sachsenlandes gebräulich sind, und früher allgemein gewesen zu sein scheinen. Der Name „Tarkô“ scheint ungrisch;

er wird als Hundsname gebraucht und scheint aus einer Parodie unorganisch in das Stück eingedrungen.

Das hungernde Kind.

46. Wohl schon frühe, vielleicht schon bei der Einwanderung mitgebracht. Ein Gleiches siehe bei Uhland Nro. 119, Simrock 354, auch im Wunderh. in den „deutsch. Volksl.“ von L. Erk und W. Irmer Heft 3, S. 52 und sonst.

Rosenlager.

47. Dieses Lied schlieszt sich an die Tagelieder. Linde und Rosen' letztere als Blatt, in der 4. und 5. Strophe von A erinnern an das schöne Lied Walthers von der Vogelw. Ausg. Lachmanns S. 39:

„Unter der linden an der heide &c.“

Das Bruchstück B weicht am meisten unter den drei Relationen ab, und hatte vielleicht einen andern Schlusz. C ist aus Wittstock's „Sagen und Lieder aus dem Nösner Gelände“ genommen. Die eingeklammert hochdeutsche Schluszstrophe ist eine Type aus deutschen Volksliedern ähnlichen Stoffes, deren es eine grosze Menge gibt. Der „Schlüszel, der den Tag aufschlieszt“ ebenfalls typisch wiederkehrend hat vielleicht mythische Bedeutung.

Auf dem Friedhof.

48. Am kräftigsten und in seiner einfachen Entwickelung sächsischer Weise am angemessensten ist A, das ich für das älteste zu halten geneigt bin. Schon lyrischer ist B. C, das ich Fromm's „deutschen Mundarten“ 5. Jahrg. entnommen, hat eigenthümliche Schönheiten in den drei letzten Strophen, die jedoch als späterer, obwohl volksmäsziger Zusatz erkennbar sind; das Lied kann ihrer nicht nur entrathen, es kann sie ohne Störung seines Grundcharakters nicht vertragen. D aus Wittstock's Sag. und Lied. aus dem Nösner Gelände entlehnt ist am meisten zersetzt. Die eingeklammerten 4 Anfangsstrophen gehören wie die 1. Strophe von C ursprünglich einem andern, nur oberflächlich ver-

wandten Stoffe an, der auch in deutschen Volksliedern mehrmals anklingt. Auch die beiden Schluszstrophen von D wieder hochdeutsch sind nur angehängte Scheidetypen aus deutschen Volksliedern, wie sie auch aus dem nächstfolgenden Bruchstücke hervorklingen. Mit dieser Nummer beginnen die für unsere Volksdichtung charakteristischen, tragischen Balladenstoffe.

Bruchstücke.

49. Bruchstücke einer Ballade mit starken Typen, die den Verlus, des Ganzen bedauern lassen.

Böse Schwieger.

50. Nur der Anfang bis etwa zur 17. Verszeile scheint noch erträglich gut erhalten, wobei nicht stören darf, dasz die Reime fehlen, deren das sächs. Volkslied, je älter es ist, desto öfter und leichter entbehrt — weniger der Strophenabtheilung, deren Mangel fast immer auf schon zerstörten Zustand schlieszen läszt. In gänzlicher Auflösung befinden sich die Verse von der 17. Zeile an bis zum Schlusze, und kaum hätte ich bei dem Mangel einer bessern Ueberlieferung das Lied aufgenommen, wenn es nicht sein Stoff geboten hätte. So möge es denn in der Sammlung stehen als Spur für künftige Forschung, deren Mühe ein glücklicher Fund wohl belohnen könnte. Schöne epische Züge sind vom 7. bis 17. Vers enthalten. Die Strafe der Mutter ist nicht nur eine in Märchen und Sagen wiederkehrende, sondern auch uralthistorische; die fränkische *Brunhilde* ist weder die erste noch die letzte, wohl aber die berühmteste von denen, die sie erlitten. Der schöne, starke Stoff dieser Ballade ist nach allen innern und äuszern Kennzeichen uralt, vielleicht eben deshalb bin ich ihm bisher noch an keinem andern Orte begegnet, es sei denn in dem Bruchstück eines deutschen Märchens — das doch auch mannigfach abweichen müszte — bei den *Brüd. Grimm* 2. Auflage, III. Bändch., S. 259 „die böse Schwiegermutter.“ Der Anfang stimmt auffallend überein.

Werbung.

51. Leider ein Bruchstück, das nach dem Ganzen nur lüstern macht.
52. Aus Wittstock's „Sag. und Lied. aus dem Nösnergel"; damit ist eine andere Relation aus Wallendorf verglichen worden, die mit der 12. Strophe schlieszt; ihr gehören die eingeklammerten Parallelstrophen auch an. Beide Ueberlieferungen sind übrigens nicht in unverdorbenem Zustande. So dürfte die 7. Strophe der Wallendorfer Ueberlieferung, die an dieser Stelle der von Minarken vorzuziehen ist, doch, wie der Reim verlangt, berichtigt werden durch die Aenderung:

„Sai but in u diesz weiszen bruit,
sai but in u diesz wai esu ruit."

„Schlämchi, schläimtchi" ist der in andern Gegenden des Sachsenlandes „*schlir*" genannte Schleier. Der Stoff dieser Ballade gehört auch zu den alten, starken, ist aber nach dem gewöhnlichen Geschicke solcher bereits dunkel und nicht in allen Theilen verständlich. Nach Strophe 10 war der erschlagene Vater ein Riese, denn nur so erklärt sich, dasz die Mutter in seinem Blute ersäuft wird, wie die Söhne Bör's im Blute des erschlagenen Ymir sein ganzes Geschlecht ersäufen. Dann wäre die erkämpfte Braut auch Riesin und die heimführenden Ritter Götter. Dem entspräche, dasz die Ritter aus dem Rosenland kommen, und dahin die Braut führen, denn dem Winterland der Riesen konnte mit Recht ein „Rosenland" der Götter, die in ihrer ältesten Auffassung fast alle sommerliche Naturgewalten personificiren, entgegengesetzt werden. Die Ballade könnte so leicht einen alten, verdunkelten Göttermythus zur Grundlage haben, der durch viele Verwandlungen bis in die gegenwärtige Form gelangt wäre. Am jüngsten erscheint dann der Schlusz, der auch in der Wallendorfer Ueberlieferung fehlt, vor allem die letzte Strophe, die nicht recht zu der Riesensage passen will.

Nur einzelne Strophen oder Zeilen mir bekannter deutscher Dichtungen entsprechen; so bei Simrock in Nro. 11, das im Ganzen unserer 54. Nr. ähnlich ist:

„Zum ersten stachen sie den Vater todt,
Zum zweiten schlugen sie die Frau Mutter todt."

und bei Talvj „Versuch &c." S. 408 in dem Liede: *der Pfalzgraf und die Müllerin:*

„Zuerst schlug er den Vater todt,
Zum andern die Frau Mutter roth &c.“

Die Verlassene.

53. Aus Wittstock's „Sagen und Lied. aus dem Nösner Gel.“ Das Stück ist schlecht erhalten, wie in dem Text angedeutet worden. Die 11. Strophe der Ueberlieferung habe ich diesmal als offenbar verdorben eingeklammert, und dafür einmal gegen sonstigen Gebrauch meine eigene Verbesserung in Strophe 11 und 12, die auch durch den Strophenbau gefordert wird, als das Wahrscheinlichere gelten lassen. Nur durch seinen Eingang reiht sich dies Lied an das vorangehende, im Uebrigen gleicht es durch seinen Inhalt dem 5. der ersten Abtheilung.

Brautmörder.

54. Dieser Stoff ist uralt und vielfach vertreten in Mährchen, Sage und Volkslied. Die Grundlage bildet die *Blaubartsage,* welche die Gebrüder Grimm im Zweifel, ob sie nicht französisch sei, da sie bei Perault vorkommt, in ihre Märchensammlung seit der ersten Ausgabe nicht aufgenommen haben. Der Zweifel ist wohl unbegründet. „Der Ritter Blaubart“ ist seither erschienen in Bechsteins Märchen — freilich in sehr verkürzter, und mehr den aus demselben Stoffe entkeimten Balladen als den andern Märchen sich nähernder Gestalt. Die verschiedenen Formen des Märchens sind einzusehen in der Brüd. Grimm III. Bande der „Kinder- und Hausmärchen“, in den Anmerkungen zum „Fitschers Vogel“ S. 75 der 2. Aufl. In den meisten derselben *heirathet der Mörder nacheinander drei Schwestern, von denen die beiden ersten den Tod erleiden, die jüngste aber sie wieder belebt und dem Mörder den Untergang bereitet.* Hievon weichen die Volkslieder, die uns bei *Uhland* Nr. 74 A, B (beide aus Aufzeichnungen aus der zweiten Hälfte des 16. Jahrhunderts), C und D, dann bei *Willems* Seite 116 und stark abgeschwächt S. 186, ferner bei Simrock Nrô. 6, 7, 8, in Herder's Volksliedern I. S. 116, in des Kn. Wunderh. I. S. 274, bei Erlach III S. 450, bei Firmenich (Germ. Völkerst.) und sonst

mitgetheilt sind, in verschiedener Weise ab. Entweder es wird ausdrücklich angeführt, dasz der Mörder *schon mehrere* (11, 7 oder eine unbestimmte Zahl) *Jungfrauen getödtet hat*, ehe ihm die letzte den Tod bringt, *oder es wird* — was doch der seltenere Fall — *darüber geschwiegen*, so dasz es scheinen darf, das sei der erste Versuch dieser Art. Auch im erstern Fall steht die Rächerin mit den früher Ermordeten in keinem — von den Quellen ausgesprochenen — verwandtschaftlichen oder gar schwesterlichen Verhältnisz, wie es in den Märchen deutlich hervorgehoben wird. *Die Rache* wird in einigen Balladen durch den Bruder des Mädchens (wie in Bechstein's Märchen durch *die Brüder*) vollzogen, in andern durch das Mädchen selbst. Im ersten Falle bleibt das Mädchen entweder am Leben, oder stirbt, ehe der Bruder ankommt, ja in Nro. 8 bei Simrock bleibt der Mord sogar ungerächt, was indesz als ein Mangel der spätern Ueberlieferung aufzufassen ist. Vor der Entscheidung wird *das Mädchen* in einigen Ueberlieferungen *durch Tauben gewarnt*, andere wissen nichts davon. *Die Todesart* sowohl des Mörders als des Mädchens ist bald Hängen am Baum, bald Enthauptung durch das Schwert, nur in unserer Ballade wird er gefangen, an einen Spiesz gezogen und gebraten. Der *Beweggrund des Mörders* ist, wenn er genannt wird, was nur einigemal geschieht, *Kleiderraub* — allerdings kein genügender Grund, da offenbar das aufbewahrte Blut selbst zu irgend einem, nun von allen erhaltenen Quellen vergessenen Gebrauche dienen muszte. — Grimm meint als Heilmittel (wie im armen Heinrich) für eine Krankheit, die im blauen Bart des Märchens angedeutet sei; sonst wird in Sagen Jungfrauenblut auch als Schönheitsmittel gebraucht. *Verschieden* endlich ist *auch* das Verlockungsmittel, wodurch die Jungfrau bewegt wird den Ritter zu begleiten, entweder Gesang (in einer unserer Sagen Pfeifen) Ueberredung oder Liebe des Mädchens, verschieden endlich auch der Schauplatz des Mordes: Tannenwald, Mordbrunnen, in den Märchen das Schlosz des Räubers.

Auch bei uns ist dieser Stoff in jeder Form vertreten. Eine Sage von einem schönen, jungen Mann, der durch Pfeifen unwiderstehlich die Mädchen hinauslockt, mit ihm bei Nacht in den Wald zu wandeln, wo er sie dann aufhängt und ihre Kleider nimmt, aber vom Bruder der zwölften Jungfrau selbst gehangen wird. und zum Teufel führt, findet sich in Müller's Sammlung „Siebenbürgische Sag.“ Nro. 418. Unser Märchen, worin allerdings der blaue Bart gänzlich fehlt, hat Haltrich in seiner Sammlung noch nicht mitgetheilt. Es hat folgende Umrisse:

Ein reicher Kaufmann hat drei Töchter. Ein sehr schöner Mann freit die älteste, holt sie in einem prachtvollen Wagen ab, um sie in sein Schlosz zu führen. Gegen Mittag kommen sie an einen *Brunnen;* die Braut ist durstig, steigt aus, um zu trinken; da singen zwei, (drei) Tauben, die über dem Brunnen auf einem grünen Aste sitzen:

„gäf mer uch ze dräinjken,
éch wäl der ug äszt schinken!

Sie gibt den Tauben nicht zu trinken, labt nur sich mittelst einer silbernen Schale, die beim Brunnen hängt, und fährt weiter. Gegen Abend gelangen sie in das prachtvolle, überall von Gold schimmernde Schlosz. Der Mann gibt ihr einen goldenen Apfel (Ei) zum Verwahren und die Schlüssel von den Gemächern des Schlosses mit der Erlaubnisz in alle zu gehen, nur in ein besonders bezeichnetes nicht. In seiner Abwesenheit besucht sie auch das verbotene Zimmer, sieht lauter Leichname, schöne Kleider an den Wänden und ein groszes Gefäsz voll Blut. Indem sie sich über den Rand des letzteren beugt, springt ihr der Apfel hinein, den sie zwar sogleich wieder erfaszt, aber nicht mehr vom Blute reinigen kann. Der Mann kommt nach Hause, erkennt an des Apfels Flecken das Geschehene, führt das Weib in das Schreckenszimmer, wo er sie tödtet, ihr Blut in das grosze Gefäsz auffängt, und ihre Kleider an die Wand hängt. Unter dem Vorwand, die ältere Schwester sei gestorben (nach anderer Mittheilung: sehne sich nach ihr) holt er dann die zweite Schwester, der es ebenso ergeht. Die dritte tränkt mit der silbernen Schale (Becher) die zwei (nach Andern drei) weiszen Tauben am Brunnen (des Lebens) und wird dafür über Alles Geschehene und zu Geschehende belehrt. Nach solchem Rathe nimmt sie Wasser des Lebens heimlich vom Brunnen des Lebens mit, sperrt im Schlosse den empfangenen goldenen Apfel in eine eiserne, mit schweren Schlössern behangene Truhe ein, wo er zwar schrecklich herumspringt, während sie in das verbotene Zimmer geht, sich aber nicht befreien kann. Nachdem sie in dem Zimmer Alles gesehen, und es wieder verschlossen hat, befreit sie den Apfel und steckt ihn an den vorigen Platz im Busen. Als der heimkehrende Zauberer darnach fragt, kann sie ihm denselben unbefleckt zeigen. Beruhigt legt er sich nieder, nachdem er (wie freilich nur Eine, mir bekannte Ueberlieferung erzählt) von ihr einen tödtenden Schlaftrunk erhalten. Nun belebt sie mit dem Wasser des Lebens alle Ermordeten, besteigt sammt ihren Schwestern einen im Schlosse befindlichen, gläsernen Wagen, und fährt damit durch die Luft nach Hause. Nach einer andern Relation kommen zwei Täubchen, spannen sich an den Wagen, und fliegen so damit durch die Luft.

Den Text unserer Ballade A habe ich aus vier Bruchstücken aus Mühlbach, Maldorf, Marpod und der Gegend von Medwisch zusammengestellt und noch musz er als unvollständig angesehen werden. Alle Balladen dieses Stoffes haben nach ihrer Natur Vieles abwerfen müssen, was die Märchen ausführlicher und alterthümlicher aufbewahren; die unsrige — obwohl im Ganzen kürzer als ihre Geschwister bei Uhland hat doch Manches bewahrt, was sonst verloren ist. Die Vorahnungen der Braut am Anfang hat nur sie. Dagegen fehlen die warnenden Tauben des Märchens, die in einingen deutschen Stücken, obwohl schon ohne Bedeutsamkeit erhalten sind. Unsere Relationen wissen auch noch von mehreren (zwei oder drei) Schwestern, welche von der deutschen Dichtung durchaus aufgegeben sind. Die abweichenden Strophen der Relationen, welche drei Schwestern voraussetzen, habe ich in Klammer neben die andern gesetzt. *König* ist der Mörder in keinem als in unserem Liede, und dasz ihn dasselbe über dem Rheine wohnen, und hernach zu Thorenburg (nach einer Relat. „zum Thorenburg", d. i. dem Herrn v. Thorenburg) ins Schlosz reiten läszt, wo eine Zeit lang der Sitz des Siebenbürgischen Woiwoden war, darf kaum auffallen. Hätte es auch in Deutschland kein Thorenburg gegeben, so erklärt sich der Umstand doch schon aus der Natur des Volksliedes. Unser Stoff war wahrscheinlich schon in einer bestimmten und rythmischen Form (und wohl schon bei der ersten Einwanderung) aus der Nähe des Rheins in Deutschland nach Siebenbürgen gebracht, hier aber im Laufe der Zeit mehrmals umgedichtet worden, nach Weise der Volksdichtung, ohne dasz einzelne, selbst unverstandene Namen aufgegeben wurden. Die beiden Schluszzeilen sind vielgebrauchte Type. Gîren (in deutsch. Dial. geren) heiszen im Sächsischen die Hemdezwickel.

Dasz B so starke Verluste erlitten hat, musz bedauert werden. Nicht zufällig erzählt das Bruchstück, dasz Mittwoch zugesagt, Donnerstag kopulirt wird; so ist es uraltsächsischer Brauch, der noch im germanischen Heidenthum wurzelt. Auffallend ähnliche Stellen hat die sonst auf anderer Grundlage ruhende Ballade Nro. 11 bei Simrock, z. B.

„Es fuhr ein Pfalzgraf über Rhein,
er freit sich des Königs Töchterlein."

und weiter:

„So wollt' ich sie wären versunken,
der Pfalzgraf wäre ertrunken."

J. K. Schuller in der Transilv. Nro. 47 Jahrg. 1857 zieht aus Firmenich „German. Völkerst." Bd. II. S. 364 die schlesische Ballade „*Ulrich und Anele*" aus gleichem Stoff erwachsen, aber schon bedeutend verkürzt zum Vergleich heran.

Wenn ich zum Schlusze nochmals den Stoff, wie er uns in sämmtlichen Balladen, Märchen und Sagen erhalten ist, betrachte, so kann mir ein Ritter oder Zauberer, der sich eine Krankheit durch Jugfrauenblut heilen möchte, ebensowenig *zur Grundlage* genügen als ein Räuber, der um der reichen Kleider willen Mädchen von hoher Abkunft tödtet. Die übermenschliche Verführungskraft des Mörders, der Brunnen mit dem Wasser des Lebens, dem der Mordbrunnen ebenso gegenüber steht, wie die zwei oder (nach andern Relationen) drei Tauben auf dem Baume über dem Brunnen als Gegnerinnen des geheimniszvollen Uebermenschen erscheinen, der goldene Apfel (oder Ei) mit der besondern Eigenschaft durch die unlöschbare Befleckung Verräther des Vergehens zu sein, das in Märchen so oft, und in verschiedener mythischer Bedeutung vorkommende verbotene Zimmer mit seinem schrecklichen Inhalt, die Flucht der Jungfrau als „Fitschersvogel" oder im gläsernen Wagen durch die Luft, selbst die Macht ihres Hilferufs in den Balladen — Alles das musz auf alten Mythen beruhen, die freilich schon in den Märchen verdunkelt erscheinen, und vielleicht kaum mehr zu deuten sein mögen. Indessen schon der Versuch dazu kann nicht unlohnend sein, und ich gedenke ihn einmal zu wagen.

Die Rache.

55. Das Bruchstück scheint einer starken Ballade anzugehören, deren Verlust wie so mancher andern, bedauerlich ist.

Hans der Müllner.

56. Das Stück mag auf historischer Grundlage beruhen. Das Statutarrecht bestrafte den Ehebruch mit dem Tode; so auch das frühere Gewohnheitsrecht. Wahrscheinlich ist es von Bänkelsängern, deren einstige Existenz unter den Sachsen kaum bezweifelt werden kann, gedichtet und verbreitet. Nach Mühlbach ist es durch eine Schäszburgerin gelangt, dem Stoff und dem Schauplatze nach gehört es Hermannstadt an, wo „Wiese und kleine Erde“ Theile der obern Stadt sind, und wo allein Bürgermeister und Königsrichter (Comes) nebeneinander bestanden. Das Lied hat einen kurzen, straffen Gang, und dem entspricht die 8. auch im Rythmus mangelhafte Strophe nicht, die sich dadurch als Einschub verräth. Die Sylbenzahl ganz unberücksichtigt lassend, beruht das Versmaasz dieses uns ganz eigenthümlichen, schönen Stückes ganz nur auf Hebungen, und ist in seinem Bau und mit dem unverkennbaren Verseinschnitt jeder Zeile der Nibelungenstrophe und der Weise des Kürenberger's sehr ähnlich, nur freier, nachläsziger.

„Zegânescher hangt“ heiszt in der 13. Strophe der Scharfrichter, weil dieses Amt in Siebenbürgen seit Jahrhunderten von Zigeunern bekleidet wird. So heiszt es in einem, vom Kronst. Chronisten Sim. Czauk überlieferten, von Trauschenfels in den „deutsch. Fundgruben“ zur Gesch. Siebenb. neue Folge I. Bd. veröffentlichten, auf die 1594 gegen Sigm. Báthori stattgehabte Verschwörung gedichteten Liede.

„Daselbst ein Szegedi Zigan
muszt ihnen ihre köpf abschlan.“

Die Zigeuner erscheinen seit 1415 in Siebenbürgen.

Der Geist.

57. Ein aus der Gegend von Kronstadt nach Mühlbach gelangtes Bruchstück. Der Mittheiler sagte, es beziehe sich auf die Rosenauer Burg.

Das vergiftete Kind.

58. Das Stück ist ohne Zweifel aus Deutschland eingeschleppt, ist aber keiner, der mir von dorther bekannten Parallelen ganz gleich. Wäre es mir nicht zu spät zugekommen, so hätte es

seinen Platz zwischen Nro. 46 und 47 erhalten müssen. Zu vergleichen sind: Uhland Nro. 120, Wunderh. I. 19 und an andern Orten; es ist zu bemerken, dasz das Stück nirgends aus alten Handschriften oder Druck genommen ist; bei Uhland stammt es aus mündlicher Mittheilung. Dennoch musz der Stoff alt sein.

Jesus.

59. Aehnliche Lieder finden sich auch sonst namentlich bei Willem's S. 443 bis 448, ein gleiches ist mir nirgends aufgestoszen.

Drei Jungfrauen.

60. Das Stück ist offenbar entlehnt, wird aber vielfach gesungen; immer in der Weise der letzten Periode der sächs. Volksdichtung nur schwach umgedichtet; die Umdichtung besteht fast nur in Verkürzung. Vollständiger steht es bei Simrock Nro. 68 bei Müllenhof S. 496, bei Erlach III., S. 65 in des Knab Wunderh. II., 201 und sonst.

Rakozi.

61. Dieses und die folgenden Stücke habe ich als Proben historischer und politischer Lieder, woran wir sehr arm sind, aufgenommen. Es ist entlehnt aus Schullers „Gedichten in siebenbürgischs. Mundart“ S. 64, wohin es aus einer Handschrift des 1747 gestorbenen Professors zu Halle Martin Schmeitzel, eines geborenen Kronstädter Sachsen gelangte. Eine unmittelbare Abschrift, entnommen einem Manuskr. der Superintendentialbibliothek unter dem Titel: „Mart. Schmeitzel's Entwurff derer vornehmsten Begebenheiten, die sich in Siebenb. vom Jahre 1700 bis 1740 zugetragen haben“, verdanke ich Dir. Teutsch, sie wimmelt so sehr von Germanismen, dasz ich für den Text lieber die wahrscheinlich emendirte Relation des Schuller'schen Werkchens wählte; da jedoch in derselben doch auch Fehler unterlaufen sein mögen, so gebe ich das Stück hier auch in der Abschrift von Teutsch, die stellenweise stark abweicht:

Et war gegt Frieden en asem Land
Dot det den Rakotzi verdrieszen,
He secht deswegen gor vielles Vulk
Sei silen den Moser ausruden.

Aber sei bestunden met Schunden
Et kom der Henter auf dem Zoider Weg,
Sei stunden en den Gedunken eweg
Denn sei kumen bei dem grosz Bechel heraus.
Die Zeckel faucrten ihr Schwierter blus,
Sei komen dort bey dem Rappeln Rech,
Do dåt der Moser enen Schusz,
Dasz et Henter Mihaly verdrusz.
Sei komen besz bei den noien Growen,
Da dåten sech de Zeckel met dem Moser herem zeien.
Da dåten de Moser ehr Gewiehr za schak'en
Af den Zeckel och zadraken.
Da waren gefallen 400 Mann.
Da ward gemacht en Huffen grusz,
Sei lagen alle nakt und blusz.
Sei runten em dot bunse (oder bause?) loch,
Da helf enen oser Herr Got.
Alsbold waren sei weder hei,
Sie stenden im gruszen netten und bedinken,
Der Rabutin wolt dem Rakoczi noch net schinken.

Hier ist auch die Orthographie des Originals beibehalten worden. Der Aufstand unter dem Prätendenten Rakozi fällt in die ersten Jahre des 18. Jahrhunderts. Das Lied soll sich auf das Jahr 1705 beziehen. (Sylloge historico-politica tom. I. steht ad annum 1705. „Endlich fügen wir auf dieses Jahr aus Curiosität ein Liedlein bei, so die Mädchen in ihrer Rockenstube zu Zeiden im Buczenland bei damaligem Krieges Wesen gesungen.“) Niemals ist die Sprache, in welcher hier das Lied erscheint, irgendwo gesprochen worden.

Die Unbeholfenheit dieses, wie aller historisch-politischen Stücke unserer Volksdichtung in Form und Ausdruck ist auffallend, und zeigt wie ungewohnt diese Sphäre unserem Volke von jeher gewesen.

Aus dem Aufstand von 1848.

62. Da das Volk seit einem halben Jahrhundert aufgehört hat, in seiner eigenen Mundart zu dichten, so sind Stücke wie dieses und das folgende nur noch vereinzelte Erscheinung. Bem ist sonst wegen seiner den Besiegten gegenüber humanen und

schonenden Handlungsweise bei vielen Sachsen in gutem Angedenken.

63. Dieses Stück habe ich auf einer Fuszreise nach Kronstadt im Schenker Gelände, ich weisz nicht mehr wo, gehört, und später so weit ich mich dessen erinnerte in Mühlbacher Mundart aufgezeichnet. Es entlehnt seinen Anfang aus dem, dem Vernehmen nach vom Medwischer Stadtpfarrer Brantsch 1809 auf die sächsische Bürgermiliz gedichteten humoristischen Lied, wovon ein Theil auch in Schuller's Ged. in siebenb. s. Mundart S. 20 u. folg. abgedruckt ist.

In hochd. Sprache sind mehrere Lieder aus den Wirren des 1848er Jahres übrig, meist unbeholfene Umdichtungen älterer, deutscher Volksdichtungen, deren Inhalt den Verhältnissen angepaszt wurde. Ich theile drei hier als Probe mit:

I.

1. Was jetzt in Siebenbürgen für Tumheiten sind geschehn,
das kann man sich leicht am klein'n Finger absehn.
Man weisz ja nicht, is man gekocht oder gebraten,
für lauter verschiedene Soldaten. :/:

2. Der Anfang dieser Unruh das war die Union;
der Koschut, das war ja der gröszte Kujon;
er wollte Siebenbürgen jetz ganz majarisiren,
die Sachsen recht tüchtig anschmieren. :/:

3. Dieweil hat sich das Blättel recht anders gewendet,
der Kaiser, der hat ja kein Spasz nicht erkennt,
er schicket die Russen zu retten das Land,
was jetzt in den Feindesgefahren stand. :/:

4. Der walachische Landsturm hat auch rechten Schneit,
beim Pack, da seins die sakrischen Leut;
besonders Tartlaff, da thätens verfehlen,
da weisz jedes Schlosz davon zu erzählen. :/:

5. Ihr liebe Koschutter seids übel daran,
man lenkt euch zu sehr mit der Kanon auf die Bahn;
die Russen, Hulaken mit Knoten hinterdrein,
die Union geht jetzt sicher aus dem Leim. :/:

6. Seids ruhig, ihr Zäkel und leget die Waffen!
nicht macht solche Tumheit, was den Kaiser nicht freut!
leget eure Waffen lieber ans Feuer
es sein ja zwei Jahr, dasz ihr mit den Sachsen so streut!
es ist ja ein Jahr, dasz ihr müszt immer retriren,
ihr müszt ja immer retriren. :/:

II.

1. Frisch auf ihr Brüder von der Artillerie
zum Streit für unser Ehr!
es geht für unser Vaterland,
kämpft muthig mit bewaffneter Hand!
Laszt euch nicht schrecken des Feindes Macht!
wir müssen überwinden.

2. Fasset einen schnellen, frischen Muth!
frisch auf ihr lustig Soldatenblut!
protzt ab, und fahrt mit der Protze zurück!
der Feind kann sich nicht stellen.
Des Feindes Brust die Scheibe ist —
Vivat! es lebe der Artillerist.

3. Ladt schnell mit Kartätschen, verdoppelt den Schusz,
dasz donnert, und kracht, dasz der Feind weichen musz!
Avancirt! wir stehen auf freiem Fusz!
Haltet an! haltet an! Grenadier voran!
die Jäger sind schon vorne.
Da kommt ein braver Reitersmann,
der auch sein Schwert regieren kann.

4. Dank euch Gott! dank euch Gott! ihr Kanonier!
So lang der Josef Franz regiert,
verlassen wir Haus Oesterreich nicht,
Wird einer getroffen, zu Boden gestürzt,
der wird von uns begraben. :/:

5. Drei Schusz für seine Tapferkeit
schieszen wir übers Grab, über seinen Leib.

Kommen wir zu unsern Mädchen zurück,
die uns von Herzen lieben,
dann folgt anstatt ein Kugelschusz
ein süszer angenehmer Kusz.

6. Und wenn die Schlacht zu Ende ist,
und wenn die Schlacht zu Ende ist,
und wir zurückmarschieren;
dann rufen wir: „Vivat!" zugleich
gerettet ist das Oesterreich. :/:

III.

1. Wie schön ist unser Sachsenland,
darin wir sollen leben!
uns hat der Kaiser Ferdinand
den Frieden längst gegeben.
Er steht uns bei mit Macht und Ruhm,
zu schützen unser Eigenthum.

2. Drum nehmen wir die Waffen an,
die Sekler anzugreifen,
weil wir dem Kaiser unterthan,
Gardisten alle heiszen,
Wir bitten um die rechte Hand
des groszen Kaisers Josef Franz.

3. Die Sekler können vielerlei,
der Koschut gab ihn Pflichten,
sie reiszen sich vom Kaiser frei,
die Sachsen zu vernichten.
Drum wollen wir das Sachsenland
zu kämpfen für den Sachsenstand.

4. Mit Spiesz, Kanonen, Schwert geh'n wir
die Sekler zu bezwingen,
dasz sie dem Kaiser unterthan,
ihm „Vivat! Vivat!" singen.
Wir wollen nur zufrieden sein,
wenn sie dem Kaiser schwören ein.

5. Der Koschut ist ja nimmermehr,
der sich auch König nennt;
er hat ja nur von euch die Ehr,
dasz ihr ihn König nennt.
Ihr hängt ihm an mit groszer Kraft,
bis er euch in das Elend bracht.
(Gott geb dem Kaiser Josef Franz
doch nur ein langes Leben.)

Zweites Buch.

Das zweite Buch vertritt im Gegensatz zum ersten eine tendentiösere Seite der Volksdichtung, indem es in zwei Abtheilungen „Festlieder und Festreime“ und „Scherz und Spott“, also an bestimmte Zeiten und Umstände geknüpfte Dichtungen enthält.

Erste Abtheilung.

Mit Festliedern und Festreimen, wie sie in dieser Abtheilung folgen, begleitet das Volk gern epochale Tage seines Lebens, Brauttage, Hochzeiten, Johannistag, Weihnachten, Neujahr, Fastnacht u. s. w. Besonders lagert sich um die Hochzeitsfeier („des Lebens schönste Feier“) der gröszte Reichthum der Volksdichtung. Lieder der verschiedensten Art, rhytmische und unrhytmische Reden, mimische und dramatische Vorstellungen, die wie der Rösseltanz zum Theil dem grauesten Alterthum angehören, ja auch allerlei Scherz- und Spottreime voll Humor, wie sie die zweite Abtheilung dieses Buchs enthält, begleiten dieses Fest, das in seinem Verlauf bald den tiefsten Ernst, Rührung und Thränen, bald den derbsten, übermüthigsten Muthwillen an uns vorübergehen läszt. Es ist eine höchst dankenswerthe, vielfach verwerthbares Material enthaltende Arbeit, die uns J. Mätz in dem Schäszburger Gymnasialprogramm für 1859—60 geliefert hat unter dem Titel: Die siebenb. sächsische Bauernhochzeit — ein Beitrag zur Sittengeschichte. Eine Beschreibung der übrigen Feste gehört leider noch immer nur in das Reich unserer Wünsche.

Auch weniger hervorragende Freudentage bei Gelag und Tanz bleiben nicht ohne Lied und Reim. Obwohl sich nun des sächsischen Volkes Art und Gemüth neben den Waisenliedern hier am schärfsten ausgeprägt hat, so ist doch gerade an diesen Liedern charakteristisch, dasz viele von ihnen ganz oder theilweise nicht ursprünglich zu dem Zwecke gedichtet worden, dem sie später dienen muszten, ohne sehr bedeutenden Veränderungen unterzogen zu werden, und dasz an manchen die Mitwirkung Gebildeter und Halbgebildeter (wie Schulmeister und Prediger) nicht zu verkennen ist. Dennoch sind andererseits wieder fast keine dieser Stücke ohne einzelne Spuren und Reste ältester Vergangenheit geblieben, die sich in ihnen ausnehmen wie Bausteine heidnischer Ruinen in christlichen Tempel- und Klostermauern.

Morgengesang.

1. Zu den Vorbereitungen für das Hochzeitsmahl versammeln sich Mädchen und Burschen am Vortage. Mancherlei Geschäfte müssen da verrichtet werden. Gegen Abend legen sich die Mädchen nieder; die Bursche (knêcht) bringen Holz, Wasser, machen Feuer und setzen den Kessel darüber. Wenn dann das Wasser kocht, überhaupt die „Knechte" ihr Werk vollbracht haben, etwa eine Stunde nach Mitternacht, wecken sie die Mädchen auf. Dabei wird dieses Lied gesungen, und gewöhnlich „Weinsuppe" gefrühstückt, worauf sich die „Knechte" niederlegen und die „Mägde" an ihr Geschäft (gâszpläken, hînepläken) gehen.

Die erste Strophe aus A und B und die 6. aus A sind offenbar einem ältern Volksliede (vielleicht einem Tagelied) entnommen und darauf das ganze Lied improvisirend erbaut worden, indem in einer in den folgenden Liedern noch oft wiederkehrender Weise das Verlangen nach Speis und Trank darin kund gegeben wird. Die Urstrophen sind Typen, die z. B. in Uhland's Sammlung Nro. 24, 9. Strophe und Nro. 77, 1. und 2. Strophe, dann in der letzten Strophe des 57. Liedes in unserm ersten Buche wiederkehren. So mag auch der Refrain irgend einer Romanze oder einem Tagelied entnommen sein. Oft werden noch viel mehr Strophen von den Singenden improvisirt; den Inhalt liefern dann meistens Neckereien wie in den 3 letzten Strophen von B, wobei wie gewöhnlich die Mädchen im Vortheil bleiben. Man erfreut sich mehr an der Wiederkehr der frischen, schönen Melodie, als an dem Gehalt des Textes.

Brautlieder.

2. Dieses einfache, liebliche Lied, das an einigen Orten der Braut während des Ankleidens von den Freundinen gesungen wird, ist ganz eine Pflanze des Sachsenbodens und des Sachsen-

geistes. Die Melodie, die auch schön sein soll, habe ich nie erhalten, oder auch nur hören können.

3. Der Anfang dieses Liedes scheint auch einem andern Volksliede oder einer Ballade abgeborgt. Die eingeklammerten Zeilen, die den gleichmäszigen Strophenbau stören, halte ich für spätere Zuthat. Die Melodie spricht hierin eher für als gegen mich und auch sonstige Kennzeichen unterstützen meine Vermuthung: hinsichtlich der 3. Zeile der 3. Strophe, dasz sich dieselbe gleich darauf in der 5. Zeile wiederholt; hinsichtlich der 5. und 6. Zeile der 4. Strophe, dasz darin der Bruder —. und er allein. — unnatürlich neben den Eltern als Begaber auftritt; hinsichtlich der 3. und 4. Zeile der 5. Strophe, dasz die Trennung vom elterlichen Hause durch Abschied von Vater und Mutter schon genügend in den beiden ersten Zeilen ausgedrückt ist, andrerseits das Einschieben der beiden eingeklammerten Zeilen erklärlich erscheint, weil wirklich während des Gesanges von allen bisherigen Hausgenossen Abschied (urlef) genommen wird. Rührend sind auch die beiden letzten Zeilen; in Klosdorf wird bei gleicher Veranlassung gesungen

„geâde nôcht, geâde nôcht,
deâ me lâwer buerten.“

Unser Lied ist auch von J. Mätz, jedoch in Etwas abweichend mitgetheilt in dem erwähnten Schulprogramm S. 57, wo Näheres über die begleitenden Vorgänge nachzulesen ist.

4. Aus „die deutschen Mundarten“ 5. Jahrg., S. 507. Auch mitgeth. von J. Mätz im Schul-Programm für 1859—60, S. 48. Ich habe das Stück in die drei Haupttheile zerlegt, in die es nach Inhalt und Form zerfällt, hie und da durch Conjectur ergänzt, und das am unrechten Ort Eingeschobene in Klammern geschlossen. Das Ganze ist voll schöner Motive, aber auch voller Widersprüche und oft ohne genügenden Zusammenhang, ein Conglomerat aus allerlei Liedern von Abschied, Fremde, Heimath u. s. w. Zu vergleichen ist damit besonders Nro. 30 A, B, C, 31 A, B, C, des ersten Buchs, dann (wegen Abschnitt III.) Nro 5 des zweiten Buchs unserer Sammlung.

5. Was vom 4. Lied gesagt ist, gilt zum Theil auch von dieser Rede des Brautknechts, die auch von J. Mätz in seinem Programmenaufsatz S. 58 und folgende mitgetheilt ist. Die ursprüngliche Grundlage könnte, wie wohl viele ähnliche Reden und Gegenreden bei feierlichen Gelegenheiten von irgend einem Geist-

lichen früherer Zeit herrühren und hochdeutsch gewesen sein, doch läszt sie sich nicht mehr ausscheiden von dem, womit des Volkes Gemüthlichkeit und Humor sie allmählich zu erweitern sich gedrängt fühlte. Diesen harmlosen Humor, wie er in all diesen Gelegenheitsdichtungen durchbricht — wer wird ihn verdammen wollen, weil er sich — wie hier mehrmals — an unrechter Stelle eindrängt. Leicht wird der Leser die mancherlei Reminiscenzen aus andern Volksliedern herausfineen. Auch die von Zeile 145 an eingeschobenen drei Strophen eines Kirchenliedes. die Mätz von seinem Text ausgeschlossen, glaubte ich aufnehmen zu müssen, weil sie charakteristisch sind für die Composition derartiger Volksdichtungen.

Rockenlieder.

Hinsichtlich der Rockenlieder ist aufmerksam zu machen auf die mythische Bedeutsamkeit des Rockens, der mehrerer germanischer Göttinen Attribut war, und noch jetzt wie Besen und Ofengeräth bei Zauber und Zauberformeln in Anwendung kommt. Man kann zweifelhaft sein, ob hier Frikka oder Frea in Betracht kommen, die nirgends scharf auseinanderzuhalten sind. Für erstere spricht, dasz in Deutschland der Freitag von ihr den Namen hat. Donnerstag und Freitag sind die epochalen Tage bei sächsischen Hochzeiten; fast überall ist Donnerstag Trauung, Freitag Jungfrauentag. Das ist sicher uraltheidnischer Brauch (vergl. die Anm. zu B. I., Nro. 43 B). Donar und Frikka oder Frouwa (Frea) waren vorzugsweise die Ehegottheiten des vorchristlichen Alterthums. Wenn nun der von Fr Fronius im sächs. Hausfreund für 1861 geschilderte „Rösseltanz" unumstöszlich beweist, dasz an Hochzeiten zu Donars Ehren dramatische Spiele aus seinem Mythenkreise aufgeführt wurden, so führen die Rockenlieder eben so entschieden auf eine der beiden verwandten Göttinen. Die ganze von Mätz in seinem Programmenaufsatz näher geschilderte, diese Lieder begleitende Ceremonie stammt also in ihren Grundlagen aus dem grauesten Alterthum. Allen sind indessen weit spätere Zusätze angefügt, die auf Bewirthung der Sänger mit Speis und Trank anspielen, und in ihrem improvisatorischen Charakter zu vergleichen sind mit den ähnlichen Erzeugnissen in Nro. 1 und 26 des zweiten Buches.

6. Auch von Mätz mitgetheilt in dem erwähnten Programm S. 93 und folg., wo die 24. und 25. Zeile vielleicht aus einem Misz-

verständnisz abweichen, indem dort angenommen ist, es sei Pflicht der Braut, den Rocken zu zerbrechen; diese Abweichung folgt bei mir in Klammer nach. Die auf Bewirthung anspielenden, auch einer eigenen, monoton recitirenden Melodie angehörenden Reime beginnen mit der 28. Zeile. Von Zeile 44, noch sicherer 46 beginnt dann ein neuer ganz späterer Zusatz, der dem Ganzen fremder und wohl aus anderen Stücken wie Nro. 60 des zweiten Buchs und ähnlichen entlehnt ist.

7. A ist auch mitgetheilt von Georg Schuller in „Aus Siebenbürgens Vorzeit und Gegenwart“, Hermannst. 1857, S. 59. Auch dieses Lied ist aus mehreren Stücken zusammengeflossen. Dem schönen Rumpf folgt von Zeile 51 an ein Schweif jener auf Bewirthung anspielenden Reime. B habe ich nachträglich unter meinen Materialien gefunden mit deutschen Lettern ohne Angabe der Heimath und so ungenügender Lautbezeichnung geschrieben, dasz die Mundart unmöglich zu fixiren war, weshalb ich das Stück in die von Mühlbach und Hermannstadt umgesetzt habe. Mit A verglichen hat es einige Eigenthümlichkeiten: der Rocken tritt mehr in den Hintergrund, der Grusz am Anfang ist vollständiger, die Speise und Trank in Anspruch nehmenden Schluszreime fehlen.

Jungfrauentagslieder.

8. Ueber die Bestimmung dieser Lieder, die zuerst von Wittstock in den „Sag. und Lied. aus dem Nösner Gelände“ mitgetheilt worden, ist mir nichts mitgetheilt worden. Ich habe sie Jungfrauentagslieder genannt, weil ich vermuthe, dasz sie am Abend nach Heimführung der Braut, etwa vor den Fenstern der jungen Eheleute gesungen werden, oder wurden. Doch wäre am Abend des sogenannten „Versprechens“, also vor der Hochzeit, vielleicht eine eben so passende Gelegenheit hiezu geboten. In A folgen nach Zeile 12 drei regelmäszige Strophen mit scherzhaften Spöttereien als Zusatz.

Johannisfeier.

9. Der Johannistag wird auch in Siebenb. noch in mancherlei Weise gefeiert. Mit welchen Festlichkeiten dieses Lied oder die beiden hier in Verbindung gebrachten Lieder in Streitfort in Zusammenhang stehen, ist mir nicht mitgetheilt. An vielen Orten

werden am Johannistage die Orts- und Feldbrunnen gereinigt und hergestellt, wohl auch mit Blumen geschmückt — ein alter Brauch, der an andern Orten auf andere Tage fällt. Dabei pflegt man auch Lieder zu singen, die wie das vorliegende ursprünglich immer eine andere Aufgabe gehabt haben. Warum ich übrigens dieses Stück in zwei zerlegt habe, ist augenscheinlich. Die Anfangszeile des ersten Theiles ist typisch. Der 5., 6. und 7. Strophe entspricht die 1. und 2. des 252. Liedes bei Uhland. Mit der 8. Strophe schlieszt der erste Theil ab, und es folgen im zweiten Bruchstücke eines andern, sichtlich alten, leider in vielen Stellen dunkeln und muthmaszlich verderbten Liedes, das schon bei seinem Entstehen oder doch schon längst in nahem Zusammenhang mit dem Johannisfeste gebracht zu sein scheint.

Wünsche.

10. Neujahrswünsche. Die eingeklammerte Zeile in B hat der unabweisbare Humor eingeschaltet.

11. Wahrscheinlich ursprünglich mit Ueberreichung eines Rockens; jetzt wird der Spruch ohne solche Beigabe gesagt, und auf das Haupthaar bezogen. Er ist auch in Deutschland bekannt

12 Der Burghüter bewacht bekanntlich noch heute werthvolle Güter der Landgemeinden und ihrer einzelnen Glieder; in früheren Jahrhunderten war das noch weit mehr der Fall. Dafür konnte sein Weihnachtsgrusz mit weit mehr Recht als etwa der Neujahrswunsch des Rauchfangkehrers zugleich zu freundlicher Gabe mahnen.

13. Diesen Trinkspruch pflegt der Altknecht in festlicher Versammlung der Bruderschaft auszubringen.

Fastnachtsprüche.

Unsere Fastnacht- oder Aschermittwochfeste drohen bald unter administrativen Maszregeln und dem zersetzenden Einflusz von Cultur und Aftercultur zu ersticken, und noch sind sie nicht gesammelt. Auch das ritterliche „Gänserennen“ — beschrieben in einem mir augenblicklich nicht zugänglichen Jahrgange des „sächsischen Hausfreundes“ gehörte dazu. In Georgsdorf wurde es bis vor 7 Jahren, wo es durch das wailand Bezirksamt verboten wurde, abgehalten; doch war es nicht die einzige Auszeichnung des frohen Tages. Auch den Kindern muszte an der Freude ihr Theil gegönnt werden. Am Dienstag ward mit den Knaben vom Schulmeister, mit den Mädchen vom „Cantor“ ein Fastnachtspruch (fuosnich šprâčh, fuosnichlatêinj) eingeübt, den die Kinder zu Hause den Eltern vorsagten. Diese schickten dann dem Lehrer dankbar einen „funkich“ oder „knödel“ und Wein, was besonders dem „armen“ Cantor als seltener Genusz „wohlbekommt.“ Diese „*Fastnachtsprüche*“ werden zwar von den Lehrern selbst redigirt, und sind insoweit nicht ganz eigentlich Volkslieder, bewegen sich übrigens, wie schon die aufgenommenen Stücke beweisen, immer in denselben hergebrachten Formeln, und auch die Gedanken kehren in immerwährender Wiedergeburt oft und oft zurück, wie es eben in Volksliedern zu geschehen pflegt, und so durften diese Stücke als Zeugen des dichtenden Volksgeistes, worunter denn doch auch der Schulmeister mehr oder weniger mitbegriffen werden musz, nicht ganz übergangen werden.

14. Der Freude mischt sich in diesem und den folgenden Stücken leichte Ironie und Humor bei, der für diese Fastnachtsprüche charakteristisch ist. Es musz Frucht versetzt, verkauft, der Schmalztopf an diesem Tag geleert werden, der hernach schwer wieder gefüllt wird; aber das ist nun einmal der Tag für den Freudenrausch, ob man auch morgen darben musz. In demselben Geiste sind

15 und 16 gedichtet.

17. Ein wahres Fastnachtlatein, ein köstliches Stück Cantorenhumor.

18. Vergl. Nro. 14.

19. Deutet auf die Feier des Gänserennens. Mit dem Rufe:

„Knödel än't höusz
funkij eröusz!“

fordern die Gänseritter nach altem Brauch den gebührenden Antheil an Speis' und Trank, der ihnen aus jedem Haus aus dem Fenster herausgereicht wird.

20. Ich kann nicht verbürgen, ob diese Bruchstücke, wie ich dem Inhalte nach vermuthe, zu einem Fastnachtspruch gehören.

Freudenlieder.

21. Aus J. K. Schuller's „Gedichten in siebenb. sächs. Mundart. Hstadt. 1841.“ Gehört wie die Nro. 22 und 23 einer den Fastnachtsprüchen sehr ähnlichen Art von nicht ganz reiner Volksdichtung an. Nr. 23 ist auszerdem verdächtig.

Rundreime.

26. Jeder der Reihe nach beginnt mit dem letzten Worte des Vorgängers. Solche Reimspiele ohne sonstigen Gehalt wurden und werden bei fröhlichen Festen nach einer bestimmten Melodie improvisirt. Es genügte hier von nur einem Beispiele Kenntnisz zu nehmen. Vergl. Wackernagel's Leseb. I. S. 850 und Erlach III. 491

Faschingsseufzer.

27. Zu vergleichen mit den Fastnachtsprüchen und den Nro. 55 und 56 dieses Buches.

Tanzreime.

Den Tanz mit recitirten oder gesungenen Reimzeilen zu begleiten, ist zum Theil auch bei den Sachsen Sitte. Im Vergleich mit süddeutsch. *„Gsangerln"* und *„Schnadahupferln"* sind unsere von Nro. 28 bis 48 gehenden Tanzreime weniger mannigfach, auch weniger zart und sinnig, dafür stellenweise markiger. Die Neigung zur Zote, welche bei den Tanzreimen mancher Völker auffält, ist den unsrigen fremd.

28. Bruchstücke. Aehnliche Anklänge in Neidharts von Reuenthal Liedern und in Kinderreimen.

29. Vergleiche die Parodie hiezu Nr. 54 dieses Buchs und die Nrn. 53 und 54 in Uhland's Sammlung, die ähnlichen Inhaltes und Baues sind. Wiederkehrende Anfänge der Strophen mit geringen Abweichungen sind überhaupt in unsern Tanzreimen häufig, und werden darin wie Motive in der Musik benützt.

Zweite Abtheilung.

Scherz und Spott.

Uralt sind unter den germanischen Stämmen die *Spottlieder* und *Schmähreden*, gegen welche die christlichen Geistlichen der ältesten Jahrhunderte nach der Bekehrung, wie gegen anderes Erbe aus der Heidenzeit eifern. Es kann Manches aus den folgenden Stücken bis dahin zurückreichen.

Wahl.

48. Das Lied ist aus sächsischem Humor hervorgegangen und auf speciel sächs. Verhältnisse gegründet; doch fehlt es nicht an Seitenstücken in Deutschland. Vergl. Nro. 264 in Uhland's Sammlung, das um 1544 erscheinend auf ein bedeutendes Alter solcher Stoffe deutet, zumal es ein Bruchstück zu sein scheint; auch der äuszere Mechanismus dieses Liedes ist dem des unsrigen sehr ähnlich:

Mein mûterlein das fraget aber mich
ob ich wolt ein schreiber?
‚Awe nein!‘ sprach ich —
näm ich denn ein schreiber zu einem manne
so hiesz man mich frau schreiberin
und ein dintenzetterin, &c.

Aehnlich sind auch Nro. 342 und 348 bei Simrock und ein serbisches Volkslied S. 36, Bd. II. der Talvjschen Uebersetzung; noch mehr aber ein von Hoffmann v. Fallersleben in Schades Jahrbuch I. Bd., S. 128 aus einer Handschrift von 1737 herausgegebenes niederl. Volkslied. Hier wird zuerst abgewiesen der „*schoenmaker*“, der „*snijder*“, der „*backer*“, der „*coster*“ — das Lied schlieszt:

„Met dien quam daer een creupelken:
meisken woudy my?
ja, seide sy, hupenstup!
ghy sijt my ooc also nut,
het sal gheen ander sijn,
dat creupelken heeft goet ghelt, goet ghelt,
dat meisken is fijn.“

Es gibt noch verschiedene Relationen dieses verbreiteten Liedes im Sachsenland. In einer mir aus Arkeden zugekommenen ist:

1. de „schosztorän“,
de îwich „drôtšpänerän.“

2. de däpnerän
de îwich lîmkniederän.

3. de bėdnerän
de îwich špênferbråerän.

4. de däschleräu
de hobelschléiferän.

5. de mèlnerän
de hîbeszbakerän.

6. de wiewerän
de leiwentwirkerän.

7. de kanterän
de musiksängerän.

8. de schûlerän
de fënsterkukerän.

9. de farerän
de schâdenheočherän.

10. de gebauerän
fléiszich arbed'rän."

Diese Relation ist offenbar matter als die im Text aufgeführten.
49. Dem Vorigen parallel. B soll eine schöne Melodie haben, die mir wie die fehlenden Strophen unzugänglich geblieben ist.
50. Bruchstück — gehört in dieselbe Reihe.

Die Bauernknechte.

51. Aus Wittstock's Sag. und L. aus dem N. G. Wie in den vorangehenden Liedern der Bauernstand den andern Ständen gegenüber in helleres Licht gestellt wird, so werden hier die Bauernburschen vor den Handwerksburschen herausgestrichen. Durch dieses darin niedergelegte Bauernselbstgefühl kennzeichnen sich alle diese Stücke als Bauerndichtung.

Gut Mann.

52. Scheint ein unvollständiges Spottlied zu sein.

Tanzreime.

53. Aehnliche Anklänge in Neidharts Liedern.
54. Parodie zu Nro. 29 dieses Buches; vergl. die dortige Anm.

Die Knechte.

Die drei Stücke von 57 bis 59 habe ich von andern Liedern abgelöst, mit denen sie unorganisch verknüpft waren. Es sind Spinnstubenneckereien, mit denen die Mägde den Knechten zusetzen. Ich habe mich darüber ausgesprochen in der Anmerkung zu Nro. 6 des ersten Buchs.

Johann.

60. Wahrscheinlich ein Scherzlied, das zur Belustigung auf Hochzeiten vorgetragen wurde, wie die sogen. „Hochzeitpredigten."

Jungfrauentagslieder.

61. Ursprünglich vielleicht ein Spottlied, das übrigens in einigen Stellen an Nro. 5 und Nro. 64 dieses Buches anklingt. Später scheint es wie andere Lieder die Bestimmung erhalten zu haben, Neuvermählten als bloszer Scherz von Freunden und Bekannten gesungen zu werden wahrscheinlich vor dem Fenster oder wie jene Rockenlieder im Vorhaus. Erst seit das Lied in dieser Weise in Gebrauch kam, konnte die letzte Strophe angehängt werden, die wie gewöhnlich mit einer Anspielung auf Bewirthung schlieszen muszte. Ein „Stritzel, ein Braten und ein Eimer Wein" sind auch gewöhnliche Gebühr für die Musiker, welche bei der Trauung in der Kirche die Musik aufführen; hier also könnte die Anführung dieser Gebühr auch für Parodie gelten. Die zweite, eingeklammerte Relation der ersteu Strophe hat mehr Sinn, und deutet auf die Armseligkeit, dasz selbst der Geiger auf der Hochzeit fehlt, und Unken seine Stelle vertreten. Der deutsche (und sächs.) Refrain begegnet auch in andern Liedern. Hier ist er von ironischer Wirkung. In einigen Relationen fehlt er, scheint also nicht ursprünglich zum Liede gehörig. Ein ähnliches Spottlied siehe bei Uhland Nro. 277. Gleiche Aufgaben scheinen die beiden folgenden Stücke
62 und 63 zu haben.

Hochzeitsreden.

Zu den vielen Gebräuchen bei Hochzeiten gehören auch die sogenannten Hochzeitpredigten oder Hochzeitreden. Ueber die Art ihres Vortrags siehe Mätz in dem mehrerwähnten Schäszb. Schulprogramm. Zum erstenmal wurde eine solche Rede veröffentlicht in dem Satelliten der Kronstädter Zeitung. Was „Ursus und Compagnie“ damals dagegen einwendeten, konnte mich nicht abhalten dieselbe an dem passenden Ort auch in meine Sammlung aufzunehmen; vielmehr halte ich es für Pflicht hier durch einige Bemerkungen wo möglich eine richtigere Auffassung dieser Art von Volksdichtung zu vermitteln. Sicherlich haben sich diese Hochzeitreden aus uralten Gebräuchen herausgeschält, und wohl nur nach der Reformation die Form der Predigt angenommen. Seit dieser Zeit nur mögen auch Schulmeister und Cantoren auf ihre Abfassung wie auf die Fastnachtsprüche Einflusz genommen haben, doch stammen durchaus nicht alle oder auch nur der gröszere Theil dieser Dichtungen aus solcher Quelle. Alle diese Stücke haben miteinander gemein:

1. Die äuszere Form und Gliederung einer Predigt.
2. Eine Aufzählung von Gegenständen der Mitgift voll komischer Einfälle.
3. Eine Erzählung, worin Zoten nie ganz fehlen.

Solcher Form und solchen Inhaltes wegen sind diese Reden meistens angegriffen worden. Ohne sie nun in jeder Erscheinung und bis in den kleinsten Zug vertheidigen zu wollen, musz ich dieselben doch gegen Miszverständnisz und übertriebenen Standeseifer in Schutz nehmen. Dasz sie die äuszere Form der Predigt parodiren, ist noch kein Verbrechen; auch liegt ihnen in der That nicht die entfernteste Absicht zu Grunde, hiemit die Predigt selbst oder das Bibelwort und dessen Verkündiger zu verspotten; eine solche Absicht stände im geradesten Widerspruch mit dem frommen religiösen Sinn unseres Volkes. Wer Schiller's Glocke parodirt, will weder Schiller noch dessen Werk verspotten, und ebensowenig hat Hans Sachs eine Blasphemie im Sinne, wenn er in seiner „Comoedia“, die ungleichen Kinder Evä &c., das „Vater unser“ und den Glauben in komischer Weise also von Kain und seinen Genossen verderben läszt:

„O Vatter himmel unser
lasz uns allhie dein reich geschehen
in himmel und in erden sehen,
gib uns schuld, und tåglich viel brodt,
und alles übel, angst und not. Amen.“

und weiter:

„Ich glaube an Gott himmel und erden,
und auch des samens weib musz werden,
und auch des heiligen Geistes Namen
die sünde, fleisch und leben. Amen."

Selbst ein schalkischer Seitenblick auf den oft unerträglichen Schwulst, die Salbung, den Nimbus, das falsche Pathos mancher Geistlichen — wie berechtigt er auch ist — tritt nur selten — wie in Nro. 66 — unverkennbar in den Vordergrund. In der Regel verlacht der parodirende Redner nur sich selbst, oder neckt seine Zuhörer, indem er sie mit plötzlichen unerwarteten Wendungen Schlag auf Schlag überrascht. Diese Absicht haben namentlich die parodirten Perikopen und das Vater Unser; die Zuhörer sollen durch täuschende Anklänge immer wieder in den Wahn versetzt werden, sie würden das wirkliche Bibelwort zu hören bekommen, und sich immer wieder in dieser Erwartung betrogen sehen. — Die komische, echthumoristische Aufzählung der Mitgift kann nur belustigen, nicht stören. Die Zoten möchte man allerdings lieber entbehren, doch ist für allzuzelotische Eiferer zu bemerken, dasz eine starke Komik selten vor solchen Derbheiten zurückscheut, dasz namentlich die Hochzeitsgebräuche vieler Völker gerade Derbheiten dieser Art lieben. Mätz führt in dieser Hinsicht sehr passend an, was Wachsmuth „Geschichte der deutschen Nationalität" über ähnliche Gebräuche in Holstein, Oldenburg, Westphalen sagt: „Die Färbung ist nicht selten stark cynisch, dennoch nicht von lüsterner Geilheit, sondern von einer naturwüchsigen, um conventionelle Hülle unbekümmerten Nacktheit. Etwaigem Rückschlusz von dieser auf sittliche Verderbtheit steht entgegen, dasz dergleichen Kraft und Saft gerade in Landschaften, wo jene nicht um sich gegriffen hatte, vorzugsweise zu Hause gewesen sind." Unsere „Hochzeitreden" verdanken ihre Existenz derselben Richtung des menschlichen Geistes, welche die Bauernspiele der Griechen und Latiner, das Athenische Satyrspiel, die Derbheiten des Aristophanes und Shakespeare, das römische Eselsfest, die Fastnachtspiele und Aehnliches erzeugte. Man darf wünschen, dasz fortschreitende Cultur und sittliches Zartgefühl ihre Derbheiten mildere, ihren oft köstlichen Humor aber mögen sie uns unangetastet lassen.

64. Aus dem Satelliten zur Kronst. Zeitung Nro. 47 und 48, 1857, wo das Stück verhochdeutscht erschien.

65. Aus einer Hochzeitrede aus Marpod ausgehoben.

66. Aus einer Hochzeitrede aus Marpod ausgehoben. Daselbst pflegen auch vor und nach diesen Hochzeitreden von sogenannten Quartiermachern gereimte Vor- und Nachreden gehalten zu werden. Die letzten 4 Zeilen sind Bruchstücke eines Lügenliedes.

Guckuk.

67. Ich habe in der Anmerkung zu Nro. 4 des ersten Buches angedeutet, dasz der Guckuk im Mittelalter als Bastard und Verführer galt. Vergleiche die parallelen Lieder Nro. 120 bei Simrock und in Wunderh. I. 353.

Spinnerin.

68. Dasz dieses Lied aus Deutschland eingeführt, und hier aus wenig umgedichtet worden ist, zeigt ein Vergleich mit Nro. 266 bei Simrock sogleich. Aehnliche Lieder haben Wunderh., Erk, Kretzschmar u. a. Dasz uns andrerseits der Stoff selbst altbekannt und eigen sei, zeigt Haltrich's Märchen Nro. 68 von der Frau ohne Hemd und die darin vorkommenden, eigenthümlich sächs. Verse:

1. Kästenåschô se ṡpän doch,
te hôszt nor în hèmt nôch!
„Åch nåi, motter nåi!
dèsen ôwent schlôfe gôn
mårn frå åfṡtôn,
fil ṡpäne, fil ṡpänen!“

2. Kästenåschô afṡtôn,
ṡpäne gôn!
„Åch nåi moter, nåi!
dèse mårje låzen,
enzôwent säzen,
fil ṡpäne, fil ṡpänen!“

3. Kåstenåschô ṡpäne gôn,
e rîn hèmt ṡpänen,
dich fräinjdern!
„Åch nåi moter nåi!
z'îrṡt fräinjdern
dernô ṡpänen!“

und zuletzt, wenn sie zum Spinnen gezwungen wird:

Kästenåschô!
nea hälft nor det schlôn;
ai hât ij ed înder gedôn!
nèd enzôwent špänen,
nèt måre špänen,
glèch špänen!

Schnur und Schwieger.

69. Auch dieses Lied ist ziemlich spät aus Deutschland eingeführt worden. Der Stoff ist ziemlich alt; die in Uhland's Sammlung Nro. 276 stehende Parallele hat vor 1570 existirt. Auch bei Simrock Nro. 236 und sonst finden sich Parallelen.

Das Essen.

70. Vergleiche Uhland's Sammlung Nro. 281.

Der Pfaffe im Keller.

71. Das Lied ist nicht gut erhalten. Seitenstücke finden sich allenthalben, doch ist mir keines mit genau gleichem Stoff bekannt.

Noch einen Tanz.

72. Man erkennt sogleich, dasz dies Lied in allerjüngster Zeit aus Deutschland eingeführt ist. Ein solches muszte aufgenommen werden, um die Geschichte des sächsischen Volksliedes bis auf unsere Tage herab klar zu legen. Die Originale finden sich bei Erlach Bd. III. 92, bei Firmenich Bd. II. 801 aus Niederösterreich, mit dem wir sonst wenig Liedergemeinschaft haben. Ob die in unserm Liede vorkommenden Abweichungen — wie die Reime anzudeuten scheinen — sächsische Umdichtung sind, oder auf einer andern Urquelle beruhen, lasse ich unentschieden. Durch die Mischung des Sächsischen mit (verdorbenem) Hochdeutsch ist übrigens in unserem Liede eine eigenthümliche und vortheilhafte Wirkung erreicht worden.

Todtenklagen.

Leichenklagen waren früher im Sachsenlande — wie bei vielen Völkern — allgemeine Sitte. Noch jetzt sind sie nicht an allen

Orten abgekommen, und es wäre angemessen auch in dieser Richtung zu sammeln. Wenn die Verwandten des Todten sich nicht zur Klage begabt fühlen, lassen sie sich durch ein „Klageweib" vertreten. Manche von diesen „Klageweibern oder Klagfrauen" können in der That „schön klagen", und nehmen in ihren halbsingend recitirten Reden zuweilen höchst überraschende und rührende Wendungen. Situation, Lage, Familienverhältnisse werden dabei auf das beste ausgebeutet. Z. B. Ein Kind wird zum „Friedhof" getragen; der Zug kommt an dem Hause der Groszeltern vorüber, wo es so oft hingegangen, gespielt, Geschenke erhalten hat. Das Klageweib erhebt plötzlich mit gesteigertem, heftigerem Affect feine herzzerreiszende Stimme: „Steh still, Maio! steh still! du bist ja niemals bei deiner Groszmutter Hause vorübergegangen. O! komm herein! komm herein! sie gibt dir Milch, sie gibt dir Obst; sie hat dich ja niemals unbeschenkt gelassen. Warum willst du nicht mehr zu deiner Groszmutter (grîszo) kommen? Was hat sie dir „zu Leids gethan? Kehr um, kehr um! u. s. w." Weitere Einblicke in die Stoffsphäre dieser Todtenklagen gestatten zwei durch den Schäszburger Gymnasiallehrer Georg Schuller an mich gelangte Lieder aus Rosenau bei Kronstadt, also in einer leider in meiner Sammlung so wenig vertretenen Mundart. In den Text konnten sie als Kunstdichtungen nicht aufgenommen werden. Da aber der Verfasser (Johann Stoof, Mädchenlehrer in Rosenau) dem Volk durch Leben und Beruf sehr nahe steht, seine Schöpfungen überdies ganz auf volksmäsziger Grundlage beruhen und nur der Form nach sich an die Kunstpoesie anlehnen, verdienten sie in den Anmerkungen eine vorzügliche Stelle:

I.

Klage einer Mutter am Sarg ihres Kindes.

1. Ach då méinj léiwet kändj fum harze mir geräszen,
als wéi en blom fum wändj; bålt wird em nétj mî wäszen,
dat då was af der iert.
Nor mir bléifst tå åtéits wiert
kändj méinj ä méinjem hårzen!

2. Schaz méinj, méinj înzéch blom, méinj frait, méinj åtûlz, méinj schînhît,
dei mir der Härgot nom än déinjes härzens rînhît,

zem trûszt fu Got beschiert,
wôr ėch nėtj dėinjer wiert.
kändj mėinj ä mėinjem hârzen!

3. Schaz mėinj, mėinj oinjeltschen
Rît wei en âpeltschen
schaz mėinj, ed äsz folbruocht,
ade ze göder nuocht,
kändj mėinj ä mėinjem härzen!
for âchtefîrzich ŝtönden
na blîj und fôler wônden,

4. Schaz mėinj, wört Got der här
dat meinj oint wäir nėtj fûr .
dėch häit und u mėch dräkt,
wėi wêr meinj härz enzäkt,
kändj mėinj ä mėinjem härzen!
sėch meinjer och erbarmen,
unt dad ėch bâld än armen

5. Schaz mėinj, en göden dach
dei for em gôr och dach
Bäs af de goinsten dach
röu wuol on 'âgemach,
kändj mėinj ä mėinjem härzen!
entbäiden ėch der grûszen,
äm sarch bekränzt mät rûsen.

II.

Klage einer Wittwe am Sarg des Gatten.

1. Schazijer, göder moun!
der bater duot, faszt koun
Der schmärz äsz grûsz for mėch.
Ach här erbarem dėch!
Wat sal nä iusz mir wârden.
wol balt huod âs geschîden
ėch dėch zem grâf gelîden.

2. Schazijer göder wirt! ŝtond af, nėtj blîf do lâien! —
Ed äs ämsonzt hî hîrt unt sėtj nėtj mî mėinj schrâien.
Schaz mėinj, dėinj hônd äsz kalt
unt blîch dėinj gonz geŝtalt,
dėinj ougen sėinj geschlôszen.

3. Schazijer wirt! wier wit
wėlj dich der duot schun nit,
unt broinen hîm de frucht,
wier wit dės wîsen zucht
und och de wirtschaft lîren?
hinfaurt âs wisen mäihen,
wier wid âs lônt besäien

4. Schazijer wirt, mėinj ŝtäz
äsz hî ze näszt mî näz
Sol ėj, en öländj wîf
sol dėinj ŝtuork lîf schun râszten?
als nor de würm ze mâszten?

mät meinjem kronke lîf
dèsz wirtscheft nå beštreiden?

5. De wärelt äsz gor bîsz,
af munchen uord unt wîsz
Mèinj krûn äsz nä dohin;
èch štôn nä gonz elîn
mät mèinjen uorme wîsen.
se wid åsz nor feruoc̆hten,
ze åsem schaden truoc̆hten.

6. Schazijer moun, am dèch
unt hinfuort sol em mèch
Ade, mèinj lèiwer moun!
bäs èch bei dèch ku koun,
wäl èch dir šteits trai blîwen.
wäl èch nor drôn špuorz klèder
nei frîlich seinj mî wèder.

7. Wai trailech dîlde mir
Dad et nä wûlgît dir
Dä huoszt mèch nei bedrèift.
Nor dèch hun èch gelèift;
mèinj leif ze dir blîft îwech.
det göd und oc̆h ded iwel!
duorun äsz nichen zwîfel.

8. En grousz fu mèinjer sètj
det štuorf for kurzer zètj!
O wörd ed bolt geschènj,
dat mir åsz wèder sèinj!
Wol wörde mir åsz fråien!
un åsz lèif kändj Katrèntchen,
grèis oc̆h mèinj säszter Äntchen!

9. Unt nä, mèinj hårzensfrèndj,
Kut her, mèinj uorem kändj,
unt šprêcht: Adê schaz mèinj
bäsz mir asz wèder sènj,
röu woul, harzleifster fuoter!
de lêzte kasz beim schîden!
unt wäntscht em nä de friden,

Aehnlichen Stoff enthalten die Todtenklagen aus *Kuneschäu* und *Beneschäu* bei K. J. Schröer: Versuch einer Darstellung der deutschen Mundarten des ungrischen Berglandes &c. S. 157 und 180.

Freilich sind viele dieser Klagen, wie es in der Natur der Sache liegt, auch Typen, und damit ist für den Humor die Veranlassung zur Parodie gegeben. Eine solche ist Nro.

73. das die Klage eines treulosen Weibes um ihren Mann erzählt, und

74. worin das Komische durch die Erwähnung kleinlicher und alltäglicher Begebenheiten aus dem Leben des Verstorbenen bewirkt wird.

Rückkehr.

75. Ein Original der jüngsten Zeit. Andere Relationen enthalten stärkere Derbheiten. Auch sind verschiedene Melodien im Gebrauch.

Der Reiter.

76. Aus J. K. Schuller's Gedichten in Siebenb. sächs. Mundart. Hstdt. 1840. Parallelen in Simrock's Kinderbuch Seite 52, 53, 54. Schuller erwähnt ein gleiches aus Reinh. Liederspielen mitgetheiltes in der Transilvania von 1840, Nro. 85.

Rathsherren.

77. Soll jetzt als Spottlied gebraucht werden, ist aber offenbar einer Zauberformel entnommen.
78. Bruchstück eines Spottliedes.

Michelsberger.

79. Eine locale Spötterei. Die Michelsberger einerseits als Leute von derbem Witz bekannt, sind doch andrerseits auch wie die Ramser, Böleschdörfer u. A. vielfach Stichblatt des Witzes.

Drei Mitnationen.

80. Nationale (übrigens ziemlich harmlose) Spötterei, wie dergleichen bei allen Völkern vorzukommen pflegen. Ein von deutschen Handwerksburschen im Lande gedichtetes, dann von Soldaten nach eigenem Bedürfnisz umgeändertes Lied läszt sich über die drei Hauptnationen Siebenbürgens also aus:

1. Kommt Brüder, dasz wir ausmarschiren
aus dem Siebenbürgen aus
denn beim Ungarn und Walachen
ist wahrhaftig nichts zu machen,
und beim Sachsen auch nicht viel.

2. Kommt man ins Quartier zum Ungarn
da ist auch der „bizony nints“

„bizony nints“ ist alle Tage
„nem lehet“ nur einmal sage:
ai! du diznópásztor du!

3. Kommt man ins Quartier zum Wlachen,
da sieht der Hunger zum Fenster heraus:
Seine Speis ist Momelige,
in der Fasten Kisselize
und am Feiertag Malai.

4. Kommt man in's Quartier zum Sachsen
da gehts noch am besten zu;
mit der Wirthin ist gut leben:
Frau Mutter wird euch bâflîsch geben
und ein Glas Krampampuli.

[5. Brâder Mächel, brâder Honesz,
brâder Tiz und brâder Tumesz!
laszt uns eure Weiber matzen,
denn das dient euch ja zur Ehr —
denn das dient euch ja zur Ehr.]

Die letzte Strophe, schon an sich leicht als Zusatz und Erzeugnisz soldatischen Uebermuthes kenntlich, fehlt dem Handwerksburschenliede, das auch andern Anfang hat, gänzlich.

Nicht selten haben gelegenheitlich entstandene Scherzreime in sächs. Mundart durch Zufälle oder ansprechende Melodie begünstigt fast die Verbreitung eines Volksliedes gefunden; ich habe dergleichen jedoch nicht in meine Sammlung aufnehmen zu sollen gemeint.

Drittes Buch.

(Sprichwörter.)

Die Sprichwörtersammlungen von *Wagner*, *Körte*, *Eiselein*, *Simrock's Volksbuch*: *„die deutschen Sprichwörter"*, die erst kürzlich erschienenen „deutschen Sprichwörter" von Zingerle und noch mehr *Wander's „deutsches Sprüchwörterlexikon"* — wenn es vollständig vorläge — wären bei diesem Buch am bequemsten zur Vergleichung zu benützen; auch standen mir mehrere alte Sammlungen, namentlich aus dem 16. Jahrhundert zu Gebote. Ich, habe mich indessen hier nicht auf Vergleichung eingelassen, weil sie doch nur von geringem Nutzen sein würde. Wer auf diesem Gebiet einigermaszen heimisch geworden, weisz, dasz vielleicht kein Erzeugnisz der Volksdichtung so sehr Gemeingut der Völker geworden ist, als das Sprichwort. In der That ist auch keines so sehr geeignet, in alle Welt verschleppt zu werden. Aus gemeinsamenem Besitz von Sprichwörtern auf nähere Verwandtschaft zweier Volksstämme schlieszen zu wollen, wäre grundfalsch, und ebensowenig liesze sich eine andere ähnliche Behauptung darauf gründen. Wir können aus den Gegenden um Köln stammen; nur darf man das durchaus nicht folgern aus dem Umstand, dasz viele unserer Sprichwörter in jenen Gegenden gangbar sind — ebensowenig als man uns wird zu Walachen machen können, weil in *J. K. Schuller's: „aus der Walachei"* so manches walachische Sprichwort den unsrigen parallel ist, oder zu Juden, Römern, Griechen, weil sich unser Volk manchen biblischen, lateinischen, griechischen Sinnspruch mundgerecht gemacht hat, indem es gleichsam vergrabenes Gold in gangbare Münze umprägte. Wer *Firmenich's* Werk durchgeht, wird unter den vielen darin aufbewahrten Sprichwörtern aus allen Gegenden Deutschlands manches zum zehntenmal zu lesen bekommen. Auf viele tagtäglich gehörte stöszt man bei *Agricola, Frank, Fischart*, im *Reinecke* und in *älteren Werken*. Dagegen habe ich in den altniederländischen, welche *Hoffmann v. Fallersleben* in seinen: „*horae belgicae*“ herausgegeben, verhältniszmäszig weniger Verwandtes gefunden, da doch auch unser Zusammenhang mit den Niederlanden nicht in Zweifel gezogen wird. Ein Gesammtsammelwerk, wie es Wander's Sprichwörterlexikon zu werden verspricht, mag sich auf Vergleichung einlassen. Bei der Masse des Stoffes reiht sich dort Verwandtes schon im Texte vielfach in ganzen Spalten und Blättern aneinander; aber wohin müszte bei einer Specialsammlung wie mein Buch sie bietet, die Vergleichung führen, wenn erwogen wird, dasz schon die Sprichwörter der Germanen auf 100.000 geschätzt werden, und dasz hier mit bloszen Citaten von Nummern anderer Bücher nicht viel genützt würde, vielmehr wörtlich angeführt werden müszte, was zur Vergleichung angezogen wird.

Was ich in dieses Buch aufgenommen habe, zählt zu den reinen Sprichwörtern. Jedes Stück muszte mir an und für sich einen klaren, verständlichen, lehrhaften Sinn enthalten, also ein unabhängiges, in sich abgeschlossenes, kleines Kunstwerk sein. Sprichwörtliche Redensarten und gebräuchliche Tropen der Volkssprache suche man bei mir nicht! Was mir dagegen an wirklichen Sprichwörtern zugänglich geworden, habe ich ohne alle Bedenken aufgenommen. Dasz Volkssprichwörter zuweilen derb sind, weisz man; gerade in dieser Derbheit liegt oft der Kern und das Treffende. Ich durfte dergleichen in einer historischen Sammlung nicht übergehen, und habe mir auch nicht durch Gedankenstriche darüber hinweghelfen wollen.

Die Ueberschriften, unter denen ich die einzelnen Stücke gruppenweise gesammelt habe, sollen nur die Uebersicht erleichtern; eine strenge Sonderung sollte damit nicht bezweckt werden, da Sprichwörter so vielfacher Beziehungen fähig sind, und, die Bauernregeln ausgenommen, die meisten nach Umständen unter mehrere Abtheilungen gesetzt werden könnten. In Wander's Weise die Sammlung lexikalisch zu ordnen, konnte ich mich nicht entschlieszen, einerseits eben wegen jener Vieldeutigkeit des Sprichworts, andererseits weil bei solcher Anordnung vielmal das Gleichartige getrennt, das Ungleichartige in nächste Nachbarschaft gesetzt werden muszte. Die zahlreichen, und ihrem Wesen nach ganz kurzen Nummern Stück für Stück in den Anmerkungen zu begleiten, war nicht geboten; es genügt das Bedeutendste herauszuheben, wodurch dem Leser schon mancher Schlusz auf das Uebrige ermöglicht wird.

Bauernregeln.

Die meisten dieser Stücke sind allbekannt; nur wenige, wie fast durchgängig die auf die Traubengattungen bezüglichen, scheinen uns ausschlieszlich zu eignen.

19. Mariä Verkündigung ist gemeint.

21. Mariä Reinigung ist gemeint.

22. Auch hier Mariä Reinigung. Das Stück ist einem alten Kalender entnommen, und gehört in dieser Form wahrscheinlich der Kunstdichtung an.

28. Lîrenz in A ist St. Laurentiustag; auf ihn bezieht sich auch der Hirsch (hirş) in B, weil der Hirsch Attribut des Heiligen ist. Jetzt ist diese Beziehnung — in Folge der Reformation — im Volk vergessen.

38 bis 40 gehören ihrem Inhalt nach an eine frühere Stelle, und sind aus Versehen an diese zu stehen gekommen.

44. Bezieht sich auf den Regen.

49. Der „*schiel wäinjkel*“ ist der südwestliche Theil des Mühlbächer Horizontes — die Himmelsgegend, aus welcher die Gewitter fast ausschlieszlich zu kommen pflegen.

53. Es gibt mehrere Grasarten, deren Saamen, wenn sie sich häufig in der Frucht finden, wie dies besonders in regenreichen, üppigfruchtbaren Jahren der Fall zu sein pflegt, dem Mehl eine bläuliche Farbe verleihen; darauf bezieht sich das Sprichwort.

62. Ueber die von 62 bis 70 charakterisirten Traubengattungen siehe *Johann Fabinis* Aufsatz im Medwischer Gymnasialprogramm für 1860.

78. „*Ierij uschlôn*“ d. i. Erdoche durch Maueranschlag zum Verkauf anbieten.

84. Bezieht sich auf das Mästen der Schweine.

86. Der „*blêş Elias*“ in A und der „*Ilie*“ in B bezeichnen den Eliastag nach dem Julianischen Kalender, der noch in der orientalischen Kirche im Gebrauch ist. Man erwartet an diesem Tage mit Sicherheit ein Gewitter. Den Walachen ist Elias an Stelle eines heidnischen Donnergottes getreten.

Thiere.

Der gröszte Theil der unter dieser Ueberschrift gesammelten Sprichwörter ist Haltrich's Aufsätzen in dem Schäszburger Schulprogramm für 1854—5 entnommen. Viele Stücke reichen in das höchste Alterthum zurück.

96. Ist unter den verschiedensten Nationen verbreitet, insbesondere bei den Walachen sehr gebraucht.

98. Als Warnung bei schönem Spätherbst.

102. In dieser Form ganz sächsisch; doch finden sich sehr ähnliche Stücke in Deutschland. „Statuten" heiszt in gewöhnlicher Abkürzung des Titels das zum Theil aus gesammelten Gewohnheitsrechten zusammengestellte, seit dem Jahre 1583 in Kraft bestandene, jetzt nicht mehr geltende Gesetzbuch der Sachsen in Siebenbürgen.

113. Bezieht sich auf eine Wolfssage.

115. Wahrscheinlich aus ähnlichem Stoff hervorgegangen.

117. Alle drei Stücke beziehen sich auf Märchen oder Anekdoten.

124. Bezieht sich auf eine noch nicht entdeckte Fuchssage. In der gegenwärtig bekannten Thiersage hat der Wolf das Miszgeschick, worauf in unserm Sprichwort angespielt wird.

138. Die von J. Grimm D. Myth. S. 46 in Zweifel gezogenen Hundeopfer sind durch dieses Sprichwort (das in seiner Beweiskraft auch durch andere Quellen unterstützt wird) mindestens für Wassergötter als bezeugt anzusehen, zumal wenn B, das mehr Gebot des Aberglaubens als Sprichwort ist, nicht auszer Acht gelassen wird. Es ist wirklich eine abergläubische Sitte, die Erstlinge einer Hündin ins Wasser zu werfen. Den Wassergöttern wurden sie geopfert, die sich sonst rächten, indem sie, wie B sagt, die verweigerten Opfer wüthend (wasserscheu) machten; denn die Nixe sind tückisch und grimmig (grasnâkich) wie das Element, dem sie angehören. Wassergott und Wasserscheu in Beziehung zu bringen lag nahe, und hätte auch die Hundswuth — wie bei uns — nicht den Namen „Wasserscheu" geführt, so war doch die Erscheinung der letzteren da, und wird von dem Volke immer am meisten hervorgehoben. Weiter habe ich mich hierüber in meinen Mythentrümmern im Abschnitt von den „*Elbischen Wesen*" verbreitet.

157. Spielt auf die Geschichte des verlorenen Sohnes an.

164. Die Thiersage, auf die sich dieses weitverbreitete Sprichwort bezieht, ist noch unbekannt.

180. Scheint sich auch auf eine verlorene Volksdichtung zu beziehen.

181. Bezieht sich auf eine bekannte Anekdote: Ein Agnethler (in Agnethlen werden viele Pferde geschunden, und mit den Häuten Handel getrieben), erbost über sein Pferd, das ihm beim Striegeln einen Schlag versetzt hatte, erschlug dasselbe, zog ihm die Haut ab, und hing sie zum Trocknen auf den Dachboden. Als er eines Tages hier Geschäfte hatte, stiesz er mit dem Kopf an die hartgetrocknete Haut, so dasz er eine Beule davontrug, und brach ärgerlich in die Worte aus: „dem Pferde soll man nicht einmal auf dem Ueberboden trauen!“

182. Bezieht sich wahrscheinlich auf folgende Sage: Eine scheintodt begrabene Frau, erwacht in der Gruft, kehrt um Mitternacht nach Hause, klopft an's Thor, und ruft ihren Mann bei Namen. Dieser erkennt ihre Stimme, glaubt aber, es sei ihr Geist da, und will nicht öffnen. Als sie ihm wiederholt versichert, sie sei seine lebendige Frau, sagt er ungläubig: „Eher will ich glauben, dasz mein Pferd aus dem Stalle geht, und die Treppe heraufsteigt, als dasz meine Frau lebendig aus dem Grabe wiederkehrt.“ Augenblicklich hört er das Getrappel des Pferdes auf der Treppe &c.

183. Vergleiche 181 und die Anmerkung dazu.

186. Meist mit Beziehung auf erwachsene Mädchen gebraucht in dem Sinne: Ehrsame Mädchen laufen nicht auf der Gasse herum, oder: Liebenswürdige Mädchen werden auch zu Hause ihren Freier finden.

188. Bezieht sich wahrscheinlich auf ein bekanntes, im 2. Buch, Nro. 76 mitgetheiltes Spottlied.

201. Wenn Jemand unter nichtigem Vorwand einen unerwarteten Besuch macht.

225. Von weitester Verbreitung und schon den Römern bekannt.

Ueber die mythische Bedeutung der vorkommenden Thiere, besonders Wolf, Bär, Fuchs, auch Pferd siehe Grimm's D. Myth. Cap. III. und XXXV. und meine Mythentrümmer, über ihre Beziehung zum Thierepos J. Grimm's Reinh. Fuchs und Haltrich's Aufsätze in dem erwähnten Schäszburger Schulprogramm.

Essen und Trinken.

259. Aus dem Kuckuksrufe pflegt man bekanntlich auch die noch übrigen Lebensjahre zu berechnen; doch musz sich das Sprichwort nicht auf diesen Aberglauben beziehen.

279. „Wir arme Husaren essen das Fleisch auch ohne Brot“ soll ein Krieger geantwortet haben, als man ihm bei Tische Brot zum Braten anbot.

281. Beim Trinken.

282. Auch ungrisch wörtlich gleich: Darótzi kenjér,
Disznôdi káposzta,
Mirkwásari szalona,
Bogátsi bór,
Segesvári menyetske —
Aval lehet élni.

283. Populäre Diätregel für Gicht und Hämorrhoiden.

Schlemmer und Verschwender.

Die Sprichwörter dieses Abschnittes schlieszen sich an die des vorangehenden zum Theil so nahe an, dasz sie unmittelbar unter derselben Ueberschrift hätten angereiht werden können.

315. Siehe Nro. 69, Strophe 4 des zweiten Buchs.

322. Man erzählt von Schmarotzern, dasz sie Messer und Gabel bei sich tragend, schon früh morgens auf die Gasse herausgehen, und sehen, wo die Schornsteine stark rauchen. An diesem Zeichen erkennen sie, in welchem Hause ein tüchtiges Frühstück bereitet wird, und wenden sich dann dahin, um den Bewohnern einen guten Morgen zu wünschen.

324. Kränze an Stangen vor der Thüre aufgesteckt dienen den gewöhnlichen Weinschenken statt eines Aushängeschildes.

330. Vielfach verbreitet; scheint übrigens bei uns aus Deutschland eingeschleppt.

331. Anspielung auf eine Kinderpredigt; will hier sagen: „auf deine Warnungen gebe ich nichts“, und wird in den mannigfachsten Beziehungen verwendet.

Weib und Ehe.

334. Schmeichelt den Brünetten.

335. Von derselben Bedeutung wie das vorangehende. Deutsch: Auf schwarzem Acker wächst der Weizen wacker, oder Braune

Aecker die besten u. s. w. Ungrisch: A fekete földben terem a jô buza. Auch mehrfach in romanischen Sprachen.

341. Bezieht sich auf eine bekannte, bei Städtern herschende Sitte, ihre Töchter besonders für die Faschingszeit in andere Städte zu schicken, um sie an den Mann zu bringen.

345. Auch in Räthselform bekannt.

355. Wird auch vielfach mit andern Beziehungen gebraucht.

359. Wenn unter prunkenden Oberkleidern schmutzige oder zerrissene Unterkleider getragen werden.

360. Wenn die Unterkleider hervorhängend sichtbar werden.

361 und 362 haben vielfache Parallelen in Deutschland.

363 scheint aus Deutschland eingeschleppt, da das Reimwort: wėkt in dieser Verbindung im Sächsischen ungebräuchlich ist.

364. Will sagen: fleiszige Mädchen ergehen sich nur zur Feierabendzeit, sie blühen also für die Welt wie die Kürbisse abends.

386. Vergl. 336.

399. Auch vielfach in andern Beziehungen gebraucht.

406. Siehe über „bäschmoter" meinen „Woden" im Mühlbacher Schulprogramm 1855—6 S. 26 und folg. und meine Mythentrümmer am entsprechenden Orte.

Haus, häusliche Sorge und Arbeit.

Die Sprichwörter dieses Abschnittes sind wieder vielfach verwandt und berühren sich mit jenen unter der Ueberschrift: weise Beschränkung und Bescheidenheit.

409. geschlôän housz, d. i. ein Haus von Erde gestampft.

414. Uralt, schon Griechen und Römern bekannt und vielleicht nur eingeschleppt.

417. Mit Bezug auf Dienstboten.

430. Der Sinn ist: zu früh gemachte Pläne miszlingen.

441. Sonst wird den Rothköpfen gerade Schlauheit zugeschrieben.

458. Auch: Et kid ėnem näszt äm drûm.

463 bis 483. Viele Parallelen in Wander's Sprichwörter-Lexikon.

Handwerk, Stände und Klassen.

510. Nach einer weitverbreiteten Sage sind die Soldaten durch einen Fluch des Petrus zu diesem Schicksal verdammt. Ueber Ursprung und Bedeutung des Wortes: „muoser" hat J. K. Schuller an verschiedenen Orten gesprochen.

513. Will eigentlich sagen: im Himmel sind alle gleich; wird aber auch in anderm Sinne gebraucht.

516. Unter den Sachsen gab es ursprünglich wohl auch einen Adel, der indessen sammt seinen Besitzungen allmählich im Ungerthum aufgegangen ist. Auf eigentlichem Sachsenboden gab es nie volles Adelsrecht. Das Sprichwort spiegelt den Unwillen des bei aller Bescheidenheit stolzen, auf seine Freiheit und Gleichheit eifersüchtigen Volkes gegen diejenigen von seinen Söhnen, welche adelige Vorrechte oder Titel anstrebten. Es hat zu allen Zeiten solche Bestrebungen gegeben, die hier wie anderwärts zum Theil lange und bittere Kämpfe zur Folge hatten. Siehe hierüber Teutsch: Geschichte der Sachsen in Siebenbürgen; Kronstadt bei Gött von 1852 bis 1858.

521. Wortspiel mit „Räpesz“ Ortsname und „räpsen“ = Aufstoszen des Magens.

524. Wenn man Landleute aus der Umgegend von Bistritz, dem „Nösner Gelände“ nach ihrer Heimath fragt, pflegen sie zu sagen: „aich bä fu ze Nis'n.“ Diese sonst im Sächsischen ungebräuchliche Ausdrucksweise verspottet das Sprichwort. Vergleiche das mhd. z'en Burgonden, diu was ze Santen genant! u. s. w.

525. Draas (urkundlich Daraus) liegt am östlichen Ende der alten Sachsencolonie.

530. Will sagen: waren gleiche Verwüster unseres Landes.

Alter und Kindheit.

540. Ist ironisch gemeint.

542. Bezieht sich auf die geilen Leidenschaften, die zuweilen bei Greisen neu zu erwachen pflegen.

544 und 546 haben dieselbe Beziehung.

552. Nur wenig veränderter Bibelspruch.

553. Kecke Deutung der gleichen Worte Jesu.

589. Bezieht sich auf die Romanze vom hungernden Kind im ersten Buch.

592. Bezieht sich auf einen weitverbreiteten Aberglauben, der wohl aus dem Heidenthum stammen musz. Die Götter sehen göttliche Kräfte nicht gern bei Sterblichen.

Gott.

604. Wie Wodan und alle Göttervåter wird Gott von dem Volke als alter Mann gedacht. Die Vorstellung musz nicht eben dem Heidenthum entnommen sein, wenn sie auch einem idealen Christenthum fremd ist.

626. Das Eingeklammerte ist eine ironische Zugabe, die nicht immer dem Uebrigen folgt.

627. Plastischer sagt das walachische Sprichwort: „Ach! ach! wie weit ist der Himmel! von der Hölle trennt uns nur ein Zaun.

Tugend und Ehrlichkeit.

654. Vergleiche 336 und 337.

670. Das Sprichwort steht hier, weil es auch in der Bedeutung gebraucht wird: „Gebt dem Armen auch Etwas von eurer Mahlzeit!" Doch pflegt es auch scherzend bei der Mahlzeit gesprochen zu werden, wenn man einem der Dienstboten oder einem Kinde, das nicht bei der Tafel sitzt, ja einem Hunde oder einer Katze Etwas von der Tafel reicht, oder auch indem man ein abgegessenes Bein wegwirft. Der Bedeutung der Worte ist man sich dabei nicht bewuszt. Bartesch ist aller Wahrscheinlichkeit nach ein Hauskobold und der ursprüngliche Sinn des Sprichwortes bezieht sich auf das Opfer, das man ihm einst von jeder Mahlzeit zu bringen gewohnt war. Auf einen Hausgeist deutet namentlich auch die Geringfügigkeit des Opfers. Das hindert indessen nicht sich, wie J. K. Schuller bei diesem Bartesch an Bertha, die Führeriu des wilden Heeres zu erinnern, und zu vermuthen, dasz er einst in höherem Range, vielleicht als ein männlicher alter idem jener Bertha an der Spitze des wilden Heeres gestanden sei.

673. Säp d. i. Hosentasche, wohl aus dem Ungrischen entlehnt. Am säp knären ist bildliche Redensart für: hinterrücks reden oder: weit vom Kampfplatz Muth zeigen.

Schicksal und Weltlauf.

700. Noch gebrauchter im Walachischen, woher es entlehnt sein könnte.

709. Mit mehreren andern Stücken aus Haltrich's „Plan zu einem Idiotikon &c." — Aehnliches schon im Lateinischen.

731. Vergleiche mit diesem und den folgenden Stücken bis 735 die Stücke 796, 797 und 799.

745. Die Welt an Hals nehmen heiszt 1. Fliehen vom Hause, aus der Heimat in die Welt. 2. Fliehen aus der Welt und mithin aus dem Leben, also auch 3. Selbstmord.

764 bis 766. Haben mythischen Grund: Loki und nach ihm der Teufel, sein christlicher Abklatsch haben rothes Haar, aber auch der ägyptische Typhon und andere Götter. Auch das Epos vieler Völker gibt seinen bösen oder feigen Personen gern rothes Haar. Einen andern Grund hat es, wenn nach der Ansicht des Volkes Rothhaarige in der Regel gutmüthig, wenn auch jähzornig sein sollen. Das erinnert an den Charakter Thors, dem wenigstens rother Bart zukommt.

767. Will sagen, man möge sich vor Leuten, die einen Naturfehler oder körperlichen Mangel haben, hüten. Die Erfahrung lehrt, dasz Bucklige und Krüppel in der Regel misztrauisch und nicht selten auch bösartig zu sein pflegen. Das Sprichwort knüpft indessen nicht an diese an sich erklärbare Erscheinung, sondern an die Geschichte Kains in der Genesis an.

769. Bezieht sich auf eine bekannte Anekdote: Ein Bauer besuchte seinen Sohn, der Soldat war. Als er nach ihm forschte, und man ihn dabei fragte, „was denn sein Sohn sei“ (welche Charge er bekleide) antwortete er: „Hie äs äszt grîszet, grîszet; ich wîs âwer nèt, äsz 'e jenerâl âwer korperâl, genag um oinjt rold et sich.“

772. Sonst pflegt das Volk diese Gedanken in die Seele der Aerzte zu verlegen.

773. „Latèinjesch kächen,“ weil die Recepte lateinisch geschrieben.

782. Ironisch als Verspottung gegen Leute, die immer über ihr hartes Schicksal jammern.

788. Aus einem Hausbuch von 1740 — scheint deutscher Kunstposie entnommen.

819 bis 823. Drücken die Nothwendigkeit des Todes aus. Ich hätte noch eine ganze Reihe ganz synonymer Ausdrücke anreihen können, die indessen meist nicht in Sprichwörterform, sondern als bildliche Ausdrücke für *„sterben“* in verschiedenen Gegenden des Sachsenlandes in Umlauf sind. Ich verweise in dieser Hinsicht auf Georg Schuller's leider seither nicht fortgesetzte Abhandlung im Schäszburger Schulprogramm für

1862—63 Seite 13 und folgende, wo mehr als hundert solcher Ausdrücke gesammelt sind.

Weise Beschränkung und Bescheidenheit.

829 und 830. Siehe Nro. 69 Strophe 2 und 3 des zweiten Buchs.
837. Will sagen: Wenn man sich aufputzt wie eine Rose — wird man bald nackt gehen müssen.
873. „duor de brokt sâsz" d. i. auf den Hintern — kommt auch in Räthselform vor.
900. „en trôf ze fil än der štuf" bildliche Redensart für: es ist Jemand im Zimmer, der nicht hören sollte, was gesprochen wird, z. B. ein Kind.
901. „schäingeln af em dâch" hat denselben Sinn wie: en trôf ze fil än der štuf: Siehe Nro. 902.
947. Bezieht sich auf das Märchen von der *Büffelkuh und dem Fischlein* bei Haltrich S. 328.
948. Bezieht sich auf ein Lügenmärchen.
957. Antwort für Leute, die unfläthige Reden zu führen gewohnt sind.

Klugheit und Eigennutz.

974. Unglück soll lieber einem Andern als mir begegnen.
975. Ein Vortheil soll lieber mir als Andern zukommen.
980. Gegenstück zu dem Sprichwort: „Îr äsz mî wå bâflîsch."
987. Die letzte Zeile zeigt, dasz die vorausgehende Ironie und das Ganze Verhöhnung eines geizigen Wirthes ist.
1019. Eigentlich von Blähungen — doch wird das Sprichwort fast immer in bildlicher Bedeutung gebraucht.
1060. Uralt ist die Redensart: „Gras wachsen hören." Nach der Edda hört Heimdallr das Gras wachsen und die Wolle auf dem Vliesz der Lämmer. Das Sprichwort verspottet die Ueberklugen.
1071. Scheint auf einem Märchen oder einer Anekdote zu beruhen, die mir unbekannt ist.

Als Nachtrag führe ich zu dieser Abtheilung an das mir später zugekommene Stück:

„Brâder hälf mer läjen,
ěch hälfen der bedräjen."

Muth und Uebermuth.

Diese Sprichwörterreihe enthält nicht nur den Ausdruck des Muthes und des Uebermuthes, sondern auch Urtheile über beide und herausfordernden Spott.

1106. Ist fast buchstäblich wahr. Betteln theilweise auch Raufen gilt überhaupt den Sachsen Siebenbürgens für Schande.

1117. Hat vielfache Parallelen auch im Sächsischen selbst. Z. B. De mäinjtsche sė guor fun ėnem drêszler gedrêszelt“ oder mit Bezug auf die einstige Auflösung: „De mäinjtsche sė guor madesåk.“

1118. Auch dieses Stück hat synonyme Parallelen, z. B. Ed huod esz guor î mîszter gemâcht oder: ed äs î mîszter, dier esz gemâcht huot, auch wohl bitterer: „mer sė guor mädenânder nichen mîsterštäk u. s. w.

1122. Geht auf die Müller und wäre besser in dem Abschnitt: „Handwerk und Stände“ zu stehen gekommen, wo es aus Versehen ausgeblieben ist.

1124. Gegen schnüffelnde Kinder angewendet.

1126. Wird verspottend verwendet gegen Leute, welche ein zu häufiges: *und* (Wortspiel mit unt = wal. Butter) in ihre Reden einflechten, doch hat es auch die Bedeutung, „das ist einerlei, ist mir gleichviel“ und ist dann synonym mit den nächstfolgenden vier Stücken.

1129. Dieses Stück, obgleich Ausdruck des Uebermuthes, hat doch nicht Sinn und Absicht einer Blasphemie. Es will nur sagen: ob man auch dem Ding verschiedene Namen gibt, es bleibt doch immer dasselbe.

Viertes Buch.

Erste Abtheilung.

(Räthsel).

Diese Abtheilung kann gewisz noch sehr vermehrt werden; mir selbst lag noch eine Anzahl hieher zählender Stücke vor; theils ihres zweideutigen Inhaltes wegen, theils weil ihre Volksthümlichkeit zweifelhaft war, habe ich sie lieber nicht aufgenommen. Andere sind mir zu spät zugekommen, um noch in der Sammlung Platz zu finden, ohne dasz ich dieses ganze Buch nochmals hätte umschreiben müssen. Proben liegen von jeder Gattung vor. Einer schalkischen Mehrdeutigkeit geht auf diesem Gebiete nicht nur unsere Volksdichtung nach; die meisten Volksräthsel sind darauf angelegt, zu falscher Deutung zu verführen, und viele würden ohne Fingerzeig gar nicht zu lösen sein. Die Lösung habe ich darum überall unter die Stücke geschrieben, mit Ausnahme zweier Fälle, wo sie mir selbst unbekannt war.

Auf die Vergleichung im Einzelnen will ich mich auch hier nicht einlassen. Nur Weniges ist uns ausschlieszlich eigen; das Meiste kommt auch in Deutschland, Manches bei Walachen, Slaven, Ungarn, Lithauern, Finnen, bei Neugriechen und bei den romanischen Völkern vor, ohne dasz sich über dessen wahre Zuständigkeit endgiltig aburtheilen liesze. Für die Vergleichung mit den Räthseln der deutschen Stämme bieten Simrock's Räthselbuch und Kinderbuch sehr reichlichen Stoff. Ich kenne keine andere Sammlung von gleicher Fülle.

1. Uralter Räthselstoff.

3. Könnte den Walachen entlehnt sein; wenigstens gibt es ein walachisches Märchen, dem es entwachsen sein mochte.

8. Oefter als Sprichwort gebraucht.

12 und 13 sind auch unter den Bauernregeln aufgeführt.

14. Dieses merkwürdige Räthsel, entnommen einem Hausbuch vom Jahre 1740 und durch mündliche Mittheilung hinlänglich beglaubigt, stammt vielleicht aus Deutschland, und könnte der Kunstpoesie angehören. Mir ist es in keiner Sammlung aufgestoszen.

17 und 18 sind in aller Welt verbreitet.

26. Im Walachischen sehr verbreitet.

48. Bis nach Finnland bekannt.

56 bis 75. Diese Stücke sind fast durchgängig entnommen Haltrich's Aufsatz im Schäszburger Schulprogramm für 1854—5.

89. In Deutschland sehr verbreitet.

100. Ist auf ein allbekanntes Lügenmärchen basirt.

101. Aus Haltrich's Märchen von der klugen Tochter des Burghüters in seiner, Berlin 1856 bei Jul. Springer erschienenen Märchensammlung.

102. Gleiche Räthsellieder in Deutschland lassen spätere Einschleppung vermuthen; absprechen läszt sich hierüber nicht. Vergl. auch Uhland's Volksliedersammlung Nr. 1 und 2, die sehr alten Stoff enthalten!

103. Aus Haltrich's Märchenwerke S. 183. Das Stück scheint in sehr corrumpirter Gestalt auf uns gekommen zu sein. Ursprünglich eignete ihm wohl rhythmische Form. Die Antwort auf die fünfte Frage erscheint unbefriedigend und ist wohl nur aus der vorausgehenden erwachsen. Auch die sechste Frage ist nur halbbefriedigend beantwortet, und ist vielleicht an Stelle der Aecker anderes Gut zu vermuthen. Von den mir nachträglich durch die Herren Josephi (Vater und Sohn) zugekommenen Volksräthselfragen seien hier noch die folgenden angeführt:

1. Wat huet de miszt ânleget mäd em halwe štrîhalm?
(Die andere Hälfte.)

2. Wå fil flî gôn än en ramp?
(Keiner, denn sie springen fort.)

3. Wier äsz geštorwen, und äsz nit begruowen?
(Lots Weib.)

4. Woräm schrif Paulus un de Rîmer?
(Weil er nicht bei ihnen war.)

5. Woräm sėkt sich der huas äm, wun en de heangt ferfoljen?
(Weil er hinten keine Augen hat.)

6. Wad äsz det bieszt un der flî?
(Dasz er keine Hundswuth hat.)

7. Krimpa, krampa, wuor gîszt ta?
Gebalbîrt woräm frôchst ta?
Won ij uch balbîrt bän, bän ich dénich nét gefrîren.
(Wiese und Bach.)

8. Woräm mâcht der kokesch de ûgen zâ, wun e krêt?
(Weil er's auswendig kann.)

9. Wad äs en hântfieszt lijen?
(Wenn man Einem einen Stieglitz in die Hand gibt, und sagt, es sei eine Büffelkuh.)

10. Wad äs um bieszten um zérlîch?
(Dasz er sich beugt.)

11. Mät wat dräkt der heangt séinj frâd öusz?
(Mit dem Schwanz.)

12. Wat wid äinjde grészer, wun em derfu nit?
(Das Loch.)

13. Wî kit zem îrsten än de kirch?
(Der Zweite.)

14. Wî äsz gebiuren unt nét gestorwen,
wî äsz gestorwen unt nét gebiûren?
(Wir sind geboren und noch nicht gestorben, Adam und Eva sind gestorben und nicht geboren.)

15. Wô huoszt te um bieszto geschlôfen, unt huoszt näszt gewaszt?
(In der Wiege.)

16. Wî riet um alermîszte fu séch?
(Der Guckuck.)

17. Wô kun ale såk zesumen?
(In der Nath.)

18. Wad äsz gâd än de ûgen?
(Nichts.)

19. Woni sén de käinjd um fromsten?
(Wenn sie schlafen.)

Ferner ist mir nachträglich noch das folgende Stück zugekommen.

20. Et sâs en kénengän af em trîn; se wôr esi bedrâft; se wakelt mät dem hîft unt dêt esi trourich, dad ale lékt zesume kâmen.
(Die Glocke, welche zur Leiche läutet.)

Zweite Abtheilung.

(Segen- und Zauberformeln.)

Dasz die Segen- und Zauberformeln hier so zahlreich erscheinen, wie kaum in irgend einer Sammlung deutscher Volksdichtungen, ist ermöglicht worden durch verschiedene günstige Zufälle, namentlich aber durch zwei glückliche und ungemein ergiebige Funde des Directors, jetzt Pfarrers Dr. Teutsch, denen der gröszere Theil der Sammlung zu danken ist, wie sich aus der Angabe der Quellen soll ersehen lassen. Diese sind:

1. *Mündliche Ueberlieferung.* Ihr danke ich aus Mühlbach die Nummern 104, 105, 106, 107, 109, 110, 112, 113, 115, 141, 142, 144, 183, 185, 187, 192, 193, aus Groszschenk 108, aus Deutschpian 111, aus Bistritz 114, 143, 191, aus Broos 116, aus Bolkesch 127, aus Marpod 155, aus Nadesch 188, aus Pruden 189. Mit welchen Schwierigkeiten der Sammler auf diesem Gebiete mehr als auf jedem andern zu ringen hat, ist bekannt. Die Kundigen scheuen sich ihr Wissen mitzutheilen, theils weil sie verlacht zu werden fürchten, theils weil sie glauben, dasz der Spruch durch offene Mittheilung seine Kraft verliere. Muszte man sich doch, um einer der schönsten unter diesen Formeln habhaft zu werden, krank stellen, förmlich ins Bett legen, und besprechen lassen. Trotz solcher Schwierigkeiten könnte die schon ansehnliche Sammlung aus der Quelle mündlicher Ueberlieferung gewisz noch ansehnlich vermehrt werden, wenn sich Mehrere mit Eifer und Einsicht der Sache annehmen wollten.

2. Das Album: „Aus Siebenbürgens Vorzeit und Gegenwart &c.“ herausgegeben von J. K. Schuller. Diesem sind entnommen die Nummern 128, 154, 190 (ursprünglich aus Nadesch und Malldorf stammend).

3. Müller's „Beitrag zur Geschichte des Hexenglaubens und Hexenprocesses in Siebenbürg.“ Braunschweig bei Schwetschke und Sohn, woher ich die Nummern 118, 119, 123, 125, 182 entlehnt habe.

4. Eine von Teutsch in dem Archiv des Vereins für Siebenb. Landesk. 1858 und auch in besonderem Abdruck — Kronstadt bei Gött — veröffentlichte Archivarbeit enthaltend Kirchenvisitationsberichte aus den Jahren 1650 und 51. Aus dieser Quelle

stammen die Nummern 129, 130, 131, 153, 161, 162, 163, 166, 167, 171, 174, 175, 179, 180, 196, 197, 198, 199.

5. Ein mir als Manuscript von Dr. Teutsch mitgetheilter Auszug aus Kirchenvisitationsberichten ebenfalls der Jahre 1650 bis 52. Dieser Quelle danke ich die Nummern 120, 121, 122, 124, 126, 132, 133, 134, 135, 136, 137, 138, 139, 140, 145, 146, 147, 148, 149, 150, 151, 152, 156, 157, 158, 159, 160, 164, 165, 169, 170, 172, 173, 176, 177, 178, 186, 194. Wir sind den Geistlichen jener Zeit Dank schuldig für den Schatz, den sie uns aufbewahrt haben, und bedauern, dasz sie nicht alles aufgezeichnet haben, was ihnen damals noch in Fülle zu Gebote gestanden zu sein scheint. Teutsch hat seine Funde im Superintendentialarchiv gemacht. Weitere Nachforschungen auch in Capitularchiven würden wohl noch zu weiteren Entdeckungen aus Kirchenvisitationsprotokollen derselben oder wenig abliegender Jahre führen. Um diese Zeit waren die Kirchenvisitationen von neuem anbefohlen worden, und, wie es scheint, mit besonderem Hinblick auf das Zauberwesen, da auch die Hexenprocesse um diese Zeit in ihrer Blüthe stehen oder ihr entgegengehen. Ueber die Gestalt der meisten damals gangbaren Zauberformeln läszt sich indessen schon aus den bisher von Teutsch gemachten Entdeckungen ein ziemlich sicherer Schlusz gewinnen; ich sage der meisten, denn dasz einige von Müller in seiner Abhandlung über den Hexenprocesz mitgetheilte Stücke einen andern, sichtbar heidnischern Geist, athmen, fällt sogleich auf. Den Grund dieses Unterschiedes glaube ich nur in dem sehr bedeutenden Einflusz suchen zu müssen, welchen auf die Gestaltung der von Teutsch entdeckten Formeln (wenigstens der meisten) die katholische Geistlichkeit vor der Reformation genommen hat, auch hier der Zeit und den Umständen sich accommodirend, während andere Formeln, darunter natürlich jene gewaltigen Hexensegen, die das Müller'sche Werk enthält, sich ihrem Einflusz entziehen, und ursprünglicher bleiben konnten. Es ist auffallend, wie gerade in den Teutschischen Formeln fast überall Maria, Christus, die Apostel oder St. Martin erscheinen; wie sehr gerade diese Stücke bei aller Breite zerstört und verderbt sind; wie oft mehrere Formeln verschmolzen erscheinen in der Weise, dasz die erste gerade da abgebrochen wird, wo sie die wichtigsten mythischen Reste enthalten zu haben scheint, und ohne allen Zusammenhang eine andere angeknüpft wird, worin

der christliche Heilige auftritt, oder so, dasz ganz unpassend eine Erzählung von Maria oder Christus oder einem Heiligen anhebt, plötzlich abbricht, und wieder ohne Zusammenhang die gewöhnliche Bannformel der Krankheiten abschlieszt. Solche und ähnliche Erscheinungen, auf die ich bei Besprechung der einzelnen Stücke kommen werde, lassen, wie mich dünkt, eine bestimmte Absicht kaum verkennen. Auch die Sprache dieser Formeln verräth den Einflusz der Geistlichen. Teutsch in dem angeführten Werkchen Anm. 44 sagt, die Formeln seien von den Visitatoren aus dem Sächsischen in Schriftdeutsch übertragen worden. Das ist nun allerdings sehr wahrscheinlich, ja ich zweifle durchaus nicht daran, dasz die Inquirirten ihre Sprüche sächsisch hersagten; dennoch müssen schon damals fast in jedem derselben Stellen vorgekommen sein, die nicht recht sächsisch klangen, und es auch jetzt höchst gewagt erscheinen lassen, dieselben ins Sächsische rückübersetzen zu wollen. Das liesze sich nun nur in zweierlei Weise erklären; entweder indem man annimmt, die katholischen Geistlichen hätten die ursprünglich vom Volke überkommenen Formeln bei der Umdichtung ins Deutsche übertragen, und wenn sie sie gebrauchten — *was ich unbedingt voraussetze* — deutsch hergesagt, oder indem man sich die Recitation schon bei den Geistlichen sächsisch denkt, wobei man dann annehmen musz, dasz dieselben gewisse Stücke aus der Legende und dem Ritus ohne viel Bedenklichkeit ins Sächsische zwangen, wie es eben ging, oder gar unverändert in die Formeln aufnahmen (was doch am unwahrscheinlichsten ist) und so beide Idiome darin vermischten. Die vielen Saxonismen lassen sich auch bei der Annahme, dasz die Geistlichen deutsch redigirten, auf mehr als eine Art erklären. Einmal erhielten die Geistlichen, welche nach meiner Ansicht die Zauberformeln umbildeten, dieselben wohl aus dem Munde des Volkes, also sächsisch, und konnten bei der Umschmelzung manchen Saxonismen um so weniger entgehen. Dann können überhaupt Saxonismen in dem Deutsch von Geistlichen des 15. und 16. Jahrhunderts (und die Umdichtung der Formeln geschah wohl noch früher) ebensowenig befremden als in deutschen Urkunden der Sachsen aus jener Zeit, ebensowenig als die Provinzialismen mitteldeutscher und niederd. Dichter des Mittelalters, die im schwäbischen Dialect dichteten, oder selbst die Helvecismen eines Haller im Anfange des 18. Jahrh. Wenn übrigens auch einge der vorkommenden Saxonismen nicht aus der Redaction der Geistlichen stammten, wie leicht konnten sie im Lauf der Zeit hinzukommen. Wie anders übrigens diese Formeln lauten müszten, wenn uns sie die Geistlichen unangetastet gelassen hätten, wird kaum einem Kundigen entgehen können; dasz ich ihnen die Redaction — so sehr sie von dem Standpuncte meines Werks bedauert werden musz — nicht als Vergehen anrechnen will, bedarf kaum der Erwähnung. Die Orthographie — nicht die Interpunction — der Visitatoren habe ich wie Teutsch beibehalten.

6. Vereinzelte schriftliche Aufzeichnungen — so Nr. 117 und 181.

Charakteristisch an allen unsern Zauberformeln ist:

1. Die erzählende Form der meisten. Die Krankheit, welche geheilt werden soll, wird nur selten unmittelbar gebannt, sondern es wird erzählt, wie Gott, Christus, Heilige oder Frauen, dieselbe bannten. In dieser erzählenden Form liegt mit ein Zeugnisz für das durch andere Gründe noch sicherer gestellte Alter der Sprüche, die dadurch in die Zeit des Epos zurückversetzt werden.
2. Die Form des Zwiegesprächs mit der immer persönlich gedachten Krankheit. Diese Form verbindet sich meistens mit der erzählenden.
3. Die Zweizahl, noch mehr die geheiligte Dreizahl begegnet sehr oft. Christus und Petrus oder St. Martin, drei Ritter, drei Nonnen, drei Butterfrauen &c. sind die Heilspersonen. Das ist von hoher Bedeutung in mythologischer Beziehung, und musz ausführlich besprochen werden.
4. Die Formeln schlieszen oft mit einer Verwünschung, einem Fluch, denen das Heidenthum grosze Bannkraft zuschrieb. Vielfach zeugen hiefür auch die Märchen des Volks. Wenn am Ende die christlichen Weihworte: „im Namen Gottes des Vaters u. s. w. abschlieszen, so sind sie entweder an Stelle einer heidnischen Beschwörung getreten oder willkührliche spätere Zugabe.
5. Die Art, wie diese Formeln fortgepflanzt werden, ist verschieden; sie sind Geheimnisz und dürfen nicht ohne weiters mitgetheilt werden. Entweder der „*Reder*“ oder „*Beszer*“ oder „*Kundige*“ murmelt seine Worte leis' für sich hin, wer sie versteht und behält, ist glücklich, er mag sie mit gleichem Erfolg gebrauchen ohne Nachtheil für den ersten Besitzer; oder der Kundige theilt sie zwar ohne weiters mit, aber nur einem Jüngern, weil sie sonst für ihn selbst ihre Wirkung gänzlich verlieren würden; oder endlich die Formel musz dem, der sie erwerben will, „von

einem alten Weibe *zur linken Hand eingeimpft* und nachher *behutsam gebraucht werden.*" In welcher Weise die Einimpfung geschieht, habe ich nicht ermitteln können. Ueber den Gebrauch der linken Hand siehe mein Schulprogramm für 1855—6 S. 26! er deutet auf die Hülfe infernalischer, den Himmelsgöttern entgegengesetzter Gewalten, was übereinstimmt mit dem Geist jener Formeln, von welchen mir diese Art der Mittheilung überliefert wurde. Bekannt ist die *hohe mythische Bedeutsamkeit* dieser Formeln, welche bei Besprechung der einzelnen Stücke mit in Betracht kommen wird, wenn auch das völlige Ausbeuten in dieser Richtung einem andern Werke überlassen bleibt. Auch ganze Gruppen haben, wie schon hier hervorgehoben werden soll, gewisse mythische Grundlagen gemein. *Christus, Maria, Christus und Maria* begegnen wir am öftesten — in etwa 30 Stücken — sehr oft auch *Christus und den Jüngern* oder *Heiligen*, *Satan* zweimal, mehrmals *dreien Frauen, drei Herren, Gott* oder *einem alten Mann. Maria* ist wohl meist an die Stelle einer *heidnischen Göttin* getreten, gewisz aber *auch oft* ganz willkührlich und unorganisch von den Geistlichen *eingeschoben* worden. Fast ebenso wird es sich mit *Christus* verhalten, *der in der Regel, aber nicht immer eines alten Gottes Stellvertreter geworden* sein musz. Wo die *Jünger in ihrer Gesammtheit* auftreten, können sie die *Aseneversammlung* vorstellen. Wo *Christus in Begleitung eines oder zweier Jünger* oder *Heiligen* auftritt, ist mit aller Wahrscheinlichkeit an *heidnische Wandergottheiten* zu denken. So müssen „*drei Herren, Ritter*" &c. auch eine *Göttertrias* vertreten und „*drei Frauen, Nonnen* &c." sind entweder *Nornen* oder *Walkyren* oder *weise Frauen.* Für welchen Gött *Satan* eintritt, ist schwer zu entscheiden, *der alte Mann* dagegen ist unzweifelhaft *Woden* und in der Regel ist *Gott* auch auf diesen zurückzuführen.

Auffallend wird in etwa einem Dutzend dieser Zaubersprüche die Krankheit in den „*tiefen Wald*" geschickt oder gebannt, und mit einem Fluch in den dort befindlichen Brunnen verwünscht. Das ist ein äuszerst werthvoller Mythenrest: Die *Krankheiten sind persönlich gedachte Wesen der Unterwelt, Diener der Todesgöttin Hel* (siehe den Abschnitt Hel in meinen Mythentrümmern), *aus deren Brunnen* (tief im Walde, wo ihr Reich ist) *sie steigen* „das Gebein der Menschen zu strecken, ihr Blut zu lecken u. s. w." Durch den Fluch der Formel werden nun die Unholden zurückgebannt in den „dunkeln Wald" der „Bäschmotter", wo der

Helbrunnen sich befindet, der den Eingang zur Tiefe der Unterwelt bildet. „Dort — heiszt es gewöhnlich — mögen sie trinken, und hundert Klaftern tief (die Edda würde „Rasten“ sagen) versinken in jenes Gebiet, wo ihre Heimat ist.

Die Vergleichung schränke ich auch in diesem Abschnitt auf das Auffallendste ein. Noch existirt keine grosze Sammlung, worauf der Leser bequem hingewiesen werden könnte, und was Einschlägiges gedruckt ist, befindet sich zerstreut in Zeitschriften und Sammelwerken, besonders reichhaltig in Grimm's d. Myth. S. 1180 bis 1197 der 2. Ausgabe, dann bei Müllenhof S. 509 bis 520, in Haupt's, Hoffmann's, Pfeifer's, Frommann's, Wolf's Zeitschriften, in Kuhns, Schwarz, Meiers Sammlungen und an andern Orten. Seit in diesen Formeln christliche Mythe die heidnische verdrängt hat, sind sie sich bei den meisten Nationen Europa's sehr ähnlich geworden. Immer stehen sich natürlich einige näher, andere ferner; die Nummern 127, 181, 188, 189 kommen fast wörtlich, einige andere nur wenig abweichend in Deutschland vor.

Gegen Hexen, Zauberer und Zauberwerk.

104. „Trudegéjer“ ist der Hexengeiger, hier der Hexenmeister, der nicht nur die Hexen versammelt, sonder auch anderes Zauberwerk treibt, in beiden Functionen führt er zuletzt wahrscheinlich auf Woden zurück.

105. „Trudefosz“ ist bekanntlich das Pentogramm, das — wenn es in *Einem* Zuge verzeichnet wird — gegen Zauberei schützen soll. Hier wird keine Zeichnung vorausgesetzt, sondern der blosze Name als *zauberstörendes Zauberwort* gebraucht.

106. Die Worte „Höxefuoter! häxemotter!“ werden hier wie „trudefosz“ in Nro. 106 gebraucht. Eine Erklärung vermag ich darüber nicht zu geben.

Allerlei Zauber.

108. Kröten und Unken, besonders Hausunken zählen zu den elbischen Wesen.

Gegen das Wiesel.

112. Das Wiesel hat in der Vorstellung des Volkes etwas Dämonisches und zählt ebenfalls zu den elbischen Wesen (siehe den Abschnitt elb. W. in meinen Mythentr.). Auch Griechen und Römern war es übelberufen. S. Grimm D. Myth. 1081. Rocken, Spindel, Dreschflegel sind geheiligte, den Göttern des Landbaues und der Viehzucht geweihte Geräthschaften, und sollen in dieser Eigenschaft das Vieh vor dem Aussaugen und vor dem Bisz des Wiesels schützen.

Gegen Vogelfrasz auf dem Felde.

113. Nach einem andern Aberglauben wird nach Sonnenuntergang gesäet, wenn die Vögel schon schlafen; haben sie das Ausstreuen des Samens nicht gesehen, so fressen sie auch nicht von der reifen Saat.

Gegen Maden.

114 und 116 vergl. Müllenh. S. 513, 17. *Brennessel* und *Attich* sind dem Alterthum heilige Heilpflanzen; der Attich wird noch heute vielfach vom Volk als Heilmittel gebraucht.

Bienensegen.

117. Von dem Deckel eines Buches in der Schäszburger Gymnasialbibliothek, mitgetheilt in dem schon unter den Quellen angeführten Schriftchen von Dr. Teutsch. Die Schriftzüge sollen dem 16. Jahrhundert angehören. Dieser Bienensegen ist um so bedeutungsvoller als J. Grimm D. Mytth. S. 1190 keinen deutschen Bienensegen angetroffen zu haben erklärt.

Feldzauber.

118 und 119. Deutsch bei Müller, in dessen bei den Quellen erwähntem Werke über das Hexenwesen. Dasz ich die Formeln, die wohl nur durch das Hexengericht in deutscher Uebersetzung in die Acten aufgenommen wurden, wieder ins Sächsische zurück übersetzt habe, wird man nicht beanstanden. Auch die Trennung des in Müller's Werkchen als nur Ein Ganzes erscheinenden Spruches in zwei Stücke ist gerechtfertigt, da beide Stücke befriedigenden Anfang und Schlusz haben, und

die Erscheinung, dasz zwei oder mehrere verwandte Formeln in Eine verschmolzen wurden, noch oft wiederkehrt. Bei der alterthümlichen Kraft, die in den beiden Sprüchen waltet, musz der Mangel an rythmischer Gliederung wundern, der doch nicht ursprünglich sein kann, wie der hie und da noch deutlich genug durchschlagende Vers beweist.

Gegen das Wetter.

120. Zwischen der ersten und zweiten Zeile fehlt der Zusammenhang, überhaupt musz der Spruch starke Verluste erlitten haben
121. Ist ebenfalls sehr zerstört.
122. Gott als Wetterführer ist wahrscheinlich an die Stelle Wodens getreten. Vergl. Nro. 56 A und B des fünften Buchs.

Friedreis oder Schutzsegen.

123. Deutsch und in Ein Stück verschmolzen mit Nro. 126 be Müller in dessen Hexenprocesz S. 61. Die beiden von mir getrennten Stücke wird schon die Angeklagte als Ein Ganzes gebraucht haben; indessen beweist — abgesehen von offen liegenden innern Gründen — schon die von Teutsch aus den Kirchenvisitationen mitgetheilte mit Nro. 123 völlig parallele Nro. 124, wie berechtigt die von mir gemachte Theilung ist.
124. Die eingeklammerten Schluszverse scheinen fremdartiger Zusatz aus einer andern Formel.
125. Siehe die Anmerkung zu Nro. 124. Ob die letzte Zeile noch zur Formel gehöre, kann nicht mit Sicherheit bejaht werden; sie könnte auch eine Handlung bezeichnen, und irrthümlich in die Formel gerathen sein. Die beiden andern eingeklammerten Zeilen sind Conjecturen von mir zur Verbesserung der vorausgehenden offenbar verderbten Verse. Bei der Art, wie besonders Zaubersprüche fortgepflanzt wurden, können verderbte und dunkelgewordene, zum Theil aber leicht auszubessernde Stellen, weniger als bei andern Stücken der Volksdichtung auffallen. Dasz der alte Mann „Woden“ und das Friedreis die Wünschelruthe sei, hat schon Müller angemerkt

Hofbann.

126. Das äuszerst verderbte und trümmerhafte Stück ist gerade in dieser Hinsicht sehr lehrreich. Es scheint aus allerlei Bruch-

stücken zusammengestellt. Die vier Anfangsverse bilden den ersten — unvollständigen Theil — in welchem Maria unorganisch eingeschoben, Christus wahrscheinlich an Woden's Stelle getreten sein mag. Dann folgen vier ohne Zweifel einer andern Formel entlehnte Zeilen, die durch Verluste und durch Auflösung des Zusammenhangs sehr unverständlich geworden sind; namentlich ist sehr zu bedauern, dasz man nicht erfährt, was der Sprecher „nach den heiligen vier Enden des Himmels herkehrt und wendet." Der letzte von der 9. Zeile beginnende Theil ist nächst den gewöhnlichen innern Ursachen wohl auch durch die undeutliche und verlöschte Schrift des Orginals ebenfalls sehr dunkel.

Zum Einschläfern der Kinder.

127. Die drei Nonnen sind wohl unverkennbar Nornen, die dem schlummernden Kinde sein Schicksal bestimmen. In unsern Ueberlieferungen ist dem *Namen* nach nur die Norne Wurt bezeugt. Zu vergleichen ist die Anmerkung zu Nro. 156 dieses Buches.

Gegen das Berufen.

Der Aberglaube des Volkes nimmt an, Kinder würden, wenn sie mit auffallendem Wohlgefallen von Erwachsenen angesehen oder gelobt worden, krank, und nennt solchen Vorgang: *„das Berufen,"* in Deutschland *„falschen Blick"*, in der ältern Sprache *„entsehen"* u. s. w. Solcher Aberglaube ist weit und breit bei alten und neuen Völkern verbreitet. Vergleiche hierüber Grimm D. Myth. S. 1053.

128 bis 135. Die grosze Uebereinstimmung dieser Formeln, von denen die erste in unsern Tagen, die andere vor mehr als zwei Jahrhunderten an verschiedenen Orten aufgezeichnet worden, gehört mit zu den vielen Zeugen für die zähe Dauer volksthümlicher Ueberlieferung; zugleich läszt uns die Vergleichung in dem Schlusz von Nro. 135 von der 8. Zeile an einen wahrscheinlichen Zusatz erkennen. Die christliche Dreifaltigkeit, welche in diesen Formeln nicht blos unorganisch dem Schlusze angehängt erscheint, dürfte an Stelle einer heidnischen Trias getreten sein.

136. Die Formel begleitete natürlich die entsprechende Handlung.

137. Dieser unrythmische Spruch ist wahrscheinlich ganz die Schö-

pfung eines Geistlichen. Vergl. die Anmerkung zu Nro. 200 dieses Buchs.

138. Leider ein Bruchstück.

139. Nur im Eingang dem vorausgehenden Stück parallel.

140. Scheint aus zwei Stücken zusammengeschweiszt.

Gegen Schlucken.

141. Nach dem Aberglauben des Volkes schluckt man, wenn Jemand von einem spricht; fällt einem der Name des Sprechers ein, so hört das Schlucken auf.

Gegen Zahnschmerz.

142. Es existirt auch eine auffallend ähnliche, walachische Formel gegen Zahnschmerz.

Gegen Wanzen.

143 und 144. Aermliche Stücke. Es gibt viel bedeutungsvollere und inhaltsreichere Formeln gegen Wanzen, deren ich leider nicht habhaft werden konnte.

Gegen Gicht.

145. Diese Formel ist ohne Zweifel durch Verwachsen verschiedener Elemente entstanden — voll Widerspruch und Verwirrung.

Gegen Freisam, Ferch und Beermutter.

Freisam, wie die Visitatoren meist zu schreiben pflegen, oder *Frîlsam,* soll wohl sächsisches „*frâsem*“ übersetzen. Noch unrichtiger schreiben sie *Frisen,* das sächsischem „*frâsen*“ d. i. Fieber entspricht. Die richtige Verdeutschung wäre „*fraiszsam*“ gewesen, worüber Schmeller's B. Wörterb. Bd. I. S. 617 und 618 Aufschlusz gibt. Hiernach ist „*fraiszsam*“ = *fallende Sucht, Frais.* Da Frais auch Schrecken, Gegenstand des Schreckens bedeutet, so vermuthet Schmeller Zusammenhang mit êise (von agis, egese, Schrecken, Furcht, womit das sächsische „*isern*“ zusammenhängt).

Mit *Ferch* ist das sächsische „*fiarich, fierich*“ übersetzt. Hierüber Schmeller Bd. I., S. 559 des B. Wörterb.: „das Ferch“ (nach Michaelis in Tyrol) *die rothe Ruhr.* Henisch erklärt das Wort: 1. als „ein Hupffen, Fipern, *palpitatio,* qualis in membris interdum sentitur et saepe in pulpebris vita in musculis; 2. als „*Herzblat*", *diaphragma.*" An „fricht" = „fergicht" ist nicht zu denken

Die *Beermutter* ist nach Schmeller Bd. I., S. 188, „2. die Mutterkrankheit, Hysterik, malum hystericum. Bei mehreren sogenannten wunderthätigen Gnadenbildern sieht man unter andern wächsernen ex voto aufgehängten Gestalten von Händen, Füszen und andern leidenden Gliedern hie und da eine krebs- oder krötenähnliche Gestalt, unter welcher diese Krankheit verstanden wird, vermuthlich, weil sie sich wie das Hin- und Herkriechen einer Kröte u. dgl. empfinden läszt." Dieser Erklärung Schmeller's füge ich bei, was schon früher erwähnt worden, dasz Krankheiten persönlich gedachte, dämonische Wesen sind, und Kröten gleichfalls. Zuweilen soll mit der *Beermutter* auch blosz das Bauchgrimmen bezeichnet werden.

146. Nach den drei ersten Zeilen wird der Zusammenhang unterbrochen, und folgt fremdartiger Anwuchs.

147. Hat sichtlich Verluste erfahren.

148. Die nahe Verwandtschaft dieses mit allen folgenden Stücken dieser Reihe bis Nro. 155 trotz dem mehr als zweihundertjährigen Zeitraum, der zum Theil zwischen den verschiedenen Aufzeichnungen liegt, ist sehr zu betonen. Allen gemeinsam ist das Zwiegespräch mit der nahenden Krankheit, die einem Menschen „Beinbrechen, Herz abstechen, Blut lecken" will; die Mahnung an Messe und Evangelium hat nur Nro. 148 und 153, dagegen fehlt die Verbannung in den Wald oder Brunnen nur in Nro. 153. In 148 fehlt der vollständige Schlusz, wofür die eingeklammerten, fremdartigen Zeilen keinen Ersatz bieten.

149. Zwischen der einleitenden Erzählung und dem Gespräch ist eine fehlende Zeile im Texte angedeutet.

Gegen das Verheiszen.

155. „Verheiszen" sächs. „ferhîszen" ist Bauchgrimmen und Kolik. Der Spruch ist nahe verwandt mit der ganzen vorausgehenden Reihe und auch mit Nro. 156. Vergl. Müllenhof S. 511, 21, b.

Gegen das Feuer.

„*Feuer*" kann hier von sehr verschiedener Bedeutung sein und bezeichnen:

1. *Natürliches Feuer* (ignis, incendium), worauf wirklich eine der nachfolgenden Formeln zu gehen scheint.

2. Eine Art plötzlich erscheinenden und ebenso schnell wieder verschwindenden, stark juckenden, an Farbe rothen Ausschlags, der sächsisch. „*lûfäfèier*“ d. i. „laufendes Feuer“ genannt wird.
3. *Den Brand an Wunden.*
4. *Eine Magenkrankheit.* Schmeller B. Wörterb. I. 553 führt an: „hellisch Feuer“ = Magensiechtumb.

156. Schlieszt sich eng an die vorhergehenden Stücke von 148 bis 155 und steht in keiner Verwandtschaft mit den unter gleicher Aufschrift vereinigten. Einer tiefern Untersuchung werth sind die drei „*Wenken*“ genannten weiblichen Wesen. Das sächsische Wort musz wohl „*wäinjken*“ gelautet haben. Nach Dr. J. F. Vonbun „Beiträge zur d. Mythol. gesammelt in Churrhätien. Chur 1862“ bezeichnet der Ausdruck „*Fänken*“ dort alle Arten elbischer Wesen. Wären unsere Wenken damit identisch, woran kaum zu zweifeln, so hätte man in dieser Formel nur an Dunkelelbe zu denken. Die drei Brunnen sind auch höchst bedeutungsvoll, und müssen an einem andern Orte ausführlich besprochen werden (siehe meine Mythentrümmer). Schade dasz in der Formel der dritte Brunnen gar nicht näher bezeichnet ist. Wäre der „hongy“ oder „*hönj*“ der *Riesenbrunnen* „*Mimirsbrunn*“?

157. Die nahe Verwandtschaft dieser mit allen folgenden Stücken bis Nro. 162 ist hervorzuheben.

160 ist zu vergleichen auch mit Nro. 163.

161. Vergl. Müllenhof S. 517, 31.

163. Das Bannen aus den „Knochen in das Fleisch, aus dem Fleisch in den Wind“ wie hier oder „aus den Knochen in das Mark, aus dem Mark in das Blut, aus dem Blut in das Fleisch, aus dem Fleisch in den Wind“ u. ähnl. ist typisch und kehrt in deutschen Heilsformeln vielmal wieder.

Gegen den Schaul.

164. „Schaul“ soll vielleicht das sächsische schuol übersetzen, und könnte die häutige Bräune bezeichnen.

Gegen Kehlweh.

165. Ist ein Bruchstück.

166. Die eingeklammerte Zeile gehört einer andern Relation an; beide Relationen sind indessen an dieser Stelle so verderbt,

dasz man keine Conjectur zu ihrer Verbesserung wagen kann. Das Verständnisz war auch bei den „Kundigen schon verloren," als sie von den Visitatoren ausgefragt wurden.

167. Ist auch übel mitgenommen. Drogen und draugen (je nach verschiedenen Relationen) bezeichnen wohl eine Kehlentzündung. Drogen heiszt auf sächsisch der Kehlkopf. Das in der Formel beigefügte Epitheton ohnreicher (oder ohnrechter) gehört wohl mit zur Bezeichnung der Krankheit. Vielleicht hängt es zusammen mit *ônen* (von Hanf) oder soll es heiszen: ohnüchter?

168. Eine schlecht erhaltene, und augenscheinlich spät entstandene Formel ohne mythischen Gehalt.

Gegen den Ohm.

„*Ôm*" bedeutet 1. ein Geschwür, 2. häufiger den dicken, gelben Eiter verschiedener Geschwüre.

169. Die kurze Formel faszt auch den „Ôm" ganz persönlich auf.

170. Die rein christlichen Grundlagen bezeugen späte Entstehung.

171. Manches in diesem schönen Stück ist dunkel; die befragte Person verstand auch in diesem Falle wohl selbst nicht, was sie sagte. Was heiszt Huiprichberg? steht es pleonastisch für Huiprich? ist das Wort gleichbedeutig mit dem sächs. Familiennamen Hoprich? Ist dieser Berg localer oder mythischer Name? Ferner was heiszt „Meszôm?" Hinsichtlich der drei „heiligen Frauen" ist zu vergleichen 156 und 127 und 191 dieses Buchs.

Gegen Gelbsucht und Kopfschmerzen.

172. Hat auch nur rein christliche Grundlagen. Die 21. und 22. Zeile sind unklar und scheinen verderbt. Der von Zeile 23 beginnende Schlusz, der ähnlich auch in andern, heidnischer Grundlage baren Formeln erscheint, weist deutlicher noch als das Uebrige auf Schöpfung der Geistlichen.

173. Siehe das in der Anmerkung zu Nro. 172 Gesagte!

174. Bei „*Weth*" erinnert Teutsch in einer Anmerkung an weten ahd. binden, womit auch witu Holz, zu vergleichen ist, das sich zu weten verhält wie lignum zu ligare; daraus ist cuniowidi des Merseburger Zauberspruchs gebildet. Man könnte in dem Wort auch blosz einen Saxonismus sehen: *Wégd*, oder *Wet* = Weide (desselben Stammes mit witu) und der Sinn ist

dann: Wie die Weide (Bindweide), womit man Jesum band, so sollst du vergehen! Ob dabei auf irgend eine Legende angespielt sei, darf man dahingestellt sein lassen. Fesseln und Stricke aus Reisig waren ehedem gebräuchlicher.

175. Siehe die Anmerkung zu Nro. 163 dieses Buchs.

Gegen Flecken im Auge.

176. Ueber diesen Spruch gilt das in der Anmerkung zu Nro. 172 dieses Buchs Gesagte.

177. Hat heidnischen Beigeschmack. St. Lukas und Christus sind Vertreter heidnischer Wandergötter.

178. „*Duidelgh*“ ist wohl nur verderbt, entweder durch die Schreiber oder durch die „*Sprecher*.“ Die Legende kennt unter den Heiligen nur eine blindgeborne Ottilie. Der „*marmeline Stein*“ ist ein Typus, der mehrmals in Heilsprüchen wiederkehrt.

179. Die Dunkelheit und Zusammenhangslosigkeit auch dieses Spruches kann am besten aus der Einwirkung der Pfaffen erklärt werden. Dasz der Schlusz ein sonsther genommenes, hier blosz angeflicktes Bruchstück, der Anfang aber ursprünglich nicht zum Gebrauch gegen „Flecken im Auge“ bestimmt gewesen, ist ziemlich klar. In diesem Anfang sind, glaube ich, *die zwölf Jünger Jesu an die Stelle der Asen oder Götter getreten, die berathend beisammen sitzen.* Der „Acker Jesu,“ von dem sonst überall nur allegorisch gesprochen wird, so zwar, dasz er die Seelen der Menschen oder überhaupt — wie anderwärts das „Himmelreich“ ein geistiges Gebiet der Wirksamkeit, nicht aber ein Sinnlichwirkliches bezeichnet, gibt in dem Zusammenhang, worin er in der Formel erscheint, keinen rechten Sinn, und musz als Nothbehelf angesehen werden. Wie, wenn man dafür „*Idafeld*“ oder eine ähnliche Richt- und Rathstätte substituiren dürfte? Ganz gut liesze sichs lesen:

„Die Asen (Götter) auf Idafelde saszen.“

Das Uebrige ist freilich zu verderbt, als dasz sich daran restauriren liesze. Ob Lukas, Markus und der Herr Jesu Christ, der Täufer und die Maria unmotivirt eingeschoben, oder für heidnische Götternamen eingetreten sind, läszt sich nicht entscheiden. Unklar bleibt, wer der Fragende ist. Die *Trauer der Jünger, die da sitzen und weinen,* und die Bücher (was ursprünglich?) auf ihren Knieen wiegen, gemahnt sehr an die *bei dem Tode*

Baldurs oder dem Versinken Idhunas rathlosen Götter. Man vergleiche „Hrafnagaldr Odhins und die Erzählung der jüngern Edda von Baldurs Tod. Nach Allem scheint unsere Formel eingeleitet durch die Erzählung von einer Versammlung der Asen, die ob einer traurigen Veranlassung zu Rathe sitzen.

180. Klingt ganz mythisch. Die drei Herren, die am See sitzen, wie die *Söhne Bärs*, als sie Menschen schufen, sind eine Göttertrias. Vergleiche in dieser Hinsicht auch 189 dieses Buchs. Nach der 8. Zeile ist eine Lücke.

181. Aus dem Groszschenker Kirchenbuch von 1749.

Gegen Blatter auf der Zunge.

182. Nach dem Aberglauben des Volkes bekommt derjenige, von dem übel gesprochen wird, Blattern auf der Zungenspitze.

Gegen Geschwulst am Augenlid.

Auch an diese Heilsformeln hängt sich der Humor des Volkes. Es wird in dieser Hinsicht folgende Anekdote erzählt. Flüchtig vor den Unruhen in seinem Vaterlande gelangte ein Bojar der Walachei in ein sächsisches Dorf. Unterwegs hatte er die bekannte Geschwulst am Auge bekommen, und erkundigte sich eifrig nach einem „Sprecher." Es fand sich ein junger Mann, der dem des Sächsischen Unkundigen sein Uebel also besprach:

„Tâ ferdamder Bojâr!
wun der nor uch ded ânder ûch geschwole wâr!"

Die Geschwulst verging nach kurzer Zeit, wie es immer mit diesem Uebel zu geschehen pflegt, und der Bojar belohnte den „Sprecher" mit drei Dukaten.

Gegen den Wurm.

185. Ist mit den Badenischen Einwanderern nach Mühlbach eingeschleppt worden.

Gegen das „Gebrech."

„*Gebrêch*" heiszt im Sächsischen die Heiserkeit (Brustkatharr) der neugeborenen Kinder.

186. Der Kopf dieser Formel in den fünf ersten Zeilen ist heidnisch und ist hinsichtlich der drei Frauen damit zu vergleichen

Nro. 189, 191, 127 und 156 dieses Buches. Der Rumpf von der 6. Zeile an ist christlich-kirchlicher Zusatz, der gewaltsam an das Uebrige geknüoft wurde.

187. Hühner waren Woden und Hel, vielleicht auch anderen Gottheiten heilig. In Märchen und Kinderspielen hat sich Woden selbst in Gestalt eines Hahnes erhalten.

188. Die drei Ritter eine Göttertrias: Zu vergleichen ist Nro. 181 dieses Buches und die Anmerkung dazu.

189. Vergleiche Nro. 191, 127 und 156 dieses Buches.

190. Derbheiten gelten für sehr wirksam bei Verwünschungen in Heilsformeln.

Zum Blut stillen.

191. Bei dem Buttern wurde gezaubert; Butterfrauen sind Zauberfrauen, in weiterm Rückblick weise Frauen, oder Nornen. Vergl. Müllenhof S. 516, 27.

192. Vergl. Müllenhof S. 511, 11 und J. Grimm D. Myth. 2. Aufl. S. 1195.

193. Vergl. Nro. 56 A und B des fünften Buchs.

Gegen das „Ueberritten.“

„Ueberritten“ = Uebermüdung des Reitrosses.

194. Rein christlichkirchlich und schon sehr protestantisch nüchtern, eigentlich kaum noch Formel zu nennen.

195. Der Anfang erinnert an die auf Wolken daherreitenden Walkyren und Wettermacherinen. Nach der 4. Zeile scheint eine Lücke zu sein.

Gegen das „Verinken.“

Die unter dieser Ueberschrift folgenden drei Formeln Nro. 196, 197 und 198 sind von höchstem Werth und groszer Bedeutsamkeit. Wie ähnlich lautet die berühmte Merseburger Formel:

„Phol ende Waden vuorun zi holza,
dô wart demo Balderes volon sin vuoz birenkit;
dô biguolen Sinthgunt, Sunná era suister,
dô biguolen Frûa, Follá era suister,
dô biguolen Wódan, sô he wola conda,
sôse bênrenki, sôse bluotrenki,

sôse lidirenki . . . .
bên zi bêna, bluot zi bluoda
lîd zi gelîden, sôse gelîmida sin.

Die Hauptpersonen dieser Formel sind Balder und Woden. Mit Recht ist zu schlieszen, dasz in ähnlichen Sprüchen aus späterer Zeit, die im Ganzen dieselbe Anlage zeigen, obgleich jetzt Christus und Heilige darin auftreten, in Zeiten, wo es auch keinen Anstosz fand, an deren Stelle auch die alten Heidengötter ausgesprochen wurden. So schlieszt J. Grimm von dergleichen Sprüchen aus Schweden, Norwegen, Schottland, worin die heidnischen Gottheiten schon fehlen, dasz der Mythus, worauf der Merseburgische Spruch anspielt, trotzdem er sonst nirgends bezeugt ist, weitverbreitet gewesen sein müsse. Unsere Formeln sind viel näherstehende Parallelen des Merseb. Spruches. Wie sehr sie auch offenbar verderbt sind, sie stimmen in ihren Anfängen so auffalend mit ihm überein, dasz es fast nur der Vertauschung von Christus und Petrus, Christus und Martinus bedarf, um eine völlige Identität — wenn auch nicht der Worte, so doch des Inhaltes herzustellen. Bei jenen von Grimm verglichenen schottischen und skandinavischen Sprüchen liegt die Uebereinstimmung mehr in den Schluszzeilen, die in den unsrigen abweichen. Gerade dieser Schlusz unserer Sprüche scheint aber — trotz der alten Heiligkeit des darin verwendeten Salzes — die bedeutendsten Veränderungen erlitten zu haben. Ueber den Grund habe ich mich oben ausgesprochen; die Formeln sind von den Pfaffen gewaltsam verändert worden, um von ihnen selbst verwendet werden zu können. Dies tritt zuweilen besonders deutlich zu Tage. Wenn einer unserer Sprüche anfängt:

„So wahr ich das Vater Unser beten,
Zwischen der Mess das Evangelium lesen &c.“

so kann doch namentlich die zweite Zeile nur ein Geistlicher sagen.

Wenn nun unsere drei Sprüche sichtlich Parallelen jenes Merseb. sind, so müssen wir in *Christus Woden*, in *St. Petrus* und *St. Martin Balder* sehen. Am bedeutendsten ist Nro. 197, worin Christus und St. Martin *reiten* und *das Pferd* des letztern *erlahmt*. In den beiden andern reisen Christus und St. Petrus übereinstimmend mit dem gewöhnlichen Berichte der Legenden zu Fusz, und da muszte dann Petrus statt des Pferdes die Verrenkung auf sich nehmen. Eingeschleppt sind unsere Sprüche nicht; denn in Deutschland wurden sie bisher nicht wieder aufgefunden, während wir sie in drei Relationen besitzen, von denen wenigstens die eine Nro. 197 von den beiden andern unabhängig ist. *Wir besitzen also in diesen Formeln ein Zeugnisz und zwar das einzig sichere für den Balderkultus unter unsere Vorfahren.*

Gegen alle Krankheiten.

199. Scheint ein von einem protestantischen Geistlichen bei Kranken gehaltenes Gebet, das auf irgend eine Weise seinen Weg in's Volk fand. Gewisz würde kein Geistlicher Anstand genommen haben, ein ähnliches an einem Krankenbette zu beten, und wären alle Heilsformeln dieser Art gewesen, die Visitatoren hätten kaum sehr dagegen eifern dürfen. Weitab steht diese von jenen heidnischen und halbheidnischen Formeln.

Fünftes Buch.

(Kinderdichtung.)

In einer umfassenden Sammlung unserer Volksdichtungen durfte die Kinderdichtung nicht fehlen, die in mehr als Einer Rücksicht den übrigen Aesten des groszen Stammes ebenbürtig zur Seite steht. An Alter wenigstens wird sie von keinem übertroffen; der vielfach mythische Inhalt rückt sie hoch in die Anfänge des Mittelalters hinauf, und seit ein ahd. Wiegenlied in der k. k. Akademie der Wissenschaften in Wien besprochen worden, ist es erwiesen, dasz selbst die Form durch die Länge der Zeit nur wenig Veränderungen erlitten haben kann. Der deutsche Volksgeist hat sich wie in den übrigen Dichtungsarten auch in dieser treu niedergeschlagen, und wer diese Kinderpoesie mit Kinderaugen anzuschauen, mit kindlichem Gemüth zu erfassen vermag, dem hat sie nächst dem historischen auch einen selbstständigen, innern Werth. Dasz indessen ich bei meiner Sammlung vorzugsweise den historischen Standpunkt eingehalten habe, bedarf kaum einer nochmaligen Erwähnung.

Während früher Kinderdichtungen nur einzeln und zufällig in Druckschriften unter Anderm unterliefen, wurden sie zuerst in Volksliedersammlungen einigermaszen mitberücksichtigt. So finden sich einige Stücke im Wunderhorn. Einzelnes bei Erlach und Andern. Reich vertreten ist die Kinderdichtung bei Firmenich; auch Müllenhof hat sie nicht vergessen. Einiges speciell hieher Einschlägige hat Haltrich an verschiedenen Orten veröffentlicht; Mannhardt hat zuerst die Kinderdichtung in umfassender Weise mythologisch *auszubeuten* versucht. Die reichhaltigtigste Sammlung von Kinderdichtungen enthält das „*Kinderbuch*“ von Simrock, der alles früher Gedruckte benützte und vermehrte. Durch sein 1857 in Frankfurt am Main bei Heinr. Ludw. Brönner erschienenes Werk ist uns für die Vergleichung mit den Erzeugnissen Deutschlands in diesem Gebiete ein groszer Vortheil gewonnen. Für den Herausgeber, wie für den Leser vereinfacht sich damit die Arbeit ungemein. Kein

Volk hat meines Wissens bis jetzt ein ähnliches Werk dieser Art. Wäre es nicht mehr für den practischen Hausgebrauch als für die historische Forschung geschrieben, wären die von hier und dort gesammelten Stücke immer unuübersetzt und unangetastet geblieben, wäre jedem sein Heimathsschein mitgegeben worden, diese Sammlung würde für die Kinderdichtuug fast das sein, was Uhland's Sammlung für das Volkslied ist. Man darf indessen nicht vergessen, dasz, was einerseits ein Nachtheil, andererseits ein Vortheil und zwar gerade der vom Herausgeber angestrebte Vortheil ist; und auch so bleibt uns Simrock's Arbeit noch nutzbar genug. Ihr habe ich auch fast die ganze Eintheilung und die Ueberschriften der einzelnen Abtheilungen entlehnt. Eine werthvolle Sammlung auf engem Gebiet ist die Mayerische. Ernst Ludw. Rochholz hat uns in seinem „Alemanischen Kinderlied und Kinderspiel aus der Schweitz. Leipzig 1857" ein treffliches Buch geliefert; nur hat das überreiche Vergleichsmaterial nicht überall so geordnet werden können, dasz die Uebersicht leicht und vollständig wäre. Hätte ich in meinen Anmerkungen überall so ausführlich sein wollen wie Rochholz, ich hätte mich auf mehrere Bände ausdehnen müssen. Uebrigens verdanke ich seinem Werke manche höchst schätzbare Erkenntnisz.

Bei der Taufe.

1. Das Stück ist entnommen dem Ablbum „aus Siebenb. Vorzeit und Gegenwart", aus dem S. 24 beginnenden schönen Aufsatz: „Eine Kindstaufe in den dreizehn Dörfern", dem ich auch mehrere Heilsformeln verdanke.

Wiegenlieder und Ammenscherze.

Das obenerwähnte ahd. Wiegen- oder Schlummerlied auf einem Handschriftenrest des 10. Jahrh. von Zappert entdeckt und in der k. k. Akademie besprochen wurde im Band XXIX., Heft II. der Sitzungsberichte der philos. hist. Klasse gedruckt und gehört zu den merkwürdigsten Funden auf germanistischem Gebiet, da es wie die Merseburger Sprüche durch seinen Inhalt bis in das Heidenthum zurückreicht und zum Theil nur gemuthmaszte Gottheiten bestättigt. Trotz diesem hohen Alter hat es noch alle Hauptzüge mit unsern jetzigen Wiegenliedern gemein. Ich führe es zur Vergleichung an:

Toĉha slaslumo weinon farlasez
triwa werit craftllicho themo wolfa wrgianthemo

slafes unza morgane manes trut sunilo
ostra stelit chinde honac egir suoziu
hera prichit chinde pluomun plobun, rotiu
zanfana sentit morgane weiziu scaf cleiniu
unta einouga herra hurt horska oska, harta.

Auch hier wird dem Kind zuerst mit Diminutiven geschmeichelt und dasselbe zum Schlafen aufgefordert, wofür ihm dann Versprechungen an Blumen, Honig, Eiern und weiszen Lämmern (wie bei uns an Kuchen und Lämmchen), aber freilich im Geiste jener Zeit auch an Waffen gemacht werden. Wiegenlieder enthält Simrock's etwas anders geordnetes Kinderbuch von Seite 59 bis 76, Ammenscherze von Seite 1 bis 24.

2. Vergl. Simr. K. B. Nro. 217, 218, 221, 223, 224.
3. Die fünfte Zeile kommt auch in Tanzreimen mehrmals vor.
4. Weitbekannter Refrain.
5. Vergl. Simr. K. B. Nro. 222.
6. Entfernte Aehnlichkeit hat K. B. 243.
7. A hat Simrock mit mehreren andern Stücken durch Haltrich erhalten und K. B. Nro. 34 in Uebersetzung aufgenommen.
8. Dasselbe K. B. Nro. 36.
10. Dasselbe bei Simrock K. B. Nro. 20.
11. Dasselbe bei Simrock K. B. Nro. 35. Vergl. aber auch K. B. Nro. 23 bis 33.
12. Aehnliche, aber nicht dasselbe bei Simr. K. B. Nro. 1 bis 5.
12. Entfernt ähnliche Stücke bei Simr. K. B. 38 bis 43.

Für Knieritter und Stubenläufer.

Im Ganzen ist mit diesem Abschnitt zu vergleichen Simr. K. B. Seite 24 bis 56, doch finden sich sehr wenig Parallelen.

19. Vergl. Simr. K. B. Nro. 134. Die Leiden, welche Siebenbürgen durch Türken und Tataren durch Jahrhunderte erduldet hat, sind bekannt. Das Sachsenland und die Sachsen haben sie mehr als alle andere Theile des Landes fühlen müssen. Aber immer bleibt es auffallend, dasz von allen Volksliedern nur einige kurze Kinderliedchen und ein Denkspruch die Erinnerung an den alten Erbfeind bewahrt haben. Die Abhandlungen werden sich dieser Frage nochmals zuwenden. Vergleiche übrigens auch Nro. 68 dieses Buches.

21 Nur der Anfang ist gleich in Simrock's K. B Nro. 44:

„Patsche, Patsche! Küchelchen;
Mir und dir ein Kügelchen &c."

und in Nro. 45:

„Patsche, Patsche Peter!
Hinterm Ofen steht er &c."

22. Vergl. Nro. 20 des ersten Buchs, das fast wörtlich entspricht, und sich wohl auch aus einem Kinderliede gebildet hat.
23. Ein Kind bettelt bei einem essenden Kameraden.
25. Vergl. zu B. die vier letzten Zeilen von Nro. 43, C, des ersten Buches.
27. Vergl. Simr. K. B. Nro. 336 und 337.

Hans Piter, nimm mich!
Wacker Mädchen bin ich,
Kann kochen, kann flecken u. s. w.

oder:

Wacker Mädchen bin ich ja,
Rothe Strümpflein hab ich a
Kann stricken, kann nähen,
Kann Haspel gut drehen u. s. w.

Unser Lied ist neckischer und schnippischer.
28. Dasselbe, aber am Schlusz mit Wiederholung der ersten Zeile findet sich bei Simr. Nro. 51 verdeutscht, ist ihm aber woh- auch aus Siebenbürgen zugekommen.
29. Weithin bekannt, wenn auch mit kleinen Abweichungen.
30. Vergl. Nro. 6, A und B des ersten Buches und Simrock's deutsche Volkslieder Nro. 112 und 113, zwischen welchen der Schlusz unseres Kinderliedes ein vermittelndes Glied bildet. Zum Mühlrad das Muskat und Nägelein, Sonne und Mond mahlt, vergleiche man Nro. 41, A und B des ersten Buches und die Anmerkung dazu. Auch erinnere ich an „Frodes friëden."
31. Auf den ersten Anblick erscheinen Kinderdichtungen leicht sinnlos, da es doch bei näherem Hinschau keine gut erhaltene wirklich ist. Freilich darf man nicht eine Logik darin suchen, wie sie einer Kanzelrede zugemuthet wird; kann man sich aber in die rechte Situation versetzen, sich dazu die einfache Erziehungsmethode der liebreichen Mutter vergegenwärtigen, die selbst viel mehr Kind zu sein vermag, als der Vater, so klären sich die meisten Dunkelheiten auf. Es wäre anziehend den Gedankenzusammenhang in einer Reihe von Kinderliedern zu entwickeln; da dies aber weit über meine Aufgabe hinausgehen würde, so wähle ich

dieses Eine Stück, weil es eben zu den dunkleren gehört, als Beispiel, wie ich mir den Weg zum Verständnisz dieser Dichtungen denke.

Die Mutter ist im Garten oder Weingarten beschäftigt, etwa Krautköpfe abzublatten, und möchte nicht von dem Kinde gestört werden, musz ihm also Beschäftigung geben. Sie lehrt das Kind, dem sie auch einige Blätter in den Schoosz gibt, das Sprüchlein, zeigt ihm die an den Weintrauben pickenden Sperlinge, und geht an ihre Arbeit. Das Kind in ihrer Nähe spielt mit den Blättern, und scheucht mit dem Rufe „häsch mäsch! &c." die Sperlinge, und sagt sich seinen Spruch. So ist das Kind gleichsam in seiner eigenen Huth, und musz sichs mit den Worten seines Liedchens „schêfken hat sèinj îrche gehât" (die voll schalkischen Humors sind) unbewuszt selbt sagen, dasz es gleichsam überlistet worden. Es glaubte die Weinstöcke vor den „mäschkern" (Sperlingen) zu hüthen, und hat sich selber gehüthet.

Der Ausdruck „štîgleât" bleibt freilich noch dunkel. Die Jungfer „mit dem rothen Rock und gelben Zopf" — eine Type — könnte das Mädchen selbst sein.

34. Vergleiche Nro. 12 des ersten Buchs.

37. Trommellieder, aber in anderer Form, finden sich in Deutschland.

Wunsch und Grusz.

Nur entfernt Aehnliches findet sich an andern Orten.

Lehre und Strafe.

46. Die in Klammer gesetzte erste Zeile ist dunkel und in keinem Zusammenhang mit dem Uebrigen. *Aprinkô* als Name eines Kindes ist noch auffallender als Tarkô im ersten Buch; doch pflegen ähnliche Namen in Märchen vorzukommen, und aus einem, freilich uns unbekannten Märchen stammt vielleicht diese Zeile; ja das Stück könnte überhaupt Theil eines gröszeren, verlorenen Ganzen sein. Mit der zweiten und dritten Zeile vergleiche Nro. 31 d. B., woher die dritte vielleicht nur entlehnt ist. Nur entfernte Aehnlichkeit hat Nro. 338 in Simr. K. B.

47. Eine stark abweichende Relation von Nro. 46.

50. Indem man das Sprüchlein sagt, wird eine Ruthe geschwungen, dasz sie pfeift.

54. „*Bobeloz*“ führt wohl auf dieselbe Wurzel, aus welcher pélewélles entsprossen ist, hat jedoch jetzt verschiedene Bedeutung, da es ein elbisches, die Kinder schreckendes Wesen bezeichnet, während pélewélles uns einen knorrigen Knittel bedeutet. Beide leiten indessen auf pilwiz (siehe J. Grimm D. Myth. 2. Aufl. S. 441 und f.) wie *grumpes*, das nun auch in die Bedeutung eines Holzblocks übergegangen ist, auf grampus — worauf zuerst J. K. Schuller hingewiesen hat. Die eingeklammerten letzten Zeilen scheinen mir nicht volksmäszig; überhaupt hat das Ganze junges Gepräge.

55. Siehe zu „*bäschmotter*“ meine Mythentr. Abschnitt: Hel und die Nornen oder mein Schulprogr. für 1855—6 S. 24 u. f. Hier scheint der Ausdruck eine böse Stiefmutter zu bezeichnen, wie wohl auch sonst geschieht.

Verkehr mit der Natur.

Dieser Abschnitt enthält einige der ältesten und mythisch bedeutsamsten Stücke.

56. Ganz gleichlautend (nur ohne die letzte Zeile) mit A ist Nro. 500 in Simr. K. B., wohin es seinen Weg aus Siebenbürgen gefunden hat. Gott ist an die Stelle Wodens oder Donners getreten. Vergl. die Nummern 121, 122, 123 des vierten Buchs.

57. Aehnliches im K. B. Nro 506.

58. Aehnliches im K. B. Nro. 511. Nach dem Volksglauben wachsen die Kinder, wenn sie mit bloszem Haupt beregnet werden.

59. Vergl. Nro. 196 des vierten Buchs und die Anm. dazu.

60. Vergl. Nro. 56 dieses Buchs und Nro. 15 des vierten Buchs.

61. Vergl. Nro. 59 dieses und Nro. 196 des vierten Buchs.

66. A ist — ins Schriftdeutsche übersetzt — in Simr. K. B. Nr. 527 übergegangen. Grosze Aehnlichkeit hat Nro. 3, S. 509 bei Müllenhof, entferntere einige andere Stücke bei Simrock. Eine derbe Fortsetzung, die man zuweilen am Schlusze von A mit in Kauf bekommt, ist sicherlich später, ganz unpassender Zusatz, und darum von mir nicht berücksichtigt.

67. Auch zornige Kinder werden oft mit diesen Reimen geneckt.

69. Vergleiche in Beziehung auf historische Erinnerung Nro. 19 dieses Buchs und die Anm. dazu, und so die Erinnerungen an die Schweden in den Nummern 109 bis 111 in Simr. K. B. Zu vergleichen sind mit diesem und dem folgenden Stück im All-

gemeinen die Nummern 541 bis 558 aus Simr. K. B. Härgod îszken (= Herrgottsöchslein) ist das Marienkäferchen. Tschûka (aus dem Ungrischen tsóka) die Dohle, Tipeszken in einigen Ortschaften des Sachsenlandes der Maikäfer, Zaiku eine Spechtart. Tataren und Türken sind ohne Zweifel unmittelbar zu jener Zeit in diese Kinderreime gekommen, als man sich nicht einmal seiner Kinder einen Augenblick freuen konnte, ohne das furchtbare Schreckbild jener Landplagen vor sich zu haben. Die Liedchen sind übrigens weit älter als Türken und Tataren und haben mit den im Ganzen abgeschwächtern Stücken, die ich aus S. K. B. angezogen habe, einerlei Grundlage. In den „*stangen*" und dem „*hangen*" in C, D, G klingt auch jenes berühmte:

„Hermen!
sla dermen,
sla pîpen, sla trummen!
de kaiser wil kummen
met hammer un stangen,
wil Hermen uphangen"

durch, das von Einigen auf Arminius den Cherusker, von J. Grimm aber (D. Myth. S. 329) auf einen Gott Irmin bezogen wird. Teufel, Guckuck und Bär sind gleichmäszig berechtigt in nachheidnischer Zeit an die Stelle einer germanischen Gottheit zu treten. Für uns ist noch hervorzuheben, dasz jene Hermenreime im nordwestlichen Deutschland an der Diemel, im Paderbornischen, Ravensburgischen, Münsterischen, im Bisthum Minden, im Herzogthum Westphalen also in lanter sächsischen Landschaften fortleben.

69. Im Allgemeinen sind die zu Nro. 68 angezogenen Stücke des K. B. auch hier zu vergleichen.

70. Die Guckucksorakel sind weitverbreitet. Vergl. Müllenh. S. 509, 4 und Simr. K. B. Nro. 610 bis 612.

71. Vergl. im Allgemeinen Simr. K. B. Nro. 591 bis 598.

72. Vergl. Simr. K. B. 570 bis 571.

73. Die Nummern 633 u. f. des K. B., die von der Katze handeln, stimmen nicht mit diesem Stücke überein.

74 bis 77. Nur Nro. 585 des K. B. hat einige Aehnlichkeit.

Nachahmungen.

Fast Alles in diesem Abschnitte ist entnommen Haltrich's Abhandl. „*der Sinn für Poesie unter dem Volke*“ in dem mehrmals angeführten Album „aus Siebenb. Vorzeit und Gegenwart.“ Was sich Gleiches in Simrock's Kinderbuch von Seite 163 bis 178 findet, stammt ebenfalls aus Haltrich's Mittheilung. Ueber die sinnige Auffassung der Naturlaute in diesen Nachahmungen hat Haltrich in der angeführten Abhandlung und an andern Orten treffende Bemerkungen beigebracht.

82. Vergl. Nro. 49, C, Strophe 1 des zweiten Buchs.

107. Von der Wachtel ist das: „fürchte Gott!“ aus Deutschland bekannt. Von ihr und dem Wachtelkönig kennt die Walachische Volksüberlieferung ebenfalls Lautnachahmungen, die durch kleine Erzählungen erläutert werden.

114. Eine lange Elegie könnte kaum ergreifender sein.

Neckerei und Spott.

Wie die Kinder an diesen Kinderdichtungen fortwährend mitdichten, zeigt sich nirgends mehr als in diesem Abschnitt, der selbstverständlich bei Simrock fehlt, obwohl im Einzelnen Aehnliches vorkommt. Wenn es bis zu einem gewissen Grade wahr ist, was der etwas begeisterungstrunkene Vorredner zu Simrock's Kinderbuch sagt, dasz eine Sammlung solcher Kinderdichtungen ein Compendium der Kinderweltgeschichte ist, so kann es nur noch wahrer werden durch Aufnahme auch dieses Abschnittes in die Sammlung. Die Nummern 115 bis 127 enthalten mehr allgemeine Neckereien, von da an knüpft sich der Spott besonders an Namen; eine gewisse Derbheit kann hier weniger als sonst auffallen

123. „*Bîsakesz*“ hat J. K. Schuller sehr scharfsinnig mit Aki in Verbindung gebracht, und darin den finstern (bösen) Meergott Oegir (Uogi) gesehen. So sehr mich diese Deutung anfangs überrascht hat, so ist mir ihre Richtigkeit durch mehrere Erwägungen doch zweifelhaft geworden (siehe hierüber meine Mythentr. „Verschiedene Gottheiten“ III.). Da indessen das Wort unzweifelhaft der Mythe angehört, so muszte eine andere Deutung desselben versucht werden. Nach den Diensten nun, die in unserm Kinderliedchen der „Bîsakesz“ leistet, darf man vermuthen, dasz damit irgend ein leicht reizbarer Hauskobold gemeint sei. Mit dieser Erklärung steht die sonstige Anwen-

dung des Wortes auf wilde, rumorende Knaben nicht in Widerspruch, zumal es nie in heftigem Zorn, sondern fast noch in milderem Sinn als das deutsche „*Thunichtgut*“ gebraucht wird.

125 wird gegen Zornige gebraucht.

146. Vergl. drittes Buch Nro. 413.

147. Vergl. Nro. 413 des dritten Buchs.

Kindergebete.

Gehören zu den schönsten Stücken unsererer Volksdichtung.

148 und 149. Vergl. Simr. K. B. 261.

150. A aus Bistritz, B aus Mühlbach, doch sind alle diese Gebete durch den grös̈zten Theil des Sachsenlandes verbreitet. Vergl. Simr. K. B. Nro. 257; findet sich übrigens schon in des Knaben Wunderh. Zu bemerken ist, dasz in diesen Relationen überall 14 Engel erscheinen, während unsere nur 7 kennen.

152. Vergl. Simr. K. B. Nro. 265 und 266. Unserm Stücke gebe ich vor beiden den Vorzug.

153. Dasselbe übersetzt in Simr. K. B. Nro. 262; der Gebetform entwuchert ist Nro. 278.

154. Ist durch Haltrich auch an Simr. gekommen und findet sich übersetzt in dessen K. B. Nro. 258.

157. Eine wundersame Feiertagsstimmung weht aus diesem schönen Stück. A ist deutsch in Simr. K. B. Nro. 274 aufgenommen worden. B, C, D (B und D stark verstümmelt) gehören zwar sehr abweichenden, aber doch denselben Stoff behandelnden Relationen. C und D sind sich am nächsten.

158 stammt aus einem Hausbuch von 1749.

Kinderpredigten.

159. Ein Stück bei Müllenh. S. 477 und Nro. 281 in Simr. K. B. haben entfernte Aehnlichkeit.

160 und 161 unschuldige Parodien des V. U.

162. Vergl. K. B. Nro. 280

Neckmärchen, Lügenmärchen und Reimspiele.

165. *Des armen Mannes Wirthschaft.* Aus J. K. Schuller's „Gedichten in siebenb. sächs. Mundart.“ Schuller bemerkt dazu:

Aehnliche Lieder, in denen — um mit Herder zu reden — der Reim die Gedankentrommel ist, sind bekannt genug. Diese Bemerkung paszt mehr auf Stücke wie Nro. 26 des zweiten und Nro. 178 des fünften Buchs und ähnl., in denen die Verszeilen wirklich gleichsam aus dem vorhergehenden Reim herauswachsen; dagegen ist die in der Kinderdichtung sehr beliebte Form dieses Stückes von jenen Reimspielen verschieden, und mit einem heitern, oft sehr sinnigen Inhalt erfüllt. Seitenstücke sind in allen Volkspoesien anzutreffen. Aus der deutschen führt Schuller an: „Als ich ein armes Weib war &c." aus Erlach Bd. IV., S. 425. das sich auch in Simr. K. B. Nro 946 (Druckfehler für 947) findet Noch näher steht unserm Liede „*het hinneken*" bei Willems S. 527 namentlich durch die vorkommenden Thiere und deren Reihenfolge. So heiszt auch der Hahn unserm „*Kikeriki*" ähnlich: „*Koekeloere*". Zu vergleichen sind auch die bei *E. L. Rochholz* — „Alem. K. Lied und K. Spiel" — S. 156 bis 170 aufgeführten Lieder. Endlich ist zu erwähnen ein *Walachisches Lied*, das Aehnlichkeit mit dem unsrigen hat; ich gebe die ersten Strophen in Uebersetzung:

1. Komm Gevatter, komm zu Markt
(oder: komm mit Besen, komm zu Markt)
Gevatter! (oder mit Besen &c.)
Lasz uns kaufen ein Hühnelein
Gevatter!
Das Hühnlein machet: kirz! kirz! kirz!
Gevatter — kirz! kirz!

2. Komm, Gevatter, komm zu Markt,
Gevatter!
Lasz uns kaufen ein Entelein
Gevatter!
Das Entlein machet: raz! raz! raz!
Das Hühnlein machet: kirz! kirz! kirz!
Gevatter, kirz! kirz!

So kaufen sie weiter ein Gänselein, das macht gi! ga! ga! ein Schweinchen u. s. w. und zuletzt hört man das ganze Concert.

In der 4. Strophe unseres Liedes, wo Schuller „*Zäs du barbe*" hat, ist statt dessen aus einer Relation das verständlichere: „*Zäz de Barbra*" von mir aufgenommen worden; du barbe gibt nur Sinn, wenn man es in „ku bârbe" (walachisch = mit dem

Bart) verändert. Im *„nouveau Renart“* heiszt die Ziege: *„Barbue“*, was mit unserm „Barbra“ wenigstens dem Laute nach übereinstimmt — sonst auch Metze. Zäz hängt zusammen mit *zäkeltchen* = Zicklein, das von zicken = stoszen herzuleiten ist. Prutsch kommt vielleicht — wie Schuller anführt — von brueschen = brüllen.

166. *Hühnchen's Tod.* Dasselbe in Haltrich's Märchen Nro. 75 nach einer sehr wenig abweichenden Relation. Sehr abgekürzt und mit „Hühnchens Tod“ verbunden, bei Simr. K. B. Nro. 935, dagegen reich und schön bei Müllenh. S. 470.

167. Nach einer mündlichen Relation aus Mühlbach, die mit dem Erscheinen des Fuchses und dem Begräbnisz endete. Ich habe das Stück aus Haltrich's Märchen ergänzt. Simr. Relation — als Fortsetzung von „Hühnchens Tod“ ist mager, bei Müllenh. fehlt es auffallender Weise ganz.

168. *Schnatterentleins Reise.* Nach Haltrich's Märchen Nro. 77.

169. *Gänschens Reise.* Aus mündlicher Ueberlieferung. Ein Seitenstück zum vorhergehenden, doch minder lebendig.

170. *Bitschki.* Aus mündlicher Mittheil. Zu vergleichen ist Simr. K. B. Nro. 947, 948, 949. Die beiden letzten sind durch ganz Deutschland verbreitet; aus dem Dessauischen hat es Firmenich. Unser Lied hat in Anfang und Schlusz eine eigenthümliche Wendung genommen, und dadurch ein neues Motiv und eine neue Moral gewonnen. — Vergl. auch E. L. Rochholz: Alem. K. L und K. Sp. S. 149 u. f. Daselbst ist ein ähnliches chaldäisches, in jüdischen Synagogen zu gottesdienstlichen Zwecken gesungenes Lied, wahrscheinlich aus J. St. Rittangel nachgewiesen und mitgetheilt. Nach einer Relation aus Arkeden hatte eine alte Frau ein „bitchen pélsen“ in dem „käler schânz“ und sendet darnach *Hund, Stock, Feuer, Wasser, Ochs, Wolf* und zuletzt den *Jäger* aus; im Uebrigen ist der Bau des Liedes ähnlich.

171 Vergl. 948, 949 des K. B. Das Lied steht den deutschen Seitenstücken weit näher als Nro. 170.

172. Ueberall im Sachsenlande verbreitet und auch in Haltrich's Märch. Nro. 69 aufgenommen.

173. Solche Mengung zweier Sprachen ist in der Volksdichtung nicht selten; war sie doch vor nicht gar langer Zeit selbst im Kirchenliede gebräuchlich.

174. Das einzige Lügenlied, das ich vollständig habe erhalten können.

Aehnliche, doch nicht übereinstimmende bei Uhland Nro. 4, dann 240 und 241, die auch in andern Sammlungen erscheinen; bei Müllenh. S. 474, bei Simr. K. B. Nro. 469; in Nro. 907 ist der Refrain dem unsern ähnlich:

„Gottes Wunder, lieber Bu,
Geh, horch ein wenig zu!"

Die 5. Strophe mit dem in diesem Zusammenhang unverständlichen „lazen" scheint verderbt.

175. Bruchstücke eines Lügenliedes, das werthvoller zu sein scheint als das vorausgehende.

176. Vergl. Nro. 43 des ersten Buchs, das hier theilweise parodirt erscheint.

177 Vergl. Nro. 4 des ersten und Nro. 67 des zweiten Buchs nebst den Anm. dazu. Aehnliche Lieder sind auch sonst bekannt. In B ist die letzte Strophe ausgewuchert.

178. A und B Reimspiele.

179. Vielleicht ein Spottlied.

180 und 181 vergl. Nro. 75 des zweiten Buchs.

182. A und C sind Bruchstücke. A habe ich aus mehreren Relationen zusammengestellt, C hat J. K. Schuller in seinen mythologischen Untersuchungen in der Transilvania angeführt. Auch B ist sehr trümmerhaft auf uns gekommen, und hat viele Dunkelheiten. Nur durch die fünf Anfangszeilen scheint es sich an A zu schlieszen, und gerade dieser Anfang scheint in beiden Stücken fremdartiger Zusatz. Die fünfte Zeile von B ist vielleicht auch willkührlich aus einem Tanzliede hiehergesetzt. Anstatt der siebenten Zeile hat eine andere Relation die eingeklammerte 8., wohl nur weil das dunkle domenâen nicht verstanden wurde. Fr. Müller versucht die Worte aus domina zu erklären. J. K. Schuller (Trans. 6, 1855) hat darin vielleicht richtig ein Land der Zwerge erkannt. „*Domlenk*" und „*Dommenhanz*" sind Gattungsnamen für Zwerg, und wohl nur deshalb im Gebrauch seltener geworden, weil Einer derselben als „domelänk Hanz" zum Helden eines Märchens geworden ist, worin er allerlei fremde Züge, namentlich von Thorr und Siegfried angenommen, und allmählich seine Genossen verdunkelt hat. Die „Domenâen" wären also ein Gebiet der Däumlinge oder Elbe, ein Elbenparadies, wie sich es die Germanen bald im Innern der Berge oder der Erde, bald hoch auf Gebirgen, immer aber menschlichem Zugange entrückt, und

nur einzelnen Begünstigten zu gewissen Zeiten eröffnet dachten. Das Lied ist zu verderbt, um — trotzdem es in verschiedenen Relationen erscheint — wieder hergestellt werden zu können. Im Allgemeinen mag der Sinn desselben etwa folgender sein: „Es wird ein vergeblicher Ritt (natürlich auf dem Knie) gemacht ins Land der Elbe, entweder um für den kleinen Reiter dort eine passende (kleine) Braut zu suchen, und zwar wahrscheinlich eine Prinzessin, oder (auch dies könnte der dunkle Sinn des Liedes sein) um des Königs Hochzeit zu sehen. Der Elbenkönig „Domelånk“ (wenn man so in der offenbar verderbten 9. Zeile das unverständliche „domenâ“ bessern darf) ist entweder nicht zu Hause oder läszt nicht vor sich treten, weil er Hochzeit hält. Ziege, Katze, Hund (Vieh und Hausthiere der Elbe, wie sie auch sonst bezeugt sind) liegen ruhig vor und in der Vorhalle. Das Hausgesinde — denn daran musz man in der nächsten Zeile denken — offenbart seine neckische Elbenatur, indem Einige den Ankömmling ruhig angrinsen, ihn weder vor den König führen, noch ihm sagen wollen, wer die Braut sei, oder welche als Bräute zu vergeben seien (?), während Andere mit harmloser Schadenfreude um ihn springen und singen, aus den Kannen trinken, trommeln und lärmen“ (aus den Mythentrümmern). — Die letzten 4 Zeilen aus A entsprechen einer solchen Erklärung vollkommen. *Wiesel* und *Maus* sind wie Unke und anderes Gethier elbische Gestalten (vergl. Nro. 113 des vierten Buchs) und wenn ihnen im Liede die Reinigung des Hauses aufgetragen wird, so sind sie damit als elbisches Hausgesinde bezeichnet.

Abzählen und Spiele.

Unsere Abzählreime sind nicht so schön als manche der in Simr. K. B. von S. 178 bis 195 mitgetheilten. — Von den Spielen verdanke ich die meisten Haltrich's mehrerwähntem Schulprogramm von 1854—5.

199. Die Biene wird hier als (elbischer?) Reiter aufgefaszt, der sich mit Milch — für den Reiter — und Haber — für das Rosz — auf die Reise versieht.

201. Das „Raiu, maiu“ oder „Maiu, raiu“ in 202 B ist wohl Reihen oder Reigen und Maien zu erklären. Ein ähnliches Spiel bei Müllenh. S. 484, 1.

203 und 204 sind ähnliche Spiele. Der „Pimerbäsch“ ist wohl localer Name einer Waldung.

207. Die „*Branefrae*“ ist Frau Holla.

209. Das Blindekuhspiel in Simr. K. B. Nro. 859 hat mehr Reime, und wird anders gespielt.

210. „Schampelän“ ist mir unverständlich. Das Spiel hat wohl mythischen Hintergrund.

211. Aus Haltrich's Programm ist dies Spiel sammt den Reimen auch in Simr. K. B. Nro. 854 übergegangen. Es gründet sich wohl auf eine Erzählung, die der Sage vom Wolf und den Zicklein sehr ähnlich ist. Verwandtes hat Müllenh. S. 487, Nro. 8.

213. Ein ähnliches Spiel bei Müllenh. S. 488, Nro. 9.

Kinder-Canon.

216. Ob dieser Canon im Lande entstanden ist, kann ich nicht bestimmen. Wie der folgende trägt er das Gepräge hohen Alters.

217. Vergl. Nro. 5, C des ersten Buchs.

Sprechübungen.

Lieszen sich wohl stark vermehren. Solche Zungenübungen trifft man bei allen Völkern; so ähnlich sind sich auch die geistigen Bedürfnisse der Menschen.

Nachträge.

247. Aus Haltrich's Plan zu Vorarbeiten für ein Idiotikon der siebenb. sächs. Volkssprache.

250. Vergleiche Nro. 165 und die Anmerkung dazu. Das dort angeführte Lied aus Willens oft erwähntem Werke S. 527 beginnt:

Des avonds in den reine, rein
Des ochtends achter 't hoveken
Des morgens als ik was zoo rijk —
en
Dat ik had en hinneken:
Alle lieden vraegden mij
Hoe da 'k dat hinneken heeten zou?
„Kriep!“ zei mijn hinneken.

und schlieszt mit der Strophe:

Dat ik had een wijveken:
Alle lieden vraegden my
Hoe da 'k dat wijveken heeten zou?
Kleinbedrijf hiet mijn wijf,
Langsteert hiet mijn peerd,
Nijp — gat — toe hiet mijn koe,
Kort trapken hiet mijn schaepken,
Steertje ront hiet mijn hond,
Langhals hiet mijn zwane,
Koekeloere! zei mijn hone,
Kriep! zei mijn hinneken.

Abhandlungen.

I.

Den deutschen Volksstamm, von dessen Dichtungen ich einen guten Theil hier dargeboten ihm selbst und seinen Brüdern in Deutschland, die er nicht vergessen hat, und von denen er nicht vergessen sein möchte, nennt man seit mehreren Jahrhunderten „*Siebenbürger Sachsen.*“ Ueber den Namen und die Abstammung dieser Colonisten, der treuesten, die je vom deutschen Volke ausgegangen, ist bis in die neueste Zeit herab viel geschrieben und gestritten worden. Heute sind die Acten über diesen Gegenstand dem Schlusz nahe. Sprache, Ortsbenennungen, Gebräuche und Sitten, häusliche Einrichtungen, mancherlei Ueberlieferungen haben die meisten neueren Forscher die Heimat unserer Voreltern am Niederrhein, wo sich Franken und Sachsen berührten, und hauptsächlich in der Gegend von Köln suchen lassen. Wenn man sie für einen nicht unbedeutenden Theil noch tiefer in das eigentliche Westfalen rückt, einen andern Theil aus Flandern einwandern läszt, so werden die Untersuchungen der Folgezeit die Ergebnisse unserer heutigen Forschungen wohl nur noch zu bestättigen, nicht zu berichtigen haben. Die Hauptgründe jener Ansicht hat J. K. Schuller zusammengestellt in dem kleinen Schriftchen: zur Frage über die Herkunft der Sachsen in Siebenbürgen (Hermannst. bei Th. Steinhausen 1856), wo auch Vieles aus der einschlägigen Litteratur angezogen ist. Seine Gründe würden sich schon jetzt unschwer vermehren lassen. Damit ist den alturkundlichen Namen „*Flandrenses*“ und „*Saxones*“ ihre Berechtigung nicht genommen; vielmehr nöthigen eben diese urkundlichen, gewisz nicht zufällig entstandenen Namen mindestens einen groszen Theil der *ersten* Einwanderer aus Flandern, und wohl gleich die nächstfolgenden aus Sachsen — wenn auch nur dem Westfälischen herzuleiten. Es nöthigen hiezu auch andere Umstände. Für Flandern sprechen Schlözer's gewichtige Gründe und manche noch immer nicht ganz vergessene Ueberlieferungen; für Sachsen viele Sagen, Märchen, vorzüglich aber unsre Mythenreste, die in auffallender Weise *fast ohne Ausnahme tief in den Nord-Westen Deutschlands weisen*; wohl auch Ortsnamen wie *Médwesch* (= Medovâge), *Hûlzmätinjen* (= Holtesmenne), *Duolmen* (= Dülmenne, Dühnen), Schuogen (= Schagen), Kälenk (= Kellink) und ähnliche, denen allerdings eine gröszere Menge niederrheinischer, mit Siebenb. sächsischen überstimmender Ortsnamen gegenüber gestellt werden kann. Meine Aufgabe ist nicht hier diese Fragen endgiltig zu entscheiden; ich wollte nur hinweisen auf das Ziel, dem in dieser Hinsicht alle unsere Forschungen sich werden nähern müssen. Eines Umstandes denke ich doch noch erwähnen zu müssen, der ob zwar nicht entscheidend, doch einer gröszeren Beachtung werth erscheint, als ihm bisher zu Theil geworden. Das zweite um 1370 entstandene Nationalsiegel der Sachsen (dies allein kommt hier in Betracht, da das erste nur die ehrenvolle Bestimmung der Einwanderer versinnlicht, das letzte mit den sieben Burgen den Namen des Landes oder besser des Sachsengaues zu deuten sucht) weiset mit seinen drei Seeblumenblättern in ein *Küstenland* (Flandern). Sieben Seeblummenblätter hatten die Friesen, Nachbaren der Flanderer in ihrer Fahne; — sieben und drei beides sind uralt heilige Zahlen. Bedeutsam *vereinigt sogar das Hermannstädter Wappen* (also das des Vorortes) *Flandrer* und *Sachsen*, indem es in das *Seeblumendreieck* die gekreuzten *sächsischen Schwerter* einrahmt.

Auch aus sprachlichen Gründen darf man den Ursitz wenigstens eines Theiles unserer Vorfahren etwas weiter nördlich rücken, als bisher geschehen ist. Unsere Sprache, wie wir sie fast nur aus ihrer heutigen Erscheinung kennen, ist weder flandrisch noch sächsisch; aber doch hat sie noch jetzt, besonders in einigen Mundarten (*voraus die Schäszburger*) entschieden mehr säschsischen Gehalt als etwa die von Köln oder Düsseldorf, wovon man sich um so leichter überzeugen kann, je mehr man auch den Vocalismus, nicht, wie bisher fast ausschlieszlich geschehen ist, nur den allerdings wichtigeren Consonantismus in Erwägung zieht.*) Das musz früher noch

*) Die Verwandtschaft der Zipser Mundarten mit unsern siebenbürgisch-sächsischen findet Schröer in dem schätzbaren Werke „Versuch einer Darstellung der deutschen Mundarten des ungrischen Berglandes“ doch zu grosz, wenn er S. 8 behauptet, dasz „dieser Dialect durch gewisse Hauptzüge und eine Anzahl von Wörtern dem der Siebenbürger Sachsens näher als irgend einem andern stehe. In der That enthalten unsere Mundarten weit mehr niederdeutsche Elemente als die des ungr. Berglandes.

unzweifelhafter gewesen sein. Wer die Mundarten der Städte Hermannstadt, Mühlbach, Broos vergleicht mit der gangbaren Sprache der sie umgebenden Dörfer, dem musz schon auffallen, wie sehr die Sprache in den Städten zersetzt und abgeschliffen worden durch Einwirkung der hochdeutschen Schriftsprache. Aber auch das Idiom der Dörfer hat sich seit Jahrhunderten diesem Einflusz nicht entziehen können, wie schon die grosze Menge unsächsich gebildeter Wörter beweist und die Erwägung der historischen Verhältnisse erwarten läszt. Schon zur Zeit der ersten Einwanderung war die Vormacht der oberdeutschen Dialecte, besonders des schwäbischen in Deutschland fühlbar; ein halbes Jahrhundert später wurde sie durch die Blüthe der mhd. Dichtkunst eine entschiedene. Das konnte auch auf die Einwanderer, die erst vor so kurzer Zeit die Heimath verlassen hatten, und gewisz noch im lebendigsten Zusammenhange mit dem Stammlande waren, nicht ohne Einflusz bleiben. In Deutschland selbst scheinen um diese Zeit — wohl gerade durch die Einwanderung — das Land und die Verhältnisse Siebenbürgens zu klarerer Kunde gekommen zu sein, wie die Erwähnung des Landes im Nibelungenlied und die Klinsorsage beweisen. Letztere reicht freilich mit ihren tiefsten Wurzeln weit zurück in den Wodansmythus, in der Gestalt aber, wie sie im Wartburgkriege erscheint, hat sie sich um diese Zeit zu bilden begonnen. — Sollte der Minnesang nach Siebenbürgen gedrungen sein, woran ich nicht zweifle, so konnte es nur in dem schwäbischen Dialect geschehen sein; sollte je in Siebenbürgen die höfische Dichtkunst von *Inländern* geübt worden sein, was doch nur höchst selten geschehen sein kann, so war's zweifellos auch in diesem Dialect. Einen fortwährend engen Zusammenhang der Colonisten mit dem Mutterlande erhielt der besonders unter den Anjouern mächtig erblühende Handel derselben, und wieder ist es vorzugsweise der Süden Deutschlands, der dabei in Betracht kommt. So kamen auch in späterer Zeit die kleineren Nachwanderungen vorzugsweise von Handwerkern, aber auch einzelner nachmals im Lande bedeutend gewordener Persönlichkeiten zumeist aus den gewerb- und kunstreichen Städten Ober- und Mitteldeutschlands. Der Handwerksbursche liesz sich entweder unter den Brüdern nieder, oder er kehrte nach einigen Jahren wieder in sein Nürnberg, Augsburg, Straszburg, Frankfurt u. s. w. zurück. Niemals wohl in jener liederreichen Zeit war er ohne Lieder gekommen, hatte wohl zuweilen auch ein oder das andere fliegende Blatt mitgebracht, und Beides schlug — wie zu geschehen pflegt — sogleich in dem neuen Boden Wurzel. Diese Lieder waren natürlich oberdeutsche — wie denn überhaupt um diese Zeit mehr noch als in späterer der deutsche Süden weit liederreicher war, als der zum Theil nicht langeher neugermanisirte Norden, der sich dafür von jeher einer gröszeren Mythenfülle erfreute — und blieben selbst bei allmähliger Umdichtung, ja gerade durch dieselbe nicht ohne Einwirkung auf die Sprache, in welche sie umgedichtet wurden. Zum Theil schon während der ersten Türkenkriege (z. B unter Hunyadi), häufig aber während der oft wiederholten Kämpfe Oesterreichs um den Besitz Siebenbürgens kamen auch deutsche Söldner — wieder zumeist Süddeutsche — in das Land, wie andrerseits vielfach sächsische Wanderbursche nach Deutschland zogen und dorther Sitte, Lied und sonstige Gewohnheiten mitbrachten. Unberechenbar sind dergleichen Einflüsze, seit Siebenbürgen dauernd unter Oesterreichs Herrschaft gelangte.

Aber die wichtigsten Momente in dieser Hinsicht sind nun erst zu erwägen. Die *Siebenb. sächsische Sprache* ist *nur in allerletzter Zeit geschrieben* worden. In der ersten Zeit nach der Einwanderung wurden nicht nur alle Urkunden, sondern selbst chronistische Aufzeichnungen, Rechnungen u. dgl. — wie es im Geist und dem Culturzustande des Zeitalters lag — in lateinischer Sprache geschrieben. Noch Jahrhunderte später, als man schon vielfach im Lande deutsche Memoiren schrieb, begegnet es oft, dasz der Verfasser gerade da, wo er sein Gefühl sprechen lassen und einmal breiter ausladen will, plötzlich ins Lateinische übergeht. Als man anfing deutsch zu schreiben, war es wieder, wenn auch mit vielen Saxonismen durchspickt, das Oberdeutsche, dessen man sich bediente; selbst Personen- und Ortsnamen gab man nicht selten in der Schrift oberdeutsche Form. So sind oberdeutsch die einzelnen, deutschen Bruchstücke einer Hermannstädter, sonst lateinisch geschriebenen Kirchenmatrikel des 14. Jahrhunderts, herausgegeben von Anton Kurz unter dem Titel: „Die ältesten deutschen Sprachdenkmale und die bis jetzt bekannte älteste Handschrift der Sachsen in Siebenb. Leipzig bei T. O. Weigel.“ Die Schreiber dieser Urkunde, die sich in der Batyanischen Bibliothek in Karlsburg befindet, waren „zur Hermannstädter Pfarre der h. Jungfrau Maria gehörige Geistliche“ und, wie ihre Saxonismen beweisen, ohne Zweifel Sachsen. Im 15. Jahrhundert ist schon oft, im 16. sehr reichlich besonders in Zunfturkunden die deutsche und immer die hochdeutsche Sprache vertreten, wie dies klar ersichtlich ist aus einem von der Wissenschaft lange geforderten Werke, das Fr. Müller erst kürzlich dem Verein für Siebenb. Landeskunde zur Herausgabe übermittelt hat.*) Unberechenbaren Einflusz auf die Zersetzung des Siebenb. sächsischen Idioms übte die Reformation. Viele deutsche Schriften der Reformatoren und ihrer Nachfolger — vor allen andern Luther's Bibelübersetzung — verbreiteten sich unter unserm Volke; es ward ferner Gebrauch sächsisch zu predigen, wobei man aber die Predigten in Lutherischem Hochdeutsch abfaszte, und nur im Vortrag übersetzte; in den Schulen pflegte man (seit wann? — eine Vorschrift hierüber kenne ich nur aus sehr später Zeit) Katechismus, Gesangbuch, Bibel sächsisch zu lesen. Deutsche Wort-, Biegungs- und Satzformen drangen damit bis in die untersten Schichten des Volkes ein.

Auf solche Weise änderte sich allmählig und fast unmerklich unsere Sprache zu Gunsten ihres hochdeutschen Elementes. Zwar ging dabei wohl nur wenig von ihrem eigentlichen ursprünglichen Charakter, dagegen aber manche Idiotismen, eigenthümliche Formen und Redewendungen verloren, wogegen fremde in Menge aufgenommen wurden. Nicht Aufgabe dieser Abhandlungen ist es, vielmehr die einer grammatischen Arbeit, an die sich doch bald eine ausreichende Kraft wagen sollte, die Gesetze dieser Sprache, wie sie bis heute geworden, erschöpfend zu entwickeln. In keiner Hinsicht ist noch so wenig Befriedigendes geleistet worden als in dieser; alle unsere Arbeiten in diesem Gebiete halten sich noch ganz auf der Oberfläche; und doch ist eine gründliche, erschöpfende die dringendste Forderung unserer heutigen Wissenschaft. Umsonst sammeln wir zu einem Idiotikon, so lange wir ein solches Werk nicht besitzen; wir werden jenes ohne dieses kaum so vollenden können, dasz es mit Ehren vor der deutschen Kritik zu bestehen vermöchte. Umsonst wollen wir eine allgemein und endgiltige sächsische Orthographie feststellen, ehe uns in der Grammatik die Möglichkeit geboten ist, dabei rationell und consequent vorzugehen; der Versuch wird eher schaden als nützen. Auf jedem Schritte in dem Gebiet national-germanistischer Forschung fühlen wir den Mangel eines solchen Werkes. Um so betrübender, da wir uns andererseits gestehen müssen, wie wenig Hoffnung wir gegenwärtig hegen dürfen, diese Lücke bald ausgefüllt zu sehen. Es gehört viel

---

*) Es ist unterdessen erschienen.

Wissen und viel Musze zu einer solchen Arbeit. Neben einer gründlichen Kenntnisz der historischen deutschen Grammatik, müszte der Verfasser eine weitreichende Bekanntschaft mit dem eigenen und den übrigen germanischen Dialecten und Mundarten besitzen, deren Wörterschatz ihm handgerecht zu Gebote stehen müszte; er müszte Musze genug haben, ununterbrochen mindestens einige Stunden täglich zu arbeiten. Nun ist aber der vorzglichste Träger unserer Wissenschaft, der Lehrstand, durch einen zeitraubenden, obwohl nicht in gleichem Masze nutzbringenden Schulmechanismus gehindert, kaum in der Lage, die Vorstudien zu einem solchen Werke zu machen und das Werk selbst zu vollenden, ehe eine Reihe von Jahren darüber vergeht. Von Andern ist ein solches Werk noch weniger zu erwarten.*)

Solche Erwägungen haben nothwendig von Einflusz sein müssen auf die Wahl meiner Orthographie in dem sächsischen Text. Wenn dieselbe nach der obigen Entwickelung keine bleibende, nur eine vorübergehende sein konnte, so muszte ich sie vorzüglich so einzurichten trachten, dasz damit die wirklichen Laute, wie sie das Ohr hört, ohne Rücksicht auf Abstammung, möglichst genau bezeichnet wurden; gerade dadurch konnte ich dem künftigen Grammatiker und Systematiker am nützlichsten werden. Könnte ich an die Dauer meiner Schreibung glauben, so wäre sie vielleicht schon jetzt in Einigem abzuändern. — Die Griechen und im Deutschen Nôtker und Andere haben nach ähnlichen Grundsätzen geschrieben. Aufmerksam machen musz ich aber auf den schön ausgebildeten Consonantismus unserer Sprache, namentlich auf die sehr scharf bestimmten Auslautgesetze, die ich ebenso wie die übrigen Lautgesetze auch in der Schrift darstellen zu müssen geglaubt habe. Nicht befremden soll es, wenn man ein und dasselbe Wort an verschiedenen Stellen verschieden geschrieben findet; es hängt immer von dem Anlaut des nächstfolgendem Wortes ab, ob ein Wort sein n im Anslaut behalten oder abwerfen, ob es seine muta, tenuis oder aspirata unverändert lassen, oder umwandeln und dem folgenden Laut anähnlichen musz. Hierin weichen auch die Mundarten in Einzelnem von einander ab, z. B. die Nösner von allen Uebrigen. Gleichem Wechsel unterliegt im Inlaut der Endconsonant eines

---

*) Der Einzige, dem die Musze jetzt in ausreichendem Masze geboten wäre, J. K. Schuller, steht bereits in hohem Alter, und wird sein wissenschaftlich so thatenreiches Leben kaum mit der schwierigsten und aufreibendsten Arbeit beschlieszen wollen.

Stammes je nach den verschiedenen Bildungs- und Ableitungssylben, die ihm anwachsen.

Zur Bezeichnung der sächsischen Laute habe ich folgende Zeichen verwendet:

1. Vocale.

Lange: â, â, å, ê, î, ô, ô, û, û.

Kurze: a, á, ä, é (das dem i sich nähernde kurze e, wie es etwa in „recht" gesprochen wird), e (das gewöhnliche stumme e), i, o, ö, u, ü.

Die aus diesen Vocalen entstehenden Diphtongen (zuweilen auch Triphtongen) bieten keine Schwierigkeit. ei ist nie wie ai zu lesen.

2. Consonanten.

b, p, f — w.

g, ǵ (aspirirtes, aus der Tiefe des Gaumens gesprochenes g), k, ch (mehr auf der Zunge als aus dem Gaumen gebildet, und einem geschärften j ähnlich lautend), ćh (aspirirt und aus dem Gaumen gesprochen wie in Rachen) — j (meist im Inlaut für erweichtes g stehend).

d, t (in den meisten Mundarten wie th gesprochen), z.

s, sch, ś (im Anlaute vor t und p gesprochen wie sch), ş (höchst selten — sanskritischem dscha ähnlich lautend wie in „geşader"), sz (mit dem deutschen ß identisch) und h.

r, l (vorn auf der Zunge gebildet, nicht im Hintergrund derselben wie in Deutschland), m, n.

Der gewünschten grammatischen Arbeit musz auch die Behandlung der Mundartenlehre überlassen bleiben. Ich habe gestrebt, dasz, wer sie unternimmt, ein möglichst reiches Material dazu in meiner Sammlung finde; doch ist weit weniger geboten, als ich zu bieten gewünscht und auch vermocht hätte, wenn ich von mehreren Seiten und immer mit sorgfältig geschriebenen Beiträgen wäre unterstützt worden.

Der Idiome sind eigentlich fast so viele als Ortschaften, doch lassen sie sich füglich unter fünf Hauptmundarten ordnen:

1. Die Hermannstädter,
2. die Medwischer,
3. die Schäszburger,
4. die Burzenländer,

5. die Nösner, an welche sich als ein Uebergangszweig die Regner*) anschlieszt.

Die Schäszburger Mundart enthält mehr als die andere sächsische Bestandtheile; die Hermannstädter in der hier angenommenen Ausdehnung schlieszt sich in leisen Uebergängen hier an die Medwischer, dort an die Schäszburger an, dasz es schwer fällt eine scharfe Grenze ihrer Herrschaft abzumarker, und es, ehe die Grammatik endgiltig darüber entschieden hat, kaum bekämpft werden kann, wenn Einige nur drei Hauptmundarten: Hermannstädter, Nösner, Burzenländer anerkennen wollen. Der Hermannstädter, Schäszburger und Medwischer Mundart steht die Burzenländer, in diesem Buche nicht durch meine Schuld fast unvertretene, etwas ferner, und am entschiedensten entfernt sich die Nösner von allen ihren Schwestern; doch bleibt die Familienähnlichkeit immer noch so grosz, dasz sie selbst eine flüchtige Betrachtung als rechte Schwester anerkennen musz. Durch ihre Abweichungen nähert sie sich auf mehreren Punkten den deutschen Mundarten des ungrischen Berglandes.

II.

Wer der Entwickelungsgeschichte der Siebenb. sächsischem Volksdichtung nachspürt, entbehrt so mancher Quellen, die anderwärts oft reichlich zu Gebote stehen. Nicht handschriftliche Sammlungen, nicht gelegentliche Mittheilungen aus frühern Zeiten, nicht alte Drucke weisen ihm die gesuchte Fährte. Von handschriftlichen Sammlungen ist mir nie eine Spur begegnet; noch weniger bewahren alte Drucke Erzeugnisse unserer Volksdichtung, es sei denn einige Sagen; von gelegentlichen Aufzeichnungen ist mir auch nur wenig Erwerb geworden. Eine überraschend reiche Ausbeute brachten in dieser Hinsicht nur die von Teutsch ausgewertheten Kirchenvisitationen aus der Mitte des 17. Jahrhunderts, die über 60 Heilsformeln lieferten. Daneben ist uns ein historisches Lied aus dem Anfang des vorigen Jahrhunderts in einem Manuscript, einige Heils- und Zauberformeln in Hexenprocessen, auf dem Deckel eines alten Buchs, in einem ältern Kirchenprotokoll, und einige Sprüche aus einem alten Hausbuch erhalten. Wie wenig ist das im Vergleich mit dem, was in Deutschland die groszen Bibliotheken im Ueber-

*) Regen für sächs. Rên ist wahrscheinlich unrichtig; es wird schwer sein überall den richtigen deutschen Ausdruck für sächs. Ortsnamen herzustellen.

flusz darbieten. So musz sich denn unser Forscher begnügen, aus der jetzigen Gestalt und dem Inhalt der Dichtungen, wie er sie eben aus dem Munde des Volkes erhalten, seine Schlüsze zu ziehen; er mag die Geschichte des Volkes, die Ereignisse, von denen hie und da dessen Dichtungen gefärbt erscheinen, in Erwägung ziehen, und sich dabei oft bescheiden, wenn er auch nur zu einer wahrscheinlichen Hypothese gelangen kann. Der Vergleich mit der Volksdichtung anderer Nationen, vor Allem mit der nächstverwandten der Bruderstämme im deutschen Mutterlande wird ihm oft die wesentlichsten Dienste leisten, wie denn besonders für die Geschichte unseres *Volksliedes* Uhland's Sammlung und die wenigen dazu erschienenen Abhandlungen unschätzbare Hülfsmittel und Fingerzeige bieten.

So gering solche Hülfsmittel auf den ersten Anblick scheinen mögen, wir sind damit nicht so gar sehr im Nachtheil gegenüber andern Nationen, selbst im Vergleich mit unsern Brüdern in Deutschland, wo der Volksdichtung die reichsten Quellen flieszen, und dieselben am öftesten und fleiszigsten ausgebeutet wurden. Allerdings sind Quellen und Zeugnisse geeignet, das geringste, selten aber das höchstmögliche Alter und die ersten Keime und Anfänge einer Dichtung zu bestimmen; denn zu diesen reichen sie in der Regel lange nicht hinauf. Nur das Wenigste in Uhland's Sammlung kann aus Handschriften vor dem 16. Jahrh. oder gar noch älterer Zeit nachgewiesen werden, während es doch oft in seinen Anfängen weit älter ist, und vielfach über die Blüthezeit der höfischen Kunstdichtung hinausreicht, die besonders in ihren Anfängen nicht selten aus der Volksdichtung Nahrung sog, wie z. B. bei dem Kürenberger offenbar ist.

Andererseits gestatten unsere Mittel mancherlei erspriezliche Folgerungen. Es ist bei Betrachtung der Dichtungen selbst, wie sie vorliegen, zu erwägen, ob der *Stoff* alt sei, ob er im Ganzen oder Einzelnen mythischen Gehalt habe, ob er in Zusammenhang stehe mit Festen, Sitten, Gebräuchen, die an sich selbst oder durch sichere Ueberlieferungen als alt verbürgt sind, oder selbst mythische Beziehung haben; ob er noch in mehreren oder allen Hauptformen der Volksdichtung, also *Mythe, Sage, Märchen, Lied* (oder dramatische Darstellung) vorkomme, wie bei der Ballade „*Brautmörder*" des ersten Buches der Fall ist, ob in andern alten Dichtungen Anspielungen auf oder Reminiscenzen aus diesem Stoff vorkommen, oder derselbe sonst erwähnt wird; ob er nach seiner Behandlung einfach sei in äuszerer und innerer Anlage, ob er naiv oder bereits sentimental, ob er in strenger Kürze oder in breiterem Flusze vorgetragen werde, ob er besser oder schlechter erhalten sei, ob er seine ursprüngliche Tendenz behalten oder verloren habe, ob sich Lücken vorfinden oder Dunkelheiten in dem Zusammenhange, in den Motiven und in dem Abschlusz, die mit Wahrscheinlichkeit erklärt werden dürfen daraus, dasz die Dichtung durch die Länge der Zeit ganz oder in einzelnen Theilen von ihrem Publikum nicht mehr verstanden, und in Folge dessen verderbt wurde. Von minderer Bedeutung ist bei unseren Volksdichtungen die *äuszere Form*, z. B. ungleichmäsziges Versmasz, Beachtung oder Nichtbeachtung der Senkungen, unverschränkte oder verschränkte Reime, völlige Reimlosigkeit, einfachere oder ausgebildetere Strophe oder Mangel an Strophenbildung u. s. w.

Die *Erwägung der Volksgeschichte* veranlaszt zu der Untersuchung, ob eine bestimmte Dichtung dem Geiste und der Stimmung einer besonderen Zeitperiode mehr als jeder andern entsprechend und angemessen sei, so, dasz sie als natürliches Erzeugnisz derselben angesehen werden könne, ob sie von den Zeitereignissen sichtlich getragen oder nur leicht gefärbt erscheine, ob sie etwa deutliche Anspielungen auf dieselben enthalte, ob sie von denselben ganz erzeugt oder nur theilweise umgeformt worden sei u. dgl.

Bei dem *Vergleich* endlich *mit andern, namentlich deutschen Volksdichtungen* liegt uns ob zu untersuchen, aus welcher Zeit sich die fremde Dichtung nachweisen lasse, wie weit sie in dieser oder einer voraussetzlich andern Gestalt über die urkundlich erwiesene Zeit zurückreichen könne; ferner ob unsere Dichtung nach allen innern oder äuszern Gründen älter oder jünger sei als die parallele fremde Dichtung, so wie sie vorliegt, ob sie etwa blosz einzelne ältere Bestandtheile bewahrt habe; ob sie, wenn jünger, sich aus der fremden Dichtung oder unabhängig von dieser aus andern, verlorenen, älteren Formen entwickelt habe; endlich ob unsere Dichtung als Umdichtung anzusehen sei oder nicht, wie weit die Umdichtung fortgeschritten, ob sie nämlich zur völlig freien Bearbeitung des Stoffes geworden, oder noch fast blosze Uebersetzung geblieben sei.

Nicht jedes dieser Kennzeichen ist schon einzeln genügend, uns zu einem Schlusze zu berechtigen; die meisten bedürfen, um rechtskräftig zu werden, gegenseitiger Unterstützung, und wollen überhaupt mit Vorsicht und Tact gebraucht sein. Dieser ist zwar einerseits angeboren, musz aber, wenn er zu ganzer Kraft gelangen soll, durch vielfältigen und langen Umgang mit und inniges Versenken in diese Dichtungen genährt und gepflegt werden.

Mit solchen Mitteln versuche ich es, nachdem durch die Anmerkungen schon stark vorgearbeitet worden, in diesen Abhandlungen nicht die Geschichte, nur einige Grundrisse zur Geschichte unserer Volksdichtung — namentlich so weit sie in meiner Sammlung Raum gefunden — zu entwerfen, oder — um keinem Miszverständnisz über meine Absicht Raum zu lassen — die bedeutendsten Entwickelungsphasen unserer Volksdichtung abzumarken und zu kennzeichnen. Ich darf mir das Zeugnisz geben, dasz ich es weder an innigem Einleben in diese Dichtungen binnen siebzehn Jahren fehlen liesz, noch es versäumt habe, mir den Sinn zu schärfen durch Studium und Vergleichung fast aller zugänglichen Volksliteraturen, besonders aber nach allen Richtungen der deutschen.

Als die ersten Deutschen den weiten Weg nach dem Karpathenlande antraten, das von ihnen den Namen Siebenbürgen erhalten sollte, hatten die Kreuzzüge noch nicht lange begonnen, sasz auf dem Kaiserthrone Konrad III. von Hohenstaufen, kündigte sich noch kaum die Dämmerung an jener glänzenden Morgenröthe deutscher Dichtkunst, welche mehr als ein halbes Jahrhundert später in Süddeutschland strahlend anbrechen sollte. Später noch leuchtete sie den Gegenden unserer ersten Heimath, und nur noch später, wenn es überhaupt je geschah, hätte sie auf die Volkspoesie jener Gegenden einigen Einflusz üben können.

In *Flandern* und am *Niederrhein* erzählte man sich noch mit frischer Theilnahme jene Abentheuer von *Wolf und Fuchs* neben mancher altepischen Sage, in *Westfalen* jene *Wodens*- und *Helmärchen* kräftiger noch und von mythischem Gehalt erfüllter als sie uns heute die nicht genug zu schätzende *Märchensammlung Haltrich's lesen* läszt. Daneben erklang aber auch noch manches Lied, recitirte noch manche Schauersage der bekannte Sänger oder der wandernde Blinde, wo man sich zum Reigen versammelte oder in der Rockenstube oder wo immer sich ein Haufe Hörender in einer Versammlung fand. Das sind jene halbepischen Lieder, die später unpassend den Namen „*Ballade*“ erhalten haben. Auch der Tanz wurde von Reimen begleitet und bei Hochzeiten und andern hochfestlichen Gelegenheiten dramatische Spiele und mimische Darstellungen voll mythischen Gehaltes aufgeführt.

Nicht ohne Begleitung der Dichtkunst sind also unsere Vorfahren aus ihren Ursitzen im nordwestlichen Deutschland zuerst in dieses Land gekommen. Wie Pflug und Schwert, so brachten sie *Mythe*, *Sage*, *Thiersage* und *Mährchen*, aber auch *dramatische Compositionen*, *Lied* und *Spruch*, *Zauberformel* und *Räthsel* und was die Mütter als erste Geistesbrocken den Kindern vorlullen, mit. So wenig von diesen wie von Pflug und Schwert mochten, ja konnten sie sich trennen; sie gehörten ja überhaupt zu ihrem Hausrath; sie hafteten ihnen an wie die Schale der Schildkröte, und weniger fremd und wüste muszte ihnen die neue Heimath erscheinen, wenn sie gleichsam ein gut Stück der alten sogleich in dieselbe herüberpflanzten.

Freilich erlitten diese Erbtheile schon mit oder bald nach der Einwanderung manchen Verlust. Die Erzähler und Sänger vom Fach waren wohl meistens zurückgeblieben, der sang- und sagenkundige Blinde mochte sein Schicksal nicht vereinen mit dem der waghalsigen Wanderer, die in eine fremde, wilde, unbekannte, von nomadischen Horden umschwärmte Wüste zogen; die Ortssage verlor ihren Haft, und wuszte sich nur selten wie im „Wonzlenk, Wonsbäsch, Hällegrôwen“ einen, neuen zu finden; die Einwanderer gedachten während der ungeheuren Anstrengungen und Mühen bei der ersten Ansiedlung wohl seltener an das Lied als zu Hause; die Volkspoesie ist ohnehin beständiger Umwandlung und Umdichtung unterworfen, und kommt oft weit ab von ihren ersten Gestaltungen. Nicht Alles, was wir vor unserer Einwanderung in der altsächsischen oder rheinischen Heimath besaszen, haben wir mitgebracht; nicht Alles, ja wohl das Wenigste von dem Mitgebrachten besitzen wir noch heute; und von dem, was wir noch seit der Einwanderung besitzen, hat das Wenigste, ja Nichts seine Gestalt unverändert bis heute erhalten; nur die Stoffe, nicht ihre künstlerische Gestaltung, noch weniger die äuszern Formen sind geblieben. Abgesehen hievon ist indessen dieses alten Gutes immer noch ein schätzbarer Vorrath da.

Hieher sind zu rechnen die altmythischen Sagen in Müller's und die nach dieser Richtung noch weit gehaltreichern Märchen aus Haltrich's Sammlung, die eine wahre Fundgrube für deutsche Mythologie, eine jüngste Edda genannt werden mag. Hieher zu rechnen ist ferner mindestens *ein* dramatisches Spiel, das sich bis auf den heutigen Tag erhalten hat, und trotz aller Abschwächung, die es im Laufe wechselvoller Jahrhunderte erleiden muszte, auch in der auf uns gekommenen Gestalt noch deutlich die Züge eines Mythus erkennen läszt, der ein im übrigen Deutschland längst vergessenes Abentheuer des Donner- und Ehegottes aufbewahrt. Es ist dies der bei Hochzeiten aufgeführte sogenannte „*Röszchentanz*", den uns Pfarrer Fronius in dem sächsischen Hausfreund von 1861 aus Arkeden mitgetheilt hat, der übrigens auch an andern Orten, wenn auch unvollständiger bekannt zu sein scheint. Wer die Zähigkeit der Volksüberlieferung zu bewundern noch nicht Gelegenheit fand, der mag staunen bei der Betrachtung dieser Dichtung, die nach einem Jahrtausend und länger auch nicht Einen Zug, nicht Eine Person des Mythus verloren hat. *)

Von den in meine Sammlung aufgenommenen Dichtungsarten zähle ich wohl mit vieler Wahrscheinlichkeit hieher:

Aus dem ersten Buche die Nummern: 1, 2, 6, 41, dann die Balladen von starkem tragischem Inhalt und einfacher Entwickelung Nro. 48 (vorzugsweise B), 50, vielleicht das Bruchstück 51, 52, 54 (vielleicht auch 53), auszerdem so manche überbliebene Type von „Scheiden und Meiden, von Liebe und Trauer" u. s. w., woraus sich später neue Lieder entwickelt haben.

Das zweite Buch enthält aus dieser ältesten Zeit vielleicht Nro. 2, 3 und 4, 10 und 11. Einiges aus den Tanzreimen, aber vor allem und zweifellos (versteht sich in der Grundlage) jene „*Rockenlieder*" (meine Sammlung enthält deren drei), die sammt der Sitte, welche sie zu begleiten bestimmt sind, uraltes Gepräge an sich tragen, in ihrem entschieden mythischen Kern vom Volke längst nicht mehr verstanden sind, mit den übrigen Hochzeitfeierlichkeiten einst ein Ganzes bildeten, und mit allem diesem Zubehör unmöglich später erfunden oder eingeschleppt und in Gebrauch gekommen sein können; vielmehr sind sie in ihrer jetzigen Erscheinung nur als letzte Reste und Ablagerungen ähnlicher dramatischer Spiele, wie sie der „Röszchentanz" anschauen läszt, zu betrachten. Die sogenannten „Hochzeitreden oder Hochzeitpredigten" (siehe Nro. 64 und folg. des zweiten Buchs) sind zwar augenscheinlich späte Schöpfungen, aber es ist sehr zu vermuthen, dasz sie auch nur an die Stelle älterer, wahrscheinlich possenhaft dramatischer Dichtungen getreten sind. Alten Zuschnitt hat auch Manches aus den Spottliedern und Einzelnes aus andern Stücken, z. B. 77.

---

*) Siehe meinen Aufsatz über diesen Gegenstand in dem Mühlbacher Schulprogramm pro 1862—3.

Von den Sprichwörtern des dritten Buchs kommen vorzugsweise die auf die Thiersage gegründeten, aber gewisz auch manche andere in Betracht. Wer mag sagen, wie viele und welche von den Räthseln schon mit unsern Ahnen eingewandert sind? einige ohne Zweifel. Gewisz Vermächtnisz aus der Zeit der Einwanderung ist der gröszte Theil dessen, was das vierte Buch in seiner zweiten Abtheilung enthält, wenn es auch im Lauf der Zeit und unter dem Einflusz des Christenthums starke Einbusze und Umdichtung erlitten hat. Das Stärkste, Aelteste und Besterhaltene haben schon die Anmerkungen hervorgehoben.

Mit dem Allerältesten können die Kinderdichtungen in groszer Zahl in die Schranken treten; sie haben dessen Vieles aufzuweisen, und manche Stücke des fünften Buchs vielleicht mehr Jahre vor als nach der Einwanderung durchlebt. Die Nummern 2 und 3 nebst einzelnen Versen aus 1, dann 5, 7, 8, 9, 10, 11, 14 und ähnliche können die Einwanderer an ihrer Wiege und hernach vernommen haben. Noch unzweifelhafter ist das Alter der meisten in dem Abschnitt: „Verkehr mit der Natur“ enthaltenen Stücke, die unserem Stamme mit nicht minderem Rechte eigenen als seinen Brüdern. Ferner darf hieher gerechnet werden ein Theil der „Nachahmungen.“ Nicht mit dem Aeltesten können sich messen die „*Kindergebete*“, aber doch müssen die meisten schon bei der Einwanderung mitgebracht worden sein, und so auch ohne Zweifel die Nummern 165. 166, 167, 168, 169, 170 (171 ist vielleicht später eingeschleppt) 182; endlich mehrere Spiele.

Die Kriterien solchen Alters anzuführen, nachdem ihrer im Einzelnen in den Anmerkungen, im Allgemeinen im Eingang dieser Abhandlung gedacht worden, wäre an diesem Orte überflüszig gewesen. Eines wird auch der hartnäckigste Zweifler nicht bestreiten. Wo ein Stück starke mythische Grundlagen hat und aus der Zeit nach der Einwanderung unserer Vorfahren in Deutschland nicht nachweisbar ist, da fällt seine Entstehung unzweifelhaft vor die Einwanderung.

Noch könnte Manches hieher gehören, was ich nicht anzuführen gewagt habe. Das Angeführte ist indessen, wie schon früher angedeutet worden, nur ein kleiner Theil dessen, was bei der ersten Einwanderung ins Land kam. Wie Manches wird unter den Colonisten erstorben sein, schon im ersten Jahrhundert: die Alten starben aus, den Jungen im Lande Gebornen muszte schon Mehreres unverständlich sein; auch hatten sie mit äuszerer Noth gerade genug zu schaffen, da sie zur Zeit Königs Andreas II. ihrer ursprünglichen Freiheiten groszentheils verlustig (libertate, qua vocati erant, penitus exemti) waren; und wenn auch mit den Ansiedlungen der deutschen Ritter (die doch zum Theil aus dem Lande selbst durch Anlockung früherer Colonisten bewerkstelligt wurden) im Burzenlande manch neue Dichtung ins Land gekommen, vielleicht auch manche ältere neu aufgefrischt worden sein mochte, so wurden dagegen durch die wenig Jahre später erfolgende Mongolenverwüstung wahrscheinlich weit mehrere für immer erstickt.

Wie sich in der Folge und namentlich in der behäbigen Blüthezeit der Sachsen unter den Anjouern die sächsische Volksdichtung in Siebenbürgen fortentwickelt habe, läszt sich heute nur noch vermuthen. Wohl mag manches Lied durch Kaufleute schon damals aus Deutschland eingeschleppt worden sein, manches entstand auch im Lande, so wahrscheinlich jene gemüthlich ruhigen Nummern 3 und 5 des ersten Buches, deren Typen indessen älter sein mögen, vielleicht Nro. 8 desselben Buchs, das recht wohl in eine Zeit des Wohlstandes paszt, und — wohl um diese Zeit aus Deutschland eingeführt aber im Lande umgedichtet — das einzige Tagelied meiner Sammlung Nro. 23, sanftere Klagen wie Nro. 24 und ähnliche. Auch aus dem zweiten Buch ist Mehreres dieser Zeit nicht unangemessen, und wenn im vierten jene von Teutsch in Kirchenvisitationen des siebzehnten Jahrhunderts aufgefundenen Heilsformeln, wie ich vermuthet, in ihrer ersten Gestalt zwar mit eingewandert, in der auf uns gekommenen jedoch von einheimischen Pfaffen umgedichtet worden sind, so kann solche Umdichtung nur um diese Zeit oder wenig später vor sich gegangen sein.

Zweier auffallender Erscheinungen in unserer Volksdichtung ist an diesem Orte zu gedenken, des fast gänzlichen Mangels historischer Lieder und der auch ungewöhnlichen Seltenheit der Ballade. Das historische Lied, zumal Volkslied war zur Zeit der Sachseneinwanderung noch kaum im ersten Entkeimen; das epische Lied vertrat dessen Stelle. Das Lied auf den Sieg König Ludwigs III. bei Soucourt aus dem Ende des neunten Jahrhunderts — immerhin eine merkwürdige Erscheinung, folgt sichtlich epischen Vorbildern und ist überdies Pfaffenpoesie; die spätern Kreuzlieder sind lyrisch; und selbst Walther's von der Vogelweide epochemachende Gedichte von politischer Färbung, haben eben mehr politische Ueberzeugungen und Tendenzen, als Ereignisse zur Grundlage. So konnten die Sachsen bei ihrer Einwanderung die Form des historisch-politischen

Liedes nicht mitbringen; sie hätten sie in der neuen Heimat erfinden und ausbilden müssen, *was aber nicht geschehen ist.* Um die Zeit, als sich das historisch-politische Lied bei uns hätte ausbilden sollen und nicht ausbildete, *fing* auch *die Form der Ballade* wahrscheinlich schon *an abzusterben.* Was uns in dieser Gattung übrig ist, rührt grösztentheils aus den ersten Zeiten der Einwanderung, oder ist später aus Deutschland eingeschleppt worden; die einzige mir bekannte, in meine Sammlung übergegangene Ausnahme wird im Verlauf dieser Abhandlung an ihrem Orte erwähnt werden. — Woher nun die Ursachen der einen wie der andern Erscheinung? Mich dünkt, sie sind unschwer zu errathen. Was die mythischen und halbmythischen Stoffe der Ballade betrifft, so konnten dieselben natürlich im Lauf der Zeit nur Einbusze, nicht Vermehrung erfahren; die historischen, aus der alten Heimat mitgebrachten Balladenstoffe wurden in der neuen allmählig nicht mehr verstanden, und bald vergessen, und nicht anders erging es den später etwa nachgewanderten. In der neuen Heimat erlebte man zwar *viel Groszes, viel Gewaltiges* und *Ergreifendes*, das unter andern Umständen gewisz das historische Lied erweckt oder Stoff zu Balladen geboten hätte; *aber es war nicht geeignet die nationale Dichtung anzuziehen*, da die Sachsen dabei nur leidend oder im Bunde mit andern überwiegenden Kräften betheiligt erscheinen. Das Grosze war nicht national, wenigstens nicht rein national, und das Nationale konnte nicht grosz sein, weil die Nation bei all ihrer Regsamkeit, Kraft und Zähigkeit, selbst in ihrer Blüthezeit nur ein Bruchtheil des Reiches war, von allen Seiten umgeben und angefeindet von unhomogenen Elementen. Dieser schmerzliche Zug geht durch die ganze Geschichte der Sachsen, und hat sich erkennbar für Denkende selbst dem Charakter der Einzelnen eingewachsen. Geschah auch zuweilen eine nationale That, die ob auch nicht grosz, doch gewaltig und plastisch hervortretend genug war, wie etwa die Rache Gan's des Sohnes Alard's von Salzburg, Berthold's von Kellink, oder der Aufstand Hennink's von Petersdorf, die wohl in Deutschland Stoff zu Balladen oder historischen Parteiliedern gegeben hätten; so wurde sie in der unnennbaren, Schlag auf Schlag drängenden Noth der folgenden Jahrhunderte, die jeden freudigen und kühnen Aufschwung fesselte, ja vernichtete und alle früheren Erinnerungen übertäubte, bald gänzlich vergessen, und würde ohne die Klagen der Gegner und das rettende Pergament wohl nie zu unserer Kenntnisz gelangt sein. Das ist es, was kleinen Volksbruchtheilen so leicht Gefahr bringt, sich gröszern Nachbarstämmen anzuschlieszen und in ihnen aufzugehen, der Mangel an einem bedeutenderen Nationalleben, das fähig wäre, wenigstens von Zeit zu Zeit Begeisterung und Stolz zu wecken und der Kunst Stoff zu geben, und das ewiggefühlte Bedürfnisz eines solchen nach auszen geachteten Nationallebens. Je mehr sich die Standpuncte vervielfältigen, von denen aus die Geschichte der Siebenbürger Sachsen betrachtet wird, desto bewundernswerther erscheint das bis heute gewahrte Deutschthum und die Rettung so manches geistigen Erbes, die unter den ungünstigsten Umständen doch noch gelang; desto erklärlicher wird es andrerseits, wenn wir einen groszen Theil ihrer nationalen Volksdichtung von Anfang an in fortwährendem Absterben sehen.

Deutlichere Spuren als die kurze Blüthezeit der Anjouer haben die Zeiten der Türkenkriege in unserer Volksdichtung hinterlassen. Kein Land hat unter dieser Geiszel mehr gelitten, als Siebenbürgen, kein Theil Siebenbürgens so viel als das Sachsenland. Noch heute wissen die Leute zu erzählen von den Gräueln und Verwüstungen der Türken und Tataren, zu denen sich noch überdies oft Pest und Hungersnoth zu gesellen pflegten. Mit dem 15. Jahrhundert beginnt diese Noth, und dauert mit kurzen Unterbrechungen fort, bis sie in der Fürstenzeit noch durch die Kämpfe Oesterreichs um den Besitz des Landes vermehrt wird. Nur wenig Dichtungen vermochte diese ereigniszreiche Zeit hervorzubringen; es war zu viel Noth da, eine drängte die andere, und machte die früheren vergessen; die Noth war zu andauernd zu unendlich, es gab zu wenig Erholungszeit zur Fixirung der Begebenheiten oder ihrer Eindrücke im Lied; kaum dasz sich hie und da eine Sage bildete, wie solche verhältniszmäszig reich in den von Wittstock herausgegebenen „Sagen und Lied. aus dem Nösner Gel.“ vertreten sind. Zur Ballade fehlte es mehr als früher an Schwung. Dennoch verdanken wir dieser Zeit unsere eigenthümlichsten und zu den schönsten zählenden Dichtungen, jene zarten, überaus rührenden *Waisenlieder* und *Klagen um den Verlust von Vater, Mutter, Heimath,* zu denen sich in Deutschland keine Parallelen finden. Nur in einem Lande, worin durch Krieg und Pest fast alljährlich so viele Wittwen und Waisen gemacht wurden, die sich bald von Haus zu Hause bettelnd an den Thüren der Fremden ernähren, bald die harte Behandlung einer bösen Stiefmutter ertragen muszten, und nur unter einem Volke, bei dem Haus- und Familienleben eine so tiefe Innigkeit hatten, wie bei den Sachsen, konnten diese schönen Lieder des

Leids entstehen. Es sind aus dem ersten Buch vorzugsweise die Nummern 30 (A, B, C), 31 (A, B, C, D), 32, 33, 34, 36, woran sich wohl die weniger eigenthümlichen Nro. 25 (A, B, C), 28 sammt dem verdächtigen 35 schlieszen dürften; ferner die in so vielen Relationen erhaltene, schöne kleine Romanze Nro. 43, endlich wohl 45. Alle diese Stücke dürften spätestens zu Anfang des sechszehnten Jahrhunderts entstanden sein; nur einige Zusätze und die Relation D der Romanze 43 gehören einer viel spätern Zeit an. Das Volk lebte sich so sehr ein in solche Anschauungen und Empfindungen, dasz es Refrain und Typen aus diesen Liedern häufig auch sonst und selbst am unrechten Platz — wie in der Brautrede Nro. 5 und den Rockenliedern des zweiten Buchs einschob. Auch später entstanden sein könnte der Spruch 351 des dritten Buchs. Die Kinderlieder in Nro. 68 des fünften Buchs reichen zwar über die Zeit der Einwanderung zurück in höchstes Alterthum, aber gewisz nur in der Zeit der Türkennoth haben sie jene Zurufe an den Vogel erhalten: „säch, wun de Tirke kun“ oder „sô mer, wun de Tatre kun, sô mer wun de Tirke kun!“ und ferner „de Tatre (Tirke) ku mät štangen“ u. s. w. Es sind dies meines Wissens zugleich die einzigen Volksdichtungen jener Zeit, worin mit namentlicher Erwähnung von Türken und Tataren auf die Zeitereignisse hingedeutet wird. Wenn in einem ähnlichen Kinderreime derselben Nummer der Marienkäfer in den Himmel geschickt wird, nach der Mutter zu sehen, so kann sich das Stück vielleicht den Waisenliedern anreihen. Auch die in dieser Zeit wurzelnden Lieder und sonstigen Dichtungen können übrigens nicht alle ihr Kennzeichen an der Stirne tragen, sonst möchten wohl auch hier noch einige von den erhaltenen und in meiner Sammlung aufgenommenen aufzuzählen sein.

Die Zeit der einheimischen Fürsten läszt sich in ihren Einflüszen auf unsere Volksdichtung nicht so ganz deutlich trennen von dem ihr vorausgehenden Jahrhundert. Das Elend des äuszern Lebens setzte sich fort, ja vermehrte sich: die Nation rieb ihre immer noch ansehnlichen Kräfte in einem im Interesse Oesterreichs und aus unausgelöschter Hinneigung zum Deutschthum geführten Kampf mit der Uebermacht auf, und gelangte allmählig in jenen Zustand der Erschöpfung, in dem sie mit *„Ehrengeschenken“* ihre grosze Politik zu machen gezwungen war. Schmerzlich muszte auch der Verlust des Handels gefühlt werden, der in frühern Zeiten immer wieder Reichthum und Macht gegeben hatte, mit dem Eintritt dieser Periode aber andere Bahnen einzuschlagen begann. Das innere, geistige und moralische Leben hatte durch die *Reformation* einen neuen Schwung erhalten; die Errichtung einer Druckerei im Lande, die Abfassung der Statuten mochten nicht ohne Wirkung bleiben, vor Allem aber das Aufblühen der Schulen und die sich immer mehrenden Wechselbeziehungen zu Deutschland konnten in ihren Folgen nicht ohne Bedeutung bleiben. Nicht nur die Schriften der Reformatoren, auch allerlei Flugschriften und Volksbücher fanden ihren Weg in das Land und öfter als früher auch Volkslieder auf dem Wege lebendiger Mittheilung. Damals wurden auch einige dramatische Spiele, darunter das sogenannte „*Königslied*" ursprünglich auf heidnischer Grundlage (den alten Maispielen — Kampf des Sommers und Winters &c.) entstanden, aber um diese Zeit durch den Geist der Reformation in andere Form gegossen — aus Deutschland eingeschleppt, Schöpfungen, die indessen nicht ganz der Volksdichtung angehören. Dasz indessen nicht alle eigene Productivität erloschen war, beweist die etwa um die Mitte dieser Periode entstandene, schöne und kernige Ballade Nro. 56 des ersten Buchs, die einzige *unverkennbar* aus einheimischem Stoff erwachsene. In dieser Periode traten auch die sogenannten „*Hochzeitsreden*" wahrscheinlich an die Stelle älterer Dichtungen in possenhaft-dramatischer Form. In dieser Periode regte sich auch — neben dem Drang zu chronistischen und memoirenartigen Aufzeichnungen — zuerst wie es scheint die Lust, die historischen Ereignisse in poetische Form zu fassen — freilich auch nur erst bei den Gebildeten, und zwar so in lateinischer wie in deutscher Sprache. Die „ruinae panonicae" und das in Simonis Czauck „Ephemeris Libellus" aufgezeichnete in 72 vierzeiligen Strophen auf die blutigen Begebenheiten des Jahres 1594 gedichtete Lied *) sind dessen Zeugen. Die Volkspoesie kann nur aus dem Anfang der folgenden Periode ein historisches Lied aufweisen; doch ist wohl anzunehmen, dasz sie seit der Reformation angeregt durch die vielen Vorbilder aus Deutschland auch früher einzelne Stücke dieser Gattung erzeugt habe. Auch einzelne Spöttereien und Sprüchwörter tragen Spuren dieser Zeiten an sich.

Mit dem achtzehnten Jahrhundert endlich beginnt nochmals eine neue, die letzte Periode für unsere Volksdichtung. Oesterreichs

*) Siehe Eugen v. Trauschenfels, „Deutsche Fundgruben zur Geschichte Siebenbürgen's (Neue Folge). Kronst. bei Gött 1860. Seite 91."

dauernde Besetzung des Landes, die offen hereinströmende Cultur Deutschlands, der Einflusz der Schule und der Kirche und mancherlei anderer Verwaltungsmaszregeln haben gleichen Antheil an ihrer Gestaltung. Die eigene Production versiegt nun immer mehr und mehr; sie beschränkt sich fast nur noch auf Scherz- und Spottlieder. Aus dem Anfang dieser Periode ist uns erhalten Nro. 61 des ersten Buchs, das einzige, erhaltene, historische Lied aus früherer Zeit in sächsischer Sprache, dem sich nur noch einige ärmliche Reime aus dem Aufstand von 1848 anschlieszen. Die Unbeholfenheit dieses Liedes beweist, wie ungewohnt uns dieses Fach war, beweist besser als irgend Etwas, dasz es nie bei uns hat festen Boden finden können. In die allerneueste Zeit, obwohl wahrscheinlich auf den Trümmern älterer ähnlicher Schöpfungen erwachsen, gehören die *„Fastnachtsprüche“* meiner Sammlung. Aelter als diese sind die Nummern 48, 49, 50, 51 des zweiten Buchs. Neben diesen und andern ähnlichen Orginalschöpfungen wurde *viel von auszen Empfangenes umgedichtet,* wobei man immer nachläsziger verfuhr, und zuletzt fast nur noch übersetzte. Beispiele dieser Art liefern die Nummern 21, 22, 59, 60 des ersten, 68, 69 und 72 des zweiten Buchs. Endlich ward die Schriftsprache, ob auch nicht in vollkommener Reinheit, so herrschend auf allen Gebieten des geistigen Lebens, dasz man auch auf Umdichtung und Uebersetzung verzichtete, und die entlehnten Lieder sang, wie man sie eben erhielt. Hunderte deutscher Volkslieder oder zu Volksliedern gewordener Kunstdichtungen cursiren vorzugsweise durch Vermittelung der Schule, des Handwerks und des Waffendienstes unter unserm Volke, und sind zum Theil veröffentlicht worden durch Franz Obert im deutschen Museum herausgegeben von Robert Prutz; Jahrgang 1858, von da abgedruckt in den Blättern für Geist, Gemüth und Vaterlandskunde (Beibl. der Kronst. Zeitung), Jahrgang 1858. Viele der alten sächsischen Volkslieder werden jetzt erst ganz oder theilweise verloren gegangen sein; das Volk verstand in einer so ganz veränderten Zeit entweder seine alten Schätze nicht mehr, oder sah sie von den „Gebildeten“ verachtet oder belächelt, schämte sich endlich selbst ihrer, und liesz sie der Vergessenheit anheimfallen. Ich habe keines der oft köstlichen Bruchstücke wollen bei Seite liegen lassen; der Kenner wird sich daran mehr erfreuen, als an manchem guterhaltenen spätern Stück, und die Verluste tief beklagen. So lieszt der Antiquar mit Entzücken die traurigen Trümmer der Antiquen auf, während er gleichgiltig an den Schöpfungen späterer Afterkunst vorübergeht.

Wie man sich in dieser Schluszperiode auch selbst *in hochdeutscher Sprache dichtend versuchte,* zeigt Nro. 10 des ersten Buchs und die ästhetisch werthlosen Lieder aus dem Aufstand von 1848, deren drei in den Anmerkungen zum ersten Buch am Schlusz als Probe aufgenommen sind. Im sächs. Dialect dichten heute fast nur Gebildete zum Scherz oder wie der verstorbene Kästner mit Tendenz. So endet die nationale Siebenbürgisch-sächs. Volksdichtung, indem sie in den Strom der deutschen einmündet. Ein Streben nach dieser Richtung und ein Anlehnen an die von dorther gebotenen Formen ist von Anfang bemerkbar. Zu solchem Schlusze ist schon längst in vielen Gegenden Deutschlands die Volksdichtung gelangt. Seit die Kunstdichtung aufgehört hat Gelehrtenpoesie zu sein, das Leben der Bürger und Bauern aber — nicht durch eigene Schuld — immer unpoetischer wird, stirbt die Volksdichtung überhaupt allenthalben ab, und überläszt es ihrer unter solchen Umständen nothwendig überlegenen Schwester, auch Bedürfnisse zu befriedigen, welchen in andern Zeiten nur sie selbst gerecht zu werden wuszte.

III.

In der vorstehenden Abhandlung ist eine Darstellung der Lebens- und Entwickelungsgeschichte unserer Volksdichtung, insbesondere des Volksliedes in den allgemeinsten Umrissen — wie sie allein möglich erschien — versucht worden. Die Untersuchung ist indessen nur der Zeit nach, nicht nach allen Richtungen zum Abschlusz gediehen. Des einfachen und ungestörteren Fortschrittes wegen habe ich im Frühern manche Fragen bei Seite liegen lassen oder nur nebenbei im Fluge angestreift, auf die ich nun zurückzukommen gedenke.

Nach den Verfassern von Volksliedern zu fragen hat man längst als müszig erkannt. Man könnte mit derselben Hoffnung auf einen Erfolg fragen, wer die vielen Nägel eingeschlagen habe in den „Stock im Eisen“ in Wien. Einen Verfasser freilich musz auch jedes Volkslied haben, aber nicht wie die Kunstdichtung, worin der Dichter in einem strengeren Sinne nach Stoff und Form

Schöpfer seines Werkes ist. Er, der Kunstdichter, erfindet seinen Stoff entweder oder wählt und verändert ihn mit völlig freier Willkür. So hält er's auch in der äuszern Form (in der innern kann er über die Hauptformen der Lyrik, Epik, Dramatik auch nicht hinaus, ohne den Boden der Poesie überhaupt mehr oder weniger zu verlassen), er wählt dieselbe nach eigenem Geschmack und Gutdünken; ja die mittelalterlich höfische Kunstsitte forderte geradezu an den — lyrischen Dichter, dasz er sich als solcher bewähre durch möglichst viele, immer neue, selbst erfundene Formen, was dann freilich bald zur Afterkunst, zum Verlieren des Geistes über dem Kleid, zum Streben nach Sprachkunststücken statt nach der Sprachkunst, zum Virtuosenthum statt zum Künstlerthum führen muszte, wie wir es Alles in unsern Tagen nochmals haben erleben müssen. — Nicht so der Volksdichter. Ihm ist der Stoff gegeben in der episch-lyrischen Dichtkunst wie in der epischen durch Geschichte, Mythe und Sage, die ihm gleich wahr und unantastbar erscheinen, so dasz ihm auch von den beiden letztern in bedeutendern Stücken abzuweichen ein Vergehen dünkt. Mythe und Sage nun haben sich ohne sein Zuthun durch Jahrhunderte aus primitiven Anschauungen der geschichtlichen Begebenheiten und der regelmäszigen und unregelmäszigen, allgemeinen und localen Erscheinungen in der Natur entwickelt. Die Mythe wird oft durch blosze Abschwächung in der Zeit zur Sage oder zum Märchen; auch die Sage, wenn sie ihren Halt und Haft an einer Person oder Oertlichkeit verliert, schlägt um in das Märchen und umgekehrt dieses, sobald es einen solchen Halt erhält, in die Sage. Auch in der lyrischen Poesie ist der Volksdichter auf ein weit engeres Gebiet beschränkt, als der Kunstdichter; *für ihn gibt es nur die eine Gattung des Liedes, keine Ode, keine Hymne, keine Elegie* (im wahren Sinne — Trauerlieder sind nicht Elegien), anderer Aftergattungen gar nicht zu gedenken. Aber auch sein Liederstoff ist beschränkter als jener des Kunstdichters; er kennt kein Lied „an die Freude, an die Freiheit, an die Erinnerung" u. dgl.; wie alle ächte Poesie *flieht* er *das Abstracte,* und *erbaut sein Werk aus dem concreten Fall, aus Situation und Lage.* Diese ist im Volksleben zwar allerdings für Jeden tausendmal eine andere, aber immer wieder ähnliche, gleiche Empfindungen anregende. Die dramatische Poesie endlich ist zwar, wie wir gesehen haben, der Volksdichtung durchaus nicht gänzlich fremd, wurzelt vielmehr in ihren ersten Anfängen auch in diesem Boden, pflegt sich aber demselben, sobald sie die ersten rohen Bildungen überwunden, für immer zu entziehen; denn dies allein ist das Gebiet, auf welchem die Kunstdichtung aller Volkspoesie zu jeder Zeit überlegen war und sein wird. — Unsere Volksdichtung hatte es, wie die übergebliebenen Reste und Spuren erkennen lassen, in ihrer Entwickelung bis zur Bildung von Gattungen in der dramatischen Sphäre gebracht; es gab ernstere und possenhafte Spiele, die indessen, wie bei Griechen und andern Völkern gleichmäszig zu Cultuszwecken verwendet worden zu sein scheinen. Dasz auch hier der Stoff ein beschränkter, namentlich durch den Zweck bedingter bleiben muszte, versteht sich.

Noch mehr gegeben als der Stoff ist dem Volksdichter die *äuszere Form.* Ursprünglich besitzt gewöhnlich die Volksdichtung überhaupt nur Eine, dem eigenthümlich rhythmischen Gefühl des Volkes entquollene und vielfach mit seinen Melodien und Tänzen verwachsene; allmählig entwickeln sich für die Lyrik mehrere, aber nie viele. In diesen hergebrachten Formen bewegt sich der Volkssänger, und nur in späterer Zeit pflegen einzelne von den einfachern Formen der Kunstdichtung auch in die Volksdichtung überzugehen. Stoff und Form der Volksdichtung sind dem gesammten Volke bekannt und geläufig; wo es nicht mehr der Fall ist, mag es als sicheres Kennzeichen ihres erfolgten oder nahen Todes angesehen werden.

Sinkt nun durch solche Betrachtungen das eigentliche *Schaffen* des Volksdichters schon bedeutend herab, so wird es noch vermindert durch Erwägung der fortwährenden *Umdichtung.* Das Volkslied wird nur in später Zeit, auch da nur eines Theils erhalten und verbreitet durch Schrift und Druck; seiner eigensten Natur nach kommt ihm zu, dasz es von lebendiger mündlicher Ueberlieferung fortgetragen werde durch *Raum* und *Zeit.* Raum und Zeit aber und die durch beide bedingten Verschiedenheiten der Bildung, der Sitten, der Anschauungen unterwerfen es einer fortwährenden Metamorphose. Mit welchem Rechte könnte man nun Den oder Jenen den Verfasser eines Volksliedes nennen, gesetzt auch man wüszte, wer es vor Jahrhunderten zuerst gesungen hat, wenn man weisz, dasz der Stoff um noch viele Jahrhunderte älter die Form längst nicht mehr die ursprüngliche ist, und dasz Vielhunderte es vielhundertmal gesungen, umgedichtet, erweitert, verengert, getheilt oder verschmolzen haben?

Irrig wäre indessen die Ansicht, dasz jeder Einzelne im Volke seinen Antheil an der Volksdichtung habe. Dichtung und Umdichtung bedingen denn doch eine eigene Naturbegabung, die freilich in der Periode und Sphäre der Volksdichtung *allgemeiner* als in jener der Kunstdichtung, aber doch nicht *allgemein* ist. Unter allen Völkern ist das anerkannt, überall hat es besondere *Kreise, Geschlechter*, ja *Schulen* gegeben, in denen sich *Dichter* oder auch nur *Sänger, Erzähler, Recitanten* vorbildeten. *Auch die Volksdichtung* war eben und ist *eine Kunst*. Die Griechen haben ihre Rhapsoden, vielleicht ihre Homeriden, die Kelten ihre Barden, Normannen ihre Skalden u. s. w. Als sich in spätern Zeiten Volks- und Kunstdichtung trennten, suchte zwar jene — verdrängt aus den Kreisen der sogenannten Bildung — bei Bürgern, Kriegern, Bauern eine Unterkunft, aber in dieser Sphäre galt doch immer der Eine oder der Andere, galten überhaupt Einzelne als besonders und vor Andern begabte Sänger, wenn sich auch gelegentlich und bei gewissen Gattungen (Kinderdichtung, Sprüchwort, Tanzreime &c.) Jeder am Dichten betheiligte. Der Blinde vererbte seine Kunst auf den begleitenden, leitenden Knaben; die wandernden Bänkelsänger erhielten noch immer eine Art Schule, wie weit sie auch abstehen mochten von den Homeriden und ihresgleichen.

Es fragt sich demnach hinsichtlich *unserer* Volksdichtung:

1. Welches ist vorzugsweise ihr Stoffkreis?
2. Welche sind ihre innern und äuszern Formen?
3. In welchen Kreisen sind vorzugsweise ihre Dichter zu suchen?
4. In welcher Weise wurde sie erhalten und verbreitet?
5. In welcher Weise fand die Umdichtung statt?

Wollte ich mich über den Stoffkreis unserer gesammten Volkspoesie, wie sie auszer den in meine Sammlung aufgenommenen Gattungen noch in Mythe, Märchen, Sage, dramatischen Spielen und allerlei humoristischen Erzählungen vertreten ist, ausbreiten, so würde das mich nothwendig weiter führen, als sich mit meiner Absicht an diesem Orte vereinigen läszt. Von den Mythen wird ein von mir dem ersten Wurfe nach bereits vollendetes Werk: „Deutsche Mythentrümmer aus dem Sachsenlande in Siebenbürgen“ ausführlich handeln; hinsichtlich der Sagen läszt sich aus Fried-Müller's sehr übersichtlich geordneter und mit trefflichen Anmerkungen begleiteter Sammlung die rechte Erkenntnisz erlangen; über die Märchen wird der sehnlichst erwartete zweite Band des Haltrich-schen Werks den gewünschten Aufschlusz bringen; und die dramatischen Spiele so wie die Volksschwänke mag uns ein künftiger

Herausgeber illustriren. Der Stoffkreis derjenigen Gattungen unserer Volksdichtung hingegen, die in diesem Buche Aufnahme gefunden, läszt sich aus meiner Sammlung selbst bequem übersehen, da sie eben zu diesem Zwecke nach Stoffen geordnet ist, so dasz hinsichtlich des dritten, vierten und fünften Buches die Bemerkung genügen mag, was sie enthalten, fülle ungefähr denselben Stoffkreis — natürlich bei nur verhältniszmäszigem, also weit geringerem Reichthum an einzelnen Exemplaren — aus, der in den gleichen Dichtungsgattungen Deutschlands zu finden ist. Im Nachtheil steht aber bei solcher Vergleichung der wichtigere Theil meiner Sammlung im ersten und zweiten Buch, der einer besondern Betrachtung bedarf. Voran stehen die Lieder mit lyrischem Gehalt. wenn auch oft — nach Weise aller Volkslieder — stark ins Epische streifender Darstellung, zuerst die einfachsten, noch halbkindlichen Naturlaute, *Zwiegespräche mit Vögeln*, wie sie in Nro. 1 bis 5 des ersten Buchs erscheinen. *Nachtigal, Guckuck, Schwalbe* treten darin auf, allerdings schon persönlich aber nicht blosz allegorisch gefaszt, was in den Anmerkungen im Einzelnen besprochen worden ist. Allegorisch, als blosze Maske treffen wir sie nur in spätern, meist satyrischen Liedern, bei uns ausschlieszlich den Guckuck. *Liebe mit ihren Freuden und Leiden* schlieszt sich nun an, wie sie sich mehr oder weniger schon durch jene Naturlaute als Grundsaite der Stimmung durchhören liesz. *Scheiden und Meiden* hängt damit unmittelbar zusammen, und eine besondere Seite dieses Kreises bilden die schönen *Klagen um den Verlust von Eltern, Haus und Heimath.* Einige kleinere Lieder beklagen — zum Theil mit Humor — die *unpassende Wahl des Lebensgefährten,* und mit dem *Tod des Geliebten* schlieszt Alles ab. Das ist der einfache, einen höchst engen Kreis erfüllende Stoff unserer eigentlich und *strenglyrischen Dichtung.* Dieser Kreis erweitert sich durch die *Gelegenheits-*, *Scherz-* und *Spottlieder* des *zweiten Buchs,* wozu aber häufig andere, jeder besondern Gelegenheit ursprünglich ganz fremde Lieder mehr oder weniger unpassend verwendet erscheinen. Vorzüglich bietet sich, was auch die Anmerkungen hervorheben, bei dem wichtigsten Lebensakte, der *Vermählung* mannigfache Veranlassung zu *Gesang* und *Rede.* Sie erzeugte uns jene *Morgenlieder* der Gehilfen bei der Vorbereitung des Mahles, jene *Brautlieder* beim Ankleiden der Braut, die *Rockenlieder*, die *Brautrede* und die *Hochzeitspredigt* und Aehnliches. Andere *jährlich wiederkehrende Festtage,* wie *Martinstag, Johannistag, Fastnacht* haben auch ihre Lieder, und der *Neu-*

jahrstag seinen *Glückwunsch.* Von Lied und *Rundreim* ist *Schmaus* und *Trinkgelag* begleitet, von kleinern Liedchen aus wenig Reimzeilen der *Tanz. Scherz* und *Spott* verfolgen *Stände, Sitten* und *Gebräuche* und *Nationen,* wobei einigemal auch die *Parodie* auftaucht. An *epischlyrischen* Stoffen ist unsere Volksdichtung — wie schon bemerkt — arm. Was sie davon aufweiset, ist, wie es scheint, mit einer einzigen Ausnahme *sagenhaft mit starkmythischen Anklängen. Auffallend ist die Aehnlichkeit vieler* dieser *Stoffe* untereinander: ein *Mord* — der Braut, Schwiegertochter, Gemahlin, Schwiegereltern — bildet bei den meisten den Hintergrund oder Vordergrund. Nach den wenigen vorliegenden Beispielen *liebte unsere Ballade starke, tragische Stoffe.*

Wie mancherlei Stoff nach dieser Uebersicht unserer Volkspoesie abgehe, zeigt ein Vergleich mit der verwandten deutschen, wie sie vollständiger als irgendwo in Uhland's Sammlung vorliegt. Wohl *muszte* uns *Vieles abgehen,* was in Deutschland erst später entstand auf Grundlagen, die bei uns nicht gegeben waren; Manches ist aber gewisz durch die Uebersiedelung, das Meiste durch Ungunst der Zeiten verloren gegangen. Diese hat Manches im ersten Keime erstickt, das dann nicht weiter entwickelt worden. Was dagegen uns eigenthümlich ist an Stoffen — es ist dessen nicht viel — habe ich bereits in der vorangehenden Abhandlung erwähnt.

Dargestellt sind nun diese Stoffe in einer ganz *anspruchlosen,* gerade *durch ihre Einfachheit* zuweilen unwiderstehlich *rührenden Sprache,* und so durchgängig in *straffer* oft *herber,* oft aber *auch gewaltig ergreifender Kürze,* dasz solche Weise als charakteristisch für unser Volkslied angesehen werden musz. — Sowohl *diese Stoffe* als auch *diese Darstellungsweise* unserer Volksdichtung *zeugen* einerseits *für das hohe Alter* derselben, andererseits für die *alterthümliche Stufe,* auf welcher sie auch in ihren Erzeugnissen späterer Zeit stehen geblieben ist. Mit solchem Stillstand muszte fast nothwendig Verkümmerung verbunden sein.

Nicht minder alterthümlich ist *die äuszere,* auch höchst einfache *Form* unserer Volkslieder. Je zwei Zeilen werden paarweise durch den Reim (und das Versmaasz) verbunden, und bilden so auch oft schon eine Strophe mit abgeschlossenem Sinn; zuweilen schlieszt sich solchen Strophen — falls dies nicht aus Verderbnisz und Verlust zu erklären sein sollte — eine dritte Zeile unorganisch an. Sonst wird die Strophe durch je vier Zeilen mit unverschränkten Reimen gebildet, und nur in seltenern Fällen schlieszt sich noch eine fünfte Zeile an, die doch gewöhnlich nur aus dem wiederkehrenden Refrain zu erwachsen pflegt, wie in Nro. 8, 9 (durch doppelten Refrain sind hier sechszeilige Strophen entstanden), 24, und dem entlehnten 46 des ersten, und Nro. 48 und 49 des zweiten Buchs. Mehrzeilige Strophen wie in Nro. 21 und 23 des zweiten, (die beide sechszeilige) und 27 des ersten Buchs (8zeilig, lassen sich jedoch auf vierzeilige zurückführen) sind in echten Liedern eine Seltenheit, erscheinen dagegen nebst verschränkten Reimen in entlehnten öfter so in Nro. 68, 69 (wo indessen wieder der Refrain von Einflusz war) und 72 des zweiten Buchs. Der *Reim* ist so wenig Bedürfnisz, dasz er oft und zwar auch in ganzen Liedern vollkommen fehlt, Assonanz und zwar Consonant- wie Vocalassonanz gelten gleichmäszig als Reim; dem unverwöhnten Ohr des Volks genügt auch dieser leisere Gleichklang. Auch die einfachere Strophenabtheilung in je zwei (mit Refrain drei) und je vier Zeilen ist nicht allgemein durchgeführt; doch nicht überall, wo sie jetzt fehlt, darf man auf ursprünglichen Mangel derselben schlieszen, vielmehr ist sie in vielen Fällen sichtlich nur durch Verderbnisz und entstandene Lücken verloren gegangen, so in Nro. 5 B, C und Nro. 50 des ersten Buchs, von denen 5 B sich wohl jetzt noch strophisch herstellen liesze. Bei den *Faßtnachtsprüchen* und *Tanzreimen* ist *Strophenlosigkeit Regel.* Dasz bei Zauberformeln, Räthseln und in der Regel bei Kinderliedern kein Strophenbau erscheint, ist natürlich und hierin unsere Volksdichtung nicht nur der deutschen, sondern allen andern gleich. Ebensowenig stehen wir allein mit unsern bald gereimten, bald nicht gereimten Sprüchen und Sprichwörtern; doch sind nur wenige ganz ohne allen Rhythmus. Die *Versmessung* nimmt im Allgemeinen nach altdeutscher Weise wenig Rücksicht auf Senkungen, und betont und zählt nur die Hebungen mit, wenigstens in strophischen Liedern, ziemlich genauer Sorgfalt. Einzelne Lieder wie Nro. 1 und 56 (auch 27 wenn ihm vierzeilige Strophen geeignet werden) des ersten Buchs zeigen unbezweifelbare *Verseinschnitte.* Der *Refrain* ist nicht selten und erzielt zuweilen durch hochdeutsche Schriftsprache eine eigenthümliche, offenbar *gewollte* Wirkung.

Solche und sogar noch gröszere Einfachheit der äuszern Form zeigt die Volksdichtung vieler Völker; wo sie — wie in Deutschland, Italien und sonst — eine reichere Fülle entfaltete, ist der Einflusz der Kunstdichtung nicht zu verkennen.

Auch die wenigen Melodien, deren ich habhaft werden konnte, zeigen grosze Einfachheit, und besonders denen zu Nro. 3 und 6 des zweiten Buches muthe ich hohes Alter zu, wogegen mir andere hinsichtlich ihrer Aechtheit verdächtig sind. Die Einfachheit solch alter Melodien mag, als sie neben dem einschmeichelnderen Reiz später erlernter Weisen nicht mehr befriedigen konnten, mit Ursache gewesen sein am Untergange manches Liedes. Die Scham vieler Liederkundigen diese Melodien vor „Gebildeten“ zu singen, hat mich übrigens um die Vollständigkeit manches Stückes gebracht; denn singen mochten sie nicht. und ohne Gesang versagte sich das Gedächtnisz.

Suchen wir nach den Kreisen, in welchen die Dichter unserer Volkspoesie zu Hause sind, so stehen uns auch hier wieder nur die zu Anfang der zweiten Abhandlung angeführten Hülfsmittel zu Gebote. Die besten Fingerzeige geben die Dichtungen selbst. In der Blüthezeit und während der alleinigen, unbestrittenen Herrschaft der Volkspoesie war wohl das Dichten vorzugsweise eigens dazu Gebildeten und Berufenen überlassen. Je mehr sich ein Unterschied zwischen Volks- und Kunstdichtung festsetzte, je mehr letztere alle Berechtigung für sich allein in Anspruch nahm, und ihre Schwester aus den höhern Kreisen des Volkes verdrängte, desto mehr hörte dieses Verhältnisz auf. Bänkelsänger waren nur ein schwacher Abglanz alter Sänger. Bei uns zeigen sich indessen auch von einem Bänkelsängerthum nur schwache, zweifelhafte Spuren. Die Ballade Nro. 56 des ersten Buches könnte nach ihrem Ton ein Product desselben sein. Wie anderwärts, so mögen denn auch hier *Krieger*, *Handwerksbursche*, *Bürger* als *Verfasser oder Umdichter* vieler Stücke anzusehen sein; städtischer Bildung entstammt vielleicht Nro. 43 ohne allen Zweifel aber die Relation D dieses Stückes, ferner 44 des ersten Buchs, so Nro. 79 des zweiten Buchs und Manches aus den Kinderdichtungen. Wer aber meine Sammlung auch nur flüchtig durchläuft, musz sich überzeugen, dasz unsere Volksdichtung weit überwiegend *Bauernpoesie* ist. Nicht nur jene Nummern 48 und 49 mit ihrem köstlichen Bauernhumor, fast alle Lieder des ersten und zweiten Buchs und viele von den Räthseln lassen ihren Ursprung aus bäuerlichen Kreisen deutlich erkennen. Auf Tanzplätzen der Dörfer entstanden offenbar die *Tanzreime*, in den Spinnstuben die Räthsel, so fern sie nicht längst hergebracht waren, hier auch jene *Neckereien der Mädchen*, von denen ich in den Anmerkungen gesprochen habe. *Mädchen* mag man auch die meisten *Liebeslieder* und *Scheidelieder, Burschen* die *Tanzreime* zuschreiben, während die Räthse beiden zu gleichen Theilen eigenen können. *Zauberformeln* und *Heilssprüche* stammen in ihren ersten Anfängen aus uraltem Heidenthum und wurden vorzugsweise *von Priestern* und *weisen Frauen geschaffen;* Andere scheinen indessen nicht von dieser Dichtungsart ausgeschlossen; die sich ihrer vielfach bedienten, werden wohl auch eigene Schöpfungen in dieser Gattung zu bilden gestrebt haben. Ich habe vermuthet — und ich glaube mit groszer Wahrscheinlichkeit — dasz viele von diesen Formeln später von christlichen *Pfaffen* umgedichtet wurden. An *Brautreden, Brautliedern* u. dgl können auch *Geistliche* und *Lehrer* Theil haben, wie denn viele der bei festlichen Gelegenheiten üblichen Reden gewisz ihnen die erste Grundlage jener Gestalt verdanken, in welcher wir sie heute kennen. An der Conception der humoristischen *„Hochzeitspredigten“* scheinen sich vorzugsweise *Dorfs-Cantoren* zu betheiligen, welche wohl dieser Gattung zuerst *diese* Gestalt gegeben haben mögen. Von den *Fastnachtsprüchen* wissen wir ohnehin mit Gewiszheit, dasz *Schulmeister* ihre Schöpfer sind. Auffallend ist, dasz weder *Dichter* noch *Umdichter* unserer Volkslieder jemals sich oder ihren Stand zu nennen pflegen, wie doch im deutschen Volkslied — gewöhnlich am Schlusz — so häufig als Sitte erscheint, indem in einer Strophe gemeldet wird, wer das Lied *„gesungen“* oder *„von neuem gesungen“* (d. i. umgedichtet) hat.

Wo unsere Volksdichtung entstanden, da und von da aus verbreitete sie sich auch zum Theil durch die Dichter selbst, wandernde Bursche, Soldaten, Bauern u. s. w., wobei nicht zu vergessen ist, dasz die Bildung und die Sitten früherer Zeit noch weit weniger als jetzt geschieden auch weit weniger geeignet waren Scheidewände zu ziehen, und so die Verbreitung durch alle Stände weit leichter vermittelt wurde als später. In den Vorstädten der Städte gab es überall auch ein Bauernleben, Tracht, Sitte, Tanz, Freuden waren sich viel ähnlicher, ja selbst die Schulen der Städte und der Dörfer und der Geschmack nach jeder Richtung gingen weniger auseinander als jetzt, und das Volkslied muszte überhaupt vor der Blüthezeit der deutschen Litteratur willkommener sein als in unsern Tagen. Nur die poesielose Strenge der protestantischen Geistlichkeit mochte sich nie recht damit befreunden wollen. Die Privatbibliotheken derselben bis zur Mitte des achtzehnten Jahrhunderts zeigen überhaupt keinen Sinn für Poesie; man findet fast nur exegetische, dogmatische und reformatorische Controversschriften darinnen; ein

Opitz, Lohenstein, Hoffmannswaldau ist eine wahre Seltenheit. Wer das Bedürfnisz nach poetischem Genusz fühlte, griff zu den lateinischen Dichtern. So erklärt sich denn auch der *Widerwille gegen Tanzplätze und Rockenstuben.* Wohl mag namentlich in den Rockenstuben nicht selten *Unfug* geschehen sein, aber dennoch haben sie *von geistlichen und weltlichen Herren* und deren nicht immer ganz reinem Eifer *allzustarke* Verfolgungen zu erdulden gehabt. Und Tanzplatz und Rockenstube waren es vorzüglich, wo sich Lied, Räthsel, Märchen, Sage schnell Vielen mittheilte. *Die Mädchen scheinen von jeher liederkundiger gewesen zu sein als die Bursche, heute sind sie es ohne allen Zweifel. Zauberformeln* und *Sagen* gingen *von Eingeweihten auf Eingeweihte* über — in welcher Weise, sagen die Anmerkungen zu dieser Abtheilung des vierten Buchs — oder wurden von Wiszbegierigen durch allerlei List abgelauscht. Das *Sprichwort* wird verbreitet durch das tägliche Leben und dessen mannigfache Beziehungen, denen es seinen Ursprung verdankt; unausrottbar wächst es sich der Sprache ein, unbewuszt wird es oft vernommen, bleibt kleben, wird weit fortgetragen und faszt wieder Wurzel wie der winzige Same der Pflanzen. So klingt ein griechischer oder lateinischer Denkspruch aus dem Munde des sächsischen Bauern, so wachsen Uralische Disteln vor den Thoren von Paris. Wer die *Kinderdichtung* schuf, pflegt sie auch zu verbreiten, *Mütter* und *Kimder, Ammen* und *Wärterinnen.*

Dasz im Allgemeinen unsere Volksdichtung sich einst eines *sehr starken Austausches* und *lebendigen Fluszes* erfreut haben müsse, beweisen die vielfachen mehr und weniger von einander abweichenden Varietäten einzelner Lieder, die an näheren und ferneren Orten gleich häufig auftauchen. Diesen lebendigen Flusz unserer Volksdichtung, dann aber auch die Weise der *Umdichtung* klar zu legen, habe ich in den meisten Fällen fast alle Relationen eines Liedes, die mir eben zu Gebote standen, auch abgesehen von ihrem sonstigen, besonders für den Fachgenossen nicht zu unterschätzenden Werth in meine Sammlung aufnehmen zu müssen gedacht.

Noch ist nun übrig der in diesem Buche vielerwähnten *Umdichtung* eingehender zu gedenken. Wohl keines unserer Lieder besitzen wir in seiner ursprünglichen Gestalt, alle sind vielfach verändert, *umgedichtet* worden, und so auf uns gekommen, die ältesten am meisten und oft so sehr, dasz wir die Urgestalt auch nicht einmal annäherungsweise zu bestimmen vermögen. *In welcher Weise pflegt nun solche Umdichtung zu geschehen?*

In der Antwort ist vor Allem hervorzuheben, dasz sie fast nie ohne Bedürfnisz eintritt. Eine *Veränderung des Grundgedankens* bedingen veränderte Anschauungen, verändertes sittliches und religiöses Bewusztsein des Zeitalters, einen *Umgusz der Form* veraltete Formen einerseits, neuaufgekommene andererseits. So wurde der Grundgedanken der Nibelungensage in der „Nibelunge not" ein anderer als er's gewesen war in den auf älterer Grundlage entstandenen Eddaliedern, so wurde in dem Volkslied von Hildebrand Form und Geist des altdeutschen Hildebrandliedes aufgegeben. Schon eine mit dem Grundgedanken einer Dichtung *im Widerspruch stehende Stimmung*, ja! eine Laune des Einzelnen kann Veränderungen oder auch nur Zusätze veranlassen, die oft durch den Gegensatz, in dem sie zur ursprünglichen Dichtung stehen, einen Anstrich von Humor erhalten, oder auch wirklich und absichtlich humoristisch sind. Einen solchen Zusatz bildet zum 24. Liede des ersten Buchs die fünfte Strophe. Andererseits kann eine im Liede nur *leise angedeutete Empfindung*, ein nur *leicht ausgeprägter Gedanke besonders gefallen*, und wird von dem Befähigten in einigen *eingeschalteten Strophen* weiter ausgeführt oder *aus andern Liedern* durch *Reminiscenz* ergänzt. Beispiele hiezu liefern Nro. 1 Strophe 5, Nro. 30 B 6. bis 8. Strophe, Nr. 31 C, 1. bis 2. Strophe, Nr. 48 C 6. bis 8. Strophe und D, Strophe 16 und 17 des ersten Buchs, Nro. 4 Strophe 9 nebst Stellen aus Nro. 3, 4, 5 des ersten Buchs, nebst manchen andern Stücken, bei denen es theils durch den Text, theils durch die Anmerkungen angedeutet worden ist. Ebenso werden einzelne oder mehrere Strophen, wenn sie *nicht mehr verstandene Gedanken, Anspielungen u. dgl.* enthalten, ohne weiters fallen gelassen und vergessen. Dem Volke sind seine Lieder nicht unantastbar; es betrachtet sie als sein volles Eigenthum und schaltet damit nach Belieben, und mehr noch als *Verlängerung* liebt unsere sächsische Volksdichtung *Verkürzung* des Empfangenen. Nicht selten ist ferner der Fall, dasz *mehrere Dichtungen* oft nicht einmal ähnlichen Inhaltes *verschmelzen in Eine*. Oft trugen sie die Spuren ihrer Verbindung noch so deutlich an sich, dasz ich einige Stücke dieser Art ohne Bedenken wieder in ihre Bestandtheile zerlegen durfte. Umgekehrt *entstehen auch aus einer Dichtung* zuweilen *zwei oder mehrere* oder es entwickeln sich *aus bloszen Typen* und *Bruchstücken* älterer Lieder neue. Auch erscheinen alte Refrains und Typen in mehreren Liedern bald passend verbunden, bald lösbar angefügt oder vorgesetzt. Die beliebtesten und gebrauchtesten sind die Typen von Scheiden und Meiden:

Ich mès ewêj, ich mèsz derfun;
wîsz Got wunî ich wèder kun!
wun de schwarz ruowe wèisz fädern hun
dernô wärden ich wèder kun.

oder:

wun alle rît rîse wèisz blomen drôn

oder:

wun âsz birebûm rîse bräinjt —
ach rîse bräinjt hie nèmermî
hie bräinjt nor blèmtcher wèisz wå schnî

und:

Ai schîden, ai schîde wier huot dij erdôcht,
dat tâ mer meinj härz än trouren huoszt brôcht?
Ai trouren, ai troure wund niszt tâ en äinjt?
wun âsz birebûm rît rîse bräinjt,
ai rîse rît, ai lèlje blô!
èch had en härzgelâfte,
nor Got wîsz, wô,
  ai lèlje blô, ai rîse rît!
èch had en härzgelâfte,
  dier äsz na dît &c.

ferner:

von der Linde „oben breit und unten schmal,"
darauf sitzt „Frau Nachtigall," endlich

die vielen Typen in Tanzreimen, Fastnachtssprüchen und besonders in Zauberformeln.

Oft auch schlagen einzelne Dichtungen aus einer Gattung in die andern um, das Märchen wird zur Sage, die Sage zum Märchen oder Lied, das Lied hinwieder kehrt durch Zerstörung seiner äuszern Form wieder in die Gestalt der Sage, des Märchens zurück; Sprichwörter werden in Räthsel umgebildet, Lieder degeneriren und sinken zum Kinderreim herab. Fast immer ist mit der Umdichtung aus einer Gattung in die andere nothwendig eine mehr oder weniger tiefgehende Umbildung des Stoffes verbunden. *Manche Stoffe* kommen zugleich in *mehreren Dichtungsarten* vor. Vielmal wiederholt sich in unserer Volkspoesie der Fall, dasz ein Lied oder einzelne Stücke desselben mit geringen Veränderungen *einem Zwecke gerecht gemacht* werden, *zu dem sie ursprünglich keine Beziehungen haben;*

dergleichen Beispiele liefern vorzüglich die Gelegenheitslieder des zweiten Buchs. *Entlehnte Dicthungen* erleiden bei der Umdichtung *grösztentheils Verkürzung*, wenn sie nicht, wie in den spätern Zeiten gewöhnlich geschieht, blosz übersetzt werden. Verlorenes Verständnisz bringt bei der Umdichtung zuweilen mancherlei Widersprüche in ein Lied; in Nro. 54 des ersten Buchs werden Rhein und Thorenburg ganz nahe aneinandergerückt.

Am anziehendsten ist die Frage, welche innere und äuszere Kunstform die aus der Urheimath mitgebrachten Stücke unserer Volksdichtung zur Zeit der Einwanderung gehabt haben mögen. Die Frage ist für die gesammte deutsche Volksdichtung, über deren Geschichte in keiner anderen Periode ein so tiefes Dunkel schwebt, von hoher Bedeutung. Wenn es aber auch nicht zu gewagt erschiene von hieraus eine Beantwortung zu versuchen, wenn es mir auch möglich scheint durch breite und vielfache Untersuchungen in dieser Hinsicht mindestens zu einigen Resultaten zu gelangen, so ist hier doch nicht der Ort solche Untersuchungen vorzunehmen

Die in dem Vorausgehenden entwickelten Eigenthümlichkeiten der Umdichtung sind nicht etwa blosz unserer Volksdichtung eigen, sondern finden sich alle oder groszentheils in den Poesien aller Völker; sind sie doch, wie bemerkt worden, an groszen Epen erkennbar. *Ein ewiges Schaffen, Zerstören und Wiederausbessern ist aller Volksdichtung wie allem Leben eigen.* Die Kunstdichtung ist vorzüglich durch den Druck, die überwachende Kritik und die Bildung der Kreise, für welche sie bestimmt ist, vor solchen Umgestaltungen gesichert. Dafür bleibt sie aber nicht selten hinter dem Fortschritt der Zeit zurück, und verfällt dem Staub und der Vergessenheit. Wo sie hingegen ihren Weg in das Volk und die lebendige Rede gefunden, ist ihr nicht anders mitgespielt worden als der Volksdichtung, und wunderlich nehmen sich oft für den Kenner Hölty'sche, Bürger'sche, Claudius'sche und anderer deutscher Kunstdichter Lieder im Gesang des Volkes aus.

IV.

Ueber den Werth von Volksdichtungen mich auszusprechen könnte, wenn meine Sammlung nicht besondere Veranlassung dazu böte, von unserm heutigen Standpunkt aus als überflüszig erscheinen. Ueberwunden wohl für immer sind die Anschauungen, die einen Nikolai bestimmen konnten, Herder ob Herausgabe der „Stimmen der Völker" zu verspotten. Herder's im Grunde noch in sehr engem Raume gefaszter Arbeit (mit Mühe vermochte er einige Blätter mit *deutschen* Volksliedern anzufüllen) folgten bald mehrere, reichere Sammlungen nach, denen gegenüber nur als Probe erschien, was er geboten hatte. Einzelne fanden nun genug Arbeit bei Eines Volkes Dichtung. Die romantische Schule cultivirte in ihrer Weise auch den Volksliederenthusiasmus bis über seinen Höhepunkt hinaus. Noch war ihr's nur um den ästhetischen Werth und Reiz zu thun. Die Herausgeber des berühmten „Knaben Wunderhorn" nahmen keinen Anstand an den aufgenommenen Dichtungen zu ändern, zu kürzen, zu verlängern; es lag nicht in ihrer Absicht eine historische noch eine kritische Sammlung zu veranstalten; sie verfuhren mit der Volksdichtung eben wie das Volk selbst, nur nicht mit derselben Berehtigung. Es folgte indessen Sammlung auf Sammlung und endlich auch kritische, deren Krone ohne Zweifel die Uhland'sche geworden ist. Aller Nationen Volksdichtung wurde von den allsammelnden und allübersetzenden Deutschen allmählig auf den Büchermarkt gebracht. An Nachahmungen der Kunstdichter fehlte es nicht. Der gröszte Theil der modernen deutschen Lyriker — mindestens seit Heine gerechnet — fuszt bewuszt oder unbewuszt auf dem Volkslied, dessen Vorzüge sie sich indessen weniger als seine Mängel anzueignen gewuszt haben. Man fühlte wohl, was man in sich nicht hatte; aber man wuszte die gebotene Arzenei nicht zu nützen; die Kranken schliefen neben dem Gesunden, aber sie blieben krank. Mit Entlehnung einiger Typen und Wendungen (sieh z. B. Heines drei Grenadire) hilft man einer innerlich siechen Poesie nicht auf. Heute steht es um die Sache so, dasz das Volkslied zu viel bewundert und zu wenig verstanden ist.

Der *ästhetische Werth* der Volksdichtung (nach diesem fragt man bei jeder Dichtung billig zuerst) darf nicht überschätzt werden. Zwar in ihrer Blüthezeit darf sie den Vergleich wagen mit dem Gröszten und Schönsten, was der Kunst überhaupt gelungen ist.

Homerische Gesänge sind durch keine Kunstdichtung überragt. Aber ein solches Zeitalter gibt es für die Volksdichtung immer nur *einmal.* Damals hatte die Volkspoesie keine Nebenbuhlerin, sie war zugleich Kunstpoesie, war — wie wir zu sagen pflegen — Alles in Allem. Den Nibelungenliedern fühlt man schon an, dasz neben dieser Kunst des Volks eine andere höfische Kunst bestand, der die Sonne der Gunst wärmer strahlte. Weit tiefer steht die spätere Volksdichtung, und je weitere Schranken Cultur und Aftercultur unter den Menschen ziehen, desto tiefer, immer tiefer sinkt sie. Nur mit den spätern Erzeugnissen der Volksdichtung oder, was dasselbe ist, mit ihren spätern Gestaltungen — obgleich nicht ihren spätesten Ausartungen — haben wir es hier zu thun. Diesen nun gebricht es nicht nur an Weite des Ideenkreises — das würde dem poetischen Werth im Einzelnen noch nicht Eintrag thun — es *gebricht* ihnen auch sehr oft *an gleichmäszigem Flusz* in der Darstellung, sie überspringen nicht nur das Unpoetische, Unbedeutende, sondern auch das, wozu die Kraft des Dichters nicht ausreichte. Die *geschilderten Empfindungen* sind zwar immer wirkliche und wahre, *nicht immer klare, bewuszte. Noch weniger klar ist oft der Ausdruck;* den Dichtern steht die Sprache nicht jedesmal ausreichend zu Gebot, hier wird sie stammelnd, matt, dort leiht sie ihm eine *schiefe,* nur halbzutreffende *Bezeichnung,* und der eigentliche Sinn musz oft errathen werden. *Am unvollkommensten* ist in der Regel *die äuszere Form,* die oft *roh* und *unbeholfen* niemals auch in ihren schönsten Werken und in der besten Zeit der Volksdichtung an die herrlichen Prachtbauten der Kunstdichtung emporreichen kann.

Diesen Mängeln gegenüber hat die Volksdichtung grosze, und oft mehr als aufwiegende *Vorzüge* in die Wagschale zu legen. Vor allem hervorzuheben ist die *Unmittelbarkeit, Wahrheit* und *Stärke der Empfindung,* die *Einfachheit* und *Grösze* wie die *befriedigende Abrundung* der in langsamem Bilden geschaffenen *Stoffe, die Ruhe* und das *Masz* in der Darstellung, und oft der *gesunde Humor.* Die Form der Zerrissenheit oder gar Blasirtheit bleibt ihr ewig fremd. Vielfach hat die Kunstdichtung die von der Schwester vorgebildeten Stoffe benützt. Ich habe im Mühlbacher Schulprogramm für 1857—8 der glücklichen Griffe *Shakespeares* und *Göthes* gedacht. Die dort angeführten Stoffe „König Lear, Hamlet, Faust“ sind nicht die einzigen, die zu erwähnen gewesen wären; sie wurden gewählt, weil sie durch die gelungene Ausführung über viele andere hinausragen. Von der Faustsage ward auch Lessing angezogen. Auch Schiller's „Jungfrau von Orleans und Wilhelm Tell“ sind durch das Schaffen der Sage in helleres Licht gerückt worden. Nicht nur den Stoff, die ganze Gattung der „*Ballade*“ verdankt die Kunstdichtung der Volksdichtung; um die Hälfte ihrer schönsten Erzeugnisse wären wir ärmer, dürfte sie nicht Stoff nehmen aus dieser, wozu sie freilich ein gutes Recht hat.

Vom *sittlichen Standpunkt* betrachtet, steht die Volkspoesie wenigstens in keinem Fall im Nachtheil gegen die Kunstdichtung. Einzelne Ausdrücke, an denen man Anstosz nehmen könnte in Kreisen, wo man viele Dinge nicht bei ihrem Namen zu nennen gewohnt ist, darf man ihr nicht hoch anrechnen. Die Tendenz macht eine Dichtung unsittlich, nicht einzelne Worte, die doch einem Wörterbuch auch nie zum Vorwurf gemacht werden. Versteckte Anspielungen, faunisches Hervorlugen unter halber Verhüllung, wie es in Wieland's Compositionen nicht selten angetroffen wird, verdient Tadel, nicht naive, harmlose Nacktheit. Grosze Kunstdichter aller Zeiten haben starke Ausdrücke am rechten Orte nie vermieden. Aristophanes treibt es wohl zuweilen etwas arg — aber die *griechischen Tragiker*, *Shakespeare*, *Göthe* und der *hochsittliche Schiller* sind mit ganzem Recht als Beispiele anzuführen. Dem Humor und der Komik musz natürlich immer mehr erlaubt sein als andern Richtungen. In der Tendenz ist die Volkspoesie im Allgemeinen und speciell die deutsche rein; gegen Eines ihrer Vergehen wären leicht hunderte aus der Kunstpoesie anzuführen. Offen und augenfällig liegt in Sagen und noch mehr in Märchen die *poetische Gerechtigkeit* zu Tage; der Tugend, der verfolgten Unschuld wird zuletzt fast immer ihr Lohn, den Hilflosen ihr Retter; der Verbrecher entgeht der verdienten Strafe, der Lügner und Betrüger der Entlarvung nicht, seine Pläne werden zu Schanden. Nur in der Thiersage und hie und da in gewissen Märchen zeigt sich eine Parteinahme für den Schlauen und Listigen, sonst hält sich die Dichtung in der Regel mit ihren Sympathien auf der Seite des Gerechten. Auch die *Kinderdichtung* — ob wir gleich nicht ganz in das überschwengliche Lob einstimmen können, das ihr der Vorredner zu Simrock's Kinderbuch ertheilt, so schön und ganz aufgehend in den Geist dieser Dichtung er übrigens geschrieben hat — zeigt im Allgemeinen nur sittliche Tendenzen. In den *Sprüchen* und *Sprichwörtern* besitzt das Volk einen *unversiegbaren Schatz von Tugend-*, *Weisheits-* und *Klugheitslehren* und wird daneben Moralsysteme und dicke Bände über den Umgang mit Menschen noch lange Zeit ohne Nahtheil entbehren. Alles in Allem ist die Volksdichtung die rechte Milch und das rechte Brot für das Volk, gesunde, nahrhafte Kost, die es auch verdauen kann, und die ihm weder Eckel verursacht noch Magen und Blut verdirbt. Hier ist ihm die rechte Sprache gefunden, hier findet es den treuen Begleiter durch das Leben, der ihm allezeit verständlich entgegentritt, und die ihm diesen ererbten Besitz verleiden möchten, um ihm dafür an Modewaaren Geschmack beizubringen, mögen bedenken, dasz sie damit ein sündhaftes Zerstörungswerk beginnen!

Auch einen *historischen* Werth hat die Dichtung des Volkes. In ihren Zauberformeln und Segen, in ihren Kinderreimen, Sagen, Märchen, Balladen und zerstreut in andern Gattungen ist eine reiche Fundgrube alten Glaubens und Rechtes, alter Sitten und Gebräuche erhalten. Historische Sagen und Lieder sind geradezu geschichtliche Urkunden, allerdings nicht ersten Ranges, auch nicht alle von gleichem Werthe, aber immerhin alle Berücksichtigung verdienend. Sie sind Zeugen vergangener Freuden und Leiden, Anschauungen und Leidenschaften, Strebungen und Kämpfe, Siege und Niederlagen. *Volksdichtungen* endlich sind als *treuester Abglanz des Volksgeistes* und *Volksgemüthes* vorwiegend berufen deren innerste Eigenheit aufzudecken, und zur rechten Erkenntnisz des Volkscharakters zu führen Jeden, dem daran gelegen ist, an dieses Ziel zu gelangen.

Von dem Gesagten auf *unsere* Volksdichtung übergehend, ist vorerst Ausdruck zu geben dem Bedauern, dasz uns nicht mehr von derselben und nicht in besserem Zustand überliefert ist. Um so theurer müssen uns die noch geretteten Reste sein. Hätten unsere Väter unter den furchtbaren Drangsalen, denen sie fast erlegen, kurz vor oder nach der Reformation Zeit und Lust gehabt uns ihre Volksdichtungen aufzuzeichnen, und uns so noch einen bedeutenden Theil ihres geistigen Gutes zu vererben, oder hätte auch nur vor hundert Jahren Jemand unter uns den Sinn gehabt sie zu sammeln, so würden wir heute mit einem andern Schatze auftreten können, und der Werth unserer Volksdichtungen müszte weit höher anzuschlagen sein. Im Allgemeinen zwar zeigt sie dieselben Vorzüge und Mängel wie die verwandte Deutschlands; in der zerrütteten Gestalt aber, in welcher sie uns vorliegt — an welcher unser Volk keine Schuld trägt — sind der Vorzüge weniger, er Mängel mehr. Die ästhetischen Schönheiten sind weniger als bei deutschen Volksliedern über ganze Stücke ausgebreitet, und müssen in ihrer Vereinzelung sorgsam und mit Kenneraugen wie Perlen aus dem Meeresgrunde heraufgeholt werden. Solcher Perlen sind indessen so manche, und oft kommen die köstlichsten derselben in Bruchstücken vor, die schon deshalb meiner Sammlung nicht entzogen werden durften. Zwar ohne Zweifel wird es Leser geben, die fragen: „wozu diese Trümmer?“ Solchen mangelt überhaupt poetischer Sinn. Der Kenner wird den Werth solcher Bruchstücke zu schätzen wissen, und nicht selten das Fehlende aus eigener Phantasie zu ergänzen vermögen, wie der Baukundige aus einer Ruine den Styl des Gebäudes zu erkennen, im Geiste das *Ganze* zu überschauen, dessen Eindruck zu empfinden und zu genieszen vermag. Der eigenthümlichen *Zartheit und Innigkeit gewisser Stücke, der Naturwahrheit und Wärme der Empfindung der einfachen Grösze und tragischen Anlage einzelner Stoffe, der Kürze der Darstellung*, die theilweise allzuherb und unbefriedigend, oft aber auch ergreifend und voll Mark erscheint, und den Eindruck des Erhabenen macht, ist schon sonst gedacht worden.

Zu den schönsten Stücken zähle ich:

Aus dem ersten Buch die Nummern: 1 bis 5, 24, 25, 31, 43, 44, 45, 48, 54, 56, wobei ich natürlich die besten Relationen im Auge habe. Recht artig sind auch die Nummern 16, 17, 34, 35, 36, 37 (B), 41. Die Nummern 52 und 53 sind herb aber kräftig, und 50 hat einen wohlgerundeten Stoff und einzelne guterhaltene Motive. Einzelne Wendungen und Motive wären auch aus andern Stücken herauszuheben.

Aus dem zweiten Buch ist Nro. 2 schmucklos anmuthig. Einzelne Schönheiten haben Nro. 3, 6 (ohne den Anhang) und 7 (ebenfalls ohne die Zusätze) und einige Tanzreime. Treffenden Humor enthält Nro. 48 (das ihm ähnliche Nro. 49 ist schon prosaischer) und Einzelnes in Nummern 64, 65, 66.

Ein groszer Theil der reichlichen Spruchdichtung ist werthvoll, und mehrere von den Heilfsformeln sind dämonisch erhaben. Die Kinderdichtung im fünften Buche ist zwar mit Kinderaugen anzuschauen, und mit dem Maszstabe eines Mutter- und Kindergemüthes zu messen, erfüllt aber auch dessen Anforderungen fast in demselben Grade wie die Deutschlands; und schwerlich dürfte ein Volk eine schönere, herzlichere Kinderpoesie besitzen als das deutsche.

Freilich erfreut man sich fast nirgends eines ungestörten zusammenhängenden Genuszes, weil wir so wenig Guterhaltenes besitzen, weil Alles in so trümmerhaftem Zustande ist. Wenn übrigens unsere Volksdichtung einerseits zertrümmert, andererseits dagegen unentwickelt erscheint, so mögen es zum Theil diejenigen verantworten, die dem Volke die Freude an seinem Gut verderben und ihm gerne geschmacklose Bissen reichen, die es wohl kauen aber kaum verdauen wird.

In sittlichem Betracht ist unserer Volkspoesie ebensowenig und wohl noch weniger ein Vorwurf zu machen als derjenigen Deutschlands. Dieselbe poetische Gerechtigkeit, dieselbe mackellose Tendeuz. Ueber die sogenannten humoristischen Hochzeitpredigten habe ich mich in den Anmerkungen (zu den Nummern 64, 65, 66) in dieser Hinsicht ausgesprochen. Ohne sie bis ins Einzelne vertheidigen zu wollen, glaubte ich sie doch gegen den Eifer von Zeloten, denen es nicht um wirkliche Güter, sondern um den Nimbus bange ist, in Schutz nehmen, und namentlich ihre Tendenz für harmlos erklären zu müssen. Mag man hierin meiner Meinung sein oder nicht, das Eine wird man mir nicht läugnen, dasz Beispiele dieser Gattung in einer Sammlung, wie die meine ihrer ganzen Anlage nach ist, nicht fehlen durften. Vielleicht finden Einige auch bei der Räthseldichtung hie und da Anstosz. Sie liebt es, den, dem sie ihre Aufgaben stellt, durch eine Doppelsinnigkeit zu necken, die uns nicht schicklich erscheinen mag. Zwar die wirkliche Bedeutung des Räthsels ist immer ohne Tadel, aber die Absicht ist nicht zu verkennen, den Rather auf schlüpfrige Abwege zu verführen, um ihm das Rathen zu erschweren; denn nicht nur entgeh ihm dadurch der wahre Sinn, er wagt es auch nicht den geahnten auszusprechen. Es liegt ein schalkhafter Humor hierin, den ich doch nicht in Schutz nehmen will. Nur ein kleinerer Theil unserer Räthsel ist dieser Art. Sie sind wohl von den Burschen erfunden die Mädchen in der Rockenstube damit in Verlegenheit zu bringen. Ich habe ihnen, auszer einigen wieder vom Standpunkt meiner Sammlung gebotenen *Proben,* nicht in meinem Buche Raum gegeben. Uebrigens zeigt alle Volksräthseldichtung, so weit sie mir bekannt ist, diese Natur.

Weder zu überwiegend ästhetischen noch speciell sittlichen Zwecken habe ich übrigens meine Sammlung veranstaltet, und nicht für sie, für unsere Volksdichtung bin ich in dem Vorausgehenden eingetreten. Mein Ziel war hauptsächlich ein historisches; mein Buch sollte Müller's Sagen und Haltrich's Märchen ergänzend zunächst den Vorrath unserer Volksdichtung zugänglich und handgerecht machen; es sollte die Samm-

lung durch sich selbst den Entwickelungsgang und die Lebensgesetze wenigstens eines Theils dieser Volksdichtung erkennen lassen und erkennen lehren; sie sollte nach Möglichkeit den Stand unserer Sprache und ihrer Mundarten darstellen helfen, was freilich nur in unvollkommener Weise geschehen konnte; sie sollte auch unsern „Gebildeten" Gelegenheit bieten, des Volkes Sinn und Weise erkennen und würdigen zu lernen; sie sollte die Geistes- und Gemüthsrichtung unseres Volkes beleuchten, seine Freuden und Leiden, sein Hassen und Lieben, sein stilles geistiges Schaffen und Dichten in ihrem unmittelbarsten Ausdruck vorführen; sie sollte dem Sittenforscher und Mythologen ein schätzbares Material liefern, wenn sie auch dem eigentlich sogenannten politischen Historiker keine Urkunden zu bieten hatte; sie sollte mit Einem Wort ein gut Stück Culturgeschichte unseres Volkes darbringen und damit Zeugnisz ablegen dafür, wie treu der Sachse dem aus der Heimath mitgebrachten Geist und der mitgebrachten Sitte auch im fernen Siebenbürgen geblieben, wie er diesen Geist in derselben Weise fortgebildet, als es dort in Deutschland geschah, nach dem er seit Jahrhunderten blickt, das er heute mit ganzem Bewusztsein seine Mutter nennt; sie sollte den Brüdern in diesem unvergeszlichen Deutschland eine Mahnung sein, auch nicht zu vergessen des fernen Sendlings, wenn sie auch auf ihrem Wege nach einer immer näherherantretenden Zukunft voll groszer Geschicke noch von mancher andern Sorge in Anspruch genommen werden.

Daneben war es mir allerdings angenehm, dem Volke, noch ehe es ganz zu spät ist, einen Theil seines letzten, geistigen Erbes in diesem Fache retten und in dem Geretteten Manches bieten zu können, was Anspruch auch auf ästhetischen Werth hatte, die Volksgenossen erfreuen, dem vaterländischen Dichter zu lebensvollen Schöpfungen Stoff und Anregung geben konnte.

Druckfehlerverzeichnisz.

(Fehlende Interpunctionszeichen wie auch das grundsätzlich im sächs. Text von mir nicht gebrauchte, von den Setzern aber mehrmals für sz gesetzte ss und die überflüszigen Geminationen möge der Leser selbst berichtigen. Bei Angabe der Zeilenzahl in dem folgenden Verzeichnisz sind die Ueberschriften nicht mitgezählt.)

Seite	Zeile von oben			
10	2	biemtche	lies	boimtche
14	20	daä	„	dâé
15	11 und 12	litenk	„	lilenk
18	9 und 12	bräutchen	„	bräntchen
23	8	ach	„	uch
23	16	kan	„	kun
23	18	îniget	„	înijet
26	10	huest	„	hueszt
35	28	er	„	en
39	ist am Ende der ersten und dritten Notenzeile, oder im 4. und 10. Tact ein überflüsziger Tactstrich			
44	9	mig	lies	mij
46	28	woal	„	woul
50	7	letchefhéusz	„	letchefhéusz
51	1 und 21	Den	„	Deu
52	14	nöszt	„	näszt
53	6	Et	„	E
56	17	öszt	„	äszt
56	18	mig	„	mij
56	19	nöszt	„	näszt
56	25	bei	„	hei
57	8	såln	„	sål
58	24	blôt	„	blât
58	24	förn	„	färn

Seite	Zeile von oben			
58	36	duosz	lies	diesz
82	32	iun	„	fun
85	6	travden	„	trauden
86	14	gärne	„	gäre
86	33	Nen	„	Neu
92	2	eräusz	„	eröusz
92	7	hürzgelåftchen	„	bärzgelåftchen
99	21	mor	„	nor
100	3	unzt	„	önzt
100	3	zesömen	„	zesumen
102	5	trita	„	tritu
103	14	es	„	et
109	17	tėtke	„	lėfke
113	29	lêmkniederän	„	lîmkniederän
116	15	tan	„	tau
116	32	ai	„	af
128	29	däs	„	däş
131	18	gatsche	„	gatche
132	4	alo	„	ale
133	10	Aldouszsuf	„	Åld ouszsuf
133	20	zwât	„	zwêt
137	8	heszelnäsz	„	haszelnäsz
139	2	sch	„	schîsz
139	4 und 5	kronk	„	krånk
143	11	flaisich	„	flaiszich
147	9	'em	„	um
148	1	misten	„	mîszten
149	9	kraode	„	kruode
151	8	hunt	„	hun
151	21	hälde	„	häld
155	6	biesten	„	bieszten
156	1 und 4	Jerich	„	Ierich
156	14	fräszt detz	„	fräszt det rôsz
167	14	sad	„	sâd
169	6	bäfelkä	„	bäfekâ
169	7	grîs	„	grîsz
171	10	Jeszen	„	Ieszen
172	17	äintchen	„	Äintchen
178	11	Ous	„	Ousz
179	16	ous	„	ousz
183	7	bädlerin	„	bädlerän
183	18	Gied	„	Gield
188	7	der hîm	„	derhîm
192	1	gild	„	gield
200	6	troft	„	träft
200	7	Alt	„	Ålt
202	14	djangen	„	de jangen

Seite	Zeile von oben			
203	4	Solamo	lies	Salamo
204	12	ärzîren	„	är zîren
211	10	sâem	„	sâl em
223	1	geziehenden	„	gezichenden
227	14	Â	„	Ä
255	5	Zîehst	„	Zîchszt
258	1	kierselrêch	„	kierschelrêch
269	3	hångt	„	heangt
272	12	gäldäret	„	gäldänet
272	13	dire	„	dir e
276	12	bäs	„	bäş
277	1	garṡtig	„	garṡtij
280	14	åsert	„	åser
284	21	ierich (?)	„	ieriċh
287	17	Ierd	„	ierd
288	5	uoteh	„	uotch
288	10	ig	„	ij
290	17	son	„	san
296	23 und 24	gottes	„	Gotesz
307	20	gesehauen	„	gehauen
322	9	de	„	der
356	11	än't: rîsebät	„	än't rîsebät
366	9	Awor	„	Awer
367	38	sċhagen	„	schage
368	16	drifiunt dr'f	„	drif unt drit
369	30	rîrmäs	„	rîrmäş
371	1	Gänzċhens	„	Gänschens
372	10	ṡtasz	„	ṡtusz
386	11	Ainjel	„	Äinjel
390	19	„*wie*" hat ganz auszufallen		
391	in der Ueberschrift zu Nro. 208 lies Herrliche für Herliche			
398	5	äszdebidîchän	lies	äszdebidîchän
401	29	di	„	die
404	8	ár jaz	„	jár az
416	32	unverlobten	„	neuverlobten
416	35	Geli	„	Gel:
422	22	denen	„	deren
429	7	Verlus	„	Verlust
447	23	mitgetheilt worden	lies	veröffentlicht wurden.
483	23	Pentogramm	lies	Pentagramm
483	28	106	„	105
485	12	126	„	125
485	24	„Die beiden andern eingeklammerten Zeilen &c. soll heiszen: „An Stelle der beiden andern eingeklammerten Zeilen sind Conjecturen von mir zur Verbesserung der offenbar verderbten Verse in den Text aufgenommen worden.			

Seite	Zeile von oben			
493	27	Waden	lies	Woda
495	3	unsere	„	unseren
499	22	woh	„	wol
499	32	Hinschau	„	Hinschaun
505	22	oder mit	„	oder: mit
531	34	Sprüchwörter	„	Sprichwörter
536	15	Sprüchwort	„	Sprichwort
541	2	Räthse	„	Räthsel
544	15	wund	„	wunî.

CPSIA information can be obtained
at www.ICGtesting.com
Printed in the USA
LVHW100419110522
718424LV00003B/45

9 783375 011598